DONGSUH MYSTERY BOOKS 94

THE POSTMAN ALWAYS RINGS TWICE
우편배달부는 벨을 두번 울린다
제임스 M. 케인/박기반 옮김

동서문화사

옮긴이 박기반(朴基盤)
서울대 대학원 영문과 졸업. 경희대교수 역임. 옮긴책 골즈워디《포사이트 집안》카터《피라밋, 투탄카멘의 수수께끼》등이 있다.

DONGSUH MYSTERY BOOKS 94
우편배달부는 벨을 두번 울린다
제임스 M. 케인 지음/박기반 옮김
초판 발행/1977년 12월 1일
중판 발행/2003년 6월 1일
발행인 고정일/발행처 동서문화사
창업 1956. 12. 12. 등록 16-345(윤)
서울강남구신사동540-22 ☎546-0331~6 (FAX) 545-0331
www.epascal.co.kr

*

이 책의 출판권은 동서문화사(동판)가 소유합니다.
의장권 제호권 편집권은 저작권 법에 의해 보호를 받는 출판물이므로
무단전재와 무단복제를 금합니다.

편찬·필름·제작 일체 「동판」 자본으로 이루어짐에 따라
출판권 소유권자 「동판」에서 제조출판판매 세무일체를 전담합니다.
사업자등록번호 211-90-02201
ISBN 89-497-0179-0 04840
ISBN 89-497-0081-6 (세트)

우편배달부는 벨을 두번 울린다
차례

우편배달부는 벨을 두번 울린다······11

이중보상
이중보상······166

케인의 유산······312

빈센트 로렌스에게 바친다

등장인물

프랭크 챔버즈 방랑청년

니조 파파다키스 트윈 오크스(두 그루의 떡갈나무) 집의 주인. 그리스인

콜라 니조의 처

카츠 변호사

새키트 지방검사

매지 앨런 맹수를 사육하는 여자

케네디 카츠의 부하

우편배달부는 벨을 두번 울린다

1

재수없게 내가 마른 풀을 실은 트럭에서 더러운 짐승처럼 내동댕이 쳐진 것은 정오 무렵이었다. 어젯밤 국경 부근에서 그 트럭을 집어탔 었는데 포장 속으로 기어들어 가자마자 나는 그만 곯아 떨어졌던 것 이다. 나는 티아후아나에서 3주 동안 지내고 난 다음이어서 지독하게 도 잠이 모자라는 상태였기 때문에 그 트럭이 엔진의 열을 식히기 위 해 길가에 멈추는 것도 몰랐던 것이다. 트럭의 포장 밖으로 내 한쪽 다리가 삐죽 나와 있는 바람에 그만 들통이 나고 말았다. 내가 끄집 어 내려진 것이 바로 그때였다.

멋적은 순간을 얼버무릴 생각으로 우스꽝스런 표정을 지어 보이려 했지만 못난이 표정밖에는 짓지를 못했으니 죽을 쑨 꼴이 되고 말았 다.

그러나 녀석들은 내가 불쌍해 보였든지 담배 한 개비를 내게 적선 해 주었다. 그 담배를 피우며 나는 힘없이 걷기 시작했다. 끝없는 세 상을 방황하는 굶주린 들개처럼 냄새를 맡으면서 말이다.

이런 연유로 해서 나는 이 '트윈 오크스 태번'(두 그루의 떡갈나무 집)에 와 닿게 되었다. 캘리포니아에서만도 1백만 군데가 넘을 만큼 흔해빠진, 길가에 널려 있는 샌드위치 식당이다. 런치 룸이 있고, 그 안쪽으로는 살림집이 딸려 있고, 옆에는 주유소, 그 뒤쪽으로는 '오토 코트'(차 두는 곳)라고 부르고 있는 통나무 캠프가 여섯 채 가량 늘어서 있었다. 나는 가게 안으로 들어가자 곧 무엇을 열심히 찾듯 길거리쪽을 훑어보고 있었다. 그때 주인인 듯한 뚱뚱한 그리스인이 나타났기에 캐딜락을 탄 사나이가 오지 않았었느냐고 물었다. 여기서 그 사나이와 만나 함께 점심을 하기로 되어 있는데……

"글쎄, 오늘은 못보았는 걸."

고개를 갸우뚱해 보인 그 그리스인은 곧 한 테이블에 자리를 마련해 주었다.

"무엇을 들겠소?"

나는 머뭇거릴 필요가 없었다. 내 머리 속에는 먹고 싶은 것들이 재빨리 떠올라 주었다.

"오렌지 쥬스, 콘 플레이크, 에그 플라이에다 베이컨, 그리고 엔칠라다, 플랩재크와 커피!" 나는 쉬지 않고 읊었다. 곧 주인은 오렌지 쥬스와 콘 플레이크를 가지고 왔다.

"아, 아저씨! 저 좀 봐요. 먼저 얘기해둘 게 있는데…… 조금 전에 이야기한 그 친구가 오지 않으면 계산은 외상으로 해둘 수밖에 없겠습니다. 오늘은 그 놈이 사기로 돼 있어 저는 아무런 준비도 않고 나왔으니 말입니다."

"그건 염려 말고 아무튼 배불리 들게나."

주인은 나를 훤히 꿰뚫어 보고 있는 듯했다. 그래서 나는 더이상 캐딜락의 친구 이야기 따위는 하지 않는 것이 좋겠다고 생각했다. 그러나 나는 얼마 지나지 않아 주인에게도 다른 속셈이 있음을 알 수 있었다.

"자네 무슨 일을 하고 있나? 직업 말일세."

"글쎄요. 이것도 해보고 저것도 해보고 했지만 별 신통하게 마음 붙일 만한 일이 없었어요. 왜 그러시죠?"

"나이는 몇인가?"

"스물 넷이에요."

"보기보단 젊군 그래. 우리 집에 마침 젊은 사람이 하나 필요한데……. 이 가게에 일손이 부족하단 말이야."

"좋은 자리에다 가게를 차리신 것 같군요."

"이곳은 공기가 참 좋은 곳이지. 그리고 여긴 안개가 잘 끼지 않아. 로스앤젤레스는 안개 때문에 골치 아픈 곳이야. 하지만 이곳에서는 한번도 안개를 본 적이 없어. 언제나 좋은 날씨에 맑은 공기의 좋은 고장이지."

"밤이 되면 더욱 멋지겠군요."

"아, 밤이면 푹 잘 수 있는 곳이지. 자네, 자동차는 좀 만질 수 있겠나? 자동차 수리를 해본 일이 있나?"

"자동차 수리라면 자신 있습니다. 저는 자동차 수리를 위해 태어난 거나 다름 없을 정도니까요."

"거 마침 잘됐군!"

그리고 주인은 다시 맑은 공기 이야기로 돌아가 이 가게를 사들이고 난 뒤 자기가 무척 건강해졌다는 이야기를 늘어 놓았다. 그 동안 일손이 달려 일을 거들어 줄 사람을 고용해도 도무지 붙어 있어 주질 않는다는 것이었다.

"아무리 내가 섭섭잖게 해주어도 한 달을 넘기는 녀석들이 없단 말이야!"

주인은 정말 알 수 없다는 듯 머리를 갸우뚱거렸다. 흥! 나는 그 이유를 알지. 하지만 현재의 나로선 밥만 얻어먹을 수 있다면 붙어 있어 줄 작정이야.

"어떤가, 여기 있을 생각 없나?"

그 주인이 본론을 끄집어 낼 무렵 나는 커피를 다 마시고 주인 영감이 준 여송연에 불을 댕기고 있었다.

"그럼 말하겠는데요. 저, 이런 이야깁니다. 지금 다른 데 일자리가 두어 군데 생겨 망설이고 있는 중인데 말입니다. 하지만 지금 아저씨께서 하신 말씀을 신중히 생각해보겠어요. 음, 웬만하면 아저씨 말씀대로 하고 싶은데……."

그때 나는 한 젊은 여자를 보았다. 그 여자는 조리실에서 일하다 내 그릇을 치우러 홀로 들어왔던 것이다. 몸매는 상당히 날씬한 편이었다. 기막힐 정도의 미인까진 못됐지만 꽤 반반한 얼굴이었다. 공연스레 뚱한 표정을 지은 그녀는 입술을 삐죽 내밀고 있었다. 나는 어쩐지 그 입술을 콱 찌부러뜨려 쑥 밀어 넣어 주고 싶은 기분이 들었다.

"이보게, 내 아내라구!"

여자는 나를 쳐다보지 않았다. 나는 그 그리스인에게 의미없이 끄덕여 보이고 들고 있던 잎담배를 살짝 흔들어 보였을 뿐이었다. 그 여자는 접시만 치우고 곧 들어가 버렸으니 나와 주인 영감 사이에는 나오지 않았던 것과 조금도 다름이 없었다.

그리고 나는 그 가게를 나왔다. 그러나 그곳을 나온지 5분도 채 안 되어 캐딜락의 친구에게 말을 전해달라는 구실로 그 가게로 되돌아갔다. 그럴싸하게 결말을 짓고 일자리를 차지할 때까지 내가 버틴 것은 불과 30분이었다. 바로 30분 뒤에는 그 가게에 딸린 주유소에서 타이어 수리를 하고 있었으니까.

"이름은?"

"프랭크 챔버즈."
"나는 니조 파파다키스라고 하네."
악수를 나누고 영감은 나갔다. 그리고 얼마 지나지 않아 노래를 부르는 소리가 들려왔다. 보기보단 꽤 괜찮은 목소리였다. 주유소에서는 조리실 안이 훤히 들여다보였다.

2

자동차 유리에 어떤 놈이 종이 조각을 발라놨다고 머리끝까지 화가 치민 사나이가 찾아온 것은 3시경이었다. 나는 더운 물로 그것을 벗겨주기 위해 조리실로 들어갔다.
"엔칠라다를 만들고 있군요. 당신들은 그것을 만드는 솜씨가 좋더군요."
"당신들이라뇨? 누굴 가리키는 말이죠?"
"누굴 가리키다니? 당신과 당신의 남편 파파다키스 말이오. 바로 당신과 닉을 말하는 거라구요. 점심 때 그걸 먹었는데 정말 맛이 좋았어요."
"아, 그래요?"
"헝겊 조각 없어요? 이 주전자, 뜨거워서 들 수가 있어야지."
"당신은 날 멕시코 사람으로 생각하고 있죠?"
주인 여자는 다소 시큰둥한 표정이었다.
"내가 당신을 멕시코인으로 생각할 이유라도 있나요?"
"아녜요. 당신은 틀림없이 그렇게 생각하고 있어요. 비단 당신만 그런 건 아니니까 이상할 것도 없어요. 하지만 난 멕시코인이 아니에요. 당신의 머리 속에 잘 기억해 두세요. 나도 당신과 똑같은 백인이란 것을! 알겠어요? 머리가 검다고해서 멕시코인으로 보일지 모르지만 난 분명히 당신과 똑같은 백인이라구요. 당신이 여기서 얼마간이라도 붙어 있을 생각이라면 그 점을 잊어서는 안 돼요!"
"미안하지만 당신은 조금도 멕시코 사람을 닮지 않았는 걸요."
"알았죠? 다시 말해두지만, 나는 당신과 똑같은 백인이라구요."
"아무튼 당신은 조금도 멕시코인 같지가 않단 말이오. 멕시코 여자들이란 하나같이 엉덩이가 크고, 또 다리는 굵고, 젖통이 턱 밑까지 부풀어 올라 있고, 살갗은 누렇고, 머리칼은 마치 베이컨 기름이라도 바른 것처럼 보이지 않냐구요. 정말 밥맛 떨어지는 여자들이지. 하지만 당신은 몸집도 가늘고, 깨끗한 흰 피부를 갖고 있지 않소? 게다가 머리카락은 검지만 부드럽고 컬이 있는 걸요. 구태여 멕시코인을 닮은 데가 있다면 이빨 뿐이죠. 그 사람들의 이빨도 당신 이빨만큼 하얗죠. 그 점 만큼은 당신도 인정해야겠죠?"
"결혼하기 전 나의 성(姓)은 스미드였어요. 멕시코 사람들의 성과는 아주 다르죠?"
"정말 그렇군요."
"그뿐이 아녜요. 나는 이 근처 태생이 아니라구요. 아이오와 태생이죠."
"스미드라……. 이름은?"
"콜라라고 해요. 뭣하면 당신도 그렇게 불러도 좋아요."
여기까지 듣고 나자 정말이지 나는 알맞은 때에 조리실에 들어왔구나 하는 생각이 들었다. 그녀가 엔칠라다를 요리하고 있어서로 아니고 머리카락이 검어서도 아니다. 여자가 스스로에 대해 백인이 아닌 것 같다는 열등감을 가진다는 것은 그리스인과 결혼해서 살고 있기 때문이리라! 그래서 내가 파파다키스 부인 따위의 형식적인 이름을 부르는 것조차 그녀는 싫은 모양이었다.
"콜라……. 좋은 이름이군요. 좋아요, 그렇게 부르죠. 그런데 콜라, 당신도 나를 프랭크라고 불러주겠소?"
 여자는 나를 따라나와 자동차 유리 닦는 일을 도와 주었다. 그 여자가 내게 가까이 올 때마다 향기로운 몸냄새가 물씬 풍기곤 했다. 그녀가 내 옆에 바싹 다가왔을 때 나는 속삭이듯 그녀에게 물었다.
 "도대체 어쩌다 당신은 그런 그리스 영감쟁이랑 결혼하게 됐소?"
 순간 그녀는 회초리로 얻어맞기라도 한 것처럼 움찔 놀라며 한 걸음 물러섰다.
 "그게 어쨌다는 거죠? 내가 그리스인과 결혼한 것이 당신과 무슨 상관이 있죠?"
 "관계가 있어요. 두고 보면 알게 될 테죠."
 "빨리 유리창이나 닦아요!"
 "도와줘서 고맙소."
 그리고 여자는 조리실로 돌아갔다.
 "이젠 됐어!" 나는 혼잣말로 중얼거렸다. 여자의 급소를 찌르지 않았는가? 그 여자는 민감한 반응을 보였다. 이제부터는 막 다루어도 좋을 것이다. 당장에 호락호락하지는 않겠지만……
 이제 나를 무시하지도, 나를 경계하려고도 하지 않을 것이다. 이제 그녀도 나의 속셈을 알아차렸을 테고 저 자신 발가벗은 알몸을 내게 송두리째 들켜 버렸다는 것을 알고 있겠지.
 나는 그 여자와 그리스인과 그리고 나 사이에 앞으로 벌어질 갖가지 일을 상상했다. 여러 각도에서 벌어질 일에 대해 대처할 계획을 세우면서 시간을 죽여 나갔다.
 어느덧 저녁 때가 되었다. 식탁에서 그리스인은 내게 프라이드 포테이토를 충분히 주지 않는다고 여자에게 투덜거렸다. 그는 내가 이 집에 마음을 붙이고 다른 녀석들처럼 달아나지 않게 하기 위해 환심을 사려는 눈치였다.

"사내들이란 배가 쉬 꺼지는 법이야. 사내들은 모두 그렇지. 특히 젊은 사내들은 말이야!"
"난로 위에 올려 놨어요. 더 먹고 싶으면 얼마든지 가져다먹으면 되잖아요?"
"염려마세요. 저는 이것만으로도 충분한 걸요."
그랬는데도 주인 영감은 중얼중얼하고 있었다. 머리통에 무엇이 좀 든 영감이었다면 자신의 젊은 아내와 나 사이에 흐르고 있는 묘한 갈등을 눈치챘을 것이다. 그 여자는――대부분의 여자들이 그렇지만――애당초 남자들에게 멋대로 음식을 덜어다 먹게 내버려둘 성미는 아니었으니까.

그런데도 그 멍청한 영감은 투덜거리기를 그치지 않고 있다. 저녁 식사를 하는 곳은 조리실 안에 있는 테이블이었는데 한쪽에 주인 영감이 앉고 그 맞은편 자리에 여자가, 그리고 나는 그들 가운데 앉았다.

나는 가능한한 여자쪽을 보지 않으려 했지만 그녀가 간호원복 비슷한 흰 옷을 입고 있는 것을 이미 알고 있었다. 그것은 치과병원에서나 빵집 등 어느곳에서나 여자가 일하고 있을 때의 차림새였다. 아침 나절에는 그 옷이 산뜻하고 청결하게 보이지만 일이 끝나는 무렵인 이때 쯤이면 잔뜩 구겨지고 얼룩이 져 산뜻한 맛이라곤 전혀 없어진다. 그러나 그녀에게서 풍겨나오는 향긋한 몸냄새는 여전했다.
"좋아요. 알았다구요!"
여자는 마침내 일어나 감자를 가지러갔다. 그 순간 살짝 스커트 자락이 벌어져 다리가 드러나 보였다. 아쉽게도 그것은 너무나 순간적이었다. 더 가져온 감자를 받아놓긴 했지만 더 먹지는 못했다.
"그봐요! 그렇게 나를 들볶았지만 이 사람은 더 먹지 않잖아요?"
"하지만 먹고 싶으면 더 먹을 수가 있잖나? 이봐, 충분히 들게.

젊을 땐 체면불구하고 열심히 먹어둬야 해."

"벌써 배가 부른 걸요. 낮에 많이 먹었잖아요?"

영감은 아내와의 입씨름에서 아내를 굴복시켰기 때문인지 다시 기분이 좋아진 듯했다. 영감은 제법 통이 큰 남편인 것처럼 아내의 퉁명스러움을 용서하려 했다.

"이봐, 내 말은 아무런 악의가 없는 말이었다구. 오, 나의 귀여운 새여! 사랑스런 흰 비둘기여? 당신은……."

그리고 그 몸집에 어울리지 않게 윙크를 한 다음 2층으로 올라갔다. 나는 그 여자와 단 둘이 남게 되었다. 그러나 영감은 곧 커다란 병과 기타를 안고 다시 내려왔다. 그 병 속에 든 술을 내게도 따라주었는데 그것은 들큰한 그리스 포도주였으므로 오히려 속이 느글거렸다. 영감은 기분이 좋은지 대뜸 노래를 부르기 시작했는데 그의 목소리는 훌륭한 테너였다. 라디오에서 흘러나오는 따위의 그런 빈약한 소리가 아니라 대단한 성대였다. 고음부에 이르자 카루소의 레코드에서나 들을 수 있는 그런 흐느낌까지 들렸다.

그러나 나는 잘 부르든 못 부르든 그따위 노래는 귀에 들어오지 않았다. 속이 느글거리고 구역질이 점점 심해져 가고 있었다. 여자는 조리실을 정리하는 데만 몰두하고 있었다. 아직 뒤틀린 기분이 풀리지 않은 듯, 그리스인과 히히덕거리는 것을 내게 보여 주고 싶지 않아서인지 굳은 표정을 좀처럼 풀지 않았다.

영감은 점점 창백해지는 내 안색을 알아채고 나를 밖으로 데리고 나갔다.

"바깥 공기를 마시면 좀 나아질 거야!"

"염려마세요, 곧 나아지겠죠."

"자, 여기 가만 앉아 있어 보게."

"아저씬 들어가십시오. 점심 때 과식을 했던 모양입니다. 별로 심하진 않지만……"
 그리스인이 들어간 다음 나는 곧 모든 것을 깨끗이 토해 버렸다. 점심 때 먹은 모든 것과, 감자, 그리고 포도주도. 아, 젠장할 온통 뒤틀린 일뿐이다. 나는 뱃속에다 아무 것도 남겨 놓고 싶지 않았던 모양이었다.

 다음날 아침 일어나 나가보니 가게의 간판이 떨어져나가고 없었다. 한밤중 무렵에 불기 시작한 바람이 아침까지 요란하게 불어대더니 간판이 기어이 견디지 못하고 나가떨어져 버린 것이었다.
 "정말 지독한 바람이었어요. 저기 나가 떨어져 있군요."
 "굉장한 바람이었어. 바람소리에 밤새 잠까지 설쳤으니!"
 "이곳에 이렇게 센 바람이 불긴 처음이었죠? 저 간판까지 떨어져 버렸을 정도의 바람 말입니다."
 "저게 떨어진 건 처음이야!"
 내가 망가진 간판을 고치려고 매달려 끙끙거리고 있자 영감도 틈나는대로 나와서 도와주곤 했다.
 "왜 이런 간판을 걸어 두고 있죠?"
 "이 간판은 내가 이 가게를 살 때부터 쭉 걸려 있던 걸세. 그런데 이 간판이 어떻다는 건가?"
 "지저분하잖아요? 이런 걸 걸어두고 어떻게 용케 장사를 하셨을까 하는 생각이 드는데요."
 나는 간판을 들여다보고 있는 영감을 내버려둔 채 주유소에 막 와 닿은 자동차에 휘발유를 넣어주러 갔다. 잠시후 돌아와보니 그 영감은 아직도 현관 앞에 기대어 둔 간판을 눈이 부신 듯 바라보고 있었다. 간판에 꽂혀 있는 전구 3개가 날아가버렸는데 전기를 연결시켜 보았지만 나머지 전구도 반은 전기가 들어오지 않았다.

"전구를 새것으로 바꾸고 간판을 다시 걸어두게. 아직 그대로 걸어 둬도 되겠어."
"아저씨께서 좋으시다면야······."
"자넨 어떤 점이 마음에 안 들어?"
"말하자면 시대에 뒤떨어졌다는 거죠. 요즘에 전구를 단 간판을 누가 다나요? 모두 네온사인이지. 스타일이 완전히 달라요. 그리고 여기 글씨 있는 데 좀 봐요. '트윈 오크스'란 글자밖에는 안 보이잖아요. '태번'이라고 쓴 데는 전구가 없으니 보일 리가 있어요? 아무래도 '트윈 오크스'(두 그루의 떡갈나무)만 가지고는 식욕이 생기지 않을 것 같아요. 들어가서 뭘 좀 먹고 갈까 하는 마음이 우러나겠어요?"
"하여튼 그냥 걸어둬. 됐어, 됐다구!"
"아저씨 참 이상하시네······. 왜 새 간판을 안 만들겠다는 거죠?"
"아, 바빠. 바쁘다구!"

그러나 조금 후 영감은 곧 종이 한장을 들고 다시 밖으로 나왔다. 손수 새로운 간판의 모양을 그려 가지고 온 것이었다. 빨강, 하양, 파랑 등의 색깔을 크레용으로 색칠까지 해서 '트윈 오크스 태번'이라는 가게 이름을 쓴 것 외에도 '식사'라든지 '바베큐' '깨끗한 화장실 있음' 등의 글씨를 너저분하게 늘어놓고 게다가 '주인 N. 파파다키스'라고 이름까지 써 넣은 것이었다.

"아, 멋진데요!"
"그래?"
"이정도면 식욕이 생기겠어요."

내가 잘못된 철자를 바로 고치고 어법에 맞게 정정하자 영감은 글씨에다 화려한 장식을 더 그려 넣었다.

"아저씨, 이제 간판을 새 걸로 바꾸죠. 당장! 오늘 시내로 가서 새 간판을 주문하시라구요. 이 정도면야 훌륭하죠. 내 말 들으라구요. 가게라는 건 간판 하나로 잘 되기도 하고, 안 되기도 한다고요."
"좋았어! 오늘 주문하러 가겠어."

로스앤젤레스는 20마일도 안 되는 거리였지만 요란스런 그 그리스인은 마치 파리 여행이라도 떠나는 것처럼 차려 입고는 부산을 떨었다.
그리고 점심을 끝내자 곧 나갔다.
"이 순간을 무척 기다렸어!" 나는 속으로 내뱉으며 가게 문을 걸어 잠갔다.
나는 가게의 테이블 위에 놓여 있던 접시를 집어들고 여자가 있는 조리실로 들어갔다,
"접시를 치우지 않았더군요!"
"고마워요."
접시를 받아 놓자 포크가 템버린 같은 소리를 냈다.
"저도 영감이랑 함께 오랜만에 외출을 할까 생각했지만 그만뒀어요."
여자는 애써 표정을 굳힌 채 담담하게 이야기했다.
"왜, 함께 가지 그랬어요?"
"시작한 요리를 끝내지 않았기 때문이죠. 요리하는 중간에 외출을 할 순 없잖아요?"
"저도 일거리가 산더미처럼 쌓였어요."
"기분은 괜찮아요?"
"아, 네. 이젠 아무렇지도 않아요."
"물이 바뀌어서 그랬나 보죠?"

"점심때 과식한 탓일 거예요."

"저건 무슨 소리죠?"

누군가가 가게 앞에 와서 문짝을 흔들어대고 있었다. "아, 누군가 가게 안으로 들어오려고 그러나 보죠? 신경 쓸 것 없어요."

"문을 잠갔나요, 프랭크?"

"내가 잠가 버렸던가 봐요."

내 얼굴을 정면으로 들여다보는 여자의 얼굴은 창백해지면서 점점 굳어가고 있었다. 나는 조리실의 스윙 도어로 가서 홀 쪽을 잠시 들여다보고 곧 여자에게로 돌아왔다.

"갔어요?"

여자가 멍청한 표정으로 물었다.

"왜 내가 문을 잠갔을까?"

나는 머리를 흔들어 보였다. 가만히 그녀의 표정을 살피면서.

"어머, 나도 문을 열어주지 않고 왜 멍청히 서 있었담?"

여자는 문을 열어주러 식당으로 가려했다. 나는 여자의 팔을 잡았다."

"그대로 잠궈둬요!"

"잠겨 있으면 아무도 못 들어 올 텐데······."

나는 순간 여자를 끌어안고 그녀의 도톰한 입술에다 나의 굶주린 입술을 포개었다. 기다렸다는 듯 여자는 더욱 힘껏 안겨 왔다.

"깨물어요! 깨물어 줘요!"

깨물어 주었다. 나의 이빨이 여자의 아랫 입술을 파고 들었다. 피가 나의 입 속으로 흘러들어오는 것을 느꼈다. 여자를 안고 2층으로 올라갈 때 피는 여자의 목덜미께로 타흐르고 있었다.

3

그로부터 이틀 동안은 겁에 질려 지냈는데 마침 그리스인이 내게 화를 내고 있는 바람에 그럭저럭 넘겨 버릴 수가 있었던 것 같다.

식당에서 조리실로 통하는 스윙 도어를 내가 수선해 놓지 않았다고 영감은 화를 내고 있었다. 그 문짝이 튀는 바람에 입을 다쳤노라고 여자가 영감에게 말했던 것이다. 다치게 된 까닭을 적당히 둘러대야 했기 때문이었다. 내게 깨물려서 입술은 잔뜩 부어 올라 있었다. 그래서 영감은 내가 문짝을 고쳐 놓지 않았기 때문이라고 투덜거렸다. 스윙 도어는 내가 스프링을 느슨하게 해주자 금방 고쳐졌다.

그러나 그 그리스 영감쟁이가 화를 낸 진짜 이유는 간판 때문이었다. 그는 그 일에 아주 골몰해 있었고 혹시 내가 "그건 아저씨가 착상한 것이 아니라 내가 가르쳐준 거요"라고 말하지나 않을까 싶어 엉뚱한 일로 화를 내고 있었던 것이다.

아무튼 지독하게 덕지덕지 꾸며 놓은 작품이라 그날 오후까지 완성할 수가 없었다. 마침내 사흘이나 걸려서 간신히 다 되었으므로 내가 시내로 가서 그것을 찾아다 걸었다. 영감이 종이에 썼던 것은 모두 나와 있었고, 두 개 가량 덧붙여진 게 있었다. 그리스 국기와 미국 국기가 그려져 있었고 두 개의 손이 악수하고 있었다. '만족 보증'이라는 글씨도 씌어 있었다. 모두 적색, 백색, 청색의 네온 글씨로 되어 있는 간판에 어두워지기를 기다려 내가 전기를 넣었다. 스위치를 올리자 간판은 마치 크리스마스 트리처럼 요란했다.

"여태까지 숱하게 많은 간판을 보아 왔지만 이렇게 훌륭한 간판은 본 일이 없어요, 정말 아저씨 디자인 솜씨는 알아줘야겠어요."

"아, 고마와! 그래 괜찮지!"

이렇게 해서 우린 서로 손을 맞쥐었다. 그 한 마디 말로 우리는 다시 사이가 좋아졌던 것이다.

다음날 잠깐 동안 여자와 단 둘이 있게 되었을 때 나는 쓰러질 정도로 세게 주먹으로 그 여자의 넓적다리를 쥐어박아주었다.
"왜 이렇게 난폭하게 굴어요!"
여자는 표범처럼 앙알거렸다. 나는 여자가 그런 반응을 나타내는 것이 좋았다.
"어때, 콜라?"
"이그 지겨워!"
"오! 벌써 지겨워지다니."
그리고 또다시 여자는 몸내를 풍기기 시작했다.

며칠 후, 그리스인은 큰길 위쪽 편에서 자신의 휘발유 손님을 가로채고 있는 놈이 있다는 말을 듣고 즉시 자동차로 진상을 알아 보러 떠났다. 그 차가 달리기 시작했을 때 나는 내 방에 있었지만 곧바로 조리실로 내려갈 생각으로 엉거주춤 일어났다. 그러나 그때는 이미 여자가 먼저 달려와 문을 열고 들어서고 있었다.

나는 그 여자에게로 다가가 그녀의 입술을 살펴보았다. 그곳이 어떻게 되었는지 그 이후로 처음 보았다. 부어 오른 것은 가라앉았으나 잇자국은 똑똑히 남아 있었다. 아래 입술에 파란 상처가 조그맣게 남아 있었다. 손가락을 대어 보니 보드랍고 촉촉했다. 그런 다음 키스를 했으나 그다지 강하게는 하지 않았다. 가볍고 다정한 키스였다. 그런 키스를 하는 일도 있다니 생각도 못해 본 일이었다. 그리스인이 돌아올 때 까지는 1시간 가량의 여유가 있었다. 우리는 침대에 나란히 누웠다. 여자는 내 머리카락을 줄곧 만지작거렸고 눈은 무언가 생각에 잠긴 듯 천장을 쳐다보고 있었다.

어쩌면 그녀의 눈망울은 우수에 젖어 있는 듯했다. 나는 문득 가엾다는 생각이 들어 그녀를 껴안았다. 그녀는 마치 기다렸다는 듯이 내가슴 속을 파고 들었다. 우리는 달콤한 입맞춤을 오랫동안 계속했다. 우수에 젖었던 그녀의 눈빛이 무엇인가 애타게 갈구하고 있었다. 모든 것을 빨아들일 듯한 눈빛, 나는 그 여자의 눈동자 속으로 깊숙이 빠져들고 있었다. 나는 그녀의 블라우스를 헤치고 가슴을 어루만졌다. 가만히 눈을 감은 그녀의 입김이 달콤하게 느껴졌다. 스커트 자락 사이로 나의 손은 탐험이라도 하듯 조심스럽게 파고 들었다. 그녀의 몸은 터질 듯했다. 여자는 몸을 비틀기 시작했고 숨소리는 신음소리로 변해 있었다. 나의 가슴이 여자의 가슴을 짓누를 때 여자는 나의 머리를 움켜잡은 손으로 온몸을 지탱하고 있었다.

"이 여자를 그 영감이 독차지한다는 것은 있을 수 없는 일이야."

나는 줄곧 이런 생각을 하고 있었다.

"프랭크, 당신은 정말 멋진 남자예요."

글쎄, 내가 멋진 남자라니? 아무튼 여자가 만족한다는 것은 즐거운 일이 아닐 수 없지.

"프랭크, 블루베리 파이 좋아해요?"

"그래, 좋아하는 편이야."

"만들어 줄게요."

"조심해요, 프랭크! 스프링 부러지겠어요."

"부러지려면 부러지라지!"

우리는 큰길 가의 유칼리나무 숲 속으로 차를 몰아대고 있었다. 그리스인이 뼈가 달린 스테이크의 고기가 나쁘니 되돌려주고 오라고 시켰던 것이었다. 돌아올 때는 이미 어두워져 있었다. 우리는 차를 숲 속으로 들이 몰아댔고 차는 덜커덩 소리를 내며 뛰어올랐으나 개의치 않고 나무 속으로 들어간 다음 차를 세웠다. 내가 미처 차의 시동을 끄기도 전에 여자는 매달리기 시작했다.

입술 상처가 완전히 회복된 그녀는 격렬했다. 잠시후 나는 여자를 밀쳐 놓고 뒷좌석으로 옮겼다. 그녀도 잽싸게 옮겨왔다. 밖은 어스름빛으로 겨우 얼굴 모습을 알아볼 수 있을 정도로 어두워져 있었다. 숲속은 조용했고 간간이 저쪽 도로에서 자동차 지나는 소리만 들릴 뿐이었다.

매우 불편한 자세로 뒤엉킨 우리들은 서로의 옷을 하나씩 벗겨나갔다. 완전한 알몸이 되었을 때 그녀의 입술이 나의 전신을 더듬고 있었다. 우리들은 꽤 오랜 시간 동안 마음껏 즐겼다. 몇 번 씩이나 거듭하는 동안 여자와 나는 지칠대로 지쳐 있었다.

나는 담배를 꺼내 물었고 여자는 힘없이 내게 기대고 있었다.

"이젠 정말 못견디겠어요, 프랭크!"

"나 역시 그래!"

"정말이에요. 도저히 못 참겠어요. 당신과 함께 있으면 술을 마신 것처럼 몽롱해져 버려요. 정말 어쩔 수 없어요, 프랭크! 내 기분 알겠어요? 취해 버린다구요!"

"나도 그래!"

"이제 저 그리스 사람이랑 단 하루도 더 못살겠어요."

"어쩌다 그 영감이랑 부부가 됐지? 아직 그 얘기를 못들었군."

"정말 당신에게 아무 얘기도 하지 않았군요."

"그 동안 우리들이 함께 있는 시간은 얘기로 보내기에는 너무 아까운 시간이었지."

"나는 싸구려 식당에서 일하고 있었어요. 로스앤젤레스의 싸구려 식당에서 2년씩이나 일해 보라구요. 누구라도 금시계를 매달고 온 손님 말을 듣게 되고 말지요."

"아이오와는 언제 떠났지?"

"3년전. 미인 콘테스트에서 입상을 했었어요. 고등학교 미인 콘테스트에서 일등을 한 거예요, 데모인에서. 우리 집이 거기였으니까. 상으로 헐리우드 여행을 시켜 주었죠. 급행열차를 내릴 때는 열 다섯 명의 남자가 내 사진을 찍으러 왔었지만 2주일 후에는 나는 싸구려 식당에서 일하고 있는 신세가 되었어요."
"왜 돌아가지 않았어?"
"남들에게 손가락질 받고 싶지 않았기 때문이었어요."
"헐리우드에서 배우가 될 수도 있었을 텐데?"
"테스트는 받았어요. 얼굴은 문제가 없었죠. 하지만 요즘 영화는 말을 해야 되잖아요? 내가 카메라 앞에서 지껄이자 금새 근본이 드러나고 말았어요. 나 자신도 그걸 느낄 수 있었을 정도니……. 시골구석인 데모인 태생의 촌티 나는 여자는 원숭이만큼도 영화에서 성공할 가망이 없다는 거예요. 원숭이 쪽이 훨씬 낫다는 거죠. 원숭이 같으면 관객들을 웃길 수가 있으니까 말예요. 나 같은 건 관객을 메슥거리게 하는 게 고작이라고 결국 딱지를 맞고 말았어요."
"그리고 어떻게 됐지?"
"그로부터 2년 동안 남자들에게 넓적다리를 꼬집히기도 하고 몇 푼의 팁을 받기도 하고, 어때, 오늘 밤 함께 지내지 않겠어? 따위의 소리를 들으며 지내 왔죠. 때로는 상대해 주기도 했어요, 프랭크."
"그리고?"
"당신, 상대해 준다는 게 어떤 뜻인지 알아요?"
"그럼, 그걸 몰라?"
"그럴 때 저 사나이가 온 거예요. 나는 그 생활에서 헤어나고 싶은 욕심으로 그 사람을 따라 나섰어요. 물론 그때 생각으론 계속 함께 살 작정이었죠. 하지만 이젠 못 참겠어요. 정말 싫어요. 내가 조그만 흰 새로 보여요?"

"내 눈에는 손도 못 댈 몹쓸 여자로 보이는걸!"
"정말 잘 보셨어요. 오히려 잘 됐군요. 이제 당신에게 거짓말을 하지 않아도 되게 됐으니."
"당신은 왜 나를 좋아하지?"
"당신은 징그럽지 않기 때문이라구요. 기름이 덕지덕지 끼지 않았으니까. 프랭크, 내 말 알겠어요? 기름끼지 않은 게 왜 좋은지?"
"이해할 것도 같군."
"잘 모를 거예요. 여자들이 살찌지 않은 남자로부터 느끼는 것……. 그걸 어떻게 남자들이 알겠어요?"
"그 징그러운 영감과는 어떻게 그 동안 함께 살았지?"
"영감은 끈적거려요. 조금만 닿아도 속이 메슥거리는 기분이었어요. 프랭크, 나는 나쁜 여자는 아니지만…… 이젠 정말 지겨워졌어요."
"나를 망치려는 거야? 내가 어떻게 해주길 바라지?"
"할 수 없어요. 난 나쁜 여자니까…… 하지만 기름기 많은 남자만 아니라면 나쁜 여자는 안 될 거라구요."
"콜라, 함께 도망하면……."
"그것도 생각해 봤어요. 하지만 뾰족한 방법은 없어요."
"저 그리스놈 몰래 가버리면 될 것 아냐! 도방쳐버리면 그놈이 어떻게 하겠어?"
"도망? 어디로?"
"어디든 그게 무슨 상관이야?"
"어디든…… 어디든…… 도대체 그곳이 어디죠?"
"세상은 확 트여 있어. 어디로든 우리는 갈 수 있어."
"그렇게 무작정 떠날 수는 없어요. 기껏 가봤자 마지막 닿는 곳은 싸구려 음식점이겠죠?"

"싸구려 음식점이 아니라 길바닥 위야. 나만큼 저 길을 잘아는 사람은 없어. 저 길 위에서 어떻게 돈을 버는가도 잘 알고 있지. 그게 바로 우리의 희망이 될 수 있어! 한 쌍의 부랑자가 되는 거지. 우리는 어차피 떠돌이 인생이었잖아?"
"정말 당신은 완전한 떠돌이였어요. 양말 한 켤레 갖고 있지 않았으니……."
"그런 빈털터리에게 당신은 반해 버렸고."
"그랬어요. 셔츠 하나 가지고 있지 않았지만 난 당신에게 반했던 거예요. 셔츠를 입지 않았다면 더 미치도록 반했겠지만……. 당신의 단단하고 우람한 어깨를 손쉽게 만질 수 있었을 테니까요."
"철도의 보안관들을 쥐어패 주느라 근육이 좀 붙었어!"
"정말이지 당신의 몸은 훌륭해요. 그리고 당신의 밝은 머리카락은 정말 부드러워요. 곱슬곱슬한 검은 머리에다 밤마다 베이람을 바르는 구역질나는 사내와는 느낌부터가 달라요."
"베이람이라……. 기가 막힌 냄새지."
"바르는 사람에 따라 다르죠. 당신이 발랐다면 황홀한 향기겠죠? 프랭크, 저 길 위를 떠돌아도 결국 종착역은 싸구려 식당일 걸요. 나는 어차피 싸구려 식당밖에 일자리가 없을 거구, 당신도 비슷할 테죠. 너저분한 주차장에서 스모크(작업복)를 걸치고 빈들거리겠죠? 당신이 스모크를 입고 있는 걸 보면 나는 울고 말 거라구요, 프랭크."
"그럼, 어떻게 하지? 제기랄!"
여자의 탄력 있고도 매끄러운 젖가슴의 촉감이 나의 넓적다리로 와 닿았다. 나는 다시 여자의 알몸을 쓰다듬기 시작했다. 나의 손은 여자의 머리를, 귀를, 목덜미를 어루만지며 흘러내리고 있었다. 우리는 다시 뒤엉켰다.

"프랭크, 정말 나를 사랑하는 거예요?"
신음소리였다.
"응……. 사랑해!"
"우리들이…… 함께 살 수 있는…… 유일한 방법이…… 물론 당신도 그 방법을 생각했겠지만……."
"당신은 나쁜 여자가 아니라고 했잖아?"
"그렇지만……. 오, 프랭크! 오, 프랭크!"
우린 죽은 듯 가만 있었다. 더 이상 말할 기력이 없었다.
"우린 뭔가 잘못 돼 있어요. 단 한번만 나쁜 여자가 되는 거예요. 그것이 숙명이라면……."
"잘못 하면 사형을 면할 길이 없게 돼."
"잘만 하면 그렇게 안 돼요. 당신은 머리가 좋잖아요? 프랭크, 당신은 잘 해낼 수 있죠?"
"그렇지만 그 영감은 나를 못살게 굴지도, 해롭게 하지도 않았는걸!"
"그럼 그 영감이 좋단 말인가요? 고약한 냄새를 피우는 그 영감쟁이가? 그런 멋대가리 없는 영감쟁이 주제에 양복을 갖고, 견직 셔츠를 열 개나 가지고 있는 것이 구역질나지 않는단 말예요? 스모크를 입고 있는 당신을 그대로 보란 말인가요? 등에다 '친절봉사'라느니 '항상 감사합니다' 따위의 글씨가 들어 있는 스모크를 입은 당신을?"
"당신은 너무 쉽게 생각하고 있어……."
"어려울 것도 없잖아요? 오, 프랭크! 키스해 줘요!"
나는 가볍게 키스를 해주었다. 여자의 눈은 두 개의 푸른별과도 같이 내 얼굴 위에서 반짝이고 있었다.

4

"더운 물 없어요?"
"욕실이 어떻게 됐나요?"
"아저씨가 쓰고 있어요."
"어머, 그래요? 그럼 주전자에 있는 물을 드릴게요. 그는 욕실에 들어가면 탱크의 더운 물을 모조리 다 써 버린다구요."

나와 여자는 사건 후에 경찰에게 얘기하기로 한 각본대로 연극을 하고 있었다. 때는 밤 11시쯤, 가게는 이미 문을 닫았다.

닉은 욕실에서 토요일 밤의 목욕을 하고 있었다. 나는 더운 물을 2층의 내 방에 가져가서 수염을 깎으려 했는데 그때 자동차를 밖에 그대로 놔뒀음을 문득 깨닫는다는 줄거리였다.

그래서 밖으로 나가서 누군가 사람이 오면 클랙슨을 울려 여자에게 알려 주게 되어 있었다.

여자는 영감이 욕조 속으로 들어가는 소리가 날 때까지 기다려 수건을 가지러 들어간다. 그리고 내가 만든 흉기로 뒤에서 영감의 머리를 내리친다. 그 흉기는 설탕 부대 속에 볼 베어링을 넣어 만든 것이었다.

처음에는 내가 욕실로 들어 가기로 되어 있었으나 여자라면 욕실로 들어가도 영감이 아무렇지도 않게 생각하겠지만 내가 들어가는 경우, 즉 면도칼을 찾으러 왔다고 말한다면 그가 욕조에서 나와 함께 찾지 않는다는 보장이 없었다. 그래서 여자가 들어가서 내리치기로 했던 것이다. 그 다음에는 영감을 물 속으로 내리눌러 익사할 때까지 기다린다. 그리고는 더운 물을 약간 나오게 틀어 놓고 욕실문을 잠근 후 창문을 통해 현관 지붕으로 나온다. 그곳에는 내가 세워 놓은 사다리가 있으니까 그것을 타고 아래로 내려온다. 여자는 나에게 흉기를 건네주고 조리실로 돌아간다. 나는 볼 베어링을 상자에 도로 넣고 자루를 적당한 곳에 버린 뒤, 차를 차고에 넣은 다음, 방으로 되돌아가 수염을 깎기 시작한다. 여자는 더운 물이 넘쳐 조리실로 새어나올 때까지 기다려 나를 부른다. 둘이서 문짝을 부수고 들어가 시체를 발견, 의사를 부른다.

그러면 영감은 욕조 안에서 미끄러져 머리를 부딪쳐 쓰러져 그대로 익사한 것처럼 보이겠지……. 각본은 이렇게 되어 있었다.

이런 멋진 방법을 생각해낸 것은 어떤 신문에서 세상에는 욕조 속에서 일어나는 사고사가 상당히 많다고 누군가가 쓴 것을 읽은 기억이 났기 때문이다.

"조심하세요, 뜨거워요."

"염려마시라구요."

더운 물은 손잡이가 달린 스튜 남비에 들어 있었으므로 나는 그것을 들고 내 방으로 올라가 옷장의 거울 앞에 놓고서 수염을 깎을 도구를 늘어 놓았다.

그리고 나는 아래층으로 내려가서 밖으로 나가 길거리와 욕실 창이 보이는 자동차 속으로 들어갔다. 그리스인은 노래를 부르고 있었다. 그렇지, 무슨 노래를 부르고 있는지 기억해 두는 편이 좋을 거다 하고 생각했다. 노래는 〈마더 매클리〉였다. 영감은 그 곡을 끝내고, 그 다음에 한 곡 더 노래했다. 조리실 쪽을 들여다보니 여자는 아직 거기에 있었다.

트럭 한 대가 트레일러를 끌고 커브진 곳을 돌아오는 것이 보였다. 나는 클랙슨을 두 번 울렸다. 트럭을 모는 녀석들은 때때로 차를 세우고 무언가 사먹고 가기를 좋아했다. 문이 잠겨 있으면 녀석들은 대부분 열어줄 때까지 마구 두들겨대곤 했다. 그러나 이 녀석들은 멈추지 않고 지나갔다. 그 다음에도 다시 두세 대의 트럭이 지나갔지만 그 녀석들도 멈추지 않았다. 나는 조리실을 들여다보았는데 여자는 없었다. 침실에 불이 한 개 켜졌다. 한데 그때 갑자기 무엇인가 현관 쪽에서 움직이는 것이 있었다. 상대가 고양이에 불과한 만큼 클랙슨은 울리고 싶지 않았지만, 사다리 근처를 얼씬거리는 것은 기분이 나빴다. 나는 자동차에서 내려 사다리 앞으로 가 고양이를 쫓아 버렸다.

자동차로 돌아가려는데 고양이란 놈이 다시 나타나 사다리를 오르기 시작했다. 다시 쫓아내고는 담장께까지 쫓아갔다. 자동차로 돌아갈 양으로 잠시 멈춰 서서 또 오지나 않을까하고 살펴보고 있는데 마침 주(州) 경관 한 명이 저쪽 모퉁이를 돌아서 다가왔다. 내가 그곳에 서 있는 것을 보고는 오토바이의 핸들을 꺾어, 이쪽에서 움직일 틈도 없이 재빨리 다가왔다. 그가 멈추었을 때는 오토바이가 나와 자동차 사이를 가로막는 꼴이 되어 있었다. 그래서 클랙슨을 울릴 수가 없었다.

"무얼 하고 있소?"
"자동차를 치우고 있어요."
"당신 차요?"
"나를 고용하고 있는 사람 거죠."
"오케이! 좋아요."

경관은 주위를 두리번거리더니 무엇인가를 발견한 듯 사다리쪽을 가리켰다.

"아이구, 저것 좀 보슈!"
"뭐죠?"
"곤란한 고양이로군! 사다리를 타고 올라가잖아."
"아!"
"나는 고양이를 좋아하는 편이지만, 그놈들은 그저 아무데나 올라가는데는 질색이란 말씀이야."

경관은 장갑을 끼고 어둠 속을 휙 훑어보고서, 두어 번 페달을 밟더니 가 버렸다. 그 모습이 사라지는 것을 기다릴 겨를도 없이 클랙슨을 울리려고 차 속으로 뛰어 들어갔으나 늦었다. 현관에서 확하고 불꽃이 이는가 싶더니 온 집안의 불이 동시에 꺼졌다. 집 안으로부터 콜라의 기분 나쁜 비명 소리가 들려왔다.

"프랭크! 프랭크! 큰일났어요!"

나는 조리실로 뛰어 들어갔다. 하지만 그곳은 깜깜해서 주머니에 성냥을 갖고 있지 않은 나로서는 손으로 더듬어 가며 전진할 수밖에 없었다. 둘은 계단에서 만났다. 여자는 내려오고 나는 올라가던 길에 말이다. 여자는 또다시 비명을 울렸다.

"쉿! 조용히 하라구! 했어?"

"했어요! 하지만 불이 나갔기 때문에 물 속에 잠그지 못했어요!"

"영감을 살려야 해! 경관이 왔었는데 그 사나리를 보았단말야!"

"의사한테 전화해요!"

"전화는 당신이 걸어. 내가 욕실에서 영감을 끌어낼 테니!"

여자는 아래층으로, 나는 2층으로 갔다. 욕실에 들어가 욕조 속은 들여다보니 영감은 물 속에 쓰러져 있기는 했으나 목은 물 속에 잠겨 있지 않았다. 나는 탕 속으로 들어가 영감을 끌어냈다. 그러는 동안 여자가 아래층에서 교환수와 떠들어대는 소리가 줄곧 들려왔다. 교환수는 의사와 연결해 주지 않고 경찰과 연결해 주었다.

간신히 끌어내어 일단 욕조 옆에 눕힌 뒤 욕조 속에서 나왔다. 잠시 숨을 크게 한 번 들이쉰 후 나는 영감을 침실로 끌고 가서 침대에 눕혔다. 그때 여자가 허겁지겁 올라왔다. 우리는 함께 성냥을 찾아 양초에 불을 붙인 다음 응급처치를 시작했다. 내가 머리를 타월로 싸매고 있는 동안 여자는 손과 발을 문지르고 있었다.

"구급차를 보내 준댔어요."

"당신이 치는 걸 영감이 보았어?"
"보지 못했을 거예요."
"당신이 뒤에 있었어?"
"그런 것 같아요. 하지만, 그 순간 전깃불이 나가 버려서 뭐가 뭔지 모르겠어요. 당신이 전기를 어떻게 한 건가요?"
"아니야. 퓨즈가 나간 모양이야."
"프랭크! 이 사람 살아나지 않는 것이 좋겠어요."
"살려야 해! 죽는 날이면 우리는 끝장이라구! 알겠어? 경관이 사다리를 보았단 말야. 죽으면 계획이 들통나고 말거야. 이 영감이 죽는 날이면 우린 사형이라구!"
"하지만 만약 영감이 내가 치는 걸 봤다면? 그러면 어떡해요?"
"보지 못했을 거야! 어쨌건 이쪽 말을 믿게 만들어야지. 당신은 이 방에 있었다, 그때 갑자기 전기가 나갔다, 영감이 미끄러져 쓰러지는 소리가 들렸다, 당신이 소릴 질러도 대답을 안 했다, 그래서 당신은 나를 불렀다고. 그렇게 말하면 되겠어! 영감이 무슨 소릴 하건, 지금 한 얘기만 가지고 우기란 말야. 만약 얼핏 당신이 치는 것을 보았다 해도, 그건 그렇게 생각했을 뿐이라면 그만이야."
"구급차가 왜 빨리 안 오죠?"
"곧 오겠지!"

구급차가 도착하자 즉시 영감을 들것에 실어 내갔다. 여자는 구급차에 함께 탔고 나는 자동차로 따라갔다. 그렌데일로 가는 길목에 경관이 대기하고 있다가 앞장서서 달려갔다. 시속 70마일로 달렸으므로 내 차는 도저히 따라갈 수가 없었다. 내가 병원에 도착했을 때는 영감을 업고 들어가는 중이었는데 경관이 지시를 하고 있었다. 경관은 나를 알아보더니 내 얼굴을 유심히 바라보았다. 조금전의 그 경관이었다. 영감은 병원으로 들어가자 운반대에 실려 응급실로 옮겨졌다.

콜라와 나는 복도에 있었다. 그때 경관이 한 명의 의사와 함께 왔는데 모두들 우리를 유심히 보았다. 콜라가 간호원에게 상황을 얘기하기 시작했다.

"그때 저는 막 욕실로 들어갔어요. 수건을 가지러 들어갔던 거죠. 그랬더니 전기가 마치 누가 권총이라도 쏜 것처럼 팍 나가 버리잖겠어요. 정말이지 굉장한 소리가 났다구요.

주인이 쓰러지는 소리도 함께 들렸어요. 그때 마침 샤워 꼭지를 틀려고 일어서던 참이었거든요. 내가 말을 걸어도 아무대답이 없지 뭐예요. 게다가 깜깜해서 아무 것도 안 보였어요. 도대체 무엇이 어떻게 된 건지 영문을 알 수가 없었어요. 갑자기 저는 남편이 감전된거나 아닌가 하는 생각이 들어서 비명을 질렀어요. 그러자 그 소리를 듣고, 프랭크가 쫓아 올라왔어요. 프랭크가 남편을 욕조에서 끌어내고 있는 동안 나는 전화로 구급차를 불렀어요. 구급차가 그처럼 빨리와 주지 않았다면 어떡해야 좋을지 몰랐을 거예요."

"밤에는 비교적 빠르답니다."

"그이는 어때요? 많이 다쳤어요?"

"그렇게 많이 다치지는 않은 것 같습니다. X선으로 보면 훤히 알 수 있을 겁니다. 하지만, 그리 대단한 상처는 아닐거예요."

"아, 정말 그랬으면 좋겠는데……"

경관들은 끝내 아무 소리도 하지 않았다. 그곳에 걸터앉아 우리를 살펴보고 있을 뿐이었다.

드디어 영감이 운반대에 실려 나왔다. 머리는 온통 붕대로 감겨 있었다. 영감은 운반대째로 엘리베이터에 실렸다. 콜라와 나와 간호원, 그리고 경관들도 모두 함께 엘리베이터를 타고 몇 층엔가로 올라갔다. 곧 영감은 병실로 옮겨졌다. 우리들은 모두 그 병실로 따라 들어갔다. 의자가 모자랐으므로 영감을 침대에 눕히고 있는 동안 간호원이 나가서 몇 개 더 가져왔다. 모두 앉았다. 누군가가 말을 꺼내자 간호원이 조용히 제지했다. 의사가 들어와 상태를 살펴보고 나가고도 꽤 오랫동안 우리들은 아무 말 없이 앉아 있었다. 그리고 간호원이 일어나서 영감을 들여다보았다.
"정신이 드시나 봐요."
콜라가 나를 보았으므로 나는 재빨리 눈길을 돌렸다. 경관들은 몸을 숙여 영감이 무슨 소리를 하는지 들으려 했다. 영감이 눈을 떴다.
"기분이 어떠세요?"
영감은 아무 말도 하지 않았다. 모두들 숨을 죽이고 있었으므로 너무 고요했다. 나는 심장이 두근거리는 소리가 귀에서 울리고 있는 것을 듣고 있었다.
"부인을 알아보시겠어요? 여기 와 계신데요. 욕실에서 전기가 나간 것쯤 가지고 어린애처럼 넘어지다니, 부끄럽다고 생각하지 않으세요? 부인이 무척 걱정하고 계십니다. 무슨 말씀을 해드려야 되지 않겠어요?"
무슨 말을 하려고 얼굴을 씰룩거렸지만 말을 할 수가 없는 듯했다. 간호원이 곁으로 가서 얼굴의 땀을 닦아 주었다. 콜라는 남편의 손을 잡고 가볍게 두드렸다. 그리스인은 눈을 감은 채, 한동안 가만히 누워 있다가 다시 입을 움직이기 시작했으나 무슨 말인지 알아들을 수가 없었다.
간호원이 조용히 잠자게 해 두어야 한다고 말했으므로 나는 콜라를 데리고 아래층으로 내려갔다. 우리가 차를 타고 막 시동을 걸려고 할 때 그 경관이 나타났다. 그는 오토바이를 타고 우리 뒤를 따라왔다.
"우리를 의심하고 있나봐요, 프랭크!"

"저 녀석이 그 경관이라구! 내가 아까 그곳에 서서 망보는 것을 보았을 때부터 뭔지 수상하다고 생각한 거야. 지금도 그렇게 생각하고 있겠지."

"이제 어떻게 하죠?"

"제기랄! 모르겠어. 문제는 그 사다리에 달려 있는 거야. 그게 왜 그곳에 놓여 있었는지 녀석이 알아차리느냐 어떠냐에 달려 있어. 당신 그 도구는 어떻게 했어?"

"여기 갖고 있어요. 이 드레스 주머니 속에……."

"저런, 큰일날 뻔했군! 만일 병원에서 몸수색을 당했더라면 우린 끝장이 났다구."

나는 내 주머니칼을 건네주어 여자에게 자루의 끈을 끊게한 다음 베어링을 꺼내게 했다. 그리고 뒷자리로 옮겨 앉게 해서, 좌석을 들춰 올리고, 그 밑에 주머니를 감추게 했다. 그렇게 해두면, 누구라도 온갖 도구류와 함께 넣어 두는 헝겊 조각으로 밖에는 보지 않을 것이었다. "자, 그냥 그 자리에서 경관을 지켜보고 있으라구! 난 여기서 베어링을 한 개씩 덤불 속으로 집어던질 테니까. 저 친구에게 들키지 않게 잘 지켜 보고 있어야 돼!"

"알았어요."

여자가 망을 보는 가운데 나는 왼손으로 운전하면서 오른손으로 베어링을 창밖으로 획 던졌다. 구슬치기의 구슬을 던지듯 창 넘어로 도로가를 향해서 던졌다.

"저 녀석, 고개를 옆으로 돌렸어?"

"아니!"

나머지도 약2분씩의 간격을 두고 한 개씩 던져 버렸다. 경관은 끝까지 알아차리지 못했다.

가게에 닿아 보니 여전히 깜깜했다. 조금 전에는 퓨즈 있는 곳을 찾을 여유가 없었으므로 물론 새 것으로 갈아 끼울 틈도 없었다. 내가 막 차를 대려는데 경관이 쓱 앞지르더니, 나보다도 먼저 오토바이를 세웠다.

"이봐요, 친구! 퓨즈통을 좀 봐야겠소!"

"좋아요. 나도 보려던 참이니까."

세 명이 퓨즈통 앞으로 다가갔을 때 경관이 회중전등을 비추었다. 순간, 그는 묘한 소리를 내더니 쪼그려 앉았다. 그 고양이가 네 발을 하늘로 향한 채 벌렁 나자빠져 있었다.

"지독하군! 깨끗이 가 버렸어!"

경관은 현관 지붕 밑으로부터 그 사다리 쪽을 죽 회중전등으로 비추었다.

"그렇군! 기억 나겠죠? 아까 우리가 함께 보았던 그 고양이란 놈! 사다리에서 퓨즈통으로 뛰어 옮기는 순간 꼴깍 가버리고 만 거요."

"맞아요. 당신이 아직 얼마 가지도 못했을 때였어요. 마치 피스톨을 쏜 것처럼 꺼져 버렸어요. 내가 아직 차를 움직일 틈도 없었지요. 당신 모습이 안 보이게 되었구나 싶자 금세였죠."

"사다리에서 갑자기 퓨즈 상자로 뛰어 옮기다니, 녀석도 상당히 재수가 없는 놈이지! 불쌍하게도 전기라는 게 어떤 것인지 이해할 만한 머리가 없으니 말이야. 이해하라는 것도 사실 그 녀석들에게는 무리잖아?"

"비참하게 죽었군요!"

"그럼 난 이만 가보겠소. 부인! 너무 걱정하지 마십시오."

"네, 안녕히 가세요!"

5

고양이 뒤치닥거리건 퓨즈통이 어떻게 됐건 상관없는 일이었다. 문을 걸어 잠근 후 우리는 곧장 침실로 들어갔다.

여자는 힘껏 나를 끌어안았다. 이제 밤도 늦은 시간이라 아래층의 가게 문을 두드려댈 사람도 없었고, 주인 영감이 돌아오려면 며칠은 걸릴 테고……. 여자의 남편이라도 된양 느긋한 기분으로 여자의 옷을 하나 하나 벗겨 나갔다.

"당신은 정말 아름다워!"

"오! 프랭크! 진심이에요?"

나는 대답 대신 그녀에게 키스해 주었다. 여자는 숨이 막힐 정도로 격렬했다.

여자는 손을 더듬어 내 바지의 쟈크를 열었다. 힘껏 치솟은 나의 그것을 꼭 쥐었다.

"아, 정말!"

여자는 반미치광이가 되었다. 처음에는 울어댔고 다음에는 오한이라도 난 듯 온몸을 떨었고, 마지막에는 두 다리를 힘껏 뻗고, 그리고 간신히 마음을 가라앉히는 데 두 시간이나 걸렸다. 그리고 한동안 나의 팔에 안겨 있었다.

"이제 다시는 그런 짓 안 할 거야, 프랭크!"

"그래, 이제 그만두자."

"우린 제 정신이 아니었어. 정말 미친 짓이었어요. 미치지 않고서야……."

"영감이 살아나기에 천만다행이었어. 운이 좋았던 거야."

"내가 어쩜 그런 끔찍한 짓을 했을까?"

"나도 그래!"

"아니, 내가 나쁜 여자였어요! 정말 그런 끔찍한 생각을 다해내다니! 그런데 정말 당신은 머리가 잘 돌아가더군요. 비상한 머리예요."
"이봐, 이젠 그런 생각하지 않을 거야. 기대하지 말라구!"
"그래요. 이젠 그만둬요."
"우리가 멋지게, 빈틈없게 해치운다해도 경찰 놈들은 귀신같이 알아낸다구. 어떻게든 냄새를 맡고 말아."
"난 역시 나쁜 여자는 아닌가봐요, 프랭크."
"그래, 당신은 나쁜 여자가 못되겠어."
"내가 나쁜 여자였다면 그만할 일로 그렇게 떨지 않았을 거예요. 이렇게 후회하지도 않았을 테고……. 난 정말 무서웠어요, 프랭크!"
"나도 떨렸어!"
"갑자기 전기가 나갔을 때 내가 뭘 생각했는지 아세요? 당신 생각을 했어요. 당신이 잘못되지나 않았나 걱정했다구요. 갑자기 어두워지니까 겁이 났어요."
"그래, 내가 달려갔었잖아!"
"오, 프랭크. 난 당신 없으면 못살아요!"
"차라리 모든 게 잘 됐어. 우린 이제 죄를 짓지 않아도 되게 됐고……."
"그 경관도 이제 의심하지 않겠죠?"
"난 경찰들을 속이는 데는 자신이 있는 편이었어. 언제나 그랬어, 이번 경우에도 적당히 둘러대지 않으면 안 되었지. 될 수 있는 대로 사실에 가깝게 이야기하면서 결정적인 데만 둘러대야 한단 말이야! 나는 그 녀석들의 속성을 잘 알고 있어. 그 녀석들과 오랫동안 줄다리기를 했지. 하지만 밥맛 없는 놈들이야!"
"프랭크, 이대로 잠잘 거야? 나를 어떻게 해 주지 않겠어요? 정말 잠자지 않았으면 좋겠어요!"
"지금까지 내가 정말 마음을 쏟은 여자는 없었어. 당신이 첫 여자야!"
"당신을 사랑하는 것 외엔 아무것도 생각하고 싶지 않아요. 진심이에요."
여자의 등은 부드럽고 매끄러운 감촉이었다. 여자와 나의 네 개의 다리는 서로 엉켜 있었다.
"난, 아무것도 모르는 당신의 멍청한 아기예요. 프랭크, 그렇죠? 이제부터 무엇이든 당신이 시키는대로 하겠어요. 당신은 머리이고, 나는 손발이 되는 거예요. 나는 일할 수 있어요, 프랭크, 당신을 위해서라면 무슨 일이든 하겠어요! 프랭크, 당신과 함께 살 수만 있다면……."
"그래, 함께 살 수 있을 거야."
"프랭크, 잘 거예요?"
"잠이 올 것 같아?"
"이렇게 당신과 함께 밤을 보내는 건 처음이죠?"
"기분이 좋아?"
"멋져요! 뭐라고 말할 수 없을 만큼 황홀해요. 아아, 당신은 정말 훌륭한 남자예요. 이것 좀 봐요!"
여자는 다시 나를 끌어당겼다. 내 손을 다리 사이로 끌어당겨 문지르고 눈을 감았다. 여자는 나를 기다리며 숨을 멈추고 있었다.
나는 여자의 얼굴을 가만히 들여다보고 있었다.
"빨리!"
여자는 턱을 치켜올리고 머리를 뒤로 잔뜩 젖히며 속삭였다. 그러나 나는 조금도 서두르지 않았다. 여자는 나에게 재촉하고 있었지만 서두르는 것은 원치 않고 있음을 나는 잘 알고 있었기 때문이었다.

나는 두 손을 계속 놀렸다.

그녀의 몸 구석구석을 만져주었다. 나는 그녀에게로 머리를 숙여 젖가슴에 키스를 해주었다.

여자는 이빨을 덜덜거렸다. 숨소리가 다급해진 여자는 두 무릎을 끌어올리고 스스로의 몸을 움직여 빨리 절정에 도달하려 애쓰고 있었다. 그러나 나는 고삐를 늦추었다. 여자는 도망가는 나를 잡으려는 듯 내 손을 움켜잡고 내게로 몸을 들어올리며 온힘을 다했다.

"프랭크, 힘들어? 내가 할까?"

여자와 나의 위치는 자연스럽게 바뀌었다. 그녀는 두 손으로 나의 머리를 움켜잡은 채 이마를 마주대고 있었다. 여자는 눈을 꼭 감고 내가 완전히 깊숙한 곳까지 이르도록 몸을 천천히 움직여 주었다. 그리고 한참 동안 나는 마치 파도에 휩쓸리는 느낌이었다. 여자는 몸을 한번 일으켜세웠다가 나의 겨드랑이 옆으로 손을 밀어넣었다. 침대 용수철이 삐걱거리는 소리가 점점 요란해졌다. 여자는 잠시 나를 응시하고 다시 눈을 감았다. 여자는 신음소리를 내며 나의 어깨를 손톱으로 누르며 머리를 힘껏 뒤로 젖혔다. 두 다리를 뻗친 후 한참만에야 나의 가슴 위로 쓰러졌다.

다음날 아침, 전화 소리에 잠을 깼다.

여자가 전화를 받고 아래층에서 돌아왔을 때 여자의 눈은 반짝거리고 있었다.

"프랭크, 무슨 전환지 알겠어요?"

"병원에서 온 거야?"

"그 영감, 두개골에 금이 갔대요."

"몹시 심한가?"

"그렇게 심하진 않나봐요. 하지만 입원시켜야 한대요. 1주일 가량 놓아 둘 작정인가 봐요. 프랭크! 오늘 밤에도 우린 함께 잘 수 있게 됐어요!"
"코라, 이리 와!"
"지금은 안 돼요. 이제 일어나야 해요. 가게 문을 열어야 할 시간이라구요."
"오라니까, 때릴 거야!"
"알았어요, 주인님!"
아, 그것은 즐거운 1주일이었다.

오후에 여자가 병원에 가는 시간을 제외하곤 줄곧 함께 있을 수 있었다. 그리고 영감 쪽으로서도 나쁜 일만 있는 것은 아니었다. 가게는 착실히 열렸고 장사를 게을리 하기는커녕 더욱 잘 했다. 어떤 날에는 주일학교의 아이들이 1백여 명씩이나 3대의 버스로 들이닥쳐 숲으로 놀러 가야겠으니 간식이랑 도시락 같은 것을 준비해 달라는 주문도 해왔다. 그런 것 외에도 곧잘 번창했다.

어느 날 나는 여자와 함께 나가 여자가 병원에서 나오는 것을 기다려 해변으로 갔다. 여자는 노란 수영복과 빨간 수영모를 빌렸는데, 다 차려 입고 나왔을 때 나는 다른 여자인가 하고 생각할 정도였다. 정말 몰라볼 정도로 멋진 처녀 같았다. 내가 그 여자의 젊음을 처음으로 인식하게 된 것은 바로 그때였다.

모래밭에서 한참을 놀다가 바닷물 속으로 들어가 파도에 몸을 맡겼다. 나는 머리를 파도가 오는 쪽으로 향하기를 좋아했고, 여자는 발쪽으로부터 흔들리는 것이 좋았던 모양이었다. 얼굴과 얼굴을 마주보고, 물 위로는 몸을 곧게 펴고 물밑으로는 손과 손을 맞잡고 있었다. 나는 하늘을 우러렀다.

하늘 외에는 아무것도 보이지 않았다.

나는 신에 대해 생각했다.

우편배달부는 벨을 두번 울린다 45

"프랭크!"

"음?"

"내일이면 영감이 돌아와요. 그러면 우린 어떻게 되는지 알고 있어요?"

"떨어져 자는 거야!"

"나, 당신하고가 아니라 그 영감이랑 함께 자야 한단 말이야!"

"그럼 어떻게 한다? 도망칠까?"

"난 당신이 그 말을 꺼내기만 기다렸어요."

"당신과 나, 그리고 저 끝없이 뻗은 길 뿐이야, 콜라!"

"그래요. 당신과 나, 그리고 끝없는 길!"

"한 쌍의 부랑자가 되겠다는 거야?"

"한 쌍의 집시가 되는 거예요. 그러면 당신과 나는 헤어지지 않아도 되잖아요?"

"그래, 우린 항상 함께 있게 되겠지!"

여자와 나는 다음날 아침 짐을 꾸렸다. 나야 꾸린 짐이라곤 없었지만, 여자는 짐을 꾸렸다. 나는 양복 한 벌을 사둔 것이 있었으므로 그걸 입는 것으로 끝났다.

여자는 모자 상자에 갈아 입을 옷을 채워 넣었다. 그 일이 끝나자 여자는 나에게 상자를 건네주면서 말했다.

"이걸 차 속에 넣어 줘요."

"차라니?"

"차를 가지고 가는 게 아닌가요?"

"오늘 밤 당장 유치장 신세를 질 생각이라면 몰라도, 그건 안돼! 남의 여편네를 채가지고 가는 건 아무렇지도 않지만, 남의 차를 채가지고 가면 절도라는 이름이 붙어."

"어머! 그렇군요."

그렇게 해서 출발했다. 버스 정류장까지 2마일. 거기까지 걸어갈 수밖에 딴 도리가 없었다. 차가 지나갈 때마다 우리는 여송연집의 인디언 인형 광고처럼 손을 내밀곤 했지만 단 한 대도 멈춰 주지 않았다. 남자 혼자서 하는 여행이라면 태워 주었을 것이고, 여자 혼자라도 탈 수가 있었겠지만 남자와 여자가 한 쌍이라면 벌써 가망이 없는 법이다. 그렇게 해서 스무 대 가량의 차가 무심하게 지나쳤을 무렵, 여자는 걸음을 멈췄다. 4분의 1마일쯤 걸었을 때였다.

"프랭크, 난 안 되겠어요!"
"왜 그래?"
"돌아가고 싶어!"
"무슨 소리야, 도대체!"
"이 길, 이 도로가 무서워졌어요."
"농담하고 있는 거야? 힘들어서 그래? 그럼 당신은 여기서 기다리고 있어. 내가 저쪽으로 가서 시내로 들어가는 차를 잡아 올 테니. 잠깐이면 될 거야. 가만 기다리고 있으라구!"
"아니에요, 프랭크. 힘들어서가 아니에요. 난 돌아가야 할 것 같아요. 마음이 내키지 않아요."
"당신, 내가 싫어진 거야? 콜라, 이유가 뭐야?"
"그런 게 아니예요, 무서운 생각이 들어요. 너무 막연한 게 무서워진 거예요."
"새삼스럽게 돌아가다니! 되돌아가 다시 시도할 수는 없어. 마음을 독하게 먹어! 살아갈 방법이 있을 거야."
"나는 아무렇게나 살고 싶지 않아요. 고생이 싫어요! 그래서 저 영감쟁이를 따라왔던 거구요. 나는 집시처럼 살 수는 없어요. 정말이라구요."
"아무말 말고 가만 기다려! 시내까지 타고 갈 차를 잡아올테니."

우편배달부는 벨을 두번 울린다 47

"그 다음은? 차를 타고 시내로 들어가서 뭘 어떻게 하겠다는 거죠?"
"시내에 도착하고⋯⋯ 또 떠나고⋯⋯. 그렇게 사는 거야."
"정말, 다시 돌아가겠어요. 겨우 호텔에서 하룻밤 자고 일자리를 물색하겠죠? 그리고 진흙탕 속에서 살겠죠?"
"당신이 떠나온 그 곳, 거긴 진흙탕이 아니란 말인가?"
"그곳은 편안한 곳이에요."
"콜라, 한번 마음 먹었으면 그대로 하는 거야!"
"싫어요! 돌아가야겠어요. 잘 가요, 프랭크!"
여자의 결심은 단호했다.
"이봐, 내 말 좀 들으라구, 이봐!"
"잘 가요, 프랭크! 난 영감에게로 돌아가겠어!"
 여자는 모자 상자를 내게서 빼앗으려고 잡아당겼다. 나는 놓아 주지 않으려고 힘껏 움켜쥐었다. 꼭 돌아가겠다면 그곳까지 상자를 들어다 줄 생각도 했지만 여자는 악독스럽게 그것을 나꿔채 갔다.
 여자는 모자 상자를 힘겹게 들고 오던 길을 되돌아 걸었다. 함께 떠날 때는 예쁘게 보이는 파란 슈트에다 파란 모자차림의 꽤 멋진 여자였는데 이제는 후줄근해 구겨지고 구두는 먼지 범벅이었고 찔끔거리며 발을 옮겨놓는 뒷모습이 가련한 여자로 보였다. 문득 나도 목이 메었다.

6

 나는 산 버나디노까지 나를 태워다 줄 차를 발견했다. 그곳에서 기차를 타고 동쪽으로 갈 작정이었다. 하지만 나는 공교롭게도 동쪽으로 못가고 말았다. 당구장에서 한 사나이를 만나 그 녀석과 '원 볼 인 더 사이드'를 시작했던 것이다. 이 녀석은 꽤 어리석은 편이었다. 녀석의 친구 중에 제대로 당구를 칠 수 있는 녀석이 하나 있긴 했으나 미안하게도 그 친구라는 녀석의 실력도 내게는 좀 모자랐다. 그 두 녀석과 2주일 동안 그럭저럭 지내면서 나는 그들로부터 2백50달러, 녀석들이 가진 돈을 몽땅 빨아먹고 말았다. 자, 이쯤 되었으니, 서둘러서 이 고을에서 퇴각을 하지 않으면 입장이 곤란하게 될 것 같았다.

나는 멕시코행 트럭을 얻어 타고 그 2백50 달러를 어떻게 쓸 것인지를 골똘히 생각하기 시작했다. 이 정도의 돈이 있으면 여자와 둘이서 해변으로 나가 핫도그 장사를 한다거나 하면서, 더 큼직한 돈벌이와 맞닥뜨린 기회를 기다릴 수도 있을 것 같아 얼마쯤 가다 트럭을 내려 다시 차를 잡아 그렌데일로 되돌아갔다.

여자와 만날 수 있지 않을까 하는 생각으로 그 가게에서 재료를 구입하는 시장 언저리를 어슬렁거렸다. 전화도 두 번쯤 걸었으나 번번이 그리스인 영감이 나오기에 전화 번호가 잘못되었다며 끊곤 했다.

시장을 어정거리다가 심심해지면 그 거리에서 한 블록 다음의 당구장을 찾아 시간을 보내곤 했다. 그런데 하루는 혼자서 당구를 치고 있는 사나이가 눈에 띄었다. 큐 잡는 것도 익숙치 못한 초보자라는 것을 한눈에 알 수 있었다. 나는 일부러 시치미를 떼고 서툰 폼으로 옆의 당구대에서 치기 시작했다. 2백50 달러로 핫도그 스탠드를 시작할 수 있다면 3백50달러 정도라면 더욱 편히 지낼 수 있을 것이다 …… 이런 속셈으로.

"어때요? '원 볼 인 더 사이드'라도 한번 안 하시겠소?"

"난 별로……."

"뭐, 간단한 거요. 그 옆에 있는 구멍 속에 당구알 한 개를 넣기만 하면 되니까."

우편배달부는 벨을 두번 울린다 49

"어쨌든 당신은 내 상대로서는 너무 센 것 같소."
"내가요? 나도 서투르기 짝이 없어요."
"그럼 좋소, 단순한 장난으로 하는 거라면……."
그래서 시작을 했는데, 미끼를 던지는 기분으로 서너 번 져주었다. 이거 참 이상하군 하는 얼굴로, 나는 고개만 갸우뚱 거리고 있었다.
"아니, 형씨만 자꾸 이기지 않소? 아니 이건 농담이지만 아무튼 내가 이렇게 약할 리가 없는데……. 이래갖고는 하고 싶은 생각도 나지 않는 걸……. 어때요? 기분으로 1달러씩 걸지 않겠소?"
"흠, 좋아요. 1달러라면 져봤자 별게 아니니까."
한판에 1달러씩으로 하고서 4, 5달러, 아니 그 이상을 상대방에게 져 주었을까. 나는 매우 안달이 나는 듯한 플레이를 하면서, 때때로 손에 땀이 나는 것처럼 손수건으로 손바닥을 닦아 냈다.
"음, 영 제 실력이 안 나는걸. 내가 잃은 돈을 되찾으면 그 돈으로 한 잔 하기로 하고, 이제 5달러로 해봅시다. 어때요?"
"좋아요. 어차피 이건 재미로 하는 거니까. 당신 돈을 따먹고 싶은 생각은 없다오. 그럼, 5달러로 합시다. 그리고 끝냅시다."
그래서 다시 네 번인가 다섯 번인가를 져 주었는데, 만일 그때의 내 표정을 보았더라면 틀림없이 심장마비라도 일으키지나 않을까 걱정했으리라. 그 밖에도 두어 군데쯤 안 좋은 데가 있는 것처럼 보였을 것이다. 새파랗게 얼굴빛이 질려 있었으니까.
"이봐요. 나도 상식이란 게 있으니 집어치울 시간쯤 모르는 바 아니지만, 하다못해 반쯤이라도 본전을 건지고 싶으니 한판에 25 달러로 합시다. 그리고 약속대로 마시러 갑시다."
"그건 나에게는 과한 액순데……."
"무슨 소리요! 당신은 지금 내 돈으로 내기를 하고 있는 게 아뇨? 안 그렇소?"

"하긴 그렇소만……. 알겠소, 25 달러로 합시다."

내가 마음을 먹고 치기 시작한 것은 그때부터였다. 떡치듯이 후들겨 팼고 쓰리 쿠션으로 구멍에 넣기도 했다. 빌리어드 쇼트로도 했다. 마치 당구공이 온 당구대 위를 뱅글뱅글 헤엄쳐 다니듯이 마음껏 쳐댔다. 마지막에는 점프 쇼트까지 쳐댔다. 상대방 녀석은 그 장님 피아니스트 톰이 아니고서는 할 수도 없을 것 같은 엉성한 솜씨로밖에는 치지를 못했다. 삐걱하고 빗나가기도 하고, 어떻게 자세를 취해야 할지 몰라서 꾸물거리면서 뱅크 쇼트조차도 콜하지 않았다. 그러나 결과는 달랐다. 나는 그 녀석의 페이스에 완전히 말려 당구장을 나설 무렵에는 전재산인 2백50달러하고, 콜라가 시장 보러 올 듯한 시간을 놓치지 않으려고 산 3달러짜리 시계를 깨끗이 녀석의 주머니 속으로 날려버리고 말았다.

"오! 프랭크!"

그리스인이었다. 당구장의 문짝을 여는 바로 그 순간, 길건너 쪽으로부터 그가 뛰어왔다.

"이것 보라구, 프랭크! 이 악당아! 어딜 가 있었나? 내가 머리를 다쳐 마침 제일 곤란한 때, 콜라만 남겨두고 빠져 나가다니, 이 친구야!"

우리는 악수를 했다. 그 영감은 머리에 아직 붕대를 감은 채였고, 눈언저리가 약간 이상했지만 훤한 새 양복을 맞춰입고 있었다. 또 그는 멋을 부리느라 검은 소프트 모자를 삐딱하게 쓰고 있었으며 보라색 넥타이, 갈색 구두, 평상시와 같이 조끼에다 시계의 금사슬을 늘어뜨리고, 손에는 큰 시거를 들고 있었다.

"아저씨, 머리 상처는 좀 나았습니까?"

"머리 말인가? 아, 많이 나았지. 형무소에서 갓 나왔더라도 이렇게 튼튼하지는 못일길. 허기만, 자네 왜 내 집에서 뛰쳐나갔어?

이런 의리없는 사람! 화를 내야겠어!"

"화내지 마세요. 아저씨, 그게 내 본모습인걸요. 한 군데 오랫동안 틀어박혀 있으면 또 훌훌 떠나가고 싶어진단 말이에요."

"훌훌 떠나가는 것도 좋지만 때를 가려야 할 게 아닌가! 그런데 지금은 뭘 하고 있나? 거 보라구! 아무것도 안 하고 있지? 이 건달아! 자, 잔소리 말구 따라와! 지금 스테이크 고기를 사러 가는 길이니 걸으면서 얘기하세."

"혼자 나왔어요?"

"바보 같은 소리 묻지 말라구. 자네가 도망을 갔으니 누가 가게를 지키겠나? 으레 한 사람이지. 콜라하고 나는 이제 함께 나다니지도 못해. 하나가 나가면 하나는 집을 봐야 하니까."

"그래요? 하여튼 걸으면서 이야기 하자구요."

고기를 사는 데 한 시간이나 걸렸다. 그렇게 오랜 시간이 걸린 이유는 영감이 두개골 골절 이야기, 의사들이 이런 골절은 한번도 본 일이 없다고 한 이야기, 상점 일을 도와줄 사람이 안 생겨서 곤란했다는 이야기, 내가 나온 뒤로 두 명의 사나이를 고용했는데, 한 녀석은 사흘만에 현금이 들어 있는 금고를 들고 내빼 버렸다는 이야기, 자네가 돌아와 준다면 그처럼 고마운 일은 없겠다는 이야기까지 쉬지도 않고 지껄여댔기 때문이었다.

"프랭크, 내 말 좀 들어보라구! 나는 내일 산타 바바라로 갈까 해. 콜라와 함께 말이야. 당분간 좀 쉬어가면서 살아야 할 것 같아서……. 그곳에서 열릴 피에스타(축제)를 보러 가는 것이니 자네도 함께 가도록 하자구! 어때, 따라 붙지 않겠나, 프랭크? 함께 갔다 돌아온 다음에 가게에서 일하는 문제를 생각하면 될 것 아냐? 산타 바바라의 피에스타가 궁금하지 않나?"

"아, 축제야 신나는 거죠!"

"미끈하게 빠진 처녀들이 있고, 저절로 어깨가 들썩이는 음악이 있고, 거리에서는 너나 할 것 없이 한바탕 놀아나는거야. 정말 기가 막히게 재미있어. 프랭크, 우리와 함께 가는 거지?"
"그런데…… 좀 곤란하단 말씀이에요."
"곤란하긴 뭐가 곤란해! 자넬 만났다가 데려오지 못했다는 것을 콜라에게 얘기했다간 내가 견뎌날 것 같아? 그 여자가 자네에게 섭섭하게 대하는 것 같았겠지만 그 여자도 자네를 꽤 쓸만하다고 생각하고 있단 말이야. 녀석, 여자들은 꽤 따르게 생겼어. 나도 젊었을 땐 제법 인기가 있었지만 말이야. 피에스타에 함께 가는거야! 한판 신나게 즐기고 오자구!"
"콜라가 좋다고 한다면 따라가겠어요."
영감과 함께 가게로 돌아갔을 때 식당에는 8~10명쯤의 손님이 몰려와 있었고 여자 혼자 조리실에서 접시를 닦느라 부산을 떨고 있었다.
"이봐! 콜라! 여기 좀 보라구! 이 사람이 누군가 한번 보라구!"
"아니! 저 사람, 어디서 만났죠?"
"아, 글쎄, 그렌데일에서 딱 마주치지 않았겠어? 억지로 끌고 왔지. 산타 바바라에 함께 가도록 하자구, 어때?"
"안녕, 콜라! 잘 있었소?"
"아, 글쎄, 그렇게 매정하게 떠나더니 왜 돌아왔수?"
"여보, 그게 무슨 소리요? 프랭크만한 청년이 어디 있소? 그러지 말고 반갑게 맞아주구려."
여자는 비로소 물에 젖은 손을 닦고 마지못해 하는 듯 악수를 했다. 여자의 손에서는 비누 냄새가 났다.
"하여튼 놀아와줘시 반가워요, 프랭크!"

그리고는 주문받은 요리를 황급히 들고 나갔다. 그리스인과 나는 조리실에 앉았다. 여느때 같으면 영감도 여자 일을 거들어 주었겠지만 오늘은 내게 보여 주고 싶은 것이 있었기 때문에 여자 일은 거들떠보지도 않았다.

영감은 큼직한 스크랩북을 꺼냈다. 스크랩북의 천장에는 자신의 귀화증명서가 붙어 있었고 그 다음은 결혼증명서, 로스앤젤레스시의 영업허가증, 그리고 그리스 육군시절의 사진, 콜라와 결혼하던 날 찍은 결혼사진, 얼마 전의 그 사고에 대한 신문기사 오린 것 등의 순서였다.

신문기사에는 영감의 얘기보다 고양이에 대한 얘기가 많이 씌어 있었지만 영감의 이름도 간혹 눈에 띄었다. 영감이 그렌데일 병원에 운반된 얘기와 생명에는 지장이 없겠다는 것 등이었다.

그러나 로스앤젤레스의 그리스인들이 많이 읽는 신문에는 고양이 얘기보다도 영감에 관한 기사가 더 많았고, 영감쟁이의 사진도 실려 있었다. 그 사진이란 게 또 웃기는 것으로 웨이터 시절의 예복 차림이었다. 기사는 보잘 것 없는 그의 경력까지 너저분하게 늘어 놓고 있었다. 그 다음 장에는 X레이 필름이 붙어 있었다. 병원에서는 경과를 알기 위해 매일 한 장씩 새로운 사진을 찍었는데 그의 앨범에 붙어 있는 것만 해도 6, 7장은 되었다. 그것을 어떤 방법으로 붙였는가 하면, 우선 스크랩 북의 두 페이지를 가장자리에 풀을 발라 맞붙인 다음, 한가운데를 4각형으로 도려내고 거기에다 X레이 필름을 끼워 넣었다. 스크랩 북을 들고 밝은 곳으로 비춰 보면 볼 수 있게 한 것이다.

X레이 필름 다음에는 병원에 지불한 영수증, 그리고 간호원에게 지불한 영수증 등의 순으로 이어졌다. 그 영감이 한방 머리를 강타당한 덕분에 든 돈은 모두 3백 22달러나 되었다.

"어때? 잘 돼 있지?"

"기가 막히군요! 일생에 남을만한 기록이군요."

"아니야, 이건 아직 완성된 게 아니라구. 이제부터 흰색과 푸른색으로 모두 장식을 해야 돼. 여기처럼 말이야."

그는 2페이지 가량 채색한 곳을 보여 주었다. 먼저 잉크로 곡선의 모양을 그리고 거기다 적색, 백색, 청색으로 칠한 것이었다. 또 귀화증명서 위에는 미국 국기를 두 개, 그 가운데는 독수리가 그려져 있었고, 그리스 육군의 사진 위에는 그리스 국기 두 개를 교차시켰는데, 여기에 두 마리의 산비둘기가 나뭇가지 위에 앉아 있는 그림이었다.

그밖의 다른 곳에는 무엇을 그려야 좋을지 아직 생각이 떠오르지 않았던 모양이었다. 그래서 내가 사고에 관한 신문기사 위에 고양이 한 마리를 그리고 꼬리에서 빨간색과 흰색, 파란색으로 불꽃이 튀는 것을 그리면 어떻겠느냐고 제안했더니 영감은 머리를 몇번이나 끄덕이며 "그것 참 멋진 생각이야!"라고 감탄을 연발했다.

하긴 로스앤젤레스의 영업허가증에는 독수리의 그림을 그리고, 그 주둥이에다 '오늘 경매'라고 쓴 경매인의 깃대 두 개를 물게 하면 좋겠다고 말했을 때 영감은 그 이유를 깨닫지 못해 어리둥절해 했지만 그 영감쟁이에게는 설명해 줄만한 가치도 없다고 생각하고 내버려 두었다. 그러나 나는 비로소 영감이 왜 이처럼 차려입고, 또 여태까지와 같이 요리를 나르지도 않고 으시대고 있는지를 겨우 알아차릴 수 있었다.

그 이유란 게 또 걸작이었다. 이 그리스인에게는 두개골 골절상을 입은 것이 대단한 일이 아닐 수 없는 모양이었다. 마치 약국을 갓 개업한 이탈리아 녀석 같은 기분이었던 것이다. 빨간 봉랍이 달린 약제사 면허증을 손아귀에 넣기가 무섭게 그 이탈리아 녀석은 조끼에다 검은 테가 둘러쳐진 회색양복 따위를 입고 큼직한 담배를 꼬나물고는 환약을 만들 틈은 물론 없고, 초콜릿이나 아이스크림, 소다 따위는 거들떠보지도 않게 되었다. 이 그리스인이 이렇게 차려입고 있는 것도 그와 똑같은 까닭에서이리라. 이 사나이의 밋밋한 생활에 거창한 사건이 일어났던 것이다.

여자와 단 둘이 있게 된 것은 저녁 때가 다돼서였다. 영감이 2층으로 세수하러 가는 바람에 조리실에 둘이 남게 됐을 때였다.
"내가 어떻게 됐을까 생각해봤어, 콜라?"
"당신을 그리 쉽게 잊진 않았어요."
"난 당신 생각이 머리 속에서 줄곧 떠나지 않았어, 그래, 어떻게 지냈어?"
"그전과 똑 같았어요. 달라진 건 아무 것도 없어요."
"당신에게 두어번 전화를 걸었었지. 하지만 전화할 때마다 영감이 받았어. 그래서 그냥 끊고 말았지. 그동안 돈도 좀 벌었었어."
"잘했군요, 당신도 이제 착실해졌나 보죠?"
"쇠푼을 좀 만지긴 했지만 한때 뿐이었어. 곧 날려 버렸으니까, 그 것으로 이제 당신과 함께 뭔가 시작할 수 있겠구나 했는데 말이야. 돈이란 나와는 인연이 없는 것이었어, 결국 물거품이 되어 사라져 버렸어!"
"그럼 그렇지, 당신이 돈을 모을 리가 있겠어요?"
"이봐, 당신 정말 내 생각하고 있었어?"
"정말! 못믿겠어요?"
"거짓말 아냐?"
"거짓말로 밖에는 안 들려요? 그렇게 나를 믿을 수가 없어요?"
"이봐, 왜 그럼 내게 키스를 해 주지 않지?"

"이제 곧 저녁 먹어야죠. 얼굴과 손을 씻는 게 좋겠어요."

이런 이야기였다. 그리스인은 먼젓번의 그 들큰한 포도주를 들고 나왔고, 노래를 몇곡씩이나 불러제꼈다. 우리는 둥글게 둘러앉아 그 날 저녁시간을 함께 보냈는데 여자의 눈빛은 남모르게 불타오르는 것 같지도 않았다. 그저 나를 전에 이 가게에서 일한 적이 있는 그런 젊은 사내로만 여기는 듯한 태도였다. 그럴 듯한 연극장면이라고 스스로 위안을 해야 할 것인가?

가게문을 닫을 시간이 되었으므로 나는 생각한 것이 있어 두 사람을 2층으로 올려보내 놓고 혼자 밖으로 나왔다. 이대로 이곳에 머물러 다시 여자와 가깝게 지낼 것인가? 아니면 이곳을 떠나 여자를 잊어야 할 것인가? 갈피를 잡을 수가 없었다. 얼마나 지났을까, 집 안에서 다투는 소리가 들려왔다. 가게 쪽으로 다가가자 떠드는 소리가 웬만큼 들렸다.

여자가 고래고래 소리를 지르고 있었다. 나를 내보내지 않으면 자기가 나가겠다고 생떼를 부렸다. 영감은 무어라고 중얼중얼 대답하고 있었지만 내게까지 들리지는 않았다. 나를 여기에 두고 다시 일하게 하자고 설득을 하고 있는 모양이었다. 영감은 여자의 입을 다물게 하고 싶은 모양이었지만 여자는 일부러 들으라는 듯 더욱 목청을 돋우고 있었다. 여자는 내가 집안에 있다고 생각할 것이다.

그러더니 갑자기 이야기 소리가 그쳤다. 나는 소리나지 않게 살며시 집안으로 들어가 조리실 쪽으로 더듬어 갔다. 무슨 소리가 들리나 잔뜩 귀를 기울였다. 그러나 아무 소리도 들리지 않았다. 들려오는 것이라곤 나의 심장이 고동치는 소리 뿐이었다. 두근, 두근, 두근! 아아, 내 심장소리 치고는 어째 좀 이상한데······. 그 순간 조리실 안에는 두 개의 심장이 소리지고 있음을 깨달았다.

그래서 그처럼 이상한 소리가 났던 것이다.

나는 재빨리 불을 켰다.

여자가 그곳에 서 있었다. 새빨간 옷을 입고 우유처럼 핏기가 없는 얼굴로 나를 응시하고 있었다. 여자의 손에는 길고 예리한 칼이 들려 있었다.

재빨리 손을 뻗어 그것을 빼앗았다.

여자가 말을 하기 시작했을 때 뱀이 날름날름 혀를 놀리고 있는 것 같은 오싹한 느낌이 들었다.

"이봐요! 왜 돌아왔죠? 돌아와야만 할 이유라도 있었나요?"

"어쩌다 보니 이렇게 됐어. 당신을 잊을 수 없었던 것도 사실이었어."

"당신은 돌아오지 않았어야 했어요! 나는 이것이 내 팔자거니 하고 살아갈 작정이었어요. 노력만 하면 깨끗이 잊을수도 있었다구요. 그런데 이제 와서 느닷없이 돌아오면 어떡하겠다는 거죠?"

"우린 다시 시작하는 거야!"

"저 사람이 스크랩 북을 만들고 있는 이유를 아세요? 자기 자식들에게 보여주기 위한 거란 말예요. 지금 저 사람은 아기를 원하고 있어요. 지금 당장 임신을 하도록 하자는 거예요."

"당신은 왜 돌아왔지? 저 영감쟁이가 좋아서? 아기를 낳아주려고?"

"내가 미쳤다고 당신을 따라가겠어요? 화물차 속이나 숲속, 그 따위 지저분한 곳에서 당신을 위해 옷을 벗어야 하나요? 당신은 어째서 내가 따라가리라고 생각했죠?"

나는 그만 입을 다물고 말았다. 이미 털려 버린 2백50달러 생각이 간절히 떠올랐다. 어제는 내 호주머니 속에 있었지만 '원 볼 인 더 사이드'를 해서 빼앗겼다고 이 여자에게 말한들 무슨 소용이 있겠는가?

"당신은 도대체가 돼먹지 못한 건달패라구요! 이제 모든 걸 깨달았어요. 어디 멀리 가 버리지 않고 왜 불쑥 나타났죠? 나를 가만 내버려두지 않으면 어떻게 하겠다는 거죠? 정말 지겹게……."

"이봐, 콜라! 나는 당신을 사랑하고 있어, 당신을 이곳에 두고 가버릴 수는 없었어. 콜라, 정말이야. 그러니 제발 얼마간이라도 그 애새끼 애긴 좀 미뤄둬. 얼마간 시간을 좀 벌어 놓고 그동안 좋은 방법이 없는지 궁리를 해보자구, 응? 나야 뭐 지금 현재는 별볼일 없는 놈이지만, 당신에게 홀딱 빠져 있어, 콜라, 진심이야!"

"진심이 어떻게 생겨먹은 거죠? 산타 바바라에 당신이 함께 가는 날에는 나는 영감에게 바로 당신의 아기를 낳겠어요, 라고 말할 거야."

"이봐, 콜라!"

"오오, 산타 바바라에 당신을 데리고 가겠다니, 영감도 돌아버렸지! 우리와 같은 호텔에 묵겠죠? 갈 때도 같은 차를 타고! 그리고 당신은……."

여자는 그 다음 말을 잇지 못했다.

우리는 서로 얼굴을 주시한 채 뻣뻣이 서 있었다. 세 사람이 함께 같은 자동차로……. 나의 머릿속에서는 그 말이 자꾸 맴을 돌았다. 그것이 무엇을 의미하는지 여자와 나는 어렴풋이나마 알고 있었다.

조금씩 여자와 나의 몸이 가까와지고 마침내 맞닿았다.

"아, 난 못참겠어! 프랭크."

여자는 기다렸다는 듯 내 품 속으로 파고들었다.

"저 돼지 같은 그리스 영감쟁이의 자식 따윈 낳을 수 없어요. 정말 내가 낳고 싶은 건 당신의 아기예요!"

"고마워, 콜라!"

"당신이 좀더 착실한 사람이었다면 얼마나 좋겠어요. 당신은 영리하지만 건달패인걸……."
"영감은?"
"목욕하고 있어요. 시간은 충분해요. 아, 프랭크 빨리!"
 나는 여자를 안아 조리대 위에 눕혔다. 그 위에 놓여 있던 빵조각들을 밀어붙이고, 전기불을 껐다.

7

 흐르고 흘러도 길은 멀고
 꿈의 나라, 갈 길은 멀어
 밤하늘 더 높고 달빛은 밝은데
 두견새 노래하는 사랑의 고향

 기다리고 기다려도 밤은 길고
 언제까지 이어질까
 내 나그네 길
 떳떳하게 소원을 이룰 때까지
 그대와 함께 가리라
 사랑의 오솔길

"아저씨들, 기분 좋군요!"
"저분들은 저렇게 취했는데 나만 외톨이라구요."
"저분들께는 핸들을 못맡기시겠군요, 아주머니. 아주머니께서 운전하시니 저 두 사람은 모두 마음놓고 취하겠죠?"
"저런 주정뱅이 남자들과 여행을 떠나봤자 별 수 없을 거란 건 처음부터 알고 있었어요. 하지만 어쩔 수 없잖아요? 가기 싫다고 말했지만 그럼 둘이서 떠나겠다는 거예요. 어디 안심하고 보낼 수가 있어야죠."

"두 분만 보냈다면 지금쯤 모두 목뼈가 부러졌을 걸요?"

"그래요. 그래서 내가 운전하고 있는 거예요. 운전하는 것 외에는 내가 할 일이란 없죠."

"휘발유값 1달러 60센트예요. 오일은 더 넣지 않아도 돼나요?"

"네, 충분한 것 같아요."

"감사합니다. 안녕히!"

여자는 차 속으로 들어와 다시 핸들을 잡았고 나와 그리스인은 노래를 계속 불러댔다. 차는 다시 움직이기 시작했다.

이것은 모두 계획된 연극의 한 장면에 불과한 것이었다. 나는 술에 취해 있지 않으면 안 되었다. 아니, 취한 것처럼 보이지 않으면 안 되는 것이었다. 먼젓번의 경험으로 완전범죄란 얼마나 어려운 것인가를 절실히 깨달았기 때문이었다. 아니, 먼젓번의 실패로 이번 계획은 더욱 주의를 기울이지 않으면 더 쉽게 드러날 위험이 있기 때문이었다.

이번에도 역시 교묘한 수법으로서, 도저히 살인이라고 의심할 여지가 없게 되리라고 나는 믿었다. 취중 운전, 차 속에서의 요란한 법석, 그밖의 여러가지 상황으로 미루어 으레 있는 교통사고로 처리될 것이다.

물론 내가 호기 있게 술을 들이킬 때 영감이 내 계획대로 취해주지 않는다면 차질이 생기겠지만 그것도 걱정할 필요가 없게 되었다. 휘발유를 넣기 위해 차를 세운 것도, 여자는 말짱해서 운전을 맡고 있었다는 것, 두 사람은 이미 운전을 하기에는 너무 취해 있었다는 것 등을 증언시키기 위해서였다.

출발하기 전에도 도움이 될만한 일이 있었다. 9시쯤 막 문을 닫으려 하고 있을 때, 한 사내가 식사를 하러 가게 앞에까지 와서 우리가 출발할 때의 광경을 물끄러미 지켜보아 주었던 것이다. 내가 자동차를 끄집어 내려고 하다 두 번이나 실수를 하여 엔진을 꺼뜨리는 광경도 그는 보았다. 술이 취했기 때문에 운전은 도저히 무리라고 콜라가 내게 말하는 것도, 그 때문에 콜라와 내가 말다툼까지 벌이는 것도 그는 보아 주었다. 여자가 운전하기 싫다고 말하는 것도, 내가 그리스인과 단 둘이서 떠나고 말겠다고 서두르는 장면도 물론 보았다. 결국 여자가 우리 둘을 밖으로 끌어내어 좌석을 바꿔 내가 뒷좌석으로 가서 앉고 그리스인이 앞에 앉는 것까지, 그리고 여자가 핸들을 잡고 운전하여 출발할 때까지, 고맙게도 그는 떠나지 않고 지켜보고 있었다.

페프 파커라는 그 사내는 엔시노에서 토끼를 기르고 있는 사람이었다. 그 사람의 주소를 알고 있었으므로 언제고 필요한 경우에는 찾을 수 있었다.

나와 그리스인은 〈마더 매클리〉를 부르고 〈스마일, 스마일, 스마일〉을 부르고, 〈시냇가의 물레방아간〉을 부르며 금새 '말리부 비치'라는 이정표가 있는 곳까지 왔다. 여자는 거기서 구부러졌다.

사실은 지금까지 오던 길을 따라 똑바로 가는 것이 당연했다.

그곳에서 해안쪽으로 나가는 큰길은 둘 있었다. 하나는 1마일 가량 바다로부터 안으로 들어간 곳이 있는 길인데, 이것이 우리가 잡은 코스였다. 또 하나의 길은 태평양 연안을 따라 달리고 있었다. 이 두 개의 도로는 벤추라에서 마주치는데 그 앞쪽으로는 산타 바바라로든 샌프란시스코로든 마음내키는 대로 갈 수 있었다.

그런데, 이때 나온 이야기란 것이, 여자가 영화스타들이 살고 있는 말리부 비치를 아직 구경하지 못했으니 바다로 나가는 길을 약간 옆으로 비켜 3마일 가량 우회해서 그곳을 구경하자는 것이었다. 그 다음 큰길로 나가 계속 산타 바바라로 가자고 했다. 그 속셈은 이 길은 로스앤젤레스 일대에서도 험하기로 첫손을 꼽는 길로서, 사고가 일어났다고 해도 아무도 놀라지 않을 곳이기 때문이었다. 그 길은 경찰들까지도 조금도 놀라지 않을 험로였던 것이다.

길은 어두웠고 지나는 차들도 거의 없었다. 인가 같은 것도 물론 없었다. 그래서 우리가 그런 짓을 하려고 마음먹은 장소로는 안성맞춤이었다.

그리스인 영감은, 처음 얼마 동안은 아무것도 몰랐다. 차는 언덕 위의 '말리부 호반'이라는 이름의 작은 피서지를 통과했는데, 그곳 클럽 하우스에서는 춤을 추고 있었고 호수에 나와 카누를 타고 있는 남녀도 몇 쌍 있었다. 우리는 보트 위의 녀석들을 향해 큰 소리로 야유를 보내기도 했다.

영감도 멋모르고 나를 따라 소리를 질러댔다.

"야! 내 여자도 하나 부탁한다구!"

이것이 특별히 어쨌다는 건 아니다.

어쨌든 이것으로 우리가 어디를 지났는지 그 증거가 하나 늘어난 셈이었다.

누군가가 그러한 증거를 찾기 위해 수고를 해 주기만 한다면 말이다.

마침내 산 속으로 향하고 있는 최초의 기다란 언덕길에 접어들었다. 이 길은 3마일이나 계속 올라가야 하는 언덕길이었으므로 이곳을 올라가는 요령을 나는 미리 여자에게 가르쳐 주었었다.

처음에는 50피트 가량마다 급커브가 있으므로 꺾어질 때 속도가 떨어지지 않게 하려면 기어를 계속 2단으로 올려 놓아야 한다는 것이었다.

그리고 또 한가지는 엔진을 뜨겁게 만들어 놓자는 속셈에서였다.
 꼼꼼한 데까지 아귀가 맞아 들어가게 해두어야만 했다. 조사를 받게 되었을 때 충분히 둘러댈 얘기가 없으면 곤란하니까.
 그러는 동안, 그리스인은 밖을 내다보고 주위가 캄캄하기만한 외진 곳이란 걸 알았고, 이 산 속 길이 가로등도, 인가도, 주유소도 무엇 하나 찾아 볼 수 없는 지독한 곳임을 알아차리더니 겨우 제 정신이 드는지 잔소리를 하기 시작했다.
 "이봐, 어디로 가는 거야? 세우라구! 돌아가야 해! 길을 잘못 들었어!"
 "잘못 들지 않았어요! 지금 어디를 달리고 있는지 알고 있다구요. 말리부 비치로 가는 길이에요. 당신, 잊었수? 내가 거길 구경하고 싶다고 했잖아요?"
 "그럼, 좀 천천히 달려!"
 "천천히 달리고 있잖아요!"
 "더, 더 천천히 말야! 아차하면 우리는 모두 천당행이 되고 만다구!"

 길은 다시 내리막길이 되었다. 여자는 엔진을 껐다. 그래도 몇 분 동안은 열이 계속되었고 마침내 팬이 멎었다. 언덕길 아래까지 와서 여자는 다시 시동을 걸었다. 나는 계기판을 보았다. 열 온도는 2백이었다. 다시 오르막길로 접어들자 계기판의 온도는 더욱 올라갔다.
 "네, 좋습니다! 네, 좋습니다!"
 이것이 우리들의 신호였다. 이것은 아무 의미도 없는 쓸데없는 말의 하나였으므로 영감은 진혀 신경을 쓰지 않았다. 여자는 차를 길 한쪽 옆으로 붙여 세웠다.
 바닥도 보이지 않는 아득히 깊은 낭떠러지였다. 5백 피트는 족히 될 것 같았다.
"잠시 엔진의 열을 식혔으면 해요."
"맞았어, 당신 말대로야! 프랭크, 좀 보라구. 얼마나 올라 있나?"
"얼마예요?"
"2백5! 조금 더 지나면 끓을 정돕니다요."

나는 스패너를 잡았다. 시트 밑에 감추어 두었던 것이었다. 그러나 그 순간, 언덕 위쪽에서 자동차 불빛이 희미하게 보였다. 차를 지나 보내는 동안 우리는 기다릴 수밖에 다른 도리가 없었다.
"닉, 기운 내요! 노래라도 불러요!"
닉은 쓸쓸한 산골 풍경을 둘러보았으나 노래할 기분이 나지 않는 모양이었다. 그리고는 문을 열고 밖으로 나갔다. 자동차 뒤에서 토하는 소리가 들렸다. 그 자동차가 지나갈 때 영감은 자동차 뒤쪽에 있었다. 나는 넘버를 머리에 새겨두기 위해서 자세히 보았다. 느닷없이, 나는 큰 소리로 웃기 시작했다. 여자가 고개를 돌려 내 얼굴을 보았다.
"이렇게 해 두어야 해. 저 녀석들에게 무언가를 기억시켜 두어야지. 그들이 지나갈 때, 남자는 둘 모두 살아 있었다는 것을 말야."
"번호 외웠어요?"
"2R-58-01이었어."
"2R-58-01. 알았어요. 나도 외웠어요."
"오케이!"
영감이 차 뒤에서 돌아왔을 때는 어느 정도 기분이 좋아진 듯했다.
"저걸 들었나?"
"뭘 말이죠?"

"자네가 웃었을 때의 산울림! 기막힌 산울림이었어."

그러더니, 갑자기 높은 소리를 질렀다. 카루소의 레코드에 있는 것 같은, 노래가 아니라 단순한 높은 목소리였다. 한바탕 소리를 내지른 영감은 갑자기 뚝 그치고 귀를 기울였다. 과연 메아리가 되돌아왔다. 기막히게 맑은 목소리로, 그것이 영감이 외치던 때처럼 뚝 그쳤다.

"어때? 내 목소리를 닮았나?"

"정말 똑 같군요! 아저씨. 아주 똑 같은 음색인 걸요."

"그래, 정말 멋진 메아리야!"

영감은 5분간이나 그곳에 서서 큰 소리를 질러 놓고는 그것이 산울림이 되어 되돌아오는 것을 듣고 있었다. 자신의 목소리와 똑 같은 음색을 듣는 것은 그것이 처음인 듯했다. 영감은 처음으로 거울 속의 자신의 얼굴을 본 고릴라처럼 좋아하고 있었다.

여자는 초조한듯 내 얼굴만 바라보고 있었다. 우물우물하고 있을 수는 없었다. 나는 골을 내어 보였다.

"나 좀 봐요, 아저씨! 도대체 어떻게 할 셈이세요? 그렇게 밤새도록 아저씨 목소리에 반해서 듣고 있을 셈이세요? 자, 타세요! 이제 떠나야 한단 말이에요."

"늦었어요, 닉!"

영감은 안으로 들어와서도 얼굴을 창밖으로 내밀고 또 한번 소리를 질렀다.

나는 두 다리에 힘을 주어 버티면서 창틀에 턱을 얹어 놓고 있는 영감의 머리를 스패너로 힘껏 내리쳤다. 퍽하고 두개골이 갈라지는 듯한 소리가 났다. 깨지는 것이 내 손에 느껴졌다. 영감은 고양이처럼 좌석 속으로 몸을 웅크린다. 그리고 꼼짝도 않게 될 때까지는 1년이나 걸린 듯한 기분이 들었다. 그때, 콜라가 "으으!" 하고 묘한 소리를 내더니, 그 다음에는 괴로운 신음 소리를 냈다. 마침 그때, 영감의 목소리가 산울림이 되어 돌아왔던 것이다. 그것은 영감의 목소리와 똑같이 높은 톤으로 울려퍼졌고, 그리고 그쳤다.

8

둘이 모두 아무말도 하지 않았다. 여자는 어떻게 해야 할지를 알고 있었다. 여자가 뒷자리로 옮기고 내가 앞으로 옮겨갔다. 다시 라이트 밑에서 나는 스패너를 보았다. 피가 두세 방울 묻어 있었다. 나는 로도주병의 마개를 빼고, 그 피가 없어질 때까지 술을 부었다. 술이 영감의 몸에도 쏟아지게 부었다.

그런 다음, 영감 옷의 마른 부분으로 스패너를 잘 닦고 여자에게 넘겨 주었다. 여자는 좌석 밑에 그것을 넣었다. 나는 스패너를 닦은 영감의 옷에 포도주를 더 끼얹고는, 의자에 병을 내리쳐 깬 다음 그것을 영감의 몸 위에 올려 놓았다.

그리고 나는 차를 스타트시켰다. 병은 벌컥벌컥 소리를 냈고, 깨진 곳으로부터 술이 넘쳐 나왔다.

조금 나가서 기어를 2단으로 바꿨다. 차를 세워 두었던 그곳에서 5백 피트의 낭떠러지 아래로 차를 밀어 떨어뜨릴 수는 없었다. 우선 그렇게 높은 낭떠러지 아래로 떨어질 경우 어떻게 살아 남는 사람이 있을 수가 있겠느냐는 문제가 생길 것이었다. 나는 2단으로 천천히 차를 몰아 골짜기가 하나의 구획을 짓는 곳까지 왔다. 그곳은 깊이가 50피트밖에 안 되는 곳이었다. 거기까지 왔을 때, 나는 벼랑 끝까지 차를 몰고 가발을 브레이크에 대면서 핸드 스로틀로 연료를 보냈다. 오른쪽 앞바퀴가 벼랑 끝에서 공중으로 나가는 순간, 나는 브레이크를 세게 밟았다. 차는 멎었다. 내가 계획했던 대로 일은 순조롭게 잘 되어 나갔다. 스위치는 끄지 않고 운전 중이었던 것으로 해둘 필요가 있었다. 7때부터 우리들의 준비가 끝날 때까지 엔진이 정지해 있었으므로 차는 떨어지지 않을 것이었다.

나와 여자는 차 밖으로 나왔다. 벼랑 가에 발자국을 남기지 않기 위해 포장한 길 위를 밟았다. 여자가 차 뒤에서 내가 넣어 두었던 돌 하나와 2피트짜리 판자를 꺼내 내게 건네주었다. 나는 그 돌을 뒤쪽 차축 밑에 놓았다. 애당초부터 알맞은 크기의 돌을 골라놓은 터라 돌은 알맞게 자리를 잡았다. 나는 차축과 돌 사이에 판자를 끼워 넣었다. 판자의 한쪽 끝에 몸무게를 실어 차를 들어 올렸다. 차는 기울었으나, 아직 걸터 있는 채로 움직이지를 않았다. 다시 한번 밟았다. 다시 조금 기울었다. 땀이 솟아났다, 이런 곳에서 죽은 자를 태운 차와 함께 있으면서, 만일 이 차를 밀어 떨어뜨리지 못한다면 어떻게 될까?

나는 다시 한번 판자를 밟았는데 이번에는 여자도 거들었다. 두 사람의 몸무게를 실어 눌렀다. 다시 한 번! 그러자 갑자기……. 정신을 차렸을 때 우리 둘은 길바닥에 나가 떨어져 있었고, 차는 절벽을 구르고 굴러 곤두박질치며 1마일 밖에서도 들릴 만큼 큰 소리를 내며 떨어져갔다.

차는 더이상 움직이지 않았다. 라이트는 아직 켜진 채였지만 불이 붙지는 않았다. 정말 대단한 모험이었다. 스위치를 켜 놓은 채였으니……. 차가 타 버리면, 우리가 어떻게 타 죽지 않을 수가 있단 말인가.

나는 그 큰 돌을 집어들어 언덕에서 힘껏 내던졌다. 판자를 주워 적당한 곳까지 달려가서, 길의 반대쪽을 향해 집어던졌다. 이렇게 해 두면 아무것도 걱정할 것이 없었다. 도로에는 어디서나 비슷한 판자가 트럭에서 떨어져, 그 위를 달리는 차에 깔려 모서리가 뭉개져 버린다. 이 판자도 그 중의 하나인 셈이 된다. 나는 하루 종일 이것을 길바닥에 내동댕이쳐 두었으므로 타이어 자국도 생겼고, 가장자리도 모두 일그러져 있었다.

  나는 뛰어서 되돌아와 여자를 안아 들고 함께 벼랑을 미끄러져 내려갔다. 왜 내가 여자를 안고 내려갔는가 하면 발자국 때문이었다. 내 발자국에 대해서라면 걱정할 필요가 없었다. 어차피 곧 숱한 남자들이 수도 없이 이 곳을 오르내릴거니까. 그러나, 여자의 뾰족한 힐 같으면, 만일 누가 조사해 볼 생각만 한다면, 분명하게 그 발자국이 향한 방향을 알게 될 것이 틀림없으니까.

  나는 여자를 내려 놓았다. 차는 언덕 중턱에 두개의 바퀴만으로 받쳐진 채 걸려 있었다. 그리스인은 아직 차 속에 있었으나 몸은 바닥에 뒹굴고 있었다. 포도주 병이 영감의 몸과 좌석 사이에 끼어 우리가 보고 있는 동안에도 술이 흘러 나오고 있었다.

  차의 지붕은 몹시 우그러져 있었고, 펜더는 구부러져 있었다. 나는 문짝이 열리는지 어떤지 시험해 보았다. 이것은 중요한 일이었다. 여자가 도로로 기어 올라가 구조자를 발견해 내려올 동안 나는 차 속에 들어가 유리 파편에 상처투성이가 되어 있지 않으면 안 된다. 다행히 문은 곧잘 열렸다.

  나는 여자가 혼이 난 것처럼 보이게 할 생각으로 블라우스를 형편없이 구겨놓기도 하고, 단추를 잡아뜯기도 했다.

  여자는 나를 가만히 바라보고 있었다. 그 눈을 푸른 색이 아니라 검게 보였다. 여자의 숨이 거칠어지고 있음을 느낄 수 있었다. 그러나 다음 순간 여자의 숨소리가 멎으면서 여자는 찰싹 나에게 몸을 붙여 왔다.

  "찢어, 찢어 줘!"

  여자의 가슴팍에 손을 디밀어 잡아제쳤다. 목 아래서부터 배까지, 여자의 몸이 드러났다.

  "정신없이 차 속에서 기어 나온 거야. 문의 손잡이에 옷이 걸려…

…."

 나의 목에서는 싸구려 축음기에서 나오는 소리 같은 이상한 쉰 소리가 났다.
 "그리고, 어쩌다 이런 꼴이 되었는지 당신은 아무것도 모르는 거라구."
 한 발짝 물러서서 잔뜩 웅크렸다가 여자의 눈을 힘껏 쥐어 박았다. 여자는 쓰러졌다. 내 발 밑에 쓰러진 채로 여자는 눈을 이글이글 빛내고, 유방은 가슴에서 바르르 물결치며, 당장에라도 덤벼들 듯이 몸을 도사리고……. 필사적으로 나를 향해 덤벼들 것만 같았다.
 쓰러져 있는 여자를 내려다보며 나는 목구멍 속으로부터 짐승처럼 거친 숨을 몰아 쉬고 있었다. 혀도 입 속에서 부풀어 올라 벌떡벌떡 맥박치고 있었다.
 "괜찮아요! 프랭크, 괜찮다구요!"
 그리고 정신을 차렸을 때 나는 여자의 몸 위로 쓰러져 있었다. 우리는 어느덧 서로 힘껏 끌어안고 있었다.

 여자와 나는 한치의 빈틈도 없이 몸을 바짝 밀착시키고 있었다. 서로의 사이에 조금의 틈이라도 있으면 그만큼 더 불안할 것 같았다. 지옥의 문이여, 열릴 테면 열려라! 이미 엎질러진 물이다. 지옥의 문이 열리든, 천국의 문이 열리든 이제 우리에게 상관없는 일이었다. 텅 빈 가슴을 채우기 위해 여자와 나는 온 힘을 다하여 키스하고 불안을 씻기 위하여 미친 듯이 애무했다. 교수대에서 목이 졸리는 한이 있더라도 한바탕 불태우지 않을 수 없었다.
 곧 뒤집힐 듯 가까스로 버티고 있는 자동차가 옆에 있었지만 우리들의 눈에는 들어오지 않았다. 여자는 내 바지의 쟈크를 내리고 손을 집어 넣었다. 나의 욕망은 이글거렸다. 나는 여자의 찢어진 블라우스

사이로 내민 젖가슴을 입에 물었다.
 우리들은 산비탈을 기어오르는 짐승처럼 씩씩거리고 있었다

9

 그리고 우리는 한참동안 마약에라도 취한 것처럼 쓰러져 있었다. 주위는 고요했고, 들리는 거라곤 자동차 안에서 술이 똑똑 떨어지는 소리 뿐이었다.
 "이제 어떻게 하죠, 프랭크?"
 "멀고도 험한 길이야. 콜라! 이제 당신은 정말 좋은 여자가 돼야해. 자, 이제부터 일이 시작되는 거라구! 잘 해낼 수 있겠어?"
 "이렇게 된 이상 무엇이든 해내야겠죠."
 "경찰에게 들볶이게 되겠지. 진을 빼놓고 말 거라구. 각오를 단단히 해야해"
 "염려마세요."
 "어떻게든 구실을 만들어 당신을 집어 넣으려 할 거야. 그렇게 되지 않으려고 증인들을 만들어 두었지만 말이야. 워낙 끈질긴 놈들이니……. 안 되면 과실치사라는 죄목으로 당신을 집어 넣을 지도 모르지. 그 정도는 각오해야 할 거야. 당신, 할 수 있겠어?"
 "내가 나올 때까지 당신이 기다려 준다면……. 물론 기다려 주겠죠?"
 "그걸 말이라고 해? 1년이 아니라 10년이라도 기다리는 게 당연하잖아?"
 "그렇다면 견딜 수 있어요. 그런데 당신은 괜찮을까요??"
 "내 걱정은 하지 말라구. 난 주정뱅이야. 녀석들, 테스트를 해서 내가 술에 취했다고 판단할 테지. 난 주정꾼답게 아무렇게나 되는 대로 지껄여 주겠어. 놈들이 어리둥절해지게 말이야. 내가 술이 깬

다음에 사리에 맞는 소릴 하면 놈들도 믿어주지 않을 수 없을테지."
"난 당신이 시킨대로 하겠어요."
"그리고 또 한 가지, 당신은 내게 굉장히 화를 내야 돼. 내가 술에 취해 있었다는 데 대해. 그게 이런 꼴이 된 원인이라면서 욕지거리를 퍼부어야 해!"
"알았어요."
"자, 이걸로 얘긴 다 됐어."
"프랭크!"
"왜?"
"아직도 한 가지 얘기가 더 남아 있어요. 당신은 나를 사랑하지 않으면 안 돼요. 서로 사랑하고 있기만 하면 다른 일 따위는 아무런 문제가 되지 않아요."
"음...... 그걸 어떻게 해야 증명할 수 있을까?"
"그럼 나부터 먼저 말하겠어요. 콜라는 당신을 사랑해요, 프랭크!"
"나도 당신을 사랑해, 콜라!"
"키스해줘요."

나는 키스해 주고 다시 한번 끌어안았다. 그때 나는 골짜기 건너 저쪽 언덕에 불빛이 하나 반짝반짝하는 것을 보았다.
"자, 이젠 도로로 올라가! 잘해! 멋지게 해내야 돼!"
"해 보겠어요."
"살려달라고 외치는 거야! 당신은 아직 영감이 죽었다는것도 모르고 있는 거라구!"
"알았어요."

"도로까지 기어 올라가자 당신은 쓰러졌다, 그래서 옷에는 모래가 묻어 있다, 알겠지?"
"염려마세요. 그럼, 안녕!"
"잘 해!"

여자는 도로를 향해 벼랑을 올라가기 시작했고, 나는 차 있는 곳으로 내려갔다. 한데 그 순간, 나는 모자가 없음을 깨달았다. 나는 차 속에 있었던 것으로 해야 하니까 모자는 곁에 놔 두지 않으면 안 된다.

그 근처를 손으로 더듬었으나 없었다. 그러는 동안에도 달려오는 차는 자꾸자꾸 가까와지고 있었다. 앞으로 두세 번만 커브를 돌면 바로 위까지 오겠지.

모자는 아직도 찾지 못했고, 아직도 내 몸에는 상처 하나 나 있지 않았다. 나는 단념하고 차 안으로 기어 들어가려다가 앞으로 넘어졌다. 발부리가 차에 걸렸던 것이다. 황급히 차를 붙잡고 안으로 뛰어 들었다. 나의 체중이 가해짐과 동시에 바닥이 푹 가라앉는가 싶더니 차는 내 몸과 함께 곤두박질을 쳤다. 그리고 그뿐이었다. 나는 한동안 아무 것도 알지 못했다.

얼마나 지나갔을까? 정신을 차렸을 때 나는 땅바닥에 누워 있었고 주위에서 많은 사람들이 떠들썩하게 지껄여 대고 있었다. 왼쪽 팔이 지독히 고통스럽게 쑤셔댔는데 너무 아파 고통이 올 때마다 비명을 지르지 않을 수 없었다. 등도 마찬가지로 아팠다. 머리 위쪽에는 뭐라고 큰 소리로 떠들어 대는 놈이 있었는데 그 소리는 무시무시하게 커지는가 싶다가는 또 멀어지곤 했다. 그 큰 목소리가 들려 올 때마다 지면이 가라앉는 듯했다. 나는 그곳에 있다고도 있지 않다고도 할 수 없는 애매한 상태였는데 지면 위를 마구 뒹군다거나 발을 버둥거려야 한다는 생각을 할 정도의 의식은 있었다. 나의 옷에도 틀림없이 모래가 묻어 있었을 테니……. 거기에는 그럴 만한 이유가 없으면 곤란할 것이었다.

그 다음 내 귀에 들려온 소리는 날카로운 것이었다. 나는 구급차 안에 있었다. 주(洲) 경관 한 녀석이 내 발치에 있었고, 의사 한 명이 내 팔을 치료하고 있었다. 그 팔을 본 순간 나는 또다시 정신을 잃고 말았다. 피가 꾸역꾸역 나오고 있었으며, 손목과 팔꿈치 사이가 부러뜨린 나뭇가지처럼 꺾여 있었다. 팔이 부러졌던 것이다. 그리고 얼마후 다시 정신을 차렸을 때도 의사는 아직 내 팔을 치료하고 있었다. 나는 발목을 움직여 보았다. 발은 괜찮았다.
클랙슨이 울릴 때마다 나는 의식을 되찾았다. 둘러보니 그리스인의 모습이 보였다. 영감은 옆에 누워 있었다.
"니이……크, 니이……크."
누구도 입을 열지 않았다. 나는 다시 주위를 둘러보았으나 콜라의 모습은 보이지 않았다.

잠시 후, 구급차는 멎었고 그리스인은 끌어내려졌다. 이번에는 내 차례려니 생각하고 기다리고 있었으나 아무도 나를 끌어내리지 않았다. 그래서 나는 영감이 이번에야말로 죽었음을 알았다. 이젠 고양이 이야기 따위로 둘러대거나 할 필요가 없었다.
술주정뱅이 흉내만 내면 끝나는 것이었다. 우리 둘이 함께 끌어 내려졌다면 그곳은 병원이겠지만 영감만이 끌어 내려졌으므로 그곳은 시체 안치소임에 틀림없었다.
차는 다시 움직이기 시작했고 다음에 멎은 곳에서 나는 들것에 실렸다. 건물 안으로 들어가자, 그들은 흰 벽의 방으로 나를 끌고 갔다. 그들은 우선 내 팔을 치료할 준비를 했다. 그곳에서 의사들 사이에 논의가 벌어졌다. 거기에는 경찰이라는 또다른 의사가 한 사람 있었는데, 병원 의사들은 몹시 화를 내고 있었다. 나는 그들이 무슨 논의를 하고 있는지 알 수 있었다. 경찰의가 술 취한 정도를 테스트하겠다는 것이었다. 그것을 않고 마취를 하게 되면 가장 중요한 호흡테스트를 할 수 없다는 것이었다. 경찰의가 나가더니 무슨 액체가 들어있는 작은 유리관을 들고 들어와 나에게 그 속에다 숨을 토해 내게 했다. 그러자 그 액체는 노랗게 변했다. 경찰의는 그 다음에 내 피를 약간 채취한 후 그것을 조그만 병 속에 흘려 넣었다. 그런 뒤 나는 마취 가스를 맡았다.

마취에서 깨어나기 시작했을 때, 나는 어떤 방의 침대에 누워 있었는데, 머리는 온통 붕대로 감겨 있었고, 팔에도 붕대가 감겨 어깨에 매달아져 있었다. 등에도 반창고가 붙여져 거의 움직일 수도 없게 되어 있었다. 주 경관 한 녀석이 내 옆에 앉아서 조간 신문을 보고 있었다. 머리와 등이 지독하게 아팠다. 팔은 속을 도려 내는 것처럼 아팠다. 잠시 후 간호원이 들어와 약을 먹였다. 나는 다시 잠이 들었다.

눈을 뜬 것은 정오쯤이었는데 그때 식사를 가져왔다. 식사가 끝나자 두 명의 경관이 들어왔고 나는 들것에 실려 아래층으로 운반되었다. 그리고 다시 병원차로 옮겨졌다.
"어디로 가는 거죠?"
"검시 심문이오."
"검시 심문? 그건 사람이 죽었을 때 하는 게 아닙니까?"
"맞았소."

"그래요? 둘 다 죽었소?"
"한 명만 죽었소."
"누가 죽었죠?"
"남자."
"아저씨가……. 여자는 많이 다쳤습니까?"
"그렇게 심하지는 않소."
"그렇게 되면 나는 이제 어떻게 되죠? 아저씨께서 돌아가시다니……. 이제 전 어떻게 되죠?"
"정신 차리는 게 좋을 거요, 젊은 친구! 당신이 지껄이고 싶다면 지껄여 대도 좋소. 그러나 당신이 지껄인 소리는 법정에 섰을 때 당신에게로 되돌아가게 될 거요."
"그렇겠죠, 고맙습니다."

차가 멈춘 곳은 헐리우드의 장의사 앞이었으며 나는 안으로 운반되었다. 콜라가 아주 비참한 모습으로 그곳에 있었다. 여자 경찰관에게서 블라우스를 빌려 입고 있었는데 짚뭉치라도 잔뜩 집어넣은 것처럼 배 주위가 부풀어 있었다. 옷도 구두도 진흙투성이였고, 눈은 내게 얻어맞은 곳이 잔뜩 부어 있었다. 여자 경찰관이 옆에 붙어 서 있었다.

검시관 앞에는 테이블이 놓여 있었고, 옆에는 서기인 듯한 남자가 있었다. 한쪽에는 매우 기분이 언짢은 듯한 모습의 남자 5, 6명이 있었고, 경관이 그 둘레에 서서 호위하고 있었다. 그들이 배심원이었다. 실내에는 그 밖에도 한 무리의 인간들이 들끓고 있었는데 경관들이 그들을 한쪽 옆으로 밀어 붙이고 있었다.

장의사 주인은 발끝으로 그 언저리를 돌아다니며 때때로 의자를 가져와서는 누군가의 엉덩이 밑에 들이 밀어 주고 있었다. 장의사 주인은 콜라와 여자 경찰관에게도 의자를 갖다주었다. 한쪽 테이블 위에 흰 천을 덮어씌운 것이 놓여 있었다.

　내가 정해진 테이블 위에 눕혀지자 곧 검시관은 연필로 똑똑 하더니 심문을 시작했다. 맨 먼저 시체의 확인이었다. 그 흰 천이 젖혀지자 여자는 울기 시작하였고, 나도 별로 좋은 기분은 아니었다. 여자가 시체를 보고, 그 다음에 내가 보고, 배심원이 보고, 그것이 끝나자 다시 천을 덮었다.

　"이 사람을 당신은 알고 있습니까?"

　"저의 남편이에요."

　"이름은?"

　"닉 파파다키스."

　그 다음이 증인 심문이었다. 경감이 전화 신고를 받고 구급차를 부르고, 두 명의 경관을 데리고 현장으로 급히 출동했다는 것, 자기가 지휘하는 차로 콜라를 운반했고, 나와 그리스인은 구급차로 운반했다는 것, 도중에서 그리스인을 시체안치소에 내려 놓았다는 것 등을 진술했다. 다음은 라이트라는 이름의 시골 사람이 커브길을 돌아서자 여자의 비명을 듣고, 동시에 차가 추락하는 소리를 들었다는 것, 그리고 차가 라이트를 켠 채 데굴데굴 굴러서 골짜기로 떨어져가는 것을 보았다는 것을 얘기했다. 이 남자는 길 위에서 콜라가 손을 흔들며 구원을 요청하는 것을 보고 콜라와 함께 벼랑을 내려가 차 있는 곳까지 가서 나와 그리스인을 밖으로 끌어내려 했다는 것이었다. 그러나 우리는 자동차에 깔려 있어서 끌어 낼 수가 없었으므로 함께 타고 온 동생을 보내 사람들을 불러오게 했다고 했다. 잠시 후 거들어줄 사람들도 왔고, 경관들도 왔다. 경관들이 앞장을 서서 우리를 끌어내 구급차에 태웠다고 말했다. 그 다음에 라이트의 동생이 똑같은 내용을 이야기했는데, 경관들을 부르러 되돌아간 부분만이 달랐다.

　이번에는 경찰의가 내가 술취해 있었다는 점, 그리스인도 위 속을 조사해 본 결과 술에 취해 있었다는 사실을 알았다는것, 콜라만이 취하지 않았었다는 것 등을 진술했다. 그리고 그리스인이 죽은 것은 머리가 부서졌기 때문이라고 말했다. 그러자 이번에는 검시관이 나를 향해 증언을 할 의사가 있느냐고 물었다.

"네, 증언하겠소."

"미리 주의해 주지만, 당신의 진술은 당신에게 불리하게 될 일에 이용될지도 모르므로 당신이 진술할 의사가 없으면 하지 않아도 좋소."

"저는 아무 것도 감출 것이 없습니다."

"그럼 좋습니다. 이 사고에 대해 당신은 무엇을 알고 있습니까?"

"알고 있는 것이란 처음에는 차로 달린 겁니다. 그러더니 차가 갑자기 내 몸 밑에서 가라앉는 것 같은 기분이 들고는 무언가에 부딪친 겁니다. 병원에서 정신이 들 때까지 생각나는 것은 그것 뿐입니다."

"당신이 차를 달리게 했던가요?"

"그렇습니다."

"그렇다면 당신이 운전하고 있었다는 말이군요?"

"네, 제가 운전하고 있었습니다."

이것은 나중에 철회할 작정을 한 허튼 수작이었다. 철회하는 것은 검시 심문 때가 아니라, 여차했을 때, 결정적인 장소에 우리가 나갔을 때의 얘기다. 처음에는 되는대로 아무렇게나 지껄여 놨다가, 그 다음에 정색을 하고 딴 소리를 하면, 두 번째 얘기가 진짜인 것처럼 들릴 것이다. 그러지 않고 처음부터 차분하게 제대로 사리에 들어맞는 소리를 하다가는 그것은 매우 교묘하게, 즉 매우 그럴싸하게 꾸며낸 얘기 같은 느낌이 들 것이다.

나는 그 먼젓번 경우와는 달리 이러한 방식을 취했다. 즉 처음부터 불리해 보이게 해 볼 생각이었다. 그러나 아무리 불리하게 보인다 해도 내가 실제로 운전을 한 것이 아닌 한 특별히 어떻게 되란 법도 없잖은가. 내게 죄를 뒤집어 씌울 수는 없을 테니까.

내가 걱정하고 있던 것은 요 전번에 우리가 시도하다 실패한 그 완전범죄 건이었다. 아주 사소한 일 때문에 우리는 망할 뻔했다. 그러나 이번에는 꽤 번거로운 일이 있을 테지만 그렇다고 별로 불리해질 것 같지는 않았다. 술에 취해 있었기 때문에 불리해진다면 그럴수록 사건은 살인사건답지 않게되는 것이었다.

경관들은 서로 얼굴을 마주보았다. 검시관은 내가 정신이라도 어떻게 된 것이 아닌가 생각했는지 내 얼굴을 유심히 바라보고 있었다. 모두들 내가 뒷자리에서 구조되었다는 것을 이미 들어서 알고 있는 터였다.

"그게 틀림없습니까? 그때 당신이 운전했다는 게?"

"틀림 없습니다."

"당신은 취해 있었나요?"

"아, 아니오. 취해 있다니!"

"그것을 위한 테스트 결과는 들었겠지요?"

"테스트 같은 건 아무래도 좋아요. 하지만 술은 조금도 취하지 않았었다는 것만은 알고 있습니다."

검시관은 콜라에게 질문을 했다. 콜라는 무엇이든지 말할 수 있는 것은 모두 얘기하겠다고 했다.

"누가 차를 운전했나요?"

"제가 했어요."

"이 사람은 어디에 있었습니까?"

여자는 약간 고개를 돌리고 침을 삼켰으며, 그리고 울먹였다.

"대답하지 않으면 안 됩니까?"

"대답하고 싶지 않으면 하지 않아도 좋습니다."
"대답하고 싶지 않아요."
"그럼 좋습니다. 당신이 이야기하고 싶은 대로 사건을 말해 주시오."
"저는 줄곧 운전하고 있었어요. 오르막길이 오래 계속 되었기 때문에 차가 뜨거워졌습니다. 남편은 엔진을 식히기 위해 차를 세우는 게 좋겠다고 말했습니다."
"어느 정도로 뜨거워졌습니까?"
"2백도를 지나고 있었어요."
"얘길 계속하시오."
"그리고 내리막길에 접어들자 엔진을 껐지만 언덕 아래에 이르렀을 때까지 계속 뜨거웠으므로 다시 오르막길에 접어들기 전에 차를 세웠습니다. 거기에서 10분쯤 정차해 있었으리라 생각됩니다. 그리고 다시 시동을 걸어 언덕을 올라갔습니다. 그리고 어떻게 됐는지, 저는 잘 모르겠어요. 하이 기어로 했지만 충분히 힘이 나지 않아 다시 2단으로 바꿨습니다. 남자들은 계속 떠들고 있었습니다. 기어를 급작스럽게 바꾼 탓이었는지…… 아무튼 차의 한쪽이 떨어지는 걸 알아차렸지요. 나는 남자들에게 뛰어내리라고 소리를 쳤지만 이미 늦었습니다. 차는 몇 번씩이나 곤두박질치면서 떨어졌습니다. 그 다음에 나는 죽을 힘을 다해 차 밖으로 나와 도로까지 기어 올라갔습니다. 그리고 지나가는 차를 보고는 구원을 요청했어요."
검시관은 다시 나를 향해 물었다.
"당신은 무슨 이유로 이 부인을 감싸 주려고 합니까?"
"저는 이 여자를 감싸 주겠다는 생각은 없습니다."
배심원이 딴 방으로 나갔다가 다시 돌아와 판결을 진술했다. 닉 파파다키스는 말리부 호반 도로에서의 자동차 사고로 죽음에 이르렀다는 것, 그 전부 혹은 일부는 나와 콜라의 범죄 행위가 원인이라는 것, 그리고 대배심의 판정을 받게 하기 위해 우리를 구치할 것을 권고한다는 것이었다.

그날 밤 병원에서 나에게는 다른 경관이 따라 붙었다. 이튿날 아침, 경관은 "새키트씨가 당신을 만나러 올 테니 준비를 하고 있으라"고 했다. 나는 아직도 거의 움직일 수 없었으므로 병원의 이발사가 와서 직접 얼굴을 면도해 주고 되도록 깨끗한 얼굴로 만들어 주었다. 새키트라는 녀석이 누군지 나는 알고 있었다. 그는 지방 검사였다. 10시 반쯤 검사가 오자 경관은 방에서 나갔으므로 그와 단 둘이 남게 되었다. 검사는 머리가 벗겨진 덩치 큰 사내였으며 싹싹했다.
"어이, 기분은 어떠신가?"
"기분은 좋습니다. 약간 늘어져 있습니다만 곧 기운이 나겠지요."
"비행기에서 떨어졌다고들 하던데. 신나는 하늘 여행이었지만 약간 아팠었다면서?"
"그렇습니다."
"자, 챔버즈, 자네가 말하고 싶지 않다면 나에게 아무 말 않아도 되는 거야. 하지만 내가 이처럼 자넬 찾아온 것은 말이지, 한 가지는 자네를 위문하고 싶었던 것이고, 또 한 가지는 내 경험상 단 둘이서 허심탄회한 얘기를 나눈다는 것은 나중에 가서 큰 수고를 덜어줄 뿐 아니라, 적절한 항변을 들어 두면 사건을 처리하는 데도 크게 도움이 되는 수가 있기 때문이라구 또 그렇게까지 되지 않는 경우라도, 흔히들 말하는 것처럼 얘기를 나누고 나면 서로 상대방을 이해할 수 있는 법이니까."
"정말 그래요, 검사님. 한데 당신이 알고 싶다는 건 어떤 일이죠?"

나는 아주 자신 있다는 식으로 그를 상대했다. 그는 내 모습을 바라보고 있었다.

"처음부터 얘기하기로 할까?"

"이번 여행 말인가요?"

"그렇지. 처음부터 끝까지 하나도 빼지 않고 듣고 싶은걸."

상대방은 의자에서 일어나 방안을 서성거리기 시작했다. 문이 침대 바로 옆에 있었으므로 나는 불쑥 그것을 열었다. 내 담당인 경관은 복도 저쪽에서 간호원 한 명과 무언가를 이야기하고 있었다. 새키트는 웃기 시작했다

"왜 그러나, 도청기 같은 건 쓰질 않아! 영화가 아닌 한 그런 건 쓰지 않는다구."

나는 멋적은 듯이 싱글싱글 웃음을 띠어 보였다. 나는 검사를 내 생각대로 손아귀에 쥐어 잡았다. 내가 얼띤 수단을 써서 한방 먹이려 했는데, 놈이 역시 나보다 한 수 위였다고 생각하게 만든 것이다.

"좋아요, 내가 싱거운 짓을 했나 보군요, 좋습니다, 처음부터 몽땅 얘기하지요. 정말 이게 무슨 꼴이람! 하지만 거짓말을 해 보았자 아무 쓸모가 없을 테니까."

"그 태도가 가장 좋은 거야, 챔버즈."

나는 그리스인의 집에서 도망친 얘기를 비롯해서 어느 날 거리에서 우연히 영감과 마주친 얘기, 영감이 돌아와 달라고 했는데 그것을 의논하기 위해 이번에 산타 바바라 여행에 함께 가자고 했던 경위를 말했다. 그런 다음, 나와 영감이 술을 마셨다는 것, 내가 핸들을 잡고 마침내 출발했다는 데까지 얘기했다. 여기서 검사가 이야기를 중단시켰다.

"그렇다면, 자네가 차를 운전하고 있었단 말이지?"

"글쎄 말입니다, 검사님. 그건 당신의 판단에 맡기기로 할까요?"

"그건 또 무슨 뜻인가? 챔버즈."
"검시 심문에서 그 여자가 한 말을 저도 들었다는 얘기지요. 경관들의 진술도 들었습니다. 경관들이 현장에 왔을 때 저를 어디서 발견했는가도 알고 있습니다. 그러니까 누가 운전하고 있었는지를 저는 알고 있답니다. 콜라지요. 하지만 제가 기억하고 있는 대로 얘기한다면 역시 제가 운전했다고밖에는 말 할 수가 없습니다. 저는 그 검시관에게 하나도 거짓말은 하지 않았습니다. 지금도 내가 운전하고 있었다고밖에는 생각 할 수 없으니까요."
"술에 취해 있었다는 것에 대해서는 거짓말을 했지?"
"그건 그렇습니다. 아무튼 곤드레만드레가 돼 있었는데 에테르 냄새를 맡게 하고 나서 또 병원에서 마취되었어요. 하지만 거짓말을 했다는 것만은 분명해요. 그러나 지금은 머리 속이 깨끗해졌고, 구제될지 어떨지 모르겠지만, 구제되기 위해서는 바른대로 말하는 도리밖에는 별 수 없다는 것쯤은 알고 있습니다. 예, 저는 분명히 취해 있었습니다. 곤죽이되어 있었지만 그때 저로서는 내가 운전을 하고 있었으니까 술에 취해 있었다는 것이 알려지면 안 된다, 술을 마셨다는 것이 탄로나면 끝장이다, 이렇게밖에는 생각할 수가 없었던거죠."
"그럼, 자네는 배심원 앞에서 그렇게 말할 작정인가?"
"할 수 없잖아요, 검사님. 하지만 저로서는 어째서 그 여자가 운전을 하게 되었는지 그 점이 도무지 납득이 가지 않습니다. 처음에는 제가 운전을 하고 있었어요, 그것만큼은 분명히 알고 있지요. 자동차 옆에 서 있던 남자가 나를 보고 웃던 일까지도 기억하고 있으니까요. 그런데 차가 낭떠러지를 떨어질 때는 어째서 그녀가 운전하고 있었을까요?"
"자네는 2피트 가량 운전했던 거야."

"2마일 가량이었겠지요?"

"아니, 2피트야. 2피트 가량 운전하자 여자가 자네에게서 핸들을 빼앗아 버린 거야."

"쳇! 어지간히 취했던 거로군!"

"그래, 그런 얘기라면 배심원도 믿어 줄 것 같군. 대체로보면 진상에는 상당 부분 우스꽝스런 점이 있는 법이지. 그렇다면 배심원이 믿어줄 것도 같군."

새키트는 자기 손톱을 들여다보며 생각에 잠겨 있었다. 나는 냉소가 얼굴에 떠오르려는 것을 참느라고 혼이 났다. 그래서 나는 녀석이 다른 일에 대해 묻기 시작했을 때는 내심 기뻤다. 그것 봐라! 간단하게 내 수단에 넘어가지 않았느냐는 생각이었다.

"파파다키스의 가게에서 일하기 시작한 것은 언제부터지, 챔버즈?"

"작년 겨울부텁니다."

"얼마 동안 그 가게에 있었나?"

"한 달 전까지. 정확히 6주 전쯤 될까요?"

"그럼 6개월 가량 그 집에 있은 셈이로군."

"대략 그 정도죠."

"그 전에는 무엇을 하고 있었나?"

"아무 거나 닥치는 대로 했죠."

"도로에서 자동차 무임 승차, 가는 곳마다에서 무전취식 같은 짓 말이지?"

"네, 그렇습니다."

"네, 그렇습니다?"

새키트는 서류 가방을 열고 한 다발의 서류를 꺼내 테이블 위에 놓고 그것을 살펴보기 시작했다.

"프리스코에 있은 적이 있나?"
"그곳 태생입니다."
"캔사스 시티, 뉴욕, 뉴올리언즈, 시카고 같은 곳에는?"
"안가본 데가 없어요."
"구류처분을 받은 적이 있지?"
"있어요, 검사님. 여기저기 어슬렁거리다 보면 때때로 경찰과 마찰을 일으키게 되는 건 어쩔 수 없죠."
"투손에서?"
"네, 거기서 열흘간 썩었던 것 같아요. 철도 전용지에 침입했다는 죄였지요."
"솔트레이크 시티에서는? 샌디에이고에서는?"
"네, 네, 모두 당했죠."
"오클랜드에서도?"
"거기서는 석 달 살았습니다. 철도 공안원에게 주먹질을 했기 때문에……."
"죽도록 두들겨팼던 모양이군!"
"하긴, 그 녀석들의 입장에서는 당한 게 되겠지만, 싸움에는 상대가 있는 법이니까요. 저도 지독하게 당한 걸요."

"로스앤젤레스에서는?"
"한 번. 하지만 그건 겨우 사흘이었죠."
"챔버즈, 그런 자네가 어쩌다가 파파다키스의 가게에서 일하게 된 건가?"
"우연한 일이었죠. 그때 형편상 나는 빈털터리였고, 그쪽에서는 일손이 필요했던 거죠. 별생각 없이 무얼 좀 얻어먹을 생각으로 뛰어들었는데, 영감이 일하지 않겠느냐고 말하기에 승낙한 거죠."

"그런데 말야, 챔버즈. 그것만으로는 이상하다고 생각지않나?"
"무슨 말씀이신지……."
"그처럼 몇 년씩이나 방랑 생활을 하며 아무 일도 하지 않고, 일자리를 물색해 보려고도 하지 않던 자네가, 갑자기 자리를 잡아서 일을 시작했고, 그것도 착실히 한 가지 일을 해내고 있었다는 건 묘하지 않은가 말이야?"
"그 일이 별로 싫지 않았기 때문이죠. 거기까지는 인정해도 좋습니다."
"하지만 그 일에 매달려 있지 않았나?"
"닉이란 양반은 말이죠, 내가 상대해 본 이들 중에서 가장 좋은 사람이었어요. 얼마간의 돈을 마련했을 때, 나는 그만두고 싶다고 말할까 하고도 생각했었지만, 말을 할 수가 없었어요. 굉장히 신경을 써서 잘 대해 주었으니까요. 그리고 주인아저씨가 사고로 입원하게 되자 나는 뛰쳐나왔죠. 막연히 그냥 나왔을 뿐 무슨 계획이 있었던 것도 아니었죠. 그야 주인아저씨에게는 미안하게 되었다고 생각했지만 아무래도 떠돌이 근성이란 게 어쩔 수가 없나봐요. 이 두 발이 제멋대로인 걸요. 나도 모르게 줄행랑을 쳐버린 거라구요."
"그리고 자네가 돌아온 다음 날 그 남자는 피살됐지."
"그런 말씀을 하시니 저도 모르게 재미가 없어지는 걸요, 검사님. 그야 배심원에게는 말하는 방식을 바꿀는지도 모르지만요. 지금은 이렇게, 그 일은 내가 나빴다고 말하고 있지 않습니까. 만일 내가 그 자리에 없었고, 그 양반에게 술 마시고 싶은 마음이 들게 하지만 않았더라면, 아저씨는 지금도 팔팔할지 모르죠. 하지만 오해하지 말아 주세요. 그런 일은 사건과는 아무런 관련도 없을지 모르니까요. 저로서는 알 수가 없는 일입니다. 곤드레만드레로 취해 있었으니까, 어떤 일이 있었는지도 몰라요. 그리고 그런 소릴 하기로 하면, 아주머니가 차 속에서 한두 잔 마시지만 않았더라도 좀더 운전을 잘 할 수 있었을지 모르는 일 아닙니까? 아무튼, 지금 제 기분은 이렇습니다."

나는 여기서 녀석이 내 말을 어떻게 받아들이고 있는지를 알아 보기 위해 상대방의 동정을 살폈다. 녀석은 숫제 내쪽을 보지도 않고 있었다.

갑자기 튀어 오르듯이 녀석이 일어서서 다가오더니 내 어깨에 손을 얹었다.

"이봐! 털어놔 버려, 챔버즈. 어째서 자네는 6개월간이나 파파다키스의 가게에서 꾸물거리고 있었지?"

"검사님, 무슨 말씀인지 저는 정말 짐작이 안 가는군요."

"아니지, 안 갈 턱이 없어! 나는 부인을 만났어, 챔버즈. 그래서 나는 자네가 일을 저지르게 된 까닭을 짐작할 수가 있었던 거야. 어제 검찰청에 오시라고 해서 말야. 눈에 검은 멍자국이 있는 게 꽤 심한 타박상을 입고 있었지만, 그런데도 그 여자는 상당히 예뻤단 말야. 그 같은 보물을 위해서라면, 발이 말을 듣건 말건 떠돌이 생활을 그만둘 남자는 얼마든지 있을걸."

"하지만, 어쨌거나 발은 걸어 나갔던 겁니다. 아니, 검사님. 그건 아니라구요!"

"그런데, 발은 그다지 멀리는 가지 않았지? 이건 너무 얘기가 잘돼 있는 걸, 챔버즈! 자동차 사고가 났다, 어제는 틀림없는 과실치사 사건이었었는데, 오늘은 안개처럼 꺼져 버리고 아무 것도 아닌 단순한 사고로 변해 버렸다, 어디에다 손을 대어봐도 반드시 증인이 나타나서 꼭 뭔가를 지껄여 준다, 그 말들을 종합해서 살펴보니 범죄의 흔적은 아무 데도 없다. 자, 자, 챔버즈! 자네와 그 여자가 그리스인을 죽인 거야. 그것을 인정하는 일이 이르면 이를수록 자네들에게도 좋을 걸세!"
 여기서 실토하지만, 이때만큼은 내 얼굴에 전매특허인 빙글거리는 웃음이 떠오르지 않았다. 입술이 뻣뻣해졌음을 스스로도 느낄 수 있었다. 무슨 말을 하려 해도 내 입에서는 아무 소리도 나지 않았다.
 "이봐! 어째서 아무 말도 못하지?"
 "당신은 나를 억지로 엮어들이려 하고 있어요! 왜 엄청난 죄를 나에게 덮어씌우려고 덤벼들고 있는 거죠? 그러면서 도대체 내게 무슨 소리를 하라는 거요? 무슨 소리를 할래도 할 말이 떠오르질 않는단 말이오, 검사 나으리!"
 "자네는 불과 4, 5분 전에는 이것이 진상이라면서 자네가 살아날 수 있을 것 같은 사실을 나에게 얘기해 주었지? 그때는 굉장히 말을 잘 하던데 그래? 어째서 지금은 말을 못하는 건가?"
 "당신 때문에 머리가 혼란해졌기 때문이오."
 "좋아! 그럼 혼란이 안 오게 한 가지씩 해결해 나가자구. 우선 첫째로 자네는 그 여자와 같이 자곤 했지, 그렇지?"
 "그런 당치도 않은 소린 하지 말라구요!"
 "파파다키스가 입원해 있던 한 주일간은 어땠나? 그때 자네는 어디서 잤지?"
 "내 방에서요."
 "그리고 여자도 여자 방에서 말인가? 이봐, 이봐. 난 여자를 만났어! 나 같으면 설혹 문짝을 부수고 들어간 폭행죄로 사형이 되는 한이 있더라도 밀고 들어갔을 거야. 자네 같아도 그렇게 했겠지? 아니, 사실 자네는 벌써 그렇게 했잖아!"
 "정말 이거 왜 이러십니까? 나으리!"
 "그럼, 그렌데일의 하셈만 시장으로 여자를 몇 번 데리고 갔을 때는 어떻게 했나? 돌아오는 길에 자네는 여자와 무얼했지?"

"그 심부름은 닉이 가라고 해서 갔다왔을 뿐이오."

"누가 가라고 했느냐를 묻고 있는 게 아니야! 자네가 무엇을 했느냐를 묻고 있는 거야!"

이렇게 형편없이 당하고만 있다가는 급히 무슨 수를 쓰지 않으면 큰일이 나게 마련이다. 나는 화를 내 보이는 일밖에는 달리 생각나는 게 없었다.

"좋아요. 나와 여자가 붙었다고 쳐 봅시다. 붙은 것은 아니지만 당신이 그랬다고 하니까 그런 걸로 해둡시다. 그렇다고해서 뭣 때문에 우리가 아저씨를 해치운단 말입니까? 정말이지, 검사 나으리. 당신은 내가 여자를 차지했다고 말했는데, 세상에서 여자를 차지하지 못했기 때문에 차지하기 위해 죽였다는 이야기는 들었지만 벌써 차지를 해 버렸는데도 살인을 했다는 놈의 이야기는 아직 들은 적이 없습니다요."

"없어? 좋아! 그럼 자네와 여자가 그 남자를 죽인 이유를 말해 주지. 우선 첫째로는 거기에 부동산이 걸려 있었어. 파파다키스가 현금으로 1만4천 달러를 주고 산 물건이지. 또 그밖에도 자네와 여자가 소소한 크리스마스 선물을 장만할 생각으로 한 번 마음을 사려 먹고 도박을 하려한 표적이란 말이야. 즉 파파다키스가 들어 있던 1만 달러짜리 보험말이야."

검사의 얼굴은 간신히 보였지만 주위는 아주 캄캄해졌다. 나는 침대 속에서 정신이 아득해지려는 것을 필사적으로 견디고 있었다. 겨우 정신을 차려 보니 검사가 내 입에다 컵의 물을 먹이려 하고 있었다.

"마시라구! 기분이 좋아질 테니!"

나는 그 물을 약간 마셨다. 마시지 않고는 배길 수가 없었다.

"쌤머즈! 내 생각으로는, 이게 자네가 저지를 최후의 살인이겠지만 가령 다시 한다손 치더라도 부탁이니 보험회사만은 개입시키지 말아 달라구. 그들은 로스엔젤레스 지역에서 내가 1개 사건에 쓰는 비용의 다섯 배를 쓰니까 말일세. 탐정만 해도 내가 고용할 수 있는 사람들보다 다섯 배나 우수한 녀석들에게 일을 시키지. 그 친구들은 A에서 Z까지 계약 상대에 대한 것은 속속들이 조사해 내고 있는데, 이번엔 자네들을 겨냥하고 있단 말이야! 그들에게는 거액이 달려 있는 문제거든. 자네와 그녀가 큰 잘못을 저질렀다는 것은 바로 그점이야."
"검사님, 나는 거짓말은 안 합니다. 보험 얘기는 이제까지 아무 것도 들은 바가 없다구요."
"자네 표정이 마치 시트처럼 새하얗게 됐군!"
"그렇게 안 될 수가 있나요?"
"음, 어떤가? 처음부터 나를 자네들 편으로 삼지 않을 텐가? 몽땅 털어 놓고 일찌감치 유죄를 인정한다면 재판 쪽은 내가 될 수 있는 대로 잘 해 주겠어, 어때? 자네들을 위해 정상 참작을 요구해 줄 테니……."
"정말 웃기지 말라구요! 말도 안 돼요."
"조금 전에 자네가 나에게 한 얘기는 어때? 사실은 배심원에게 이렇게 말해서 죄를 면해 볼 생각이라는 둥, 그건 무슨 수작이었어? 자네는 아직 거짓말로 적당히 얼버무려질 것이라고 생각하나? 내가 적당히 넘어갈 것이라고 생각하나?"
"무엇이라고 해야 당신이 납득을 할지 모르겠군요. 그런 건 아무래도 좋아요. 당신은 당신의 입장에 서시라구요. 나는 내 입장에 설 테니까! 절대로 내가 죽이지 않았다는 것만이 내가 말할 수 있는 전부입니다. 알겠어요?"
"흥, 건방진 소리 말아! 나에게 대항해 볼 셈인가? 좋아, 그럼 다시 얘기해 볼까. 첫째, 자네는 그 주인 여자와 배가 맞았던 거야. 그렇지? 그런데 파파다키스가 우연한 사고를 당했고 자네와 그 여자는 기회는 왔구나 하고 즐긴 거지. 밤에는 침대에서 육욕을 채웠고 낮에는 바닷가로 나가기도 했었지. 틈틈이 손을 잡기도 하고 얼굴을 맞대기도 했었고. 그러다가 자네는 묘안을 생각해낸 거야. 영감은 사고를 경험했으니 그를 재해보험에 들게 하자고. 그 다음에 해치우기로. 그래서 자네는 뛰쳐나왔고, 여자에게 자연스럽게 얘기를 꺼낼 기회를 주었지. 여자가 그럴싸하게 설득해서 곧 성사를 시켰겠다. 남편은 계약했고 사고 보험, 건강 보험, 기타 일체를 포함해서 보험료는 46달러 72센트였다. 이것으로 자네들은 준비가 끝난 셈이었어. 그리고 이틀 뒤, 프랭크 챔버즈는 우연을 가장해서 고의로 닉 파파다키스와 거리에서 마주쳤고, 닉은 다시 돌아와 가게에서 일해 달라고 말했지. 자, 그런데 알고 있다시피 파파다키스 부부는 이미 산타바바라로 가기로 하고 호텔 예약이다 뭐다 완전히 준비가 되어 있었으니까, 프랭크 챔버즈로서는 옛정을 생각해서 따라 나설 수밖에는 별도리가 없었어. 그래서 자네는 따라 나섰지. 그리스인에게 얼마간 마시게 하고 자신도 그 정도로 마셨어. 오로지 경찰의 화를 돋구어 주기 위해서 차 안에 포도주 병을 두 개 가량 집어 넣었지. 그리고, 여자가 말리부 비치를 보고 싶다는 바람에 말리부 호숫가의 도로를 통과하게 되었어. 그것도 꽤 괜찮은 착상이었어. 그렇지? 밤 11시에 여자는 그런 곳까지 드라이브해서 파도가 밀려 오는 광경을 보자는 것이었어. 하지만 그 곳까지는 가지 않았어. 차를 세워 놓은 동안에 포도주병으로 그리스인을 후려쳤어. 훌륭한 왕관을 씌워 준 셈이지. 그리고 챔버즈, 그건 자네에겐 익숙한 행동이었어. 왜냐하면 자네가 오클랜드에서 철도 공안원에게 한 방 먹인 것도 똑같은 병이었으니까. 한 방 먹인 다음, 여자가 차에서 내렸고, 그 동안 자네가 뒷좌석에서 넘어와 핸들을 잡고 핸드 스로틀로 엔진에 기름을 보냈어. 기어는 2단으로 해 두었으니까 기름은 별로 들지 않았지. 여자가 다시 차에 올라 핸들을 잡고, 핸드 스로틀을 쓰며 차를 절벽 가로 달리게 하는 게 약간 빨랐어. 그래서 여자는 뛰어 내렸는데, 자네는 못 빠져 나왔지. 이러한 나의 주장을 배심원들이 믿지 않으리라고 자네는 생각하겠지? 어림없는 소리야, 믿게 되어 있어! 왜냐하면, 나는 해변에서 놀아난 사실에서 핸드 스로틀 얘기에 이르기까지 모두 입증할 것이고, 그렇게 하는 이상, 정상 참작이 될만한 온정을 자네에게 베풀어 줄 여지는 없는 거야. 자네를 기다리고 있는 것은 밧줄이야. 그 밧줄에 자네는 매달려지고, 자네의 몸이 아래로 떨어지면, 그때는 목뼈가 부러지기 전에 검사와 대화를 할 줄 모르는, 치료제라고는 없는 밥통들과 함께 묻히겠지."
"당신 얘기 정말 멋지군요, 마치 소설같이……. 그러나 나는 모르는 일이오!"
"무얼 모른다는 건가? 그럼 여자 혼자 했단 말인가?"
"누가 했다고 말하려는 게 아니라구요! 나를 내 버려 둬 주세요! 그런 엉터리 같은 얘기는 듣고 싶지 않아요!"
"자네가 뭘 알고 있다는 건가? 자네는 곤드레만드레 취해 있지 않았나?"
"그러니까, 내가 아는 한 그런 일은 없었단 말입니다."
"그럼 그녀가 했다고 말하고 싶단 말이지?"
"그런 당치도 않은 말을 누가 하고 싶답니까? 지금 말한 그대로를 말하고 싶었던 거고, 말하고 싶은 거라곤 그것 뿐이란 말입니다!"
"이봐, 잘 들어, 챔버즈! 차 속에 있었던 것은 세 명 뿐이었어. 자네와 그녀와 그리스인. 한데, 그리스인이 하지 않았던 것만은 분명해. 자네가 하지 않았다고 한다면 남은 것은 그녀 뿐이야, 그렇지 않나?"
"도대체 누가 했다는 말을 어떻게 할 수 있단 말입니까?"
"자, 이제 슬슬 결론을 얘기해 볼까, 챔버즈? 사실이 그렇지 않은가? 자네는 안 했을지도 모르지만 말야, 자네는 진실을 말하고 있다는 거고, 그럴지도 모르지. 하지만, 만일 자네가 진실을 말하고 있고 그리고 문제의 여자에게 주인의 부인으로서밖에는 관심을 지니지 않았었다고 한다면 자네는 자네대로 살아날 방법을 찾지 않으면 안 될 입장이란 말일세. 그녀에 대한 고발장에 사인하지 않으면 안 되는 거라구"
"고발이라구요?"
"만일 여자가 그리스인을 죽였다면, 여자는 자네도 죽이려 했다는 얘기가 되지 않나? 그 점, 자네는 여자를 용서할 수 없는 입장이야. 용서해 준다면 이것은 수상하구나 하고 생각하는 사람이 있겠지. 정말이지 자네가 여자의 죄를 면하게 해 준다는 것은 지나치게 사람이 좋다는 얘기가 되겠어. 여자는 보험금 때문에 남편을 죽였고, 덤으로 자네도 해치우려 한 것이야. 자네로서는 그녀를 고발하지 않을 수 없는 처지가 아닐까?"
"그녀가 한 짓일지도 모릅니다. 그러나 그녀가 했다는 것은 나로서는 모르는 일이 아닙니까?"
"만일 내가 자네에게 그것을 입증한다면, 고발장에 사인을 하겠나?"
"하고 말고요. 만일 입증이 된다면……."
"좋아, 입증해 보이지. 차가 섰을 때 자네는 차 바깥으로 나와 있었지, 안 나왔었나?"
"안 나왔지요."

"뭐라고? 난 또 자네가 정신없이 취해서 아무 것도 기억하지 못한 것으로 알고 있었는데. 이걸로 자네가 무엇인가 기억하고 있는 것은 두 번째야. 자네 얘기에는 정말 놀라겠는걸."
"내가 아는 바로는 안 나왔단 말입니다."
"하지만 나왔던 거야, 이 진술을 읽을 테니 들어보라구. 그 자동차에 대해서는 별로 느낀 것은 없으나 지나쳐 갈 때, 여자가 운전을 하고 있었고, 한 남자가 차 속에서 껄껄 웃고 있었고, 또 한 남자는 차에서 나와 뒤쪽에서 괴로워하고 있었습니다. 그러니까 자네는 취기에 부대껴 몇분 동안 차에서 나와 있었어. 그 동안에 여자는 병으로 파파다키스를 때린거지. 그리고, 차로 돌아왔을 때 자네는 아무 것도 알지 못했어. 자네는 너무 취해 있었던 데다, 파파다키스는 의식을 잃고 있었으니까, 별로 이렇다 하게 눈에 뜨이는 점도 없었던 거지. 자네는 뒷자리에 앉아서 잠들고 말았어. 그 틈에 여자는 기어를 2단으로 꺾고, 핸드 스로틀을 조작해서 엔진에 기름을 보내면서 스텝까지 빠져나와 낭떠러지로 차를 몰았어."
"그런 것만으로 입증이 되진 않아요!"
"아니야, 그렇지 않아. 라이트라는 증인은 자기가 차를 타고 커브 길을 돌았을 때, 차는 벼랑을 곤두박질치며 떨어지고 있는 중이었는데, 그때 여자는 위쪽 도로에서 손을 흔들며 그에게 구원을 요청했다고 진술하고 있어."
"뛰어 내렸겠죠."
"뛰어 내렸다면, 핸드백을 꼭 쥐고 있었다는 건 이상하지 않은가? 챔버즈, 여자가 핸드백을 손에 쥐고 자동차 운전이될까? 뛰쳐내릴 때 핸드백을 주워 들 틈이 있었을까? 챔버즈, 그건 불가능한 거야. 낭떠러지를 굴러 떨어지는 차에서 뛰어 나온다는 건 불가능한 거야. 차가 내달릴 때, 여자는 차 안에 있지 않았어, 이건 확증이라구. 안 그런가?"
"저는 모르겠습니다."
"모른다는 건 어떤 의미인가? 고발장에 사인하겠다는 건 아닌가?"
"안 합니다."
"챔버즈, 자네가 탄 그 차가 벼랑 아래로 떨어진 것은 사고가 아니었어. 자네 아니면 그 여자가 한 짓인데 그녀는 자네가 했다고는 말하지 않으려 했었거든."
"나를 혼자 놔 두세요! 당신이 무슨 얘기를 하고 있는 건지 통 알 수 없다구요."
"이봐, 젊은 친구! 역시 자네 아니면 그 여자 어느 쪽이야. 만일 자네가 이 일과 관계가 없다면 그 서류에 사인하는 편이 신상에 좋을 거야. 왜냐 하면 만일 사인을 하지 않으면 나는 범인이 누군가를 확실히 알게 되는 거야. 또 배심원도 알게 되고, 판사도 알게 되겠지. 교수대의 판자를 잡아당기는 남자도 알게 될 테고."
놈은 한동안 내 얼굴을 보고 있더니 마침내 나갔다가 또 한명의 남자와 함께 돌아왔다. 새키트는 앉아서 만년필로 서류를 만들어 나에게로 가져왔다.
"자 이거야, 챔버즈!"
나는 사인했다. 내 손이 너무나 땀에 젖어 있었으므로 또 한 남자가 서류에 흡수지를 받쳐야만 했다.

10

새키트가 돌아간 뒤 예의 경관이 되돌아와 블랙잭이라도 하지 않겠느냐고 조심스럽게 말을 꺼냈다. 그래서 두세 번 했으나, 나는 조금도 계속하고 싶은 기분이 아니었다. 한 손으로, 하기 때문에 힘이 든

다느니 어쩌니 하며 그만두었다.
"지방 검사에게 어지간히 시달렸던 모양이죠?"
"그랬나봐요."
"그 검사는 정말 빈틈이 없는 사람이죠. 누구에게나 그렇다구요. 얼핏 보기에는 인류애에 불타고 있는 목사님 같지만 본심은 돌처럼 차가운 사람이죠."
"돌처럼 차갑다는 말이 꼭 들어맞는 것 같소."
"이 마을에 사람과 대항할 수 있는 사람이 꼭 한 사람 있긴 한데……."
"그래요?"
"카츠라는 사람인데, 이름을 들어본 적 있나요?"
"그래, 들어봤어요."
"나하고는 친한 편이라오."
"그런 친구가 있으면 마음 든든하겠군요."
"어때요? 당신 아직 아무에게도 변호를 부탁하지 않은 것 같은데……. 아직 사실심리가 끝나지 않았으니 변호사를 부를 수는 없어요. 당국은 48시간의 구류 조치를 취할 수 있고, 또 그렇게 하도록 하고 있어요. 하지만 변호사 편에서 이쪽으로 온다면 나로서는 면회시키지 않을 도리가 없는 거요. 알겠소? 카츠에게 내가 얘기를 하면 그가 이리로 올지도 모르겠소."
"말하자면 한 몫을 나눠 받겠다는 거요?"
"그 양반과 나와는 절친한 사이라는 뜻이오. 솔직히 말해 그 친구가 손을 싹 씻고서 내 몫을 전혀 내놓지 않는다면, 친구도 아무 것도 아니지 않겠소? 하여튼 그 친구는 대단한 사람이라오. 이 고장에서 새키트를 누를 수 있는 사람은 카츠 외에는 아무도 없을 거요."

"그를 좀 불러 주겠소? 빠를수록 좋겠는데."

"알았소, 곧 돌아오겠소!"

잠시 나를 놓아 두고 나갔다가 그는 곧 돌아왔다. 그리고 녀석은 나에게 윙크를 해 보였다. 녀석이 한 말은 사실이었으며 얼마 지나지 않아 카츠가 문을 노크하고 방으로 들어왔다.

그는 40전후의 작달막한 남자였는데, 잘 다룬 가죽 같은 얼굴에 검은 수염을 기르고 있었다. 들어와서 가장 먼저 한 짓은, '불 달람'이라는 엽연초와 갈색 종이 뭉치를 꺼내 담배를 돌돌 마는 일이었다. 거기에 불을 댕기자 종이의 한 쪽만이 반쯤 탔는데, 그저 그뿐, 카츠는 담배를 어떻게 할 생각도 하지 않았다. 입 한 구석에 물고 있을 뿐 불이 붙어 있는 건지 꺼져 버린 건지, 본인이 잠들어 있는 건지 눈을 뜨고 있는 건지, 결국 나는 알 수가 없었다. 눈을 반쯤 감고 한 발을 의자의 팔걸이에 올려 놓고, 모자는 뒤통수 쪽으로 밀어 놓고, 그러한 자세로 줄곧 앉아 있었다. 이렇게 말하면, 나 같은 입장의 사나이에게는 한심스런 경치라고 여겨질지도 모르지만 그렇지가 않았다.

그 사나이는 잠을 자고 있었을지는 모르지만 그렇다 치더라도 웬만한 눈 뜬 사람들 이상으로 무엇이든지 알고 있는 것처럼 보여, 목구멍 속에서 숨이 막힐 듯한 커다란 덩어리가 치밀어 오르는 것 같았다. 말하자면, 기막히게 훌륭한 무엇이 쓱 내 옆으로 다가와서 나를 어디론지 데려가려는 것 같은 느낌이 들었던 것이었다.

경관은 카츠가 담배를 마는 동작을 마치 캐도나가 3중 트램블린이라도 하는 것을 구경하듯 바라보고 있었다. 그는 별로 나가고 싶은 생각이 없는 모양이었지만 그렇게 하지 않을 수도 없었다. 경관이 나가자 카츠는 손짓으로 나에게 얘기를 시작하라는 시늉을 했다. 나는 우리가 사고를 당했다는 것, 새키트가 우리가 보험금을 타내려고 그리스인을 죽였다고 생각하고 싶어 한다는 것, 콜라가 나도 함께 죽일 생각이었다는 고발장에 사인을 강요당해서 했다는 것 등을 얘기했다. 얘기를 끝내자 카츠는 한동안 말 한 마디 없이 묵묵히 있었다. 그리고 일어섰다.

"새키트는 멋지게 자네를 함정에 빠뜨렸군."

"내가 그 따위 서류에 사인 같은 것은 안 하는 편이 좋았겠죠? 나로서는 콜라가 그처럼 무서운 짓을 저질렀다고는 생각하지 않아요. 하지만 검사에게 사인을 안 해줄 수가 없었어요. 그리고, 내 입장이 지금 어떻게 되어 있는 건지 도무지 짐작을 할 수가 없어요."

"글쎄, 어쨌거나 사인은 않는 편이 좋았는데 말이야."

"카츠 씨, 제 부탁을 하나 들어 주지 않겠어요? 콜라를 만나서 얘기해 주셨으면 하는데요."

"만날 생각이야. 그리고 그녀의 입장에서 알아 둬야 할 일을 얘기해 줘야겠어. 나중 일은……."

"잘 부탁합니다."

"사실 심리 때 다시 만나세! 만나지 못한다 하더라도 내가 보낸 남자가 자네에게 따라붙게 될 거야. 새키트는 자네한테서 고발장을 받아 냈기 때문에, 나는 자네와 그 부인과 양쪽의 변호인으로서 출정할 수는 없어. 그러나 취급은 내가 할 걸세. 그래서 다시 한 번 말하겠는데, 내가 무엇을 하건 일은 내가 취급한다는 거야."

"당신이 무엇을 하건 말이죠? 알았습니다, 카츠 씨"

"그럼 다시 보세!"

그날 밤, 나는 다시 들것에 실려 사실심리의 법정으로 운반되었다. 그곳은 치안판사의 법정으로서, 정규 재판소는 아니었다. 배심원석이니 증언대니 그러한 것은 아무 것도 없었다. 치안판사가 단 위에 있고, 경관 몇 명이 그 곁에 있었다. 그리고 치안판사 앞에는 방의 폭을 거의 다 차지할 만큼 긴 데스크가 가로놓여 있었는데 누구든지 무슨 발언을 할때에는 그 데스크 가에 턱을 걸쳐 놓은 것 같은 모습으로 얘기해야 했다. 방청인이 엄청나게 많았는데, 카메라맨들이 내가 실려 들어오는 장면을 플래시를 열심히 터뜨리며 찍어댔다. 사람들의 웅성거리는 소리가 벌떼 소리처럼 들려오고 있는 것만으로도, 상당히 큰 사건에 대한 공판이 시작되고 있음을 누구나 알 수 있을 정도였다. 들것 위에서 나는 그리 많은 것은 보지 못했으나 콜라가 맨 앞 벤치에 카츠와 나란히 앉아 있는 모습이 잠깐 보였다. 한편으로 떨어져서 서류 가방을 든 두세 명의 남자와 얘기하고 있는 새키트의 모습도 보였다. 그리고 검시 심문 때 나온 경관과 증인도 몇 명 있었다.

테이블 두 개를 데스크 앞에 밀어 붙여 나는 그 위에 눕혀졌다. 중국 여자의 사건 따위와는 달랐으므로, 내 몸에는 똑바로 담요를 덮어 주지 않았다. 잠시 후 경관 한 명이 책상을 똑똑 두드리며 정숙을 요구했다.

그 틈을 타서 한 젊은 남자가 내 얼굴 위에 몸을 구부려, 자기 이름은 화이트인데, 카츠의 의뢰로 나의 변호를 맡았다고 말했다. 나는 끄덕거렸으나 화이트는 아직도 귀엣말을 중단하지 않고 "카츠 씨에게 의뢰를 받았단 말이오" 하고 다짐을 했다. 경관은 그의 태도를 언짢게 여겼는지 책상 두드리는 소리를 더 크게 했다.

"콜라 파파다키스!"

여자가 일어났고, 카츠에게 인도되어 데스크 앞으로 갔다. 내 곁을 마치 몸이 닿을 듯이 스치고 지나가는 통에 여자의 체취가 풍겨 오자 나는 아주 묘한 기분이 되었다. 이 사건의 첫머리부터 끝까지, 항상 나를 반쯤 얼 나가게 만든 바로 그 냄새였다.

여자는 요전번과는 달리 몸에 맞는 블라우스를 입고 있었고, 슈트도 청결하게 다렸고, 구두도 반들거렸다. 눈자위는 검었으나 부기는 빠져 있었다. 다른 출정자들도 모두 콜라와 함께 앞으로 나가 한 줄로 늘어서자, 그 경관이 오른손을 들게 한 다음 "진실, 모든 것의 진실, 그리고 진실뿐"이라고 중얼거리기 시작했다. 문득 생각이 나서 내가 오른손을 들고 있는지 어떤지 보았더니 들고 있지 않았다. 담요를 젖히고 내가 손을 쳐들자, 경관은 다시 한번 처음부터 되풀이했다. 모두들 낮은 목소리로 따라했다.

치안판사는 안경을 벗고 콜라에게 말했다.

"당신은 닉 파파다키스 살해 및 프랭크 챔버즈에 대한 살의에 의한 상해 용의로 기소되어 있다. 만일 당신이 진술하고 싶다고 생각한다면 진술해도 무방하나, 당신의 모든 진술은 당신에게 불리하게 사용될 수도 있으므로 변호사에게 대신하게 할 권리가 있다. 당신은 기소에 대한 소명을 하기 위한 기간으로서 8일간이 주어진다. 법정은 그 기간중에도 당신의 소명을 들을 의향을 가지고 있다."

이 연설은 매우 길었으므로, 끝나기까지 여기저기서 기침 소리가 들려왔다.

그 다음에는 새키트가 시작했는데, 이제부터 무엇을 입증할 생각인가를 얘기했다. 내용은 아침나절에 나에게 얘기한 내용과 대강 같은 것이었으나, 그것을 어마어마하게 겁나는 방식으로 전개했다. 그의 얘기가 끝나자 증인 심문에 들어갔다. 맨 처음에 구급차의 의사가 나와서 그리스인이 언제 어디서 죽었는가를 얘기했다. 그 다음엔 시체 부검을 맡았던 경찰의가 나왔고, 그리고 이번에는 검시관 서기가 검시 심문의 기록은 이것이라고 증언한 다음, 그것을 치안판사 앞에 놓고 물러갔다. 그 뒤로 두 명 가량 더 나왔으나 무슨 소리를 지껄였는지 나는 잊어버렸다.

거기까지는 모두 그리스인이 죽었다는 사실에 대한 증언이었는데 나로서는 모두 알고 있는 사실이었으므로 별로 주의를 하지 않았다.

카츠는 그 사람들에게는 아무 것도 묻지 않았다. 한 명씩 나올 때마다 치안판사는 카츠 쪽을 바라보았으나 카츠는 번번이 손을 흔들었으므로 증인들은 물러갔다.

그리스인이 죽었다는 사실이 유감없이 분명해지자, 마침내 새키트는 서슬이 퍼래서, 이번에야말로 예사롭지 않은 소리를 끄집어냈다. 이번에 불려 나온 사람은 미국 태평양 제주(諸州) 재해 보험회사의 대표자라고 칭하는 사나이였는데, 그리스인이 정확히 5일 전에 보험 계약을 맺었음을 확인했다. 계약 내용은 그리스인이 병에 걸렸을 경우는 52주간, 1주에 25달러씩 받으며, 부상을 당해 일을 할 수 없게 된 경우도 마찬가지, 네 팔다리 중 하나를 잃은 경우는 5천 달러, 둘이면 1만 달러, 사고로 죽는 경우는 미망인에게 1만 달러, 그 사고가 열차에서 일어난 경우는 2만 달러를 수령한다는 것이었다. 거기까지 얘기가 미치자, 마치 보험 권유와도 같은 이야기가 되었으므로 치안판사는 손을 들어 제지했다.

"좋아요, 나도 보험에 들겠소!"

이 치안판사의 농담에는 모두들 웃지 않을 수 없었다. 나도 따라 웃었다. 정말이지 그때의 우스운 감정이란 그 자리에 있던 사람이 아니고는 모를 것이다.

그런 다음, 새키트가 두세 마디 질문을 했고, 치안판사는 카츠를 쳐다보았다. 카츠는 잠깐 생각하더니 보험회사에서 나온 사나이에게 질문을 했는데 그 말투는 매우 느렸으며, 마치 한 마디 한 마디를 똑똑히 이해시키려 하는 것 같았다.

"당신은 이 소송 사건의 이해 관계자죠?"

"어떤 의미에서는 그렇습니다, 카츠 씨."

"될 수 있는 대로 보험금 지불을 안 하고 싶다. 그 근거는 범죄가 행해졌기 때문에…… 틀림없나요?"

"틀림 없습니다."

"당신은 범죄가 행해진다는 것, 이 부인이 보험금을 타내기 위해 남편을 살해했다는 것, 그리고 이 남자를 죽이려 했거나 혹은 그렇지 않다면 그가 죽음에 이르게 될지도 모를 그러한 위험을 이 남자에게 고의로 닥치게 했다는 것, 그런것들은 모두 보험금을 타내기 위한 계획의 일부였다고 확신합니까?"

상대편은 웃음을 머금은 듯한 표정을 짓더니 잠시 생각했다. 변호사에게 경의를 표하고 나서 그 자신도 한 마디 한 마디 똑똑히 말했다.

"그 질문에 답변하기 전에 카츠 씨, 제가 말씀드리고 싶은 것은, 나는 이런 종류의 사건을 몇 천 건이나 취급해 왔다는 점입니다. 말하자면 보험금 사취 사건 말입니다. 이런 일은 거의 매일처럼 저의 책상으로 몰려옵니다. 따라서 나는 이러한 종류의 수사에는 남다른 경험을 가지고 있다고 생각합니다. 한데 지금까지 현재의 회사뿐만 아니라 그밖의 몇 개의 회사에서도 일을 해온 오랜 세월에 걸친 경험에 비추어 볼 때 이처럼 분명한 케이스는 본 적이 없다고 말씀드리고 싶은 것입니다. 저는 단순히 범죄가 행해졌다는 것을 믿는 정도가 아닙니다, 카츠 씨. 그것을 알고 있다고 해도 과언이 아닐 정도입니다."

"이것으로 끝났습니다. 치안판사님! 쌍방의 용의점에 대해 나는 피고의 유죄를 인정합니다."

카츠가 이 방에 폭탄을 들여다 놓았다고 한들 이처럼 즉각적인 큰 소동이 일어나지는 않았을 것이다.

신문 기자들은 후당탕 밖으로 뛰쳐나갔고 사진기자들은 데스크 앞으로 밀려들어 사진을 찍어댔다. 모두들 서로 부딪쳐가며 법석을 떨었으므로 치안판사는 화가 나서 탁자를 땅땅 두들기며 소란을 가라앉혔다.
 새키트는 마치 총탄이라도 한 방 맞은 것 같은 얼굴을 하고 있었다. 법정 안은 갑자기 귓구멍에 조가비라도 갖다댄 것처럼 윙윙 울리고 있었다. 나는 콜라의 얼굴을 보려고 애를 썼다. 그러나 끝내 입언저리 밖에는 볼 수가 없었다. 그것은 누군가에게 1초마다 바늘로 찔리고 있기라도 한 것처럼 줄곧 경련을 일으키고 있었다.

 그 다음에 내가 정신을 차렸을 때는 들것에 실려 화이트라는 젊은 사나이가 따라오는 가운데 법정으로부터 운반되어 나오고 있었다. 양쪽에서 들것을 멘 남자들이 복도를 두 개쯤 가로질러 경관이 두세 명 있는 방으로 나를 운반했다. 화이트가 카츠의 이름을 들먹이며 몇 마디 하자 경관들은 모두 나갔다. 나는 데스크 위에 내려졌고, 들것을 들고온 사나이들도 나갔다. 화이트는 한동안 마루 위를 돌아다니고 있었는데 한참만에 문이 열리더니 여자 경관이 콜라를 데리고 들어왔다. 그런 다음 화이트와 여자 경관이 나가고 문이 닫혀 우리 둘만이 남았다. 나는 할 말을 생각하려 했으나 생각이 잘 떠오르지 않았다. 여자는 내 쪽을 거들떠보려 하지 않았다. 입가에는 아직도 경련을 일으키고 있었다. 나는 마른 침을 삼켰고, 간신히 할 말을 머리에 떠올렸다.
 "우리가 한 방 먹은 거야, 콜라!"
 여자는 아무 말도 하지 않았다. 아직도 뚜벅거리며 걷고 있었다.
 "그 카츠란 놈, 경찰의 첩자였어! 형사가 그놈을 나에게 보낸 거야. 난 그놈을 믿었어. 한데 우리는 보기 좋게 한 방 먹고 만 거야."
 "안 그래요. 우리가 속은 게 아니라구요."

"아니야. 속았어! 그놈의 형사가 저 놈을 나에게 추천했을 때 알아차렸어야 하는 건데. 나는 그만 속고 말았어! 내가 어리석었어!"
"나는 속았지만, 당신은 안 그래요!"
"아니, 나도 속았어. 모두 한꺼번에 몰아때린 거라구!"
"아제 모든 걸 알았어요. 어째서 내가 운전을 해야만 했던가를 알았다구요. 먼젓번에도 어째서 당신이 아닌 내가 그짓을 해야만 했던가를 이제 알아 낸 거예요. 그래요, 맞아요. 당신은 머리가 좋아서 나는 당신에게 홀딱했던 거예요. 한데 이제 와서야 당신이 머리가 얼마나 좋은가를 내가 간신히 이해를 했으니 참으로 우스운 얘기가 아니겠어요? 머리가 좋은 남자라고 여기고 반했었는데, 그 다음에야 머리가 얼마나 좋은가를 알게 되다니……."
"도대체 무슨 소릴 하려는 거야, 콜라!"
"속아넘어간 거야! 당신과 저 변호사에게! 내가 당신도 함께 죽이려 한 것처럼 꾸민 건 당신 짓이에요. 그렇게 하면 당신은 아무런 혐의가 없는 것처럼 보이게 될 테죠. 그래서 법정에서 나에게 뒤집어 씌워버린 거죠. 이제 당신은 무사하리라고 생각하고 있겠죠? 정말이지 난 형편없는 바보였어요. 그러나 두고 봐요! 당신이 생각하는 만큼 형편없는 바보는 아니라구요! 두고 봐요, 프랭크 챔버즈씨! 이 재판이 끝날 때 쯤에는 과연 당신의 머리가 얼마나 좋은지 알게 될 거라구요. 세상에는 지나치게 머리가 좋은 사람도 있는 거니까!"

나는 여자에게 변명을 하려 했으나 헛일이었다. 여자가 이와 같이 떠들어대며 입술에 핏기가 가실 만큼 흥분했기 때문에 문이 열리며 카츠가 들어왔다. 나는 들것 위로부터 녀석에게 덤벼들려 했다. 그러나 움직일 수가 없었다. 나는 꼼짝도 못하게 들것에 끈으로 꽁꽁 묶여 있었던 것이다.
"이 나쁜 자식! 여기서 꺼져 버려! 경찰의 끄나풀놈아! 네놈이 이 사건을 맡았지? 아, 그렇고 말고, 분명히 그랬어! 하지만 지금은 네놈이 무엇 때문에, 무엇을 위해서 이걸 취급하고 있었는지 알겠단 말이야. 안 들려? 여기서 썩꺼지라구!"
"호, 이게 어쩐 일인가, 챔버즈?"
이건 마치 껌을 빼앗겨 울고 있는 주일학교 어린이를 선생이 달래고 있는 광경으로 보였을 것이다.
"흥분하지 말게, 이 사람아! 나는 분명히 이 일을 맞고 있는 거야, 전에도 그렇게 말해두었을 텐데."
"그럼, 알고 말고. 하지만, 내가 네놈을 비틀어 버릴 수 있게 될 때까지 하느님에게 도움을 청해 두는 게 좋을 거야!"
카츠는 도대체 무슨 소린지 못알아 듣겠다는 얼굴로 콜라쪽을 보았다. 여자가 그의 곁으로 다가갔다.
"당신은 여기 있는 이 남자와 짜고 나만 유죄가 되도록 하겠다는 거죠? 남자는 죄가 없다구요? 하지만 미안하게도 저 남자 역시 이 사건에 깊숙히 관계하고 있단 말예요. 그러니 그리 쉽게 빠져나가지는 못할 걸요. 나는 얘기할 거예요. 몽땅 털어 놓을 거예요. 그것도 지금 당장 털어 놓을 거라구요!"
카츠는 여자의 얼굴을 바라보고 고개를 흔들었다. 그때 그놈의 표정이란 내가 본 인간의 얼굴 중에서 가장 못마땅한 놈의 표정이었다.
"자, 자, 부인. 나 같으면 그런 어리석은 짓은 하지 않겠습니다. 어쨌든 이 사건을 나에게만 맡겨 주신다면……"
"지금까지는 당신이 담당을 했어요. 이제 당신은 필요없어요. 내가 담당할 거예요."
카츠는 의자에서 일어나 어깨를 으쓱하고 추스르더니, 그냥 나가

버렸다. 그와 거의 동시에 발이 크고 목 주위가 시뻘건 사나이가 조그만 휴대용 타이프라이터를 들고 들어왔다. 그는 의자 위에 책 두 권을 받쳐 놓고 그것을 놓더니, 그 앞에다 다른 의자를 끌어 당겨 놓고 앉아서 여자의 얼굴을 쳐다보고 말했다.
"카츠 씨 말씀이 당신이 성명서를 내신다던데요?"
나지막한 쉰 목소리로 엷은 웃음을 띠면서 그 녀석이 말했다.
"맞아요, 성명을 낼 거예요."
여자는 더듬거리며 두세 마디씩 말을 끊어 가능한한 빠른 속도로 말하기 시작했다. 그것을 남자는 타이프라이터로 휙휙 쳐 나갔다. 여자는 모두 얘기했다. 나의 얼굴을 처음 본일, 처음에 둘이 손을 잡게 된 경위, 둘이서 전에도 한번 그리스인을 해치려 했지만 실패한 일 등을 모두 얘기했다. 두 번 가량 검찰관이 문을 열고 고개를 들이 밀었으나 타이프의 사나이는 손을 저었다.
"이제 2, 3분입니다. 부장님."
"오케이!"
마지막 부분에 이르자, 여자는 보험에 대한 일은 아무것도 몰랐다. 결코 그 돈 때문에 한 짓이 아니라 그리스인을 해치우는 것만을 목적으로 한 짓이라고 말했다.
"이걸로 끝이에요!"
남자는 타이프 친 종이를 가지런히 정돈했고 여자는 거기에 사인을 했다.
"잠깐! 한 장 한 장, 당신의 이니셜만 써 주지 않겠습니까?"
여자는 그렇게 했다. 남자는 공정 증서용 스탬프를 눌렀고 거기에 사인했다. 그리고 남자는 서류를 주머니에 넣고 타이프라이터의 뚜껑을 닫은 다음 나갔다.
여자는 문간으로 가서 여자 감독을 불렀다.

"인제 됐어요."

여자 경관은 들어와서 여자를 데리고 나갔다. 들것을 메는 남자들이 돌아와 나를 들고 나갔다. 전과 마찬가지로 양쪽으로 두 줄이 되어 걸어갔으나, 사람들이 많이 모여 있는 곳에 이르러 꼼짝을 못 하게 되었다. 그들은 콜라가 엘리베이터를 타려고 여자 경관과 함께 기다리고 있는 것을 구경하고 있었던 것이다.

구치소는 제일 위층에 있었다. 들것은 인파 속을 헤치고 겨우 지나갔는데 그때 내 담요가 바닥에 끌렸다.

콜라가 그것을 집어 올려 내 몸을 싸 준 뒤, 획하고 고개를 돌려 버렸다.

11

나는 병원으로 되돌아왔다. 나를 감시하는 놈은 주(州) 경관이 아니라 조금전 자백 조서를 받아 쓴 그 녀석이었는데 그는 내 옆의 침대에 누웠다. 나는 될 수 있는 대로 잠들려고 애를 썼고 얼마 후 잠이 들었다.

꿈 속에서 여자가 나를 보고 있었고 나는 뭐라고 말을 하려 했으나 말이 나오지 않았다. 마침내 여자의 모습은 아래쪽으로 사라져 가고 나는 잠에서 깨어 났다. 그 퍽하는 소리! 내가 그리스인의 머리를 내리쳤을 때의 기분 나쁜 소리가 귓속에서 윙윙 울리고 있었다. 그리고 다시 잠이 들자 이번에는 언덕 아래로 떨어지는 꿈을 꾸었다. 놀란 나는 목을 움켜잡은 채 눈을 떴다. 조금 전과 똑같은 퍽 소리가 다시 귓속에서 울려퍼졌다. 나는 그런 일을 되풀이하고 있었다. 한번은 눈을 뜰 때 내가 큰 소리를 내질렀다. 남자가 한쪽 팔꿈치를 세우며 몸을 일으켰다.

"이봐요!"

"응……."

"왜 그래요?"

"아무 것도 아니오. 꿈을 꾸었을 뿐이오."

"그래요?"

녀석은 단 1분도 내 곁을 떠나지 않았다. 아침이 되자 대야에 물을 담아 오게 하더니, 주머니에서 면도칼을 꺼내 수염을 깎았다. 그리고 얼굴을 씻었다. 아침밥을 날라 오자 남자는 테이블 위에서 먹었다. 둘은 말을 하지 않았다.

간호인이 신문을 가져 왔다. 제1면에 콜라의 커다란 사진이 나와 있었고, 그 밑에 들것에 실린 내가 조그맣게 나와 있었다. 신문은 콜라를 포도주 병으로 남편을 죽인 여자라고 쓰고 있었다. 사실심리에서 유죄를 인정받은 정황을 쓰고, 오늘은 판결을 받을 것이라고 씌어 있었다. 안쪽 페이지에는 이번 사건이 최고 빠른 사건처리 기록이 될 것이라는 해설 기사와, 어떤 목사가 모든 사건이 이처럼 신속하게 처리된다면 백개의 법률을 만드는 것보다도 범죄 방지에 도움이 될 것이라고 말했다는 기사도 있었다.

어제의 자백에 대해 무슨 소리가 없는가 하고 신문을 샅샅이 훑어 보았다. 그러나 없었다.

12시경 젊은 의사가 와서 내 등을 알콜로 닦은 뒤 반창고를 떼냈다. 그 의사는 반창고를 떼내고 있었지만 나는 거의 껍질을 벗기는 것처럼 지독하게 아팠다. 얼마쯤 떼어내자 나는 움직일 수 있게 되었다. 의사는 나머지 반창고는 그대로 남겨 두었고, 간호사가 내 옷을 가져왔다. 나는 그것을 입었다. 들것 담당의 남자들이 나를 들고 엘리베이터로 옮겼으며 병원 밖으로 나갈 때까지 배웅해 주었다. 그곳에는 운전사가 딸린 차가 기다리고 있었다. 나와 함께 자던 사나이가 나를 그 안에 넣고 두 블록 가량 달린 후 차에서 내렸다. 사나이와 나는 한 빌딩으로 들어가, 어떤 방으로 올라갔는데 그곳에는 카츠가 손을 내밀고, 온 얼굴에 웃음을 띠고 서 있었다.

"다 끝났네!"

"빠르군요! 여자는 언제 사형이 되는 거죠?"

"사형이라니, 그게 무슨 말인가? 석방이야! 새처럼 자유의 몸이 됐다구. 법정 수속이 끝나는 대로 이리로 올 걸세, 자, 들어오라구. 내가 그 내용을 얘기해 줄테니."

카츠는 나를 자기 방으로 인도하고 나서 문을 닫았다. 우선 담배를 한 개피 꺼내 그것을 반은 피우고, 나머지 반은 입 한구석에 문 채 얘기를 시작했다. 전혀 딴 사람이었다. 어제는 그처럼 졸린 것 같던 사나이가 이처럼 생생할 수가 있단 말인가.

"챔버즈, 이 건 내 생애 최대의 사건이었어!"

"아마 그러실 테죠!"

나는 비웃듯 콧방귀를 뀌었다.

"아, 아냐. 챔버즈, 내 말을 잘 들어보라구. 내가 이 사건을 맡아서부터 해결을 본 것까지 24시간도 채 안 됐지만 사건해결이 이처럼 멋들어지게 끝난 적은 여태까지 한 번도 없었어."

"멋들어지게라구요?"

"그렇지. 뎀프시와 파포의 시합은 2라운드까지도 가질 않았지. 얼마나 오래 걸리느냐가 문제가 아니라 시합중에 무엇을 어떻게 했느냐가 문제인 거야."

카츠는 마치 권투선수라도 된 듯이 어깨를 으쓱으쓱해 보이기까지 했다.

"하긴, 이번 일은 어떤 의미에서는 시합도 아니었어. 4명이 하는 포커 게임에서 모두가 말할 수 없이 좋은 카드를 갖고 있었던 셈이야. 모두 자신감과 배짱이 두둑했어. 이길 테면 이겨보라는 식이었지. 이렇게 되면 누군가 한 사람이 기발한 수를 치지 않으면 이길 수 없다고 생각하겠지만……. 그런 방법은 졸렬하단 말이야. 그런 형편없는 수 같은 건 흔하게 볼 수 있는 거니깐……."
"카츠 씨. 사건이 어떻게 됐다는 거죠? 왜 당신은 내가 알아듣지 못할 소리만 늘어 놓고 있는 거요?"
나는 상당한 혼돈을 일으키고 있었다. 저 변호사 녀석이 이번에는 또 무슨 수작을 부리고 있는 것일까? 그놈의 속을 헤아릴 수가 없었다.
"정말이지, 챔버즈, 이 사건에 나를 끌어 넣어준 건 자네야. 다시 한 번 자네에게 감사하네 이런 사건은 두 번 다시 취급할 기회가 없겠지?"
"정말 얘기해 주지 않으시겠어요? 당신은 지금 나를 놀리고 있는 거요?"
"아, 아. 얘기할 테니 걱정 말라구. 하지만 포커패 전부를 자네에게 보여주기 전에는 무슨 소린지를 모를 걸세. 어떻게 게임이 진행되었는지 자네가 이해하기는 힘들어."
"여자는 왜 풀려났죠?"
"그럼, 처음부터 얘기를 시작해보자구. 자네와 여자는 처음부터 기가 막힌 패를 가지고 있었던 거야. 왜냐하면 그거야 말로 완전범죄였거든. 챔버즈, 자네 자신도 얼마나 기가 막히게 잘 돼 있는지 알지 못할 정도였지. 새키트가 자넬 위협했던 얘기들 있었지? 즉 차가 벼랑에서 떨어질 때 여자는 차 속에 없었다. 또 핸드백을 들고 있었다는 것 등은 아무런 문제도 되지 않는 수작이었어. 차가 언덕 아래로 떨어지면 어디 눈깜짝할 새에 떨어지나? 얼마간 도로 끝에 걸린채 흔들거리다 떨어질 수도 있지 않나? 또 여자가 차에서 뛰어내릴 때 무의식 중에 백을 움켜잡을 수도 있는 일 아니겠어? 그런 것으로 범죄 사실을 입증할 수는 없어."
"그런 얘기를 당신은 어떻게 알았죠?"
"새키트에게서 직접 들었지. 어제밤 함께 저녁을 먹었는데, 녀석이 나에게 이겼다고 생각하고서 멋대로 떠들어대더군! 나를 동정하면서 말이야! 생각보다 멍청한 녀석이었어. 새키트와 나는 서로 적이야. 말하자면, 가장 사이좋은 적인 셈이지. 녀석은 나에게 이기기 위해서라면 악마에게 혼이라도 팔 녀석이야. 하긴 나라도 그 녀석을 이기기 위해서라면 그렇게 하겠지만. 이 사건으로 그 녀석과 1백 달러 내기까지 했지. 녀석은 나를 아주 우습게 여기고 있었는데, 그게 그럴 수밖에 없는 게 사건은 말할 수 없이 그 녀석에게 유리한 터라, 그대로 카드 게임을 해 나간다면 사형 집행인이 그 뒷일은 인수하게 되어 있었어."

과연! 두 사나이가 나와 콜라가 사형집행인 손으로 가느냐 안 가느냐로 1백 달러의 내기를 했다니! 그것 참 멋있는 얘기다. 그러나 역시 나는 빨리 얘기를 듣고 싶었다.

"우리들이 완전한 카드를 가지고 있었다고 하셨는데 그렇다면 새키트는 어떤 수를 쓴다는 겁니까?"
"지금 그 얘기를 하려는 참이네. 자네들은 완전한 카드를 가지고 있었지만 이 세상에 태어난 어떤 남자나 여자도 그 수를 써서 승부를 할 수는 없는 거야. 만일 검찰이 올바른 수를 쓴다면 불가능하다는 것을 새키트는 잘 알고 있었지, 새키트 쪽에서 해야 한 일은, 자네들 중의 한쪽에 작용을 해서 또한 사람을 적대시하게 만드는 일인데, 그건 아주 간단한 일이었지. 그게 첫째 방법이야. 둘째로, 새키트는 자기의 주장을 밀고 나가기 위해 아무 일도 할 필요가 없는 거야. 보험회사가 검사를 위해 무엇이든지 해 주니까. 그 녀석은 손가락 하나 까딱하지 않아도 되거든, 그게 바로 새키트의 마음에 쏙 든 일이지. 그 사나이는 레이스에서 카드만 내놓고 있으면 되는 것이었지. 판돈은 저절로 녀석의 무릎 위로 굴러 들어오게 마련이고, 그래서 녀석은 무엇을 한 것인가? 보험회사로 하여금 사실을 모조리 파헤치게 해서 그걸 가지고 자네를 마음껏 위협해 여자에 대한 고발장에 사인을 시켰던 거라구. 이것으로 자네가 쥐고 있는 가장 좋은 카드를 빼앗아 버렸는데, 그 카드란 건 자네 자신이 그처럼 심한 부상을 당했다는 점이고, 말하자면, 자네가 친 카드로 자네의 에이스카드를 빼앗긴거나 마찬가지야. 그처럼 큰 부상을 당했기 때문에 그건 사고로밖에는 보이지 않았었지만, 그 점을 새키트는 역이용해서 여자에 대한 고발장에 사인을 시켜버렸지. 자네는 사인을 안 할 수 없었던 거야. 사인을 안 하면 자네 짓이라는 것을 새키트가 눈치챌 거라고 걱정하고 있었으니까."
"내가 겁쟁이가 되었던 거군요. 그것뿐입니까?"
"살인사건에는 으레 겁이 따라다니게 마련이야. 그리고 그것을 새키트 만큼 잘 알고 있는 사람도 없지. 그건 기초적인 상식이지. 새키트는 자네를 자기 생각대로 함정에 몰아 넣었어. 그래서 자네는 여자에게 불리한 증언을 한 것이고 일단 자네가 증언을 한 뒤에는 어떤 카드를 가지고도 여자가 자네의 적이 되는 일을 막을 수는 없는 거지. 그러한 상황에서 녀석은 나와 저녁을 함께 먹었던 거야. 녀석은 나를 조롱했어. 그리고 나를 측은하게 생각했지. 1백 달러가 걸려 있었고, 그런데, 그 동안 내 쪽에서는, 잠자코 있으면서 만일 카드 내는 방식만 틀리지 않는다면 새키트를 납작하게 만들어 줄 수 있다는 걸 확실히 할 수 있는 방법을 찾아내고 있었던 셈이었어, 이제 알겠지? 챔버즈, 자네는 내 카드를 다 들여다볼 수 있겠지? 무엇이 보이나?"

"아무것도 보이지 않는데요?"
"그래? 아무것도 안 보인다고?"
"네, 정말 아무 것도 안 보여요."
"새키트 녀석에게도 안 보였지. 하지만, 지금 잘 보라구! 어제 자네와 작별한 다음 나는 그 여자를 만나러 갔었지. 그리고 신탁회사에 있는 파파다키스의 대여금고를 열 수 있는 허가를 그녀한테 받았네. 그리고 나는 예상했던 것을 찾아냈지. 금고 속에는 다른 보험 계약이 몇 개 더 있었네. 나는 그래서 그 계약을 맺은 대리인을 만나러 갔지. 거기서 다음과 같은 것을 알아낸 거야. 그 재해 보험은 파파다키스의 몇 주일 전의 사고와는 아무런 관계도 없다는 것을 말이야. 대리인은 캘린더를 들척거리다가 파파다키스의 자동차 보험 기간이 거의 다 끝나 가고 있다는 것을 알고 가게로 찾아갔던 거지. 그때 파파다키스의 가게에 그 여자는 없었어. 자동차 보험 얘기는 곧 합의를 보았는데 자동차의 화재, 도난, 충돌, 타인의 상해에 대한 책임, 이런 종류의 통상적인 것들이었지. 그리고 대리인은 파파다키스에게 자동차 보험에는 들어 있지만 그 자신의 보험에 대해서는 아직 아무 것도 든 것이 없지 않느냐는 얘기를 하면서 개인 상해 보험에 드는 게 어떻겠느냐고 권한 거야. 파파다키스는 얼른 그렇게 할 마음이 들었지. 바로 그 또 하나의 사고 탓도 있었는지 모르지만, 대리인으로 말할 것 같으면 아무 것도 아는 바라곤 없었던 거야. 파파다키스는 모든 서류에 사인을 하고 수표를 대리인에게 건넸고, 다음날 계약서가 우송되었어. 자네, 무슨 말인지 알겠나? 대리업자란 작자들은 숱한 회사들의 일을 하고 있기 때문에, 그때의 보험 계약도 모두 한 회사하고만 맺어진 게 아니었어. 그 점이 새키트가 깜빡하고 있었던 첫째 포인트였어. 하지만 잊어서는 안 될 중요한 점은, 파파다키스가 가입해 있던 것은 그 새로운 보험만이 아니었다는 점이었어. 오래된 계약도 가지고 있었지. 더구나 그것들은 아직도 1주일 기한이 남아 있었네. 자, 이러한 상황을 머리에 차근차근 집어 넣으라구. '태평양 제주(諸州) 재해'는 개인 상해 보험에 대해 1만 달러, '캘리포니아 보증'은 신계약의 타인 상해에 대한 보증금으로서 1만 달러, '로키 마운틴 파이델리티'는 구계약의 타인 상해에 대해 1만 달러를 지불하도록 돼 있었어. 자, 이게 나의 가장 믿음직한 카드일세. 상대방은 1만 달러가 걸린 보험회사를 한 개 가지고 있지만, 나는 내 편으로 끌어 들일 마음만 먹으면 언제든지 2만 달러가 걸린 두 개의 보험회사를 이용할 수 있게 됐지. 무슨 말인지 알겠나, 프랭크?"
"저는 정말 몰랐던 일이군요."
"잘 생각해 보라구. 새키트는 자네에게서 큰 카드를 훔쳤지? 한데, 나는 바로 그 카드를 녀석에게서 다시 훔친 거야. 자네는 심한 부상을 당했어. 만일 새키트가 그녀를 살인범으로 몰아 버리면 자네는 그 살인의 결과로 해서 입은 상해에 대해 그녀를 상대로 소송을 일으킬 수 있지. 그때엔 배심원은 뭐든 바라는 대로 판결을 내리겠지. 그리고 두 보증금 인수 회사는 그 판결에 따라 계약된 대로 1센트도 깎지 않고 지불을 할 책임이 있는 걸세."
"이제야 알겠군요."
"좋아, 좋아, 챔버즈. 나는 이 카드를 내 장갑 속에 넣어 두고 있었지만 자네도 몰랐고, 새키트도 몰랐던 거야. 또 태평양 제주 재해 측도 몰랐고, 그 회사는 새키트를 위해 승부를 하는 데만 정신이 팔려 그 일에 대해 생각도 않았던 걸세."
카츠는 실내를 두세 바퀴 돌며 구석의 작은 거울 앞을 지날 때마다 자신의 모습을 들여다보곤 하더니 다시 얘기를 계속했다.
"자, 아무튼 그런 수가 있었어. 한데 그 다음 문제는 어떻게 승부하느냐였지. 나는 서둘러야만 했어. 왜냐 하면, 새키트는 벌써 카드를 내 놓았고, 그 자백도 언제 나오게 될지 알 수 없거든. 자네가 그녀에게 불리한 증언을 했다는 것을 그녀가 들었다면 사실심리의 법정에서 자백이 나오지 말란 법도 없는 거야. 행동은 신속을 요했지. 그래서 나는 무엇을 했던가? 태평양 제주 재해의 사나이가 증언을 하고, 그 다음에 녀석이 범죄가 틀림없이 행해졌다고 믿는다는 말을 기록에 남길 때까지 기다렸네. 그 반대 심문은 나중에 그 사나이를 상대해서 부당 체포의 소송을 제기하는 경우를 생각해서 한 것이지만 말야. 그 일이 끝나자 즉시 나는 그녀의 유죄를 인정했지. 그래서 사실심리는 막을 내렸고, 엊저녁에 새키트의 수단을 봉쇄해 버렸네. 그런 뒤 나는 그녀를 변호사 대기실로 급히 데리고 들어가 구치실로 되돌려 보내지기 전 30분의 유예를 요구해 놓고서 자네를 그녀와 만나게 한 거야. 자네와 5분 지낸 것으로 아주 충분했어. 내가 그 방에 들어갔을 무렵에는 이미 그 여사는 비밀을 터뜨려 버릴 작정이 되어 있었지. 그리고 나는 케네디를 그 방에 가게 했네."

"어젯밤 내 옆에 있던 그 형사 말인가요?"

"그 사람은 원래 형사였지만, 지금은 형사도 아무 것도 아냐. 그 남자는 지금 내가 고용하고 있는 탐정에 불과해. 그녀는 형사와 얘기하고 있는 걸로 믿고 있었지만 실은 가짜하고 얘기하고 있었던 거지. 하지만 그 일은 잘 되었어. 가슴의 응어리를 다 털어 놓았기 때문에 그녀는 오늘까지 조용히 하고 있었던 거야. 그것만으로도 여유는 충분했지. 다음은 자네야. 자네가 무슨 짓을 시작하느냐가 승부의 갈림길이었어, 자네는 아무 혐의도 받고 있지 않으니까 이미 구금된 처지가 아니었거든. 자네 자신이 아무리 그런 걸로 생각하고 있었더라도 말이야. 그 사실을 자네가 깨닫기만 한다면, 반창고가 남아 있건 등덜미가 욱씬거리건, 병원이 제대로 해 주건 말건, 무슨 짓으로도 자네를 붙잡아 둘 수 없다는 것은 뻔한 사실이었어. 그래서 케네디가 그녀 쪽의 볼일을 끝내길 기다려 내가 그를 자네에게 보내 감시를 시켰던 거야. 자, 다음은 태평양 제주 재해, 캘리포니아 보증, 로키 마운틴 파이델리티, 이 3개 회사끼리의 심야회의였지. 내가 그들 앞에서 이야기를 꺼내 놓자, 그 녀석들은 지독히 시원시원하게 거래를 마무리지어 버리더군."
"거래를 마무리짓다니, 그건 무슨 뜻입니까?"
"우선, 나는 모두에게 법조문을 읽어 주었지. 그것에 의하면, 자동차의 동승자가 부상을 해도 손해 배상 청구의 권리는 없어. 하지만 말야, 하지만 그의 부상이 운전자측의 음주 또는 고의 부당 운전에 의한 것이라면 배상을 청구할 수 있다는 거야. 자네는 동승자였어. 그리고 나는 살인 및 폭행 용의에 대한 그녀의 죄상을 인정한 처지야. 훌륭한 고의의 부당 운전 아닌가 말야. 어떤가? 그런데다, 어느 회사도 자신을 가질 수가 없었지. 어쩌면 여자가 혼자서 저지른 범행일지도 모른다, 그래서 그 보증금 지불 계약을 맺고 있는 두 회사는 자네에게 한 방 뜨거운 맛을 보여 달라고 턱을 내밀고 기다리고 있는 것이나 마찬가지니까, 각각 태평양 제주 재해에 5천달러씩 지불하고, 태평양 제주 쪽은 보험금을 깨끗이 지불하고 이의를 제기하지 않기로 결정한 거야. 이 일을 하는 데 반 시간도 걸리지 않더군."
카츠는 여기서 숨을 한 번 들이쉬고 한동안 다시 즐거운 듯 싱글벙글했다.
"그리고?"
"나는 아직도 그걸 잊어 버릴 수가 없네. 그 태평양 제주 재해 보험의 사나이가 증인석에 서서, 우리 회사가 조사한 결과 어떠한 범죄도 행해지지 않았다고 확신하는 바이므로 상해 보험금은 전액 지불할 생각이라고 진술을 했을 순간의 그 새키트의 얼굴이 지금도 생생히 눈에 떠오르는 거야. 챔버즈, 이 기분을 자넨 알겠나? 공공연히 상대방을 안심하게 만들어 놓고, 그 다음 턱에다 한방 굉장한 것을 먹인 기분을 말이야! 이것과 비교될 만큼 통쾌한 일은 세상에 없을거야."
"아직도 잘 모르겠군요. 그 회사의 사나이가 무엇 때문에 다시 한번 증언을 했지요?"
"피고에 대한 판결을 앞두고 있었어. 죄상을 인정한 다음, 재판장은 사건의 진상에 대해 분명히 알기 위해 어떤 증언이라도 더 들어두는 것이 보통 절차거든. 판결을 자신을 가지고 확정하기 위해서 말이야. 새키트 쪽에서는 처음부터 피를 보지 않고는 못견디겠다는 기세로 떠들어 대고 있었으므로 사형을 구형했던 거야. 정말이지 그 녀석은 피에 굶주린 늑대와 같아, 새키트란 녀석 말야. 그래서 나는 녀석하고는 기를 쓰고 싸워보고 싶어지는 것이지만……. 그 녀석은 진심으로 범인을 사형시키는 것은 좋은 일이라고 믿고 있단 말야. 새키트와 승부하는 것은 언제나 사형대를 걸고 승부하는 꼴이 되고말지. 그래서, 녀석은 그 보험 회사의 사나이를 다시 한번 증언대로 불러냈지. 하지만 그 사나이는 이미 놈의 앞잡이가 아니라 심야회의가 끝난 다음엔 내 앞잡이가 되어 있었단 말야. 새키트는 그런 줄을 몰랐을 뿐이지. 새키트가 그걸 알아차렸을 때는 이미 보험회사 녀석이 마구 떠들어 댈 때였지. 그녀의 범죄를 보험회사가 믿어 주지를 않는다면, 배심원도 믿어 주질 않겠지. 안 그런가? 그 증언이 있은 뒤에는 새키트가 무슨 짓을 해도 그녀를 유죄로 만들 수는 없었어. 말하자면 그순간 내가 새키트를 시궁창 속으로 떨어뜨린 셈이지. 나는 그때 일어서서 변론을 했지. 일부러 시간을 끝면서 정중하게……. 본인의 의뢰자는 처음부터 무죄를 주장해 마지 않았다는 데서부터 얘기를 시작했어. 그러나 본인은 무죄를 믿지 않았다, 그녀에게 불리한 증거가 압도적으로 강하다고 본인은 믿었다, 어느 법정에서라도 그녀를 유죄로 하기에 충분할 만큼 증거가 있었다, 그래서 의뢰자의 죄상을 인정하여, 오직 그녀를 법정의 자비심에 맡기리라고 결심했을 때, 본인은 그것이 그녀에게 가장 유리한 조처라고 믿었던 바입니다. 이렇게 말했지."
"그래서요?"
"그러나…… 이보게, 챔버즈! 이 그러나를 얼마나 입맛을 다시는 기분으로 발음했는지 알겠지? 그러나, 이제 방금 경청한 증언을 고려하건대, 이제 유죄 신청을 철회하고 사건의 심리를 진행해 주시기를 간청하는 일 외에 본인이 할 말은 없습니다. 나의 변론은 그것으로 끝났어. 녀석은 졌다는 사실을 알았지. 과실치사 신청에 동의할 수밖에. 재판장이 직접 다른 증인들을 심문한 끝에 징역 6개월 집행유예로 낙착됐는데 새키트는 그녀에게 미안하게 생각하며 사과하는 듯한 태도였지. 살인 혐의는 취하했어. 실은 그 점이 전체의 급소였지만……."
문 두드리는 소리가 났다. 케네디가 콜라를 동반하고 와서 카츠에게 무슨 서류인지 놓고 나갔다.
"자, 이거야, 챔버즈, 사인 좀 해주게. 이건 자네가 당한 부상에 대해 배상 청구권을 포기하겠다는 서약서일세. 보험 회사가 그처럼 고분고분 해준 것은 이게 필요했기 때문이지."
나는 사인했다.
"당신을 집까지 바래다 주고 가도 될까, 콜라?"
"네, 좋아요."
"잠깐, 잠깐! 두분께서 좀 기다리시지요. 그렇게 서두르지 말아요. 아직 자잘한 볼일이 남아 있으니까. 당신들이 그리스인을 해치고 차지한 1만 달러 얘긴데……."
여자와 나는 얼떨결에 얼굴을 마주보았다. 카츠는 앉은 채로 수표를 보고 있었다.
"이 일로 나에게 사례가 돌아오지 않는다면 완전한 해결이라 할 수가 없지, 안 그래요? 나는 당신들에게 그 얘기를 하는 것을 잊어버리고 있었군요. 흠, 그렇지. 나도 욕심쟁이가 되기는 싫거든. 대개의 경우라면 이 돈을 모두 받겠지만 이번 경우는 반으로 해 둡시다. 파파다키스 부인! 5천 달러짜리 수표를 써 주시오. 그리고 이 1만 달러는 당신에게 드리겠으니 은행에 가서 예금해 두시오. 자, 그리고 여기에 수표장이 있어요."
여자는 앉아서 펜을 집어들고 쓰기 시작했으나 도중에서 그만 두었다. 도대체 어떻게 되었냐는 긴지 도무지 납득이 가지 않는다는 표정이었다. 그러자 갑자기 카츠가 여자에게로 다가가 쓰다만 수표를 빼앗아 찢어 버렸다.
"자, 모두 받아 두시오! 나는 그 1만 달러 같은 건 아무래도 좋아요, 1만 달러, 그런 건 내게 필요없는 거라구! 내가 필요한 건 바로 이거요! 이것이면 충분해요!"
지갑을 열고 종이 쪽지를 꺼내서 그것을 우리들에게 펴 보였다. 새키트가 쓴 1백 달러짜리 수표였다.
"당신네들, 내가 이걸 현금으로 바꿀 것 같소? 이런 유쾌한 일이 또 있을까! 나는 이것을 액자에 넣어둘 거요. 그리고 저기에 걸어둘 겁니다. 내 책상 정면에!"

12

그곳을 나오자, 나는 아직 무척 허약한 상태였으므로 가장 가까운 은행에 가서 수표를 입금하고 그 다음에 꽃가게에 들러 큰 꽃다발 두 개를 사 가지고 그리스인의 장례식을 한다는 것은 어쩐지 이상했다.

장례식장은 자그마한 그리스 교회였는데, 무척 많은 사람들로 붐비고 있었다. 때때로 가게에 왔을 때 본 일이 있는 그리스인도 몇 몇 있었다.

우리가 들어가자 누군가가 무뚝뚝한 얼굴로 앞줄에서 세 번째쯤에 콜라를 앉혔다. 모두들 우리쪽을 흘금흘금 보고 있음을 알았으므로, 혹시 그들이 난폭하게 굴지나 않을까 무척 두려웠다. 그들은 모두 닉의 친구였지 나의 친구는 아니었으니까······. 그러나 곧, 석간 신문이 모두의 손에서 손으로 전달되고 있음을 알았는데 거기에는 큼지막한 제목으로 콜라가 무죄라고 씌어 있었다. 안내를 맡은 한 사람이 흘금 그것을 보더니, 뛰어와서 우리를 제일 앞줄로 데리고 갔다. 단상에서 설교를 하고 있던 남자는 처음에는 그리스인의 죽음에 대해 곱잖은 말을 지저분하게 늘어놓고 있었으나 한 남자가 곁으로 가서 귀엣말을 하면서 마침 그 무렵 앞줄 가까이까지 돌아온 신문을 가리키자, 그는 서두로 되돌아가 처음부터 완전히 새로 했다.

너저분한 넋두리를 집어치우고 비탄에 빠져 있는 미망인과 친구들 따위의 문구를 끼워 넣었다. 그러자 모두들 고개를 끄덕거리며 동의한다는 뜻을 표했다. 그리고 묘지로 향할 때는 두 명의 사나이가 와서 콜라의 팔을 잡고 안내를 했고 다른 두 명의 남자가 나를 부축해 주었다. 닉이 구덩이에 내려지고 있는 동안 나는 어이어이 울고 말았다. 찬송가를 부르자면 흔히 그렇게 되기 쉬운 법이지만, 그 그리스인처럼 좋아하던 사나이를 위해서 부를 때는 각별히 더했다. 끝으로 닉이 부르는 것을 백번도 더 들은 일이 있는 노래를 모두들 불러대는 데는 나는 완전히 질렸다. 간신히 꽃다발을 놓아야 할 자리에 놓는 일이 나로서는 고작이었다.

택시 운전사가 포드 자동차를 주에 15달러로 빌려주는 남자를 찾아내 주었으므로 우리는 그것을 타고 출발했다. 운전은 여자가 했다. 시외로 빠져나와 마침 건축 중인 어떤 집 앞을 지나게 되자 우리는 요즘은 집을 별로 짓지 않지만 경기가 풀리면 이 근방은 곧 집들이 들어설 것이라는 등의 얘기를 했고 가게에 도착할 때까지 내내 그런 얘기만 했다. 가게에 도착하자 여자는 나를 내려 놓고 차를 치운 후 함께 안으로 들어갔다. 모든 것이 집을 떠났던 당시 그대로였으며 출발하기전에 포도주를 마시던 유리잔이 싱크대 옆에 있는 것에서부터 그리스인이 너무나 취한 바람에 치우는 것을 잊어버린 기타까지 고스란히 그대로 있었다.

여자는 기타를 케이스에 넣고 유리잔을 씻은 다음 2층으로 올라갔다. 조금 뒤에 나도 뒤따라 올라갔다.

여자는 부부 침실에서 창가에 앉아 한길을 바라보고 있었다.

"내가 싫어졌어?"

여자는 대꾸를 하지 않았다. 나는 나가려고 했다.

"가 달라고는 안 했어요!"

나는 다시 앉았다. 꽤 오래도록 아무 말도 않고 있더니 갑자기 내게 대들었다.

"당신, 나를 배반했죠! 프랭크?"

"아냐, 그게 아니라구! 검사 때문이었어, 콜라! 그 자식이 강제로 그 서류에 사인하게 만든 거라구. 사인을 안 했다면 그놈이 모든 걸 알아차려 버렸을 거야. 당신의 적이 된 것이 아니라, 그 녀석에게 말려든 것뿐이야. 정신을 차리고 보니 그런 입장이 되어 있었던 거야."

"당신은 나를 궁지에 몰아 넣었어요. 당신 눈빛을 보고 그걸 알 수 있었어요."

"알았어, 콜라. 배반했어! 겁에 질렸던 거야! 그뿐이라구! 그따위 짓은 하고 싶지 않았어. 어떻게 해서든 빠져 나오려 했지, 하지만 그놈에게 꽉 잡혔던 거야. 깨끗이 당했어. 그뿐이야."
"흥, 그렇겠죠!"
"정말이지, 나는 혼이 났었어."
"그리고 나는 당신의 적이 되었던 거죠, 프랭크?"
"그렇게 돼 버렸지. 놈들이 당신을 함정에 빠뜨리려 했던거야."
"나는 모든 걸 털어 놓고 싶었어요. 그때는 당신이 미웠으니까……."
"그건 내 잘못이었어. 내 본심이 아니었는데 당신은 오해를 하고 있었지. 지금에 와서는 당신도 알고 있는 일이잖아?
"아뇨, 달라요. 나는 당신이 진심으로 한 일 때문에 당신을 미워했던 거예요."
"난 당신을 미워한 일이 없는 걸, 콜라! 정말이지 나는 나 자신을 미워하고 있었다구."
"이제 당신을 미워하지 않아요. 미운 것은 새키트예요. 그리고 카츠, 그들은 어째서 우리를 가만 놓아두지 않았던 거죠? 어째서 우리가 서로를 미워하게 만들었죠? 그 사람들만 없었던들 그런 마음이 일어나지 않았을 텐데……."
"……."
"설혹 우리들이 그런 처지에 놓이더라도, 그따위 마음이 안 들어야 했을 텐데…… 우리들의 사랑만큼은 없어지지 않을 수가 있었겠죠? 그리고 우리들이 지니고 있었던 것이라곤 그것뿐이었잖아요? 그런데 당신은 그들의 야비한 속임수에 말려들어 곧 나를 배반했던 거예요."
"그리고 당신은 나를 미워하게 되고……."

"일은 정말 서글프게 되었군요. 나는 당신의 적이 되었어요. 우리는 서로 물고 뜯었던 거예요."
"그러니까 이제 서로 비겼지 않아? 서로 원망할 게 없잖냐구!"
"그래요. 원망할 게 없어요. 하지만 현재의 우리 꼴이 뭐죠? 우리는 산꼭대기에 있었어요. 아주 높은 곳에……. 프랭크! 그곳에서, 그날 밤, 우리는 후회없는 행복을 맛보았어요. 그처럼 황홀한 기분이 들 수 있다는 걸 나는 처음 알았어요. 그리고 우리는 키스하고, 앞으로 어떤 일이 있더라도 영구히 변하지 않도록 우리의 행복에다 봉인을 했었어요. 이세상의 어떤 남자와 여자보다도 행복했어요. 그런데 우리는 벌써 멀어졌어요. 처음에는 당신이, 그리고 그 다음에는 내가……. 이제 서로 비겼어요. 하지만 이젠 높은 곳은 없어요. 우리들의 아름다운 산은 사라져 버렸으니까……."
"아무려면 어때! 우리는 함께 있게 되었으니까……. 안그래?"
"그래요, 하지만 나는 많이 생각해 보았어요. 프랭크. 당신과 나에 대해서, 영화에 대해서, 어쩌다 내가 타락했던가 하는 것, 그 싸구려 음식점에 대한 것, 도로에 대한 것, 어째서 당신이 도로를 좋아하느냐 하는 것도. 우리는 둘이 모두 하나같이 건달들이었어요. 프랭크, 하느님은 그날 밤 우리들의 이마에 키스를 해 주었어요. 하느님은 남자와 여자가 가질 수 있는 행복을 모두 우리에게 주셨던 거예요. 하지만 우리는 그러한 행복을 지닐 수가 있는 인간이 아니었어요. 그렇게 많은 사랑을 가질 수 있었지만 그 사랑의 무게로 우리는 산산히 부서져 버린 셈이죠. 그 산 꼭대기까지 단숨에 날아 올라가자면 대단히 큰 비행기 엔진이 필요할 거예요. 하지만 그 엔진을 포드 자동차에 달아 놓는다면 차는 박살이나고 말겠죠. 우리는 바로 두 대의 포드 같은 것일 테죠. 하느님은 하늘 위에서 우리를 보고 웃고 계시겠죠."

"그래, 마음대로 웃으라지, 뭐! 우리도 하느님을 웃어 주자구, 어때? 하느님은 우리에게 '서시오'하고 붉은 신호를 내렸지만, 우리는 무시하고 돌진해 버렸어. 그래서 결국 어떻게 됐나? 우리는 깊은 골짜기로 거꾸로 떨어져 박혔던가? 실제로 떨어졌지. 그리고는 곧잘 헤집고 나와 그 일로 해서 1만 달러를 벌었지. 그것 참! 하느님이 우리들의 이마에 키스를 해 주었단 말이지? 그렇다면 악마는 우리와 함께 침대로 들어간 거야. 그랬더니 어떻게 됐지? 악마 녀석은 쌔근쌔근 잠들지 않았나?"
"그런 소리 하지 마세요, 프랭크!"
"하지만 1만 달러 벌지 않았냐구!"
"그 1만 달러는 생각도 하기 싫어요. 1만 달러는 큰 돈이지만, 그것으로 우리들의 산은 사지 못할 걸요."
"산이라고? 우리는 그 산을 수중에 넣은 데다, 그 꼭대기에 다시 1달러짜리 은화를 1만개나 쌓아 올린 거야. 만일 당신이 높은 곳에 오르고 싶으면 그 은화 더미 위에서 경치를 바라보란 말야."
"당신은 바보군요! 저 자신의 비참한 몰골이 안 보이는 모양이죠? 이따위 붕대를 머리에 칭칭 감고서 떠들어대는 모습……"
"이봐! 잊어 버리고 있는 게 있어! 축배를 들어도 좋을 만한 일이 있었잖냐구? 우리는 아직도 축하술을 안 들었단말야."
"누가 술마시자고 했어요?"
"취하는 맛은 마찬가지 아니겠어? 출발하기 전에 준비한 술은 어디 있어?"

나는 내 방으로 가서 술을 찾아 냈다. 1쿼터들이 버번이 아직도 4분의 3가량 남아 있었다. 아래층으로 내려가 코카콜라용 유리잔 둘과 얼음, 화이트 록을 가지고 2층으로 돌아왔다.
여자는 모자를 벗고, 머리를 풀어 늘어뜨리고 있었다. 나는 마실

것을 두 잔 만들었다. 화이트 록을 넣고, 얼음도 두세 개 넣고는 병 속의 술을 따랐다.
"자, 마시라구! 기분이 좋아질 테니. 이건 옴벌레 같은 새키트 놈이 나를 못살게 굴 때 내뱉은 말이었어."
"어머, 이렇게 독한 술을!"
"독하지. 이봐, 당신은 그렇게 많이 껴 입어서 못 쓰겠어."
나는 여자를 침대 쪽으로 밀어 붙였다. 여자는 유리잔을 들고 있었으므로 술이 약간 엎질러졌다.
"상관 없어. 아직 잔뜩 남아 있으니까."
나는 여자의 블라우스를 벗기기 시작했다.
"벗겨 줘, 프랭크! 그날 밤 해 준 것처럼 해 줘. 모두 벗겨줘!"
나는 여자가 입고 있는 것을 하나씩 벗겨 나갔다. 여자는 이리 저리 몸을 움직여 내가 옷을 벗기는 것을 도왔다. 그리고 눈을 감고, 베개 위에 반듯이 누웠다. 머리카락이 어깨위에 덮여, 뱀처럼 또아리를 틀었다. 여자의 눈은 새까맸고, 유방은 봉긋 솟아오르지는 않았으나 포근했다. 그 꼭지는 2개의 큰 핑크 반점이 되어 퍼져 나갔다. 온 세상의 온갖 매음녀의 증조 할머니 같았다. 악마는 그날 밤, 그놈이 치러낸 돈 만큼의 것을 거둬들였다.

13

그런 생활을 6개월간 계속했다.
계속했을 뿐 아니라 언제나 똑같은 일들의 되풀이였다. 우리는 곧잘 싸웠고, 나는 술병을 잡는 일이 잦았다.
싸움의 원인은 딴 곳으로 가자는 것 때문이었다. 집행유예기간이 끝날 때까지는 우리는 이 주를 벗어날 수 없었으나 기간만 끝나면 그 곳에서 떠날 생각이었다. 콜라에게는 아무 말도 하지 않았으나, 나는 될 수 있는 대로 여자를 새키트로부터 멀리 두고 싶었다. 여자가 어떤 일로 해서 화가 치밀면 울컥해서 어리석게도 언젠가의 사실심리 후와 같이 지껄여댈 것 같아 겁이 났다. 나는 잠시도 여자를 믿을 수가 없었다.

처음에는 여자도 다른 고장으로 떠나는 일에 대해 무척 열심이었고, 때때로 내가 하와이라든지 남태평양 얘기를 꺼내면 특히 더 했었다.

그러는 동안 가게에서 돈이 쏟아져 들어왔다. 가게를 다시 연 것은 장례식이 끝난 지 1주일 가량 뒤였는데, 고객들은 여자가 어떤 꼴을 하고 있는지 보기 위해 밀려 들었고, 그 다음에는 즐길 수 있는 가게라 해서 반드시 다시 찾아오곤 했다. 그래서 여자는 우리가 돈을 많이 벌 수 있는 기회라며 신이 나기 시작했던 것이었다.

"프랭크, 이 근처 도로변 음식점들은 모두 시시해. 캔사스라든지 그런 변두리에서 농사를 짓던 사람들이 장사를 하기 때문에 손님을 즐겁게 하는 요령을 전혀 모른단 말이에요. 나처럼 이 장사를 웬만큼 아는 사람이 손님 마음에 제대로 들게만 한다면, 손님은 늘어날 거예요. 그 손님들이 또 친구를 모두 끌고 올 거구요……."

"손님 따위는 잊어 버려. 어차피 이곳은 팔아 치워야 해!"

"돈이 잘 벌리면 가게도 팔기가 쉬운 법이라구요."

"돈은 많이 벌고 있잖아?"

"왕창 버는 얘길 하는 거예요! 자, 들어봐요, 프랭크. 난 바깥의 나무 밑에서 식사를 할 수 있으면 손님이 좋아 할 거란 생각을 해봤어요. 캘리포니아의 이 좋은 날씨, 그것을 세상에선 어떻게들 이용하고 있나 생각해 봐요. 저기 가구점에서는 속이 메슥거릴 것 같은 고약한 냄새를 맡게 하고 북쪽으로는 프레노스에서 남쪽으로는 국경에 이르기까지 똑같은 맛없는 음식점들이 늘어서 있으니 손님들이 어디 유쾌할 수가 있겠어요?"
 "이봐, 이 가게는 팔아 치우기로 한 거야. 안 그래? 팔 물건이 작으면 작을수록 빨리 처분할 수가 있는 법이야. 그야 손님들은 나무 밑에서 식사를 하고 싶겠지. 당연하잖아? 모르는 건 캘리포니아의 요리집 쿡 정도겠지. 한데, 손님을 나무 밑에 앉게 할 생각이라면, 테이블도 사야지, 저 공터에 전기줄도 잔뜩 끌어야지, 그것 말고도 여러 가지를 해야 돼, 다음에 이 가게를 사겠다는 녀석이 그런 건 조금도 원치 않는다면 어떡할 거야?"
 "우리는 6개월 동안은 여기에 있어야 해요. 있고 싶건, 있기 싫건 간에."
 "그렇다면 그 6개월을 이 상점을 살 작자를 찾아내는 데 쓰자구."
 "난 정말 멋지게 장사를 한 번 해 보고 싶단 말예요. 그게 내 소원이라구요."
 "그럼 좋아. 그렇다면 해 보라구. 하지만, 나는 얘기할 건 얘기해 둬야겠어."
 "가게에 있는 테이블도 쓸 수 있는 것이 있을 거예요."
 "그러니 해 보라는 거 아냐! 난 술이나 한 잔 해야겠어!"

 우리가 큰 싸움을 벌인 것은 맥주 판매 허가 때문이었는데 그때 나는 여자의 속셈을 분명히 알았다. 여자는 나무 밑에다 조그만 플로어를 만들고, 거기에 테이블을 놓은 다음, 얼룩 무늬의 비치 파라솔을 씌우고, 밤에는 불을 켰는데 이것은 꽤 잘 되었다.
 이 착상에 대해서는 여자가 말한 대로였다. 사람들은 나무 밑에서 가벼운 라디오 음악을 들으며 반 시간을 지내고, 또다시 차를 타고 떠날 수 있게 된 것을 마음으로부터 반가워했다.
 그 무렵에 맥주 판매 금지가 풀렸다. 여자는 이 설비를 그대로 이용할 다시 없는 기회임을 알고, 맥주를 받아 놓고 비어 가든이라고 이름을 붙이려 했다.
 "난 비어 가든 따위는 원하지 않아. 정말이야! 내가 원하는 것은 이 가게를 통째로 사들이고 현금을 지불해 줄 작자뿐이야."
 "하지만 그래 가지고는 창피하지 않아요?"
 "난 아무렇지도 않아!"
 "하지만, 프랭크! 판매 허가는 6개월에 12달러밖에 들지를 않아요. 우리도 12달러쯤은 낼 수 있다구요."
 "허가를 내서 맥주 장사를 시작한단 말이지? 지금까지만해도 우린 휘발유 장사도 하고 핫도그 장사도 하고 있는데 게다가 이번에는 또 맥주 장사를 시작한다구? 젠장, 못살겠군! 나는 이 가게에 더 깊숙이 빠져들고 싶지 않아! 난 여기서 도망치고 싶단 말이야!"
 "누구나 다 허가를 내던데……."
 "글쎄, 마음대로 하라구! 난 상관 안 할 테니까."
 "손님은 많이 오고 있잖아요? 나무 밑에는 어엿하게 자리가 생겨 있어요. 그런데 허가를 내지 않았기 때문에 맥주는 없습니다, 라고 말해야 한다구요?"
 "무엇 때문에 무어라고 얘기해야 한다는 거야?"
 "코일만 설비하면 그것으로 생맥주를 팔 수가 있어요. 병맥주보다 훨씬 이문이 좋으니까 돈도 벌 수 있다구요! 나, 오전에 로스앤젤레스에서 아주 예쁜 컵을 봤어요. 산뜻하고 긴 컵이었어도 누구나 그런 걸로 맥주 마시기를 좋아 할거란 말예요."
 "그렇다면 코일이랑 컵을 사들일 작정이야? 이봐, 말해두겠는데, 난 비어 가든 같은 것에는 조금도 흥미가 없단 말이야!"
 "프랭크, 당신은 지금까지 뭔가 해봐야겠다고 생각해 본일이 있나요?"

"이것 봐, 잘 들어 둬! 나는 이제 이 가게하고 작별을 하고 싶단 말야! 나는 어딘가 다른 고장으로 가고 싶어, 어디를 보아도 저 그리스 놈의 유령이 나에게 덤벼들고 있어. 귓속에서 그 녀석 목소리가 메아리치기도 하고! 라디오를 켜기만 하면 늘 기타 소리가 들려 온단 말이야. 그런 일을 잊어 버릴 수 있는 곳으로 가고 싶은 거라구! 나는 어떻게 해서든 여기서 뛰쳐나가고 싶어. 나좀 봐! 듣고 있는 거야? 어떻게든 여기를 뜨지 않으면, 난 미쳐 버릴 거야!"
"당신은 거짓말하고 있어요!"
"바보 같은 소리! 거짓말이 아니야. 태어난 이래 지금처럼 진실된 말을 한 적이 없을 정도야!"
"그리스인의 유령 따위는 있지도 않아요. 당신은 그렇게 약하지도 않구요, 다른 남자라면 유령이 보일지 모르지만, 프랭크 챔버즈 씨만큼은 유령따윈 눈에도 안 들어 올 거라구요. 그런 게 아니라, 여기를 떠나고 싶은 건 당신이 떠돌이였기 때문이에요! 그것뿐이지. 여기에 왔을 때도 당신은 떠돌이였고, 지금의 당신도 그런 거라구요! 우리가 여기를 떠나고 그러고 나서 돈이 떨어지면, 그 다음은 어떻게 하죠? 네? 어떻게 할 생각이에요?"
"어떻게 될는지 알 게 뭐야. 하여튼 난 여길 떠날 거야!"
"바로 그거라구요, 당신은 알지도 못하잖아요. 여기 가만히 있으면……."
"흠, 이제 알았어! 당신의 본심은 그거였어. 당신은 훨씬 전부터 그럴 속셈이었지? 여기에 죽치고 있을……."
"어째서 그게 나빠요? 우리는 잘 해왔지 않아요? 어째서 여기 있으면 안 되냐구! 잠깐만, 프랭크. 당신은 나하고 알게 된 이래로 줄곧 나를 떠돌이로 만들려고 해 왔지만 그렇게는 안 돼요. 전에도 말했잖아요? 나는 떠돌이가 아니라구. 나는 무엇인가가 되고 싶어요. 우리 함께 여기 있어요. 아무데도 가지 말고. 맥주 허가도 내는 거예요. 우리는 틀림없이 잘 될 거란 말예요."
그때는 이미 밤이 깊었으므로 우리는 2층에서 반쯤 옷을 벗고 있었다. 여자는 사실심리 직후의 그때와 마찬가지로 방안을 걸어 다녔으며, 그때처럼 기묘하고도 끌어 당기는 듯한 말투로 말하고 있었다.
"그래, 여기 있자구! 그래 뭐든지 당신이 하고 싶은 대로하자, 콜라! 자, 한잔 마시라구."
"마시기 싫어요."
"뭘 그래? 마시는 거야. 돈벌이 얘기라도 하며 더 웃자구."
"벌써 웃었는 걸요."
"하지만, 훨씬 더많이 벌자구! 비어 가든으로 말야. 축하하는 뜻으로 두세 잔은 마셔야지!"
"바보같이……. 좋아요, 축하하는 뜻으로!"
이런 식으로 매주 두세 번은 언쟁을 벌이곤 했다. 그런데 실토를 한다면, 언제나 술취한 다음이면 나는 으레 그 꿈을 꾸고 있었다. 나는 골짜기 밑으로 떨어져 갔고, 그리고 그 머리 깨지는 소리가 귀 밑 바닥으로 부터 들려 오는 것이었다.

집행 유예 기간이 끝나자마자, 여자에게 어머니가 병이 들었다는 전보가 왔다. 여자는 부지런히 가지고 갈 짐을 꾸렸고, 나는 여자를 기차에 태워주고 주차장으로 돌아오는 도중 매우 이상한 기분이 들었다.
나의 몸이 공기가 되어 어디론지 둥둥 떠 갈 것만 같은 기분이었다. 해방된 기분이었다. 어쨌든, 이제부터 1주일간은 말다툼을 할 필요도 없고, 악몽과 씨름을 할 필요도, 술로 여자의 기분을 달래 주기 위해 비위를 맞출 필요도 없었다.

  주차장에서 한 젊은 여자가 차의 시동을 걸려고 했으나 차는 꼼짝도 하지 않았다. 그 여자는 여기저기 밟아 보았으나 소용 없었다.
"왜 그래요? 안 움직이나요?"
"주차시킨 사람들이 점화 스위치를 끄지 않았기 때문에 배터리가 나가 버렸나봐요."
"그럼 그 사람들에게 충전시켜 달라고 하시죠."
"네, 그렇지만 저는 빨리 돌아가야 하는데……."
"그럼 내가 태워 드릴까요?"
"어머, 친절하셔라."
"웬지 친절을 베풀고 싶은 기분이군요!"
"어디 사는지도 모르시면서……."
"상관 있나요?"
"굉장히 멀어요. 시골인 걸요."
"멀면 멀수록 좋아요. 어디건 모두 내가 가는 길의 도중일 테니까요."
"그렇게 말씀하시면, 약한 여자들은 거절하기가 힘들겠군요."
"힘드시면 그런 말을 마세요."

  그 여자는 밝은 머리빛을 하고 있었으며 나보다 약간 나이가 위일지는 몰랐으나 인물은 나쁘지 않았다. 하지만 내가 이끌렸던 것은 대단히 붙임성이 있었고 나를 아이 취급을 하며 나에게 어떤 일을 당할까 하는 따위의 걱정은 전혀 하지 않는 점이었다. 만사를 훤히 통달한 여자 같았다. 그건 표정을 보면 금방 알 수 있었다. 게다가 이 여자는 내가 누군지를 모른다는 것을 알았으므로 이젠 아무 것도 거리낄 것이 없었다.

  시외로 빠지는 길을 달린 때쯤 서로 이름을 가르쳐 주었는데, 여자에게는 내 이름이 아무 뜻도 없었다. 아, 제기랄! 정말이지 그처럼 마음이 놓이는 일이란 없었다. 세상에서 오직 한 사람, 잠깐 거기 좀 앉으쇼, 그 그리스인은 살해되었다는 소문이 있는데, 그 진상을 좀 얘기해 주시오, 하는 따위의 소리를 하지 않는 인간이 여기에 있었던 것이다. 나는 그 여자를 유심히 보았다. 그리고 역에서 나올 때와 똑같은 기분이 되었다. 내 자신이 기체 같은 것이 되어서, 핸들을 잡은 자리에서 두둥실 공중으로 떠올라갈 것 같은 기분이었다.

"매지 앨런이라, 좋은 이름이군요."

"네, 사실은 트레이머지만, 남편이 죽은 다음부터 원래의 성을 쓰기로 한 거예요."

"그럼, 매지 앨런, 아니 트레이머라도 상관 없고, 이름은 당신 마음대로 해도 좋지만, 내가 한 가지 제안을 당신에게 하고 싶은데……"

"뭐죠?"

"지금부터 이 차를 빙그르르 돌려서 남쪽을 향해 1주일쯤 함께 여행을 하면 어떨까요?"

"어머! 그건 안 돼요."

"왜죠?"

"왜냐 하면……. 그저 안 되는 거예요. 그뿐이죠."

"당신은 내가 맘에 들어요?"

"네, 그래요."

"나도 당신이 정말 맘에 들어요. 무엇이 우리를 가로막는 거죠?"

여자는 무슨 말을 하려다 그만두었다. 그리고 웃어 보이고는 입을 열었다.

"그럼 실토를 하죠. 저도 역시 그쪽으로 가 보고 싶어요. 정말예요. 그러니까, 그런 짓을 해선 안 된다고 남이 생각한대도 그건 조금도 상관 없어요. 하지만 그렇게는 안 돼요. 왜냐하면 고양이 때문이에요."
"고양이?"
"우리 집에는 고양이가 많이 있어요. 그것을 돌보는 것이 내 생활이거든요. 집에 돌아가야만 하는 것도 그것 때문이에요."
"흠, 가축 예탁소라는 게 있지 않아요? 전화를 걸어서 맡으러 와 달라고 하면 될 텐데."
여자는 묘한 대답을 했다.
"우리 고양이들을 대할 때의 가축 예탁소 사람들의 얼굴이 보고 싶군요. 그런 것들하곤 다른 걸요."
"고양이는 고양이겠죠?"
"글쎄요. 꼭 그렇다고도 할 수 없어요. 큰 놈은 무척 커요. 우리 집에 있는 사자 같은 것은, 가축 예탁소 사람들이 다룰 수 있으리라고는 생각할 수 없어요. 그리고 호랑이와 표범, 그리고 재규어가 세 마리 있는데 이게 제일 말썽이에요. 재규어란 놈은 골치 아픈 고양이에요."
"기가 막히는군! 그런 것을 키워 가지고 무얼 하나요?"
"영화에서 일을 시키죠. 작은 것은 팔고요. 사실 동물원을 가지고 있는 사람은 많아요. 가게에 내놓고 구경을 시키죠. 손님 끄는 데 좋아요."
"우리 가게에는 그 녀석들은 안 어울리겠는 걸."
"우리 집은 음식점이에요. 손님이 보러 오는 걸요."
"음식점이라구? 이런, 나도 똑같은 장사를 하는데. 이 나라 사람들은 모두들 서로 핫도그를 팔면서 먹고 사는 게로군!"
"어머나! 아무튼 나는 고양이들을 내팽개치고 나다닐 수는 없어요. 먹여 살려야 하니까."

"문제 없어요. 게벨에게 전화를 걸어 보겠어요. 그 친구같으면 1백 달러로 당신이 집을 비우는 동안 그놈들을 모두 맡아 줄 수 있을 테니까."
"나와 놀러 가는 것이 당신에게는 1백 달러의 값어치가 있단 말인가요?"
"정확히 1백 달러의 값어치는 있어요."
"어머나! 그럼 싫다고는 못하겠군요. 게벨이란 분에게 전화하세요."

나는 그 여자를 그녀의 가게에 내려 놓고, 공공 서비스 사무를 찾아내어 게벨에게 전화를 걸었다. 그런 다음 우리가게로 돌아와 문단속을 했다. 그 여자에게 돌아왔을 때는 해질 무렵이었다.
나는 트럭으로 줄무늬가 있는 놈과 얼룩 무늬가 있는 놈들을 가득 싣고 돌아가고 있는 게벨과 마주쳤다. 차를 1백야드 가량 떨어진 길가에 세우고 기다리고 있자니 곧 여자가 작은 가방을 들고 나왔으므로 차에 태우고 출발했다.
"어때요?"
"멋지군요!"
우리는 카리엔테로 갔다. 이튿날은 해안을 따라 남쪽으로 내려가 70마일 앞의 작은 멕시코 마을 엔세나다까지 가서 그곳의 작은 호텔에서 사흘인가 나흘을 묵었다. 대단히 좋았다. 엔세나다 온통 멕시코풍이었는데 마치 미합중국에서 1백만 마일이나 떨어져 있는 것 같은 기분이 들었다. 우리 방 앞에는 조그만 발코니가 있었는데 오후에는 거기에 누워서 바다를 바라보며 시간을 보냈다.
"그 고양이 말입니다, 그놈들을 어떻게 기르죠? 길들이기가 어려울 텐데요?"

"우리 집에 있는 것 같은 종류는 길들이지 않아요. 그런 건 틀려먹은 놈들이죠. 호랑이만 빼놓고는 모두 깡패들이니까. 하지만 조금씩 길을 들이기는 해요."
"재미있어요?"
"그렇지도 않아요, 너무 큰 건. 하지만 표범은 괜찮아요. 언제고 표범과 함께 무슨 쇼를 해 볼 생각이에요. 하지만 그럴려면 여러 마리 필요할 거예요. 동물원에 있는 것 같은 깡패가 아닌 놈으로……."
"깡패라는 게 뭐죠?"
"사람을 물어 뜯는 놈이죠."
"모두 그런 게 아닌가요?"
"그럴지도 모르지만……. 아무튼 깡패는 그래요. 그걸 인간으로 친다면 미치광이 같은 놈이죠. 우리 속에서 자라기 때문에 그렇게 되는 것 같아요. 우리가 흔히 보는 고양이들은 고양이와 닮았지만, 정말은 미치광이거든요."
"정글의 고양이라는 걸 어떻게 알 수가 있죠?"
"직접 정글에서 잡으니까."
"그럼, 당신이 그놈들을 생포한단 말인가요?"
"그래요, 죽은 것 따윈 나한텐 흥미가 없는 걸요."
"놀라운데! 어떻게 잡죠?"
"우선 배를 타고 니카라과까지 가요. 진짜로 우수한 표범은 모두 니카라과에서 살고 있으니까. 캘리포니아나 멕시코산 같은 건 그쪽 것하고 비교하면 찌꺼기 같은 거예요. 그리고 인디언 남자를 몇 명 고용해서 산으로 올라가죠. 그리고 표범 사냥을 하는 거예요. 그리고 포획한 놈들을 싣고 오는거죠. 하지만 이번에는 한동안 그곳에 머무르면서 표범을 길들여서 데려올 예정이에요. 그곳에서는 산양

고기가 이곳 말고기보다 싸니까요."

"어쩐지 당장에라도 떠날 것 같은 말투인 걸."

"그럼요, 곧 갈 거예요."

그녀는 포도주를 한 모금 입술로 빨고서 조용히 내 얼굴을 들여다보고 있었다. 여기서는 술병에다 길고 가느다란 스트로를 꽂아서 가져다 주기 때문에 그 스트로로 빨아 마시는 것이었다. 입안이 시원해지는 게 기분이 좋았다. 여자는 두세 번 그 짓을 하면서 내 얼굴을 바라보고 있었다.

"프랭크, 난 돈을 충분히 가지고 왔어요. 그 미치광이 고양이들을 게벨에게 계속 맡아 달라고 한 다음 당신 차를 팔아 치우고 고양이 사냥이나 하러 떠나요, 네?"

"그럴까?"

"정말?"

"언제 떠날까?"

"내일 여기를 떠나는 화물선이 있는데, 그게 발보아에 들러요. 거기서 게벨에게 전보를 쳐요. 당신 차는 이 호텔에서 처분해 대금을 보내 줄 거예요. 멕시코인은 그 점이 좋은 점이에요. 느림보지만 정직하니까."

"좋아!"

"어머 좋아라!"

"나도 그래. 난 핫도그나 맥주, 치즈 넣은 애플 파이 따위에는 정말이지 넌더리가 난다구. 모조리 휘몰아다 강물에 처넣고 싶단 말이오."

"당신은 틀림없이 좋아할 거예요, 프랭크. 산 속에 집을 장만해서 사는 거죠. 시원해요. 그리고 내가 재주를 익히면 그것들을 데리고 온 세계를 돌아다닐 수 있어요. 마음 내키는 데로 가서, 마음에 드는 일을 하고, 많은 돈을 벌어서 쓰는 거예요. 내가 보기에는 당신에겐 약간 집시의 피가 흐르고 있는 것 같아요."
"집시? 나는 태어날 적부터 귀고리를 하고 있었는걸?"
그날 밤, 나는 쉽게 잠들 수가 없었다. 먼동이 틀 무렵 눈이 떠졌는데, 그것으로 완전히 잠에서 깨어나 버리고 말았다. 그때 생각한 것은, 니카라과라는 곳도 도망간 보람이 있을 정도로 멀지는 않다는 것이었다.

14

기차를 내린 여자는 검은 옷을 입고 있었는데 그 때문에 키가 더 커 보였다. 검은 모자에 검은 구두, 검은 스타킹 차림새였다. 트렁크를 둘러멘 남자가 그것을 차 속으로 날라다 놓는 동안 여자는 여느 때의 그녀다운 행동을 하지 않았다. 여자와 나는 함께 차를 타고 달렸는데, 3, 4 마일을 달릴 동안은 별로 말을 하지 않았다.
"어머님이 돌아가셨다는 걸 왜 알려 주지 않았어?"
"그것 때문에 당신에게 걱정을 끼치고 싶지 않았어요. 게다가 나는 무척 일이 많았어요."
"나는 지금 상당히 지쳐 있어, 콜라!"
"왜요?"
"당신이 없는 동안 나는 여행을 했어. 프리스코로 갔었지."
"그런 일 때문에 어째서 기운이 없다는 거죠?"
"모르겠어. 당신이 아이오와로 돌아가고, 당신의 어머니가 죽어가고 있는 동안, 난 프리스코 근처에서 팔자 좋게 놀고 있었어."
"그런데, 왜 지쳐 있다는 거죠? 정말 모르겠군요. 아무튼 당신이 여행한 것은 참 잘한 일이라고 생각되는군요. 만일 내 머리에 그 생각이 떠올랐다면, 출발하기 전에 나는 당신에게 여행을 권했을 거예요."
"장사는 꽤 손해가 났어. 그 동안 가게문을 닫아 버렸거든."
"상관없어요. 다시 문을 열면 그만이에요."
"당신이 가 버리고 난 다음 어쩐지 마음이 허전해서 견딜 수가 없었어."
"그래요. 하지만 할 수 없지 않아요?"
"그건 그렇고, 당신 정말 슬펐겠군."
"별로 즐겁지는 않았어요, 그렇지만 아무튼 끝났으니까."
"돌아가서 한 잔 만들어서 당신 입에 퍼넣어 주어야겠군! 당신에게 줄 선물을 하나 사왔어."
"난 아무것도 바라지 않아요."
"기분이 새로와질 거야."
"난 이제 안 마실 거예요."
"안 마신다구?"
"그 얘기 나중에 할게요. 길어질 테니까."
"그쪽에서 무척 여러 가지 일들이 있었던 것 같은데?"
"아니, 아무 일도 없었어요. 장례식뿐이었어요. 하지만 당신에게 얘기하고 싶은 일은 많아요. 이제부터는 우리도 더 즐겁게 살아야 할 테니까요."
"그게 무슨 얘기지?"
"천천히 이야기하겠어요. 당신, 여자와 함께 여행했어요?"
"여자라니!"
"재미있었어요?"
"그저 그랬어, 혼자 지낸 셈치고는 그런대로 좋았던 셈이야."
"솔직히 말하면 아주 즐겁게 지냈겠죠? 하지만, 그렇게 말해 줘서 고마와요."

가게 앞에 도착해보니 낯선 차가 한 대 서 있었고 그 차속에 한 남자가 앉아 있는 것이 보였다. 그는 바보 같은 웃음을 띠고 차 속에서 느린 동작으로 나왔다. 케네디였다. 카츠의 사무실에 있던 바로 그 조수 녀석이었다.

"나를 기억하겠소? 챔버즈 씨."

그는 여전히 빙글빙글 웃고 있었다.

"아, 케네디 씨. 안녕하십니까? 근데 웬일로……. 아무튼 안으로 들어갑시다."

녀석은 거만스런 태도로 느릿느릿 걸었다. 가게 입구에서 잠시 멈추고 가게를 휘둘러보았다.

"정말 훌륭하군! 챔버즈 씨, 많이 발전하셨군요."

놈을 테이블에 앉게 하고 곧 여자는 나를 조리실로 끌고 갔다.

"프랭크, 안 좋은 일이 생길 것 같군요."

"방정맞게 무슨 소리야! 안 좋은 일이라니?"

"무언지 꼭 집어서 얘기할 순 없지만……. 아무래도 좋지않은 예감이 들어요."

물론 나도 그런 예감이 들었다. 그러나 처음부터 그런 표정을 짓고 그 놈을 대할 필요는 없는 것이다. 나는 케네디가 앉아 있는 곳으로 되돌아갔다. 여자는 맥주를 날라다 놓고 다시 조리실로 들어갔다. 우리는 곧 이야기의 본론으로 들어갔다.

"케네디 씨! 정말 뜻밖이군요. 당신은 아직 카츠 씨 사무실에서 그와 함께 일하고 있소?"

"아니 그만뒀소. 약간의 말다툼이 있었죠. 그래서 나와버렸어요."

"그럼 요즘은 무얼 하고 지내시오?"

"그냥 이렇게 빈둥거리며 지낸다오. 사실 그래서 당신들을 한 번 만나볼까하고 온 거요. 전에도 두어 번 가량 여길 왔었지만 문이 잠겨 있더군요. 하지만 오늘은 돌아오실 줄 알고 기다리고 있었다오."
"내가 뭘 도와주면 되겠소?"
"사실 하는 일 없이 지내니 돈이 좀 필요해서……. 그래서 이렇게 염치 없이 찾아왔지요."
여전히 바보스런 웃음을 잊지 않는 그의 얼굴에는 염치라곤 조금도 없어 보였다.
"당신 부탁이라면 어떻게 박절하게 거절할 수가 있겠소? 우리도 그리 넉넉하진 못하지만……. 50~60 달러 정도라면 기꺼이 드리겠소."
"그런 푼돈을 얻으려고 찾아온 건 아니오. 더 많은 액수를 생각하고 있습니다."
놈은 처음으로 정색을 해보였다. 나는 시치미를 떼고 있을 때가 아니라고 생각했다. 상대방의 속셈을 분명히 이해해야할 때였다.
"이봐요, 케네디! 도대체 뭘 어쩌겠다는 거요?"
"그럼 얘기하겠소. 챔버즈 씨! 잘 들으시오. 난 이미 카츠와는 손을 뗐어요. 한데 그 진술서 말이오. 파파다키스 부인의 자백을 내가 받아 쓴 그 서류는 아직 얌전히 파일 속에 끼어 있더란 말이오. 이쯤 얘기했으면 내 말의 뜻을 알겠죠?"
"그 서류가 어쨌다는 거요?"
"그래서…… 말하자면 나는 당신들의 친구로서 그 따위 서류가 돌아다니지 않는 편이 좋겠다는 생각이 들었던 거요. 그래서 나는 그것을 파일 속에서 떼내놓았지요. 틀림없이 당신이 그것을 가지고 싶어할 것으로 생각돼서……."
"당신이 말하는 그 서류란 게…… 여자가 자백이라면서 주워섬긴 그 잠꼬대 같은 얘기 말이오?"

"오, 잘 아시는군요. 물론 나도 거기에는 아무 것도 염려될 만한 것이란 없을 것으로 여기고는 있지만…… 그것이 당신에게는 필요할 것 같아서 말이오."
"그래, 얼마를 요구하겠다는 거요?"
"얼마 주겠소?"
"당신 말대로 거기에 아무 것도 염려할 것이 없다면 말이오…… 뭐 1백 달러 정도면 후한 것 같소. 1백 달러 내겠소."
"아, 나는 용돈을 얻으러 온 게 아니라고 하지 않았소! 그 서류가 1백 달러 밖에 안되겠소?"
"얼마면 되겠소?"
"2만5천 달러!"
"아니! 당신 돌지 않았소?"
"정신은 멀쩡해요. 당신은 카츠로부터 1만 달러를 받지 않았소? 그리고 이 가게는 줄곧 장사가 잘 되었으니까 5천달러 쯤은 내 몫으로 돌려줘도 뭐 아까울 게 있겠소? 그리고 또 땅이 있지 않소? 은행에서 그 땅을 담보로 1만쯤은 대출을 받을 수 있을 거고……. 파파다키스가 1만4천 달러에 산 것이니 만큼 1만쯤을 떼줘도 당신들은 이익일 테고, 자 이렇게 해서 2만5천이오!"
"그 서류 하나를 미끼로 나를 발가벗기겠다는 거요?"
"그만한 값은 있는 것이니까!"

나는 태연한 척하려 했으나 틀림없이 눈이 이글이글 타고 있었을 것이다. 나는 녀석에게 한 방 먹이고 싶은 생각이 간절했다. 그때였다. 놈은 나의 속을 훤히 들여다보고 있었던 것처럼 느닷없이 주머니에서 자동권총을 꺼냈다. 놈은 그것을 정확하게 내게 겨냥했다.

"챔버즈 씨! 엉뚱한 생각은 않는 게 좋겠소. 나는 그 서류를 몸에 지니고 여기에 올 만큼 어리석지 않소. 만일 당신이 엉뚱한 짓을 하려 한다면 이놈이 가만 있지 않을 거란 말이오."
"이렇게 가만 있는 사람에게 그게 무슨 짓이오!"
"그렇게 점잖게 가만히 앉아서 흥정을 계속합시다."

놈은 총을 내게 계속 겨냥하고 있었고 나는 놈을 뚫어져라 쏘아보고 있었다. 참기 힘들 만큼 속이 부글거리고 있었다.

"내가 졌소."
"결과는 처음부터 분명한 것이었소."
"하지만 당신이 요구하는 금액은 너무 엄청나오."
"그렇지 않은 것으로 생각되는데……."
"무리요. 카츠 씨에게 1만 달러 받은 건 확실하오. 그건 지금도 그대로 갖고 있으니까. 그리고 이 가게에서 그동안 5천은 벌었지만 최근 2주 동안 1천 달러 정도는 써 버렸소. 여자는 어머니 장례식을 치르고 왔고, 나도 여행을 하고 왔으니……. 그래서 가게를 그동안 닫아 두었던 거요."
"또 그리고?"
"그리고 1만이란 돈을 더 장만하기란 불가능한 일이잖소? 요즘같은 불경기에는 5천도 무리일 거요. 4천정도라면 장만할 수 있을 것 같은데……."
"그래서?"
"그것밖에 안 되겠소! 1만에다 4천하고 4천, 모두 1만 8천 달러."

놈은 권총을 내리고 한동안 빙글빙글 웃었다. 그러더니 곧 일어섰다.

"좋아요, 프랭크씨! 1만8천! 내일 그 돈이 준비됐는지 전화를 하겠소. 준비됐다면 그 다음 얘길 전화로 하겠소. 만일 준비를 해놓지 않았다면 그 서류는 새키트에게로 넘어갈 거요."

"당신에게는 정말 두 손 들었소!"
"그럼 내일 12시에 전화하겠소. 그 정도의 시간이면 은행에 갔다오기에 충분할 거요."
"좋소!"

놈은 다시 권총을 내게 겨냥하고 문쪽으로 뒷걸음질쳤다. 오후 늦은 시각이어서 마침 어둑어둑해지고 있었다. 놈이 뒷걸음질치는 동안 나는 풀이 죽은 것처럼 힘없이 벽에 기대어 있었다. 놈의 몸이 문을 반쯤 빠져 나갔을 때, 나는 갑자기 광고 간판에 전깃불을 켰고, 그 빛 때문에 놈이 눈이부셔 비틀하는 순간 나는 순식간에 달려들어 놈에게 한 방 먹였다. 쓰러진 그 녀석을 말처럼 타고 앉아, 권총을 빼앗아서 런치 룸 속으로 집어던지고 다시 두들겨 팼다. 그리고 안으로 끌어들이고 문을 발로 차서 닫았다. 여자가 거기에 서 있었다. 부엌 문께에 서서 줄곧 얘기를 듣고 있었던 것이다.

"총을 집어 줘."

여자는 총을 집어 들고 그 곳에 서 있었다. 나는 녀석을 일으켜 세워, 식탁 쪽으로 밀어 붙이고 그 위에 엎어놓았다. 그런 다음 마음놓고 두들겨 팼다. 기절을 하자, 컵에 물을 담아와 끼얹고는 조금 있다 정신이 들면 다시 한 번 죽으라하고 팼다. 놈의 얼굴이 날쇠고기처럼 되고 나서야 나는 겨우 그만두었다.

"자, 정신 차려, 케네디! 전화로 한 패거리에게 연락해 줘야겠어."

"패거리 같은 건 없어, 챔버즈! 맹세해. 알고 있는 것은 나 하나 뿐……."

나는 다시 한대 후려갈기고 또 한 번 같은 말을 되풀이 했다. 놈은 패거리가 없다고 계속 우겼으므로 나는 놈의 팔을 깍지를 끼게 하고 비틀었다.

"좋아, 케네디! 한 패거리가 정말 없다면 이 팔을 부러뜨려 줄 테다."

녀석은 생각했던 이상으로 오래 버텼다. 나는 있는 힘을 다해서 팔을 비틀었는데 거의 부러질 지경이 될 때까지 계속했다. 나의 왼팔은 골절했던 곳이 아직 완전히 회복되지 않아 힘이 약했다.

튼튼한 칠면조의 두 다리를 부러뜨려 본 경험이 있는 사람이라면, 손으로 남자의 팔을 부러뜨리기가 얼마나 어려운지를 알 수 있을지 모른다.

놈은 결국 고통을 참을 수가 없었던지 전화를 걸겠다고 말했다. 나는 팔을 늦춰준 다음 전화로 무엇이라고 말할 것인지를 가르쳐 주었다.

그리고 부엌의 전화 있는 곳까지 데리고 간 다음, 스윙도어를 통해 런치 룸의 접속된 전화기를 가져다 놓고서 녀석을 지켜보면서 한 패와의 대화를 들을 수 있도록 했다. 여자는 권총을 들고 돌아와 곁에 서 있었다.

"내가 신호하거든 쏘라구!"

여자는 벽에 기대 서서 기분 나쁜 웃음을 입가에 잠깐 흘렸다. 그 웃음이 내가 하고 있는 짓보다도 더 케네디로 하여금 무섭게 느껴지게 한 것 같았다.

"네, 쏘겠어요."

케네디가 전화를 걸자 한 남자가 받았다.

"이봐, 윌리?"

"패트?"

"나야. 알겠나? 얘기는 모두 했네. 그걸 가지고 언제까지 여기 올 수 있겠나?"

"내일가면 되잖아? 의논한대로."

"오늘 밤 가져올 수는 없을까?"
"은행이 닫혀 있는데, 대여 금고를 어떻게 연단 말인가?"
"알았어. 그럼. 내가 말하는 대로 해 주게. 내일 아침 일찍 그걸 꺼내 가지고 이리 와 주게. 나는 여기 이 가게에 있을 테니까."
"가게에 있겠다구?"
"잘 들어, 설명할 테니까. 월리, 챔버즈는 옴쭉달싹도 못한다는 걸 잘 알고 있어. 하지만 그 녀석은 가진 돈을 몽땅 끌어모아 내놓는다는 걸 만일 여자가 알아채게 되는 경우 말을 듣지 않을 거라고 걱정을 하고 있단 말야, 알겠나? 만일 이 친구가 나갔다간 이거 뭣이 있구나 하고 여자가 눈치채고 함께 가겠다고 말할지도 모르거든. 그래서 모든 일을 여기서 처리하기로 했네. 나는 이 가게의 자동차 캠프에 묵는 대수롭지 않은 손님으로 돼 있으니까 여자는 아무것도 눈치채지 못한 거야. 내일은 자네도 내 친구인 것처럼 이곳에 와서 아주 일을 끝내 버리자구."
"밖에 나가지도 않고 어떻게 돈이 들어온다는 거지?"
"그건 이미 스케줄이 짜여 있어."
"그리고 또, 도대체 무엇 때문에 자네가 거기서 하룻밤을 묵나?"
"거기엔 까닭이 있네, 월리. 챔버즈가 여자에 대해 걱정을 하는 것이 질질 끌기 위한 구실일 수도 있어. 또, 안 그럴지도 모르고 말야. 하지만, 내가 여기에 있으면, 남자도 여자도 도망치지는 못할 거란 말야, 알았어?"
"지금 자네가 하는 소릴 챔버즈가 듣고 있나?"
케네디는 나를 쳐다보았다. 나는 듣고 있다는 뜻으로 고개를 끄덕였다.
"지금 함께 이 전화 있는 방에 있네. 내가 하는 소릴 이 친구에게도 들려 주고 싶으니까 말야. 알겠나, 월리? 우리가 틀림없는 거래를 할 작정이라는 걸 이 친구에게 이해시켜야 하니까."
"거, 아무래도 묘한 방법이군 그래?"
"이봐, 윌리. 챔버즈가 약속을 지킨 것인지 어떤지는 물론 자네도 모르고 나도 모르고 아무도 모르는 거야. 하지만 틀림없이 이행해 줄는지도 모르니까 나는 이 친구에게 기회를 주고 있는 거라구. 생각해 봐, 안 그런가? 상대방이 돈을 내놓겠다고 말하는 이상 이쪽에서도 부드럽게 상대해 줄 수밖에 도리가 없지 않겠어, 안 그래? 그렇게 된 거야. 그러니, 내말대로 하란 말이야. 그걸 가지고 아침에 될 수 있는 대로 일찍 와 달라구. 될수록 일찍 말이야, 알겠나? 왜냐 하면, 내가 하루 종일 무엇 때문에 이곳에서 꾸물거리고 있는 걸까 하고 여자에게 의심을 받긴 싫으니까."
"오케이!"
케네디는 수화기를 놓았다. 나는 곁으로 가서 한 대 갈겨 주었다.
"이건, 그 녀석에게서 다시 전화가 걸려 왔을 때, 네 놈이 알아서 말하라는 뜻이야. 알겠어, 케네디?"
"알았어."
조금 기다리고 있으니 생각한 대로 저쪽에서 전화가 걸려왔다. 내가 수화기를 들었을 때, 저쪽에서 케네디가 다른 수화기를 들고 대략 비슷한 내용을 윌리에게 말했다. 이번에는 자기 혼자 있다고 그에게 말했다. 윌리는 그다지 마음이 내키지 않았으나 승낙할 수밖에 없었다. 그런 뒤 나는 놈을 2호동으로 데려갔다. 여자도 따라 왔는데 권총은 내가 들었다. 케네디를 안으로 들여보내고 나는 문 밖으로 한 발짝 나가 여자에게 키스해 주었다.
"이건 위기에 봉착했을 때, 마음먹은대로 일이 잘 풀리게 해달라는 액막이야. 자, 지금부터 하는 말을 머리 속에 잘 넣어 둬. 나는 1분도 그 녀석 옆을 떠나지 않을 거야. 밤새도록 여기에 있어야겠지? 다시 전화가 걸려 오겠지만, 그때는 저 녀석에게 직접 전화를 받게 할 거야. 가게는 열어 두는 게 좋겠어. 비어 가든만 열어 둬. 집 안으로는 아무도 들여보내지 말아. 저 놈의 한 패가 꼴을 살펴보러 왔을 때를 대비해야 돼. 당신은 착실히 가게에 붙어 있으면서, 평상시대로 영업을 하고 있으면 되겠어."
"알겠어요. 그리고 프랭크?"
"왜?"
"이 다음에 내가 똑똑한 체하거든 내 턱을 쥐어 박아 줘요."
"그건 또 무슨 소리야?"
"당신 말대로 우리는 다른 곳으로 갔었어야 했어요. 이제야 그걸 깨달았어요."
"그야 그렇지만 이젠 그 서류를 손에 쥐기 전엔 안 돼!"
그리고 여자는 내게 키스를 해 주었다.
"난 정말 당신이 좋아, 프랭크!"
"그걸 꼭 빼앗아야 해! 걱정 말아."
"걱정 안 해요."

나는 헛간에서 녀석과 함께 하룻밤을 지냈다. 녀석에게는 아무 것도 먹이지 않고 단 1초도 재우지 않았다. 세 번인가 네 번인가를 녀석은 윌리와 전화통화를 했고 한 번은 윌리가 나와 얘기하겠다고 했다. 대체로 윌리와도 합의를 본 셈이었다. 그러는 사이사이 나는 케네디를 두들겨 패었다. 힘이 드는 일이었지만, 그 서류를 놈이 꼭 가져왔으면 하고 마음먹게 하기 위해서였다. 녀석이 타월로 얼굴의 피를 닦아내고 있는 동안, 비어 가든에서는 라디오 소리가 들리고, 손님들이 웃고 떠드는 소리가 들려 왔다.

다음날 아침 10시쯤 여자가 왔다.
"온 것 같아요. 3명이에요!"
"놈들을 뒤쪽으로 데려와!"
여자는 권총을 집어 들고, 그것을 앞에서는 보이지 않게 스커트에 끼워 넣고 나갔다. 조금 있으니까 무엇인지 쓰러지는 소리가 들렸다. 그것은 그 패거리 중의 하나가 넘어지는 소리였다. 여자는 그들에게 손을 들게 한 뒤 뒷걸음질로 이쪽으로 오게 하고 있었는데, 그러다가 그 녀석들 중의 한 놈이 콘크리트 바닥에 뒤꿈치가 걸려 쓰러졌던 것이다, 나는 문을 열었다.
"나리들! 이리로 듭시지요."
모두들 아직도 양손을 든 채로 따라 들어왔고 여자는 나에게 권총을 넘겨 주었다.
"권총들을 가지고 있었지만 내가 런치 룸에서 뺏었어요."
"그건 이리 가져오는 편이 좋겠군. 또 패거리가 올지도 모르니까."
여자는 나가서 곧 세 자루의 권총을 들고 돌아왔다. 탄창을 빼내고, 그것을 침대의 내 곁에 놓았다. 그리고 여자는 그들의 주머니를 모두 뒤졌다. 그런데 이상한 일은 한 봉투 속에 그것의 복제 필름이 ──포지티브 6장과 네거티브 1장이 들어 있는 것이었다. 놈들은 앞으로도 우리를 우려먹을 작정을 하고 있었는데 멍청하게도 이곳에 나타나면서 그 필름까지 가지고 와 버렸던 것이다. 우리는 그 전부와 진짜 서류를 받아 밖으로 나와서 땅바닥에다 구겨 모아 놓고 성냥불을 댕겼다. 다 타고 난 다음 그 재를 진흙 속에 밟아 문지르고 돌아왔다.
"자, 모두들, 출구로 안내하지! 권총들은 여기에 맡아 두겠어."
놈들은 차에 올랐고 곧 돌아갔다. 내가 가게로 되돌아와보니 여자가 없었다. 뒤쪽에 가 보았으나 거기에도 없었다. 나는 황급히 2층으로 올라갔다. 여자는 침실에서 나를 기다리고 있었다.
"이봐, 멋지게 해치웠지? 이젠 끝났어! 복사필름이고 뭐고 모조리 끝났어. 정말 아찔했어."
여자는 아무 말도 하지 않았다. 눈에는 기묘한 표정을 띤채……
"왜 그래? 콜라!"
"그럼, 이것으로 마지막이란 말인가요? 복사 필름까지 없앴다고 끝났다는 거예요? 그럼 저만 그것으로 끝나지 않았어요. 나는 그것과 똑같은 원본을 백만 장이라도 만들 수 있다구요. 챔버즈 씨, 나는 얼마든지 만들 수 있단 말예요. 나의 이 두 손에 달려 있겠죠? 어때요?"
여자는 큰 소리로 웃기 시작했고 쿵하고 침대 옆에 쓰러졌다.
"아, 좋고 말고! 당신이 나를 망치게 하고 싶다면 말이야! 당신이 당신 목을 졸라맬 멍텅구리라면 백만 장이라도 가지고 있는 셈이지. 물론 가지고 있지! 죽고 싶으면 무슨 짓을 못하겠어?"
"아아, 정말 통쾌한 일이군요. 나는 내 목을 조르지 않아도 되는 걸요. 카츠 씨는 당신에게 그 얘기 안 했어요? 일단 과실치사로 결정되었으면 다시 어떻게 해 볼 도리가 없다고 했어요. 헌법인지 어딘지에 그렇게 정해져 있다더군요. 그래요, 프랭크 챔버즈 씨! 당신을 허공에서 춤추게 한다(dance on air; 교수형에 처해지다)고 나에게 무슨 손해가 돌아오지는 않는다구요. 이제 당신은 각오를 해야겠죠?"
"글쎄, 도대체 무엇 때문에 그러는 거야?"
"당신 친구가 간밤에 왔었어요. 나에 대한 건 알지 못하고 왔지만 여기서 하룻밤을 묵고 갔다구요."
"친구라고?"
"당신과 함께 멕시코에 갔던 여자! 난 모두 들었어요. 이젠 나와

친하기로 했어요. 그 여자도 나하고 친해두는 편이 좋겠다고 생각했고……. 내가 누군지를 알고 나자 그 여자는 나에게 죽을 걸로 생각했던 모양이죠."
"난 멕시코에는 벌써 1년간이나 안 갔어."
"천만에, 갔었어요!"
여자는 나갔다. 내 방으로 들어가는 소리가 들려 왔다. 돌아왔을 때는 새끼 고양이 한 마리를 안고 왔는데, 그것은 여느 고양이보다도 큰 새끼 고양이였다. 회색바탕에 얼룩이 있었다. 여자가 내 앞의 테이블에 그것을 놓자, 새끼 고양이는 으르렁 울기 시작했다.
"당신네들이 여행을 가 있는 동안에 표범이 새끼를 낳았대요. 그래서 그녀는 자기를 기억해 달라는 뜻으로 한 마리를 당신에게 가져온 거라구요."
여자는 벽에 기대서서 다시 웃기 시작했다. 거리낌 없는 미친 듯한 웃음소리였다.
"이렇게 해서 고양이가 돌아왔다구요! 퓨즈 상자를 밟아 죽었어야 할 고양이가 돌아왔어! 하, 하, 하! 정말 우습군요. 당신은 고양이에게 복수를 받는군요!"

15

그녀는 갑자기 웃기 시작하더니, 곧 울음을 터뜨렸다. 그리고 진정한 뒤 아래층으로 내려갔다. 나도 아래로 내려갔다. 콜라 뒤를 따라서, 그녀는 커다란 종이상자의 뚜껑을 찢어 내고 있었다.
"우리 귀여운 고양이에게 둥지를 만들어 주고 있는 거예요."
"잘했군."
"내가 뭘 하고 있다고 생각했어요?"
"아무 생각도 안 했는데."

"걱정하지 말아요 새키트 씨에게 전화를 걸 때가 되면 당신에게 알려줄 테니까요 마음을 놓으라고요 당신은 있는 힘을 다 짜내야 할 거예요."

그녀는 상자 안에 대팻밥을 넣곤 그 위에 모직 천을 씌웠다. 그리고 상자를 위층으로 가져가서 퓨마 새끼를 그 안에 넣었다. 퓨마는 한참 동안 울다가 잠들었다. 나는 아래층으로 내려가서 콜라를 준비했다. 콜라를 마시고 트림이 채 나오기도 전에 콜라가 문간에 서 있었다.

"힘을 기르려고 뭘 좀 마시고 있는 거라고."

"잘했군요."

"내가 뭘 하고 있다고 생각했지?"

"아무 생각도 안 했는데요."

"걱정하지 말라고 달아날 준비가 다 되면 당신에게 알려줄 테니까. 마음을 놓으라고 당신은 있는 힘을 다 짜내야 할지도 모른다고."

그녀는 이상한 표정을 지어 보이더니 위층으로 올라갔다. 하루 종일 계속 그런 식이었다. 나는 콜라가 새키트에게 전화를 걸까 걱정스러워서 내내 그녀를 쫓아다니고 콜라는 내가 달아날까 봐 걱정스러워서 내내 나를 쫓아다녔다. 우리는 가게 문을 열지 않았다. 발꿈치를 들고 살금살금 걸어다니는 사이사이, 우리는 위층 방에 앉아 있곤 했다. 우린 서로 쳐다보지 않았다. 퓨마만 바라보았다. 퓨마가 야옹 소리를 내면, 콜라는 아래층에 내려가서 우유를 갖다주곤 했다. 나는 그녀를 따라 내려가곤 했고 퓨마는 우유를 다 핥고 난 뒤 잠들곤 했다. 너무 어려서 많이 놀지 못했다. 거의 대부분의 시간을 야옹 소리를 내거나 잤다.

그날 밤 우리는 나란히 누워 아무 말도 나누지 않았다. 꿈을 꾼 것을 보면 내가 잠을 자긴 잤나 보다. 그러다가 문득 잠에서 깨어났다. 그리고는 완전히 정신을 차리기도 전에 아래층으로 달려갔다. 나를 깨운 소리는 전화 다이얼 돌리는 소리였다. 콜라는 식당에 연결된 전화기 앞에 있었다. 모자까지 쓰고 완전히 다 차려입은 채로 그녀 옆쪽 바닥에는 소지품을 넣은 모자 상자가 놓여 있었다. 나는 수화기를 낚아채서 쾅 소리가 나게 제자리에 놓았다. 그리고 콜라의 어깨를 움켜잡고, 그녀를 밀어 미닫이 문을 지나 위층으로 올라가게 했다.

"저기로 올라가! 저기로 올라가, 안 그랬다간 내 손에……."
"안 그랬다간 당신 손에 뭐요?"

전화벨이 울려서 난 전화를 받았다.

"당신 편이니 말하시오."
"택시 회사입니다."
"참, 그래요, 내가 택시회사에 전화를 걸었지. 하지만 마음이 바뀌었소. 이젠 필요 없어졌소."
"알겠습니다."

위층으로 올라가 보니, 콜라는 옷을 벗고 있었다. 우린 다시 침대로 들어가 누웠다. 그리고 다시 오랫동안 서로 한 마디도 나누지 않았다. 그러다가 그녀가 입을 열었다.

"안 그랬다간 당신 손에 어떻게 된다는 거죠?"
"어떻게 될 것 같아? 턱을 한대 얻어맞겠지. 혹은 다를 수도 있고."
"다른 이야기를 하려 했죠, 안 그런가요?"
"무슨 이야기를 들으려고 이러는 거야?"
"프랭크, 난 당신이 쭉 뭘 하고 있었는지 알아요. 당신은 거기 누워서 날 죽일 방법을 연구하고 있었어요."
"난 자고 있었어."

"거짓말하지 말아요, 프랭크. 나도 당신에게 거짓말을 하지 않을 작정이니까요. 그리고 당신에게 할 말이 있어요."

꽤 오랫동안 곰곰이 생각했다. 왜냐면 나는 줄곧 그런 궁리를 하고 있었으니까. 그녀 곁에 누워서, 그녀를 죽일 방법을 궁리하려고 안간힘을 쓰고 있었으니까.

"그렇다면 좋아. 맞아, 그랬어."

"난 알고 있었어요."

"당신은 그보다 나을 게 있었나? 나를 새키트에게 넘겨줄 작정이 아니었냐고? 피차 똑같지 않았냐고?"

"그래요."

"그렇다면 우린 피차 무승부야. 또 다시 무승부라고 우리가 출발한 바로 그 지점으로 되돌아간 거야."

"그렇지 않아요."

"아니, 우린 그래."

나는 웃음을 터뜨리고 나서 그녀의 어깨에 머리를 기댔다.

"우리가 서 있는 지점이 바로 거기라고 우린 원하는 대로 우리 자신을 조롱할 수 있구, 돈에 대해 웃어 줄 수도 있고, 악마가 침대 속에 끌어들이기에 얼마나 멋진 녀석이냐는 등 마음껏 떠들어댈 수도 있지. 하지만 우리가 서 있는 지점은 바로 거기라고 나는 그 여자랑 달아날 작정이었어, 콜라. 고양이를 잡으러 니카라과에 갈 심산이었다고 그런데 거기 가지 않은 이유는, 내가 돌아와야 한다는 점을 알았기 때문이야, 우린 서로 얽혀 있어, 콜라. 우린 산꼭대기에 있다고 생각했지. 그렇지가 않았어, 우리 위에 산이 있다고 그리고 그날 밤 이후로 쭉 산은 바로 거기에 있다고."

"당신이 돌아온 이유가 오직 그것뿐인가요?"

"아니, 당신과 나 때문에. 다른 사람은 아무도 없어. 당신을 사랑해, 콜라. 하지만 사랑은 말이야, 두려움을 가지게 되면 그건 더 이상 사랑이 아니라 그건 미움이야."
"그러면 당신은 날 미워하나요?"
"나도 모르겠어. 하지만 우린 지금 처음으로 진실을 말하고 있어, 그것도 돌아온 이유의 일부지. 당신이 알아야 한다고 그리고 내가 여기 누워서 생각하고 있었던 것, 그것도 돌아온 이유야. 이젠 당신도 알겠지."
"당신에게 할 말이 있다고 했지요, 프랭크."
"참."
"아기가 생겼어요."
"뭐?"
"떠나기 전에 혹시 그런 게 아닌지 의심했는데, 어머니가 돌아가신 직후 확실히 알게 됐어요."
"세상에, 맙소사. 이리와, 내게 키스해 줘."
"아뇨 부탁이에요. 당신에게 이 일에 대해 할 말이 있어요."
"다 말하지 않았나?"
"그런 의미가 아니에요. 이제 내 말을 잘 들어요, 프랭크. 거기 있는 동안 장례식이 끝나기를 기다리면서 생각했어요. 아기가 우리에게 어떤 의미가 있을지. 우린 한 생명을 죽인 사람들이잖아요, 안 그래요? 그런데 우린 한 생명을 세상에 내놓게 된 거예요."
"맞는 말이야."
"생각이 온통 다 뒤엉켰어요. 하지만 그 여자랑 그런 일이 있었으니 이젠 더 이상 뒤죽박죽이 아니에요. 난 새키트에게 전화를 걸 수가 없었어요, 프랭크. 그에게 전화를 걸지 못했어요. 왜냐면 내가 이 애를 낳으면서, 나중에 내가 제 아버지를 살인죄로 교수형에 처해지게 했다는 사실을 알게 할 수는 없으니까요."

"당신은 새키트를 만나려고 했지."
"아뇨, 그렇지 않아요. 떠날 작정이었어요."
"당신이 새키트를 만나려 하지 않았던 이유가 오직 그것뿐이었나?"
콜라는 한동안 시간을 끌다가 대답했다.
"아뇨. 당신을 사랑해요, 프랭크. 당신이 그걸 안다고 생각해요. 하지만 혹시 이런 일이 없었다면 새키트를 만나러 갔을 거예요. 당신을 사랑하는 이유만으로요."
"그 여자는 내게 아무 의미도 없어, 콜라. 내가 왜 그랬는지 이야기했잖아. 난 달아나려고 했다고."
"알아요, 내내 알고 있었어요. 왜 당신이 나를 데리고 달아나고 싶어했는지 그 이유를 알았어요. 그리고 당신에게 부랑자라고 한 말 말이에요, 사실 그렇게 생각하지 않았어요. 그렇게 생각은 했지만, 당신이 떠나려 하는 이유는 그 때문이 아니었죠. 당신은 방랑자예요, 난 그 점 때문에 당신을 사랑해요. 그런데 그 여자가 당신이 자기에게 말해 주지 않았다는 이유만으로 당신을 힐난하는 게 싫었어요. 자기랑은 아무 상관도 없는 일이잖아요. 그러면서도 나는 그걸 걸어 당신을 망하게 하고 싶었어요."
"그래?"
"내가 하려는 말은 그거예요, 프랭크. 내가 하려는 말이 바로 이거라고요. 난 당신을 망하게 하고 싶었어요. 그런데 그러면서도 새키트를 만나러 갈 수가 없었어요. 당신이 계속 나를 감시해서 그런 것은 아니었어요. 이 집을 빠져나가서 그에게 갈 수도 있었죠. 그러지 않은 것은, 당신에게 말한 그런 이유 때문이었어요. 그러니까 난 악마를 떨쳐 버린 거예요, 프랭크. 난 절대로 새키트에게 전화하지 않으리라는 걸 알아요. 왜냐면 기회가 있었고 나름대로 이유가 있었는데도 그렇게 하지 않았으니까요. 그러니까 악마가 내게서 떠난 거예요. 한데 악마가 당신에게서도 떠났나요?"
"당신에게서 떠났다면, 내가 악마랑 더 이상 무슨 상관이 있겠어?"
"확신할 수는 없을 거예요. 당신에게 그런 기회가 없다면 우린 절대로 그렇다고 확신할 수가 없어요. 내가 가졌던 똑같은 기회를 경험하지 않는다면요."
"분명히 말하지, 악마는 없어졌죠."
"당신이 나를 죽일 방법을 생각하고 있는 사이 나도 똑같은 생각을 하고 있었어요, 프랭크. 당신이 나를 죽일 방법에 대해서요. 당신은 수영하면서 날 죽일 수 있죠. 우린 밖으로 나가는 거예요, 지난번에 그랬던 것처럼. 그리고 당신이 내가 되돌아오길 원치 않는다면, 굳이 내가 되돌아오게 할 필요가 없죠. 아무도 모를 거예요. 해변에서야 늘 일어날 수 있는 일일 테니까요. 내일 아침 우린 나가는 거예요."
"내일 아침 우리가 할 일은 결혼식을 올리는 일이오."
"당신이 원한다면 결혼할 수 있겠죠. 하지만 돌아오기 전에 우린 수영하러 가야 해요."
"이런 빌어먹을 일이 있나. 이리 와서 키스해 줘."
"내일 밤에요. 혹시 내가 돌아오면 그때 하도록 하죠. 사랑이 가득 찬 키스를 할게요, 프랭크. 술에 취한 키스가 아니고 말이죠. 꿈이 담긴 키스로요. 죽음이 아니라 삶에서 나오는 키스로요."
"약속한 거요."

우리는 시청에서 결혼식을 올린 뒤 해변으로 갔다. 콜라가 너무 예뻐 보여서 둘이서 모래밭에서 장난만 치고 싶었지만, 그녀는 가벼운 미소를 짓더니 한참 뒤 일어나서 파도가 넘실대는 곳으로 내려갔다.
 "난 저기로 갈래요."
 그녀가 앞장섰고 나는 뒤따라 헤엄쳐 갔다. 콜라는 계속 쭉쭉 나가서, 전보다 훨씬 더 깊은 곳까지 갔다. 그러더니 멈춰 섰고, 내가 그녀를 따라잡았다. 콜라는 물을 가르며 내 곁으로 다가와 손을 잡았고, 우리는 서로 바라보았다. 그때 그녀는 알았다. 악마가 떠나 버렸음을, 내가 그녀를 사랑한다는 것을.
 "내가 왜 발을 큰 물살에 대고 있기 좋아하는지 말했던가요?"
 "아니."
 "그렇게 하면 물살이 발을 높이 올려 주거든요."
 큰 파도가 우리에게 다가오자 콜라는 손으로 양가슴을 받쳤다. 물살이 가슴을 얼마나 높여 주는지 보여주려고.
 "난, 이게 좋아요, 내 가슴이 큰가요 프랭크?"
 "오늘 밤에 이야기해 주지."
 "크게 느껴져요. 당신에게 거기에 대해서는 이야기하지 않았죠. 그 일은 당신이 다른 생활을 하게 되리라는 것을 알게 해주는 것뿐만이 아니에요. 그것이 당신에게 무엇을 해주느냐도 중요하죠. 가슴이 굉장히 크게 느껴지고, 난 당신이 거기에 키스해 주면 좋겠어요. 이제 곧 배가 불러올 거예요. 그리고 난 그렇게 되는 게 좋고 모두 내 배를 봐주길 바랄 거예요. 그건 생명이에요. 내 안에서 생명을 느낄 수 있어요. 아기는 우리 두 사람 다에게 새로운 삶이에요, 프랭크."
 우리는 되돌아가기 시작했고 도중에 나는 헤엄을 쳐서 물 아래로 내려갔다. 9피트쯤 되는 곳까지 내려갔다. 수압으로 거기가 9피트 지점임을 알 수 있었다. 대부분의 이런 물 속은 수심이 9피트쯤 된다. 그곳의 수심도 그 정도였다. 나는 다리를 한데 모아 더 깊이까지 내

우편배달부는 벨을 두번 울린다 157

려갔다. 귀가 멍멍해져서, 터져 나갈 것 같다는 생각이 들었다. 하지만 올라갈 필요가 없었다. 폐의 압력이 혈관에 산소를 몰아주기 때문에 몇 초 동안은 숨쉬는 것에 대해서는 생각하지 않게 된다. 초록빛 물을 바라보았다. 귀가 울리고 등과 가슴에 무게가 느껴지면서, 내 인생의 모든 사악함과 천박함과 게으름, 무능한 것이 밀려나와 씻기는 것 같았다. 그래서 깨끗한 채로 그녀와 다시 시작할 준비가 된 것 같았다. 그녀가 말한 것처럼 새로운 삶을 살게 될 준비가 된 것 같았다.

밖으로 나와 보니 콜라가 마구 기침을 하고 있었다.

"구역질이 나서요."

"괜찮소?"

"그런 것 같아요, 구역질이야 밀고 올라왔다가 사라지잖아요."

"물을 삼켰나?"

"아뇨."

우리는 조금 더 해변 쪽으로 나갔다. 그러다가 그녀가 멈추었다.

"프랭크, 뱃속이 이상해요."

"자, 나한테 매달려."

"아, 프랭크 내가 힘을 주니까 그렇게 됐어요. 머리를 바짝 들고 있으려고 애쓰다가요 소금물을 삼키지 않으려고요."

"마음을 푹 놔."

"끔찍한 일이 아닐까요? 여자들이 유산하는 이야기를 들은 적이 있어요. 몸에 힘을 주다가 말이죠."

"마음을 편안히 해. 물 위에 반듯이 누워 봐, 헤엄치려고 하지마. 내가 당신을 끌고 나갈게."

"구조대원을 부르는 편이 낫지 않을까요?"

"아니, 뱃속에 있는 녀석은 당신 다리를 아래 위로 마구 움직이고 싶어할 거야. 그냥 그대로 누워 있으라고 내가 구조대원보다 더 빨리 당신을 옮겨 줄게."
 그녀는 가만히 누워 있었고 나는 수영복의 어깨 끈을 잡고 그녀를 끌어냈다. 힘이 빠지기 시작했다. 그녀를 1마일쯤 끌어낼 수도 있었지만, 계속 그녀를 병원에 데려가야 한다는 생각만 났기 때문에 서둘렀다. 물 속에서 서두르면 그땐 끝장이다. 하지만 한참 뒤 결국 발이 바닥에 닿았구 나는 그녀를 안고 파도를 헤치고 서둘러 나갔다.
 "움직이지 말아. 다 내가 할게."
 "안 움직일게요."
 콜라를 데리고 스웨터를 놔둔 곳으로 뛰어가서 앉게 했다. 그리고 내 스웨터에서 자동차 열쇠를 꺼낸 뒤, 우리 두 사람의 스웨터로 그녀의 몸을 감싸고 차까지 데려갔다. 차가 위쪽 도로 옆에 세워져 있었기 때문에, 해변 위쪽의 높은 강둑을 넘어 도로로 나가야 했다. 다리가 너무 피곤해서 계속 움직일 수도 없는 지경이었지만, 그녀를 떨어뜨리지는 않았다. 콜라를 차에 태운 뒤 출발했다. 그리고 쏜살처럼 도로위를 달리기 시작했다.

 우리는 산타모니카에서 2마일쯤 떨어진 곳까지 헤엄쳐 갔었다. 그 부근에 병원이 있었다. 커다란 트럭을 따라잡았다. 트럭 뒤에는 '경적을 울리면 비켜 주겠음'이라는 표지판이 붙어 있었다. 그래서 경적을 울렸지만 트럭은 계속 도로 한 가운데로 달렸다. 왼쪽으로는 추월할 수가 없었다. 차선을 온통 메운 자동차 행렬이 나를 향해 달려오고 있었으니까. 나는 오른쪽으로 치고 나가며 속도를 냈다. 콜라가 비명을 질렀다. 나는 배수로 벽을 보지 못했다. 차가 충돌했고 사방이 까맣게 변했다.

 정신을 차리고 보니 등을 자동차 정면에 댄 채 바퀴 옆 쪽에 내 몸이 박혀 있었지만, 들려 오는 소리가 무시무시해서 신음 소리를 내기 시작했다. 양철 지붕에 비가 떨어지는 소리 같았지만, 빗소리는 아니었다. 그녀의 피가 보닛을 타고 흘러내리는 소리였다. 콜라는 앞 창문으로 튕겨나와 보닛 위에 있었다. 경적이 울리고 있었고 사람들이 차에서 뛰어내려 그녀에게 달려왔다. 나는 그녀를 일으키고 지혈시키려고 애썼다. 그러는 사이사이 울면서 그녀에게 말을 걸었고, 키스를 했다. 그녀는 그 키스를 받아들이지 못했다. 그녀는 숨을 거두었다.

16

그리하여 나는 재판에 회부되었다. 카츠는 모든 것을 손에 넣었다. 녀석이 우리를 위해 받아다 준 1만 달러, 우리가 번 돈, 땅 문서 등 모든 것을 말이다. 카츠는 나를 위해 최선을 다해 주었으나, 애당초부터 승산은 없었다. 새키트는 나를 가리켜 타인의 생명에 위해를 더 끼치기 전에 처벌하지 않으면 안 될 미친 개라고 했다.

나와 여자는 돈을 빼앗기 위해 그리스인을 살해했고, 그 다음에 나는 여자와 결혼했으며, 모든 것을 나 한 사람의 것으로 만들기 위해 여자를 죽였다. 여자가 멕시코 여행에 대해 알았기 때문에 약간 계획을 앞당긴 것에 지나지 않는다. 시체 해부 보고에 의하면 여자는 임신을 하고 있었는데 이것도 살해 동기의 하나라고 말했다.

새키트는 매지를 증언대에 세웠는데 그녀는 멕시코 여행 얘기를 했다. 그녀는 얘기하고 싶지 않았으나 얘기를 하지 않을 도리가 없었다. 새키트는 표범까지도 법정으로 끌어 들였다. 꽤 커져 있었으나 잘 돌봐 주지를 않은 탓으로 기계충까지 생겨 병이 든 것처럼 보였으며, 으르렁거리면서 새키트를 물려고 했다. 그것은 참으로 무서운 광경이었으며, 정말 나에게 유리하지 않은 광경이었다. 그러나 결정적으로 나를 파멸시킨 것은, 여자가 택시를 부르기 전에 써 놓은 편지로, 내가 다음날 아침에 볼 수 있도록 손금고 속에 넣어 두었다가 그만 잊어 버리고 있었던 것이었다. 나는 전혀 그것을 보지 못했다. 우리는 가게를 열지 않은 채 수영하러 가 버렸고, 손금고 안을 들여다보지도 않았기 때문이었다.

그것은 세계에서 가장 따뜻한 애정이 담긴 편지였으나, 그 안에는 내가 그리스인을 죽였던 사실이 적혀 있었는데 이것이 결정적 단서가 되었다. 이 문제 하나만으로 사흘이나 계속되는 대논쟁이 벌어져, 카츠는 로스앤젤레스 법정의 온갖 법령, 판례를 들추어내며 싸웠으나 판사는 그 쪽지를 증거로서 채택할 것을 인정했고, 따라서 우리의 그리스인 살해에 관계되는 모든 것이 증거로서 채택이 되고 말았다.

새키트는 이것으로 나의 동기가 성립되었다고 말했고, 이 동기로 보아 나를 미친 개라는 것이었다, 카츠는 나를 진술대에도 세우지를 않았다. 내게 무슨 할 소리가 있을 것인가? 우리는 그리스인을 죽이느라고 그처럼 고생을 했고 간신히 생활 기반이 막 잡혀 가던 때였으므로 나는 여자를 죽이지 않았다고 말하기라도 해야 한단 말인가? 그렇게 말을 했더라면 볼만했을 것이다. 배심원들은 5분간 자리를 떴다. 판사는 너에게는 다른 광견에게 주는 것과 똑같은 고려를 해 주겠노라고 했다.

나는 지금 사형수 감방에서 이 수기의 마지막을 쓰고 있다. 좀 있으면 맥코넬 신부가 이것을 읽고서 구둣점이라든지 그 밖에 분명히 해 두는 것이 좋을 부분을 나에게 가르쳐 줄 것이다. 만일 사형의 집행이 연기된다면 이것을 보관하고 상황을 관망하게 될 것이다. 만일 감형이 된다면 그때는 신부님이 이것을 태워 버릴 것이므로, 내가 세상을 향해 아무런 발언을 하지 않는 한 정말로 살인이 있었는지 어떤지 결코 알 도리가 없을 것이다. 하지만 만일 내가 사형을 당하게 된다면, 신부는 이것을 들고 나가 출판해 줄 사람을 물색하게 될 것이다.

 연기 같은 것이 있을 리 만무였고 감형 따위가 있을 수는 더더욱 없다. 나는 그것을 안다. 나는 한번도 나를 속인 적은 없으니까. 그러나 이곳에 들어온 사람이라면 누구나 희망을 가져 본다. 그렇지 않고는 견딜 수 없으니까.
 나는 아무 것도 자백하지 않았다. 이건 사실이다. 어떤 사나이가 말하기를, 자백만 하지 않으면 결코 사형은 집행되지 않는다는 이야기를 들은 적이 있다. 그 말이 사실인지는 알 수 없는 일이다. 맥코넬 신부님이 나를 팔아 넘기지 않는 한, 아무도 나에게서 무엇을 알아 내기란 불가능하다. 어쩌면 연기는 받을 수 있을지도 모르겠다.

 나는 지금 무척 상기되어 아까부터 콜라에 대해 생각하고 있다. 내가 하지 않았다는 것을 콜라는 알아 줄까? 서로 진실 얘기를 나눈 뒤에서 알아 주었을지도 모른다고 생각한다. 그러나 살인을 우습게 알면, 그러한 점에 무서운 일이 도사리고 있는 법이다. 차가 충돌했을 때, 역시 내가 해냈구나 하고 그녀의 뇌리에 스쳤을지도 모르는 일이다. 그런 까닭으로 나는 이승이 끝난 다음에 또 하나의 생을 얻기를 바라는 것이다. 맥코넬 신부는 내게는 새로운 삶이 있다고 했다.
 나는 콜라와 만나고 싶다. 콜라에게 우리가 서로 얘기한 것은 모두 진심이었으며 내가 저지른 짓이 아니라는 것을 꼭 말해 주고 싶다.
 그 여자에게 그러한 마음을 갖게 하는 것은 어떤 점이 그 여자에게 있어서일까? 나로서는 알 수가 없다. 그 여자는 무엇인가를 원하고 있었다. 그것을 얻으려 하고 있었다. 언제나 서툰 방식이기는 했지만 얻으려 하고 있었다.
 나라는 사나이를 알고 있는 터에 나에 대해서도 그런 기분을 가졌다는 점을 나는 이해할 수가 없다. 몇 번 씩이나 "당신은 글렀어"라고 말했으면서 말이다. 나는 마음 속으로부터 무엇을 원하고 있었던 적은 없지만 그 여자만은 그렇지 않았다. 하지만 그것은 작은 것이 아니다. 한 여자가 그러한 것을 가지고 있는 일이란 그리 흔한 게 아닐 거라고 생각한다.

7호 감방에 형제를 죽인 사나이가 있는데, 그 친구는 "나는 사실은 하지 않았다. 나의 잠재의식이 저지른 짓이다"라는 말을 되뇌이고 있었다. 그게 무슨 뜻이냐고 내가 물었더니, 그 친구 말로는, "인간에게는 두 개의 자신이 있다. 하나는 자기 자신이 알고 있는 자신이고, 또 하나는 스스로는 알 수 없는 자신이다. 어째서냐 하면, 그건 잠재의식이기 때문이다"라고 대답했다.

이 이야기는 나를 오싹하게 만들었다. 내가 참말로 일을 저질렀는데도 그것을 모르고 있단 말인가? 그런 일은 믿을 수가 없다! 나는 하지 않았다! 분명히 말하지만 나는 콜라를 사랑하고 있었다. 콜라를 위해서라면 기꺼이 죽을 수도 있을 정도였다. 잠재 의식이라니, 웃기지 마라! 나는 그따위 말은 믿지 않는다. 그런 건 엉터리다. 판사를 속여 넘길 수 있을 것으로 생각하고 고안해 낸 거짓말이다. 저 자신이 하는 짓이란 누구든지 아는 법이다. 나는 정말 하지 않았다. 내가 그것을 알고 있다. 그 점을 나는 콜라에게 말 할 작정이다. 만일 다시 만날 수만 있다면……

지금 나는 굉장히 흥분하고 있다. 잡념을 갖지 않도록 음식물 속에 약이라도 넣은 게 아닌가 생각한다. 생각하지말자. 정신이 들어서 보면, 언제나 나는 콜라와 함께 푸른 하늘 아래서, 넓은 물 속에서 이제부터 우리는 행복할 것이며 그 행복은 영원히 계속된다고 얘기를 하고 있었다. 콜라와 함께 있을 때, 나는 큰 강 위에 떠 있는 모양이었다. 또 하나의 생이라는 것에 대해 공감 비슷한 것을 가진 것은 그 때였으며, 맥코넬 신부가 머리 속으로 날조해 내는 그런 것이 아닌 것 같았다. 콜라와 함께 있을 때, 나는 새 삶을 믿는다. 상상의 날개를 펼치려 하면 모든 것은 무너져 버린다.

연기는 없다.

드디어 그날이 왔다. 맥코넬 신부는 기도를 올리면 도움이 된다고 한다. 여기까지 읽어 준 여러분, 나를 위해서, 콜라를 위해서, 그리고 우리들이 어디에서건 함께 있을 수 있록 기도를 해 주시기를!

DOUBLE INDEMNITY
이중보상

이중보상

1

나는 차를 몰고 클렌데일로 갔다. 술제조 회사에 새로 입사한 트럭 운전사 세 사람의 보험계약을 하기 위해서였다. 그때 할리우드랜드의 계약 갱신 건이 생각났다. 그곳에 먼저 들러보기로 했다. 그래서 이 '죽음의 집'에 오게 되었다. 당신이 매일 신문에서 기사를 읽는 바로 그 집. 내가 이 집을 봤을 때는 전혀 '죽음의 집' 같지 않았다. 그저 캘리포니아의 여느 집들처럼, 벽은 하얗고 빨간 기와 지붕과 안뜨락 있는 스페인풍 집일 뿐이었다. 그 집은 약간 삐딱하게 세워져 있었다. 차고는 집 밑에 있고, 1층이 그 위로 나 있었으며, 나머지 부분은 언덕 위로 불쑥 솟아 있어 어느 쪽에서나 집으로 들어갈 수 있었다. 돌 층계 몇 개를 올라가야 현관에 다다를 수 있었기 때문에, 나는 차를 세우고 층계를 올라 갔다. 하녀가 머리를 쏙 내밀었다.

"너들링거 씨는 집에 계십니까?"

"모르겠습니다, 손님. 그분을 만나고 싶어하시는 댁은 누구시죠?"

"허프라고 합니다."

"무슨 용무가 있으십니까?"

"개인적인 용무입니다."

보험판매원 노릇을 하기에 까다로운 경우에 들어선 것이다. 그런 상황에 닥치면 우위를 점하게 될 때까지는 방문 목적을 밝히지 말아야 한다.

"죄송합니다, 손님. 무슨 일 때문에 왔는지 말하지 않는 분은 안에 들이지 못하도록 되어 있습니다."

여기가 오점을 남길 수 있는 부분 가운데 한 곳이었다. 만일 '개인적인 일'이라는 말을 더 해서 일을 비밀스러운 쪽으로 이끌어 간다면 좋질 않다. 만일 내가 진짜로 원하는 바를 말한다면, 모든 보험사 직원들이 끔찍해 하는 것처럼 신분을 밝힌다면, 하녀는 다시 돌아와서 "들어갈 수 없다"고 말할 것이다. 만일 기다리겠다고 말하면, 내 자신을 너무 작게 보이게 만드는 것이고, 그것은 보험 상품 판매에 전혀 도움이 되지 않았다. 이런 난관을 극복하고 안으로 들어가야 한다. 일단 안에 들어가면, 사람들은 이야기를 들어줘야 할 것이고, 한 손에는 모자를, 다른 손에는 서류를 들고 얼마나 빨리 거실로 들어갈 수 있느냐에 따라 보험판매원의 등급을 거의 정확히 매길 수 있다.

"그렇군요. 너들링거 씨에게 들르겠다고 말하긴 했는데…… 신경 쓰지 마십쇼. 언제 한 번 더 올 수 있을지 봐서 그렇게 하죠."

어떤 면에서 그 말은 사실이었다. 이런 자동차보험 건은 늘 계약갱신에 대해 반드시 기억을 상기시켜 줘야 하지만, 그를 1년 동안이나 만나지 못했다. 하지만 그의 옛날 친구처럼 들리도록 말했다. 환대를 받지 못한 것을 찜찜해 하는 옛 친구처럼 들리도록. 그게 적중했다. 하녀는 걱정스런 표정을 지었다.

"저…… 안으로 들어오시죠."

말려들지 않는데 그런 기술을 사용했더라면 사정은 달라졌을 것을.

이중보상

소파에 모자를 올려놓았다. 공을 많이 들인 거실이었다. 특히 그 '핏빛 커튼'에. 내 눈에 들어온 것은 캘리포니아의 다른 거실과 비슷한 거실이었다. 다른 거실 보다는 훨씬 더 돈을 많이 들였다고 할까. 하지만 어떤 백화점에서 트럭 하나에 실어 와 아침에 진열하기 시작해, 그날 오후쯤에는 다 끝낼 수 있을 만한 그런 물건들은 아니었다. 가구는 스페인풍으로 예쁘장하고 제자리에 잘 놓여 있었다. 12.5피트짜리 양탄자는 캘리포니아의 오클랜드에서 만들어지지 않았다면, 멕시코 산이었으리라. 핏빛 커튼이 있었지만 그것은 별다른 의미가 없었다. 이런 스페인풍의 집에는 모두 쇠창살에 빨간 벨벳 커튼이 드리워져 있기 마련이고, 일반적으로 그 커튼과 어울리는 빨간 벨벳 타피스트리도 벽에 드리워져 있다. 똑같은 천으로 만든, 방패꼴 문장이 수놓인 타피스트리가 벽난로 위에 있고, 소파 위에는 성채(城砦) 문양을 수놓은 타피스트리가 놓여 있었다. 방의 다른 두 쪽은 창문과 홀로 통하는 입구였다.

"무슨 일이죠?"

거기 여자가 서 있었다. 전에 만나 본 적이 없는 여자였다. 서른한 살이나 두 살쯤 되었을까, 예쁘장한 얼굴에 연푸른색 눈동자, 회색빛이 도는 금발. 자그마한 체구의 여자는 파란색 파자마 차림이었다. 그리고 지칠 대로 지친 표정을 짓고 있었고.

"너들링거 씨를 뵙고 싶어서 왔습니다."

"너들링거 씨는 지금 집에 안 계시지만, 제가 너들링거 씨의 아내입니다. 제가 해 드릴 수 있는 일이라도 있나요?"

산통을 깰 수밖에 달리할 일이 없었다.

"아닙니다. 도와주실 일이 없을 것 같군요, 너들링거 부인, 감사하기는 합니다만, 허프라고 합니다. 월터 허프입니다. 캘리포니아 제너릴 피델러티 사에서 일하고 있습니다. 너들링거 씨의 자동차 보상 계약 기간이 1, 2주일 뒤면 만료됩니다. 만료 시기가 되면 알려 드리겠다고 약속했기 때문에 한번 들러 보자고 생각했지요. 하지만 부인을 성가시게 해 드릴 생각은 추호도 없었습니다."
"보상이요?"
"보험입니다. 운에 맡기고 그냥 낮에 여기 한번 들러 봤습니다. 이 근처에 올 길이 있었기에, 한번 들러도 괜찮으리라 생각했지요. 너들링거 씨를 뵈려면 언제쯤이 좋을까요? 저녁식사를 마치신 뒤에 몇 분만 제게 시간을 내 주실 수 있으실까요? 그러면 제가 저녁 시간을 방해하지 않을 수 있겠습니까?"
"그 양반이 어떤 종류의 보험에 가입하고 있지요? 내가 당연히 알 텐데 기억이 나지 않는군요."
"무슨 일인가 일어날 때까지는 우리 중 누구도 기억하지 못할 겁니다. 일반적인 계약입니다. 충돌, 화재, 도난, 공공책임."
"아, 물론 그렇겠지요."
"관례에 불과하긴 하지만, 때가 되면 신경을 쓰셔야 합니다. 그래야 보호를 받으실 수가 있지요."
"사실 나랑 상관이 있는 일은 아니지만, 그이는 오토모빌 클럽에 가입할까 생각하는 중인 걸로 알고 있는데요. 그쪽 보험에 들까 생각한다는 뜻이에요."
"너들링거 씨께서는 오토모빌 클럽 회원이십니까?"
"아니요, 회원은 아니에요. 늘 가입할 의사는 있었지만, 웬일인지 아직 그러지는 않았어요. 하지만 클럽 대표가 여기 왔었는데 보험 이야기를 하더군요."
"오토모빌 클럽이야 최고죠. 신속하고, 배상청구에 대해 관대하고, 고객을 대하는 태도가 아주 정중합니다. 오토모빌 클럽은 흠잡을 데가 없습니다."

알아둬야 할 게 한 가지 있다. 다른 녀석의 물건을 흠잡지 말라.
"그리고 가격도 더 싸고요."
"회원들에게는 그렇지요."
"회원들만 보험에 가입할 수 있는 걸로 생각했는데요."
"제 말이 바로 그겁니다. 문제가 생길 때 서비스를 받고 교통위반 딱지를 관리하고 그런 종류의 일을 처리 받기 위해서 오토모빌 클럽에 가입하려던 차에 보험 역시 함께 든다면 싸게 먹히게 됩니다. 분명히 싸게 들 겁니다. 하지만 그냥 보험에 가입하기 위한 목적만으로 가입한다면, 보험료에 회비 16달러를 가산하게 되니 비용이 더 많이 들게 되는 겁니다. 그 점을 계산에 넣으십시오. 저는 너들링거 씨께서 돈을 조금 더 절약하게 해 드릴 수 있습니다."

너들링거 부인은 계속 이야기를 했지만, 나로서는 그저 맞장구를 칠 밖에 달리 도리가 없었다. 하지만 나처럼 많은 사람들을 상대로 상품을 팔아 본 사람이라면, 상대방이 말하는 것을 그냥 지나치지 않는 법이다. 나 같은 사람은 거래가 어떤 방향으로 무르익는지 느낀다. 한참 뒤, 나는 이 부인이 오토모빌 클럽은 조금도 염두에 두지 않고 있음을 알았다. 그 남편은 신경을 쓰고 있는지 모르지만, 어쨌든 그녀는 아니었다. 뭔가 다른 게 있었고, 이 이야기는 그저 핑계에 지나지 않았다. 나는 그것이 수수료를 나누자는 제안 같은 것임을 눈치챘다. 아마 그렇게 되면 그녀는 남편 모르게 10달러짜리 지폐 한 장은 쥘 수 있을 터였다. 그런 경우가 꽤 많이 있다. 그래서 나는 그녀에게 뭐라고 말할지 곰곰이 따져 보았다. 평판이 좋은 보험판매원이라면 그런 유의 일에 휘말리지 않지만, 그녀는 방안을 서성댔고 나는 눈치채지 못했던 뭔가를 알게 되었다. 그 어떤 남자라도 바보로 만들 만한 몸매가 파란색 파자마 아래로 드러났다. 그러니 나도 정확히 모르는 보험업의 윤리에 대해 설명한들 얼마나 그럴듯하게 들리겠는가.

  한데 갑자기 그녀가 나를 바라보았다. 오싹한 느낌이 등줄기를 타고 쭉 올라오면서 머리카락 뿌리까지 뻗치는 기분이었다.
  "사고보험도 다루나요?"
  내가 느꼈던 그 말의 의미는 당신이 지금 느끼는 의미와는 사뭇 다르다. 우선 사고보험이란 팔리는 것이지 사는 게 아니다. 보험 가입자가 다른 보험을 사기 위해 전화를 걸 수는 있다. 예를 들자면 화재보험이나 도난보험, 생명보험까지도 자청해서 살 수는 있지만 사고보험은 다르다. 그 물건은 보험판매원이 움직일 때 움직이는 것이지, 그 물건에 대해 고객 입장에서 묻는 것은 굉장히 어처구니 없는 일이다. 두 번째로 냄새나는 일을 벌이려고 할 때 사람들이 맨 먼저 생각하는 게 바로 사고보험이다. 같은 액수를 계약금으로 치를 경우, 다른 종류의 보험보다도 사고에 의한 보험금의 보장금액이 더 크다. 그리고 이런 종류의 보험은 피보험자가 전혀 모르게 계약을 할 수가 있다. 사고보험에는 건강진단 따위는 필요하지 않다. 그 보험을 들 때 사람들이 원하는 것은 오직 돈이며, 오늘날 사랑하는 사람들에게 살아 있을 때보다 죽어서 더 큰 가치가 있을 만한 많은 사람들이 돌아다니고 있다. 자기가 그런 보험에 가입된 사실도 모른 채로.
  "저희 회사에서는 모든 종류의 보험을 취급합니다."
  그녀는 다시 오토모빌 클럽 이야기로 화제를 바꾸었고, 나는 그녀에게서 눈을 떼려고 노력했지만 그럴 수가 없었다. 그러자 그녀는 앉았다.
  "내가 너들링거 씨에게 잘 말해 주길 바라세요, 허프 씨?"
  왜 내가 이야기하게 놔두지 않곤 그의 보험에 대해 자기가 말을 하려고 할까?
  "그렇게 해주시면 좋겠습니다, 너들링거 부인."

"시간을 아낄 수 있을 거예요."
"시간은 중요한 요소입니다. 너들링거 씨께서도 당장 이 점에 유의하셔야 합니다."
그런데 그때 그녀는 내가 전혀 짐작하지 못했던 말을 했다.
"그이와 내가 의논을 한 뒤에 당신이 그이를 만날 수 있을 거예요. 내일 밤으로 약속을 정할 수 있겠어요? 7시 반쯤으로 할까요? 그때쯤이면 우린 저녁 식사를 마쳤을 거예요."
"내일 밤이면 좋습니다."
"그럼 기다리죠."

나는 여자가 내게 곁눈질 한 번 던졌다고 해서 그렇게 바보 노릇을 한 자신을 몹시 다그치면서, 차에 올라탔다. 다시 사무실에 돌아가 보니, 케이즈가 나를 계속 찾고 있었다. 케이즈는 보험심사과의 과장으로, 전 세계에서 함께 일하기에 가장 지겨운 사람으로 꼽힐 만한 위인이었다. 누가 오늘이 화요일이라고 말하면 그는 달력을 들여다봐야 직성이 풀렸다. 그리고는 달력이 올해 달력인지 작년 달력인지 확인했고, 그리고 나서는 어느 회사가 그 달력을 인쇄했는지 알아봐야 했다. 그리고 그 회사에서 세계 연감 달력을 점검했는지 확인해야 했고 그런 쓸데없는 여러 가지 일을 하니, 계속 그의 체중이 줄어들 것으로 생각하겠지만 그렇지가 않다. 그는 해가 갈수록 계속 점점 더 살이 찌고 점점 더 괴팍스러워져서, 늘 다른 부서와 신경전을 벌였다. 그가 하는 일이란 넥타이를 풀어 젖히고 앉아 땀을 흘리면서 말다툼을 벌이는 게 전부였다. 그와 같은 방에 있다는 이유만으로도 상대방의 머리가 빙빙 돌기 시작할 때까지. 그렇지만 부정 청구 건에 대해서 그는 여우 같았다.

사무실에 들어가자, 케이즈는 몸을 일으키고 소리를 질러 대기 시작했다. 내가 6개월 전에 작성했던 트럭보험증권에 관한 이야기였다.

그 사람이 자기 트럭을 태워 버리고 보험을 타려 했다는 내용이었다. 나는 재빨리 그의 말을 가로챘다.

"내게 무슨 불평을 하는 겁니까? 그 건은 기억이 납니다. 계약서를 보내면서, 그 계약을 받아들이기 전에 충분히 조사를 해봐야 할 사람이라는 쪽지를 첨부했던 것을 분명히 기억하고 있습니다. 그의 인상이 마음에 들지 않아서……."

"월터, 자네에게 불평을 하고 있는 게 아니야. 그에 대해 조사해야 한다고 말했던 것을 알고 있네. 내 책상 위, 바로 여기에 자네가 남긴 쪽지가 있어. 내가 자네에게 말하고 싶은 점이 바로 그거야. 이 회사의 다른 부서에서 자네의 반만큼만 지각 있게 처신해도……."

"아."

케이즈다웠다. 뭔가 좋은 말을 해주고자 할 때조차도 그는 일단 상대방을 속상하게 만들었다.

"그런데 좀 들어보게, 월터. 저쪽에서는 자네의 쪽지에 담긴 경고는 깡그리 무시해 버리고 약관을 발부한 뒤, 이 경고 쪽지가 자기네 얼굴을 빤히 쳐다보고 있는 마당에 글쎄 그저께 그 자가 트럭을 태웠는데도…… 내가 오늘 오후 견인차를 거기 보내서 트럭을 끌어와, 엔진 밑에서 대팻밥 더미를 발견하지 않았다면 지급부 쪽에서는 청구액을 지불했었을 거라고. 대팻밥이 그가 스스로 불을 놓았다는 증거가 되었지."

"그를 잡았습니까?"

"그래, 자백했네. 내일 아침 탄원할 예정인데 일이 마무리될 거야. 하지만 내가 말하려는 요점은, 자네가 그를 한번 본 것만으로 의심스런 자임을 알았다면 왜 보험 지급부에서는 그걸 알아차리지 못했느냐는 거지……! 아, 이런 말을 해 봤자 무슨 소용이 있겠나?

이중보상 173

나는 그저 자네가 이 일을 알았으면 했을 뿐이라고 노튼에게 쪽지를 보내려고해. 이번 일의 전체 상황을 이 회사의 사장이 조사를 해봐야 마땅하다는 생각이 들거든. 자네가 내게 묻는다면, 이 회사의 사장은 좀더······."

케이즈는 말을 멈추었지만 나는 채근하지 않았다. 케이즈는 이 회사의 설립자인 노친네 노튼이 회사를 운영하던 시절부터 일한 사람으로, 젊은 노튼 사장을 별로 대단히 여기지 않았다. 그저 아버지가 죽자 사장 자리를 차고 들어앉은 것으로 여겼다. 케이즈의 말에 의하면 젊은 노튼 사장은 제대로 된 일은 하나도 하지 못했고, 회사 전체가 그와 사이가 나빠져 쫓겨나게 될까 봐 전전긍긍하리라는 것이었다. 젊은 노튼 사장이 우리가 함께 일을 해야 할 사람이라면, 그렇다면 그는 우리가 함께 일을 해야 하는 사람이었다. 케이즈가 우리를 끌고 도랑에 빠져들게 내버려두는 것은 지각 있는 처사가 아니었다. 나는 케이즈의 허풍에 무표정한 얼굴을 했다. 나는 그가 무슨 말을 하고 있는지조차 몰랐다.

다시 내 사무실로 돌아오자, 비서 네티는 막 퇴근하려던 참이었다.
"안녕히 계세요, 허프 씨."
"잘 가, 네티."
"참······ 너들링거 부인에 대한 쪽지를 책상에 놔뒀어요. 10분 전쯤 전화를 해서, 내일 밤에 계약 갱신을 하는 것은 불편할 거라고 말했어요. 언제 오셔야 할지 알려주겠다고 했어요."
"그래, 고마워."
네티는 퇴근했고 나는 거기 서서 쪽지를 내려다보았다. '그' 계약서에는 어떤 종류의 경고문을 첨부하게 될까 하는 생각이 머릿속을 스치고 지나갔다. 만일 그 계약을 따낼 경우에.

혹시 어떤 위험성이 느껴질 경우에.

2

사흘 뒤 그녀는 전화를 걸어, 나더러 3시 반에 오라는 전갈을 남겼다. 그녀는 직접 현관에 나와 안으로 데리고 들어갔다. 이번에는 파란 파자마 차림이 아니었다. 하얀 세일러복을 입고 있었는데, 블라우스가 엉덩이 위에 딱 달라 붙게 내려왔고 흰 구두와 스타킹을 신고 있었다. 그 몸매를 의식하는 사람은 나 혼자가 아니었다. 그녀 역시 자기 몸매에 대해 충분히 알고 있었다. 거실로 들어가 보니, 탁자 위에는 쟁반이 놓여 있었다.
"오늘 벨이 휴무예요. 그래서 내가 직접 차를 만드는 중이죠. 함께 드시겠어요?"
"감사하지만 사양하겠습니다, 너들링거 부인, 그냥 1분이면 됩니다. 너들링거 씨께서 계약을 갱신하시기로 결정하셨다면서요. 부인께서 저를 부르신 걸 보면 그렇게 결정이 된 것 같습니다만."
벨이 휴무라는 사실이, 그래서 그녀가 차를 직접 만들고 있다는 사실이 전혀 예상치 못했던 일이 아니라는 생각이 들어서 그렇게 말했다. 그리고 계약 갱신을 성사시키든 성사시키지 못하든 그곳에서 빠져 나갈 심산이었다.
"아, 차를 마시도록 해요. 난 차를 좋아해요. 오후에 차를 마시며 휴식 시간을 갖거든요."
"틀림없이 영국인이신가 보군요."
"아뇨, 캘리포니아 원주민이에요."
"그렇게 보이시지 않는데요."
"대부분의 캘리포니아 인들은 아이오와 태생이거든요."
"저도 그렇습니다."

"그 점을 생각해 보세요."

하얀 세일러복이 나를 잡아당겼다. 나는 앉았다.

"레몬 넣으세요?"

"아닙니다."

"두 숟가락?"

"설탕을 넣지 않고 그냥 주십시오."

"충치가 없겠네요?"

그녀가 미소 지을 때, 나는 그녀의 이를 볼 수 있었다. 커다란 하얀 이가 약간 남자 같았다.

"중국인들이랑 거래를 많이 합니다. 그들 때문에 미국식 차 마시는 습관을 버리게 되었지요."

"나는 중국인들을 좋아해요. 초면(炒麵, 밀국수를 기름에 볶아 만든 음식)을 만들 때마다 공원 근처에 있는 한 상점에서 필요한 재료를 다 사지요. 링 씨라고 혹시 그를 아세요?"

"알게 된 지 몇 년이나 됐죠."

"어머나, 그렇군요!"

그녀의 눈썹이 치켜 올라갔다. 그녀에게는 기운 없는 기색이라곤 전혀 없었다. 그런 표정을 주는 것은 이마에 난 주근깨였다. 그녀는 내가 주근깨를 쳐다보는 것을 알았다.

"내 주근깨를 바라보고 있는 것 같은데요."

"네, 그랬습니다. 마음에 들어요."

"나는 안 그래요."

"저는 마음에 듭니다."

"햇볕에 나갈 때는 늘 이마에 터번을 둘렀어요. 하지만 걸음을 멈추고, 운수를 봐 달라고 부탁하는 사람이 많아서 그만두기로 했지요."

"점을 치지 않으십니까?"

"네, 캘리포니아에선 기본이지만, 나는 배우지 못했죠."

"어쨌든 그 주근깨가 마음에 듭니다."

그녀는 내 곁에 앉았고, 우리는 링 씨에 대해 이야기를 나누었다. 그는 중국 식료품 공급상인으로 부업으로 시청 일을 했는데, 매해마다 우리가 2천5백 달러를 지불 보증했다. 링 씨는 지금은 별볼일 없는 사람이지만, 하지만 우리의 화제에 오르자 그가 얼마나 기막히게 멋진 사람으로 둔갑했는지 놀랄 지경이었다. 한참 뒤, 나는 화제를 보험으로 돌렸다.

"저, 보험계약 건은 어떻게 되었습니까?"

"그이는 아직도 오토모빌 클럽에 대해 얘기를 하고 있지만, 그이는 당신이랑 계약을 갱신할 것 같아요."

"그렇다니 다행입니다."

그녀는 1분쯤 가만히 앉아서, 블라우스 끝자락으로 주름을 잡았다가 폈다.

"사고보험에 대해서는 그이에게 아무 말도 하지 않았어요."

"그렇습니까?"

"그이에게 그런 이야기를 하기가 싫어요."

"이해가 갑니다."

"'당신, 사고보험에 들어야 될 것 같은데요'라고 말하는 것은 끔찍한 일이에요. 그런데…… 아시겠지만 남편은 '웨스턴 송유(松油) 회사'의 로스앤젤레스 지사장이거든요."

"'페트롤늄 빌딩'에 계시죠?"

"사무실은 그 건물에 있어요. 하지만 대부분의 시간을 유전(油田)에서 보내지요."

"위험한 폭발 사고가 많겠지요."

이중보상 177

"그 생각만 하면 병이 날 지경이랍니다."
"회사측에서는 너들링거 씨를 위해 적절한 조치를 취하고 있습니까?"
"내가 아는 바로는 그렇지 않아요."
"그런 일을 하시니, 모든 것을 운에 맡기고 내버려 두어서는 안 됩니다."
바로 그때 나는 마음을 결정했다. 그녀의 주근깨가 마음에 든다고 하더라도, 내가 서 있는 지점이 어디인지 분명히 알아보기로.
"제가 이 문제에 대해 너들링거 씨와 이야기를 나누면 어떻겠습니까? 어디서 그런 생각을 하게 됐는지에 대해서는 함구하고, 그 이야기를 꺼내 보겠습니다."
"그에게 사고에 대해 말하기가 싫어서요."
"그래서 말씀드리는 겁니다. 제가 대화를 나눠 보겠습니다."
"하지만 그러면 남편은 내게 어떻게 생각하느냐고 물을 거고…… 나는 뭐라고 말해야 좋을지 모를 거예요. 그게 걱정이 돼요."
그녀는 다시 블라우스 자락으로 주름을 만들었다. 그리고 나서 한참 뒤에 다시 이런 말을 했다.
"허프 씨, 내가 그이를 대신해서 보험에 드는 것도 가능할까요? 그에게 성가시게 이런 이야기를 꺼낼 필요 없이 말이에요. 내가 쓸 수 있는 용돈이 조금 있어요. 보험료는 내가 낼 수 있어요. 그리고 남편은 모르는 거예요. 그러면 모든 걱정이 동시에 끝나게 되는데요."
그 말이 무슨 뜻인지 못 알아들으려야 못 알아들을 수가 없었다. 보험업계에서 15년이나 잔뼈가 굵은 몸이니. 나는 담배를 눌러 껐다. 일어나서 가려고 거기서 빠져나갈 작정이었다. 계약 갱신과 그녀에 대한 다른 모든 것은 빨갛게 단 부지깽이 놓듯 그대로 놓아 버리고 하지만 나는 그러지 않았다. 그녀는 약간 놀라서 나를 바라보았다. 그녀의 얼굴이 6인치쯤 떨어진 곳에 있었다. 내가 한 일이란 그녀의 몸에 팔을 두르고, 얼굴을 내 얼굴 쪽으로 끌어당겨 입에 키스한 것이었다. 힘껏. 몸이 나뭇잎처럼 덜덜 떨리고 있었다. 그녀는 싸늘한 시선을 던지더니 눈을 감고 나를 자기 쪽으로 끌어당겼다. 그리고 키스했다.

"그동안 줄곧 당신이 마음에 들었어요."
"믿지 못하겠는데요."
"내가 차를 마시겠느냐고 묻지 않았던가요? 벨이 휴무일 때 당신을 여기로 오게 하지 않았던가요? 처음 본 순간, 당신이 마음에 들었어요. 당신 회사에 대해, 이런 저런 것에 대해 계속 진지하게 말하는 태도가 참 좋았어요. 오토모빌 클럽 이야기를 하며 계속 당신을 놀린 것도 바로 그런 이유 때문이었어요."
"아, 그랬군요."
"이젠 알겠지요."

내가 그녀의 머리를 헝클어 놓았고, 그리고 나서 우리 두 사람 다 블라우스 자락으로 주름을 만들었다.

"당신은 그것 하나도 고르게 만들지 못하는군요, 허프 씨."
"고르지 않나요?"
"아래 주름이 윗주름보다 더 크잖아요. 매번 똑같은 분량의 천을 잡아 돌려서 주름지게 해야 근사한 주름이 잡히는 거라고요. 알았어요?"
"요령을 터득하도록 애써 보지요."
"지금은 안 돼요. 당신은 가 봐야 하잖아요."
"곧 만날 수 있겠습니까?"
"아마도."

"잘 들어요. 난 당신을 만나겠소."
"벨이 매일 휴무는 아니거든요. 내가 당신에게 알려주겠어요."
"그럼…… 연락해 주겠소?"
"하지만 당신은 내게 전화하지 마세요. 내가 연락할게요. 약속해요."
"그럼 그렇게 합시다. 작별 키스를 해줘요."
"안녕히 가세요."

나는 로스펠리즈 언덕에 있는 방갈로에 산다. 필리핀 청년이 낮에는 집을 보지만 밤까지 집에서 머물지는 않는다. 그날 밤에는 계속 비가 내려서 나는 외출하지 않았다. 벽난로에 불을 지피고 앉아서, 내가 어디쯤 와 있는지 이해하려고 애쓰고 있었다. 물론 내가 서 있는 지점이 어디인지 알고 있었다. 나는 저 끝에 서서, 경계 너머를 쳐다보면서 내 자신에게 계속 이곳에서 나가라고, 빨리 빠져나가라고, 그리고 다시는 돌아오지 말라고 말하고 있었다. 그렇지만 그것은 내 자신에게 계속 타이르는 말이었다. 정작 내가 하는 짓은 경계선 너머를 힐끔거리는 일이었다. 그리고 내내 거기서 몸을 떼려고 애썼지만, 내 안에서는 뭔가가 조금씩 더 가까이 나아가고 있었다. 더 잘 보려고 애쓰면서.

9시가 되기 조금 전에 초인종이 울렸다. 종 소리를 듣자마자 누가 왔는지 알 수 있었다. 레인코트를 걸치고 고무 수영 모자를 쓴 그녀가 문에 서 있었다. 주근깨 위쪽으로 빗방울이 뚝뚝 흘러내렸다. 내가 옷을 벗기자, 그녀는 스웨터와 바지 차림이 되었다. 멋이 없는 할리우드식 차림새였지만 그녀가 입으니 다르게 보였다. 나는 그녀를 불 가로 데려갔고, 그녀는 앉았다. 나도 그녀 곁에 앉았다.
"내 주소를 어디서 알아냈소?"

내 입에서 이런 말이 튀어나왔다. 그녀가 내 사무실에 전화를 걸어서 나에 대해 이런 저런 질문을 하는 것은 싫었다.

"전화번호부에서요."

"아."

"놀랐나요?"

"아니오."

"나는 그 방법이 좋아요. 그런 기발한 착상은 들어본 적이 없거든요."

"남편은 집에 없소?"

"롱비치에 있어요. 새 유정(油井)을 파고 있어요. 굴착기가 석 대나 된대요. 그이는 거기까지 내려가야 했어요. 그래서 나는 버스에 뛰어 올라탔죠. 당신이 나를 보면 반갑다고 말할 거라고 생각하고요."

"롱비치는 멋진 곳이오."

"롤라에게는 영화를 보러 간다고 말했어요."

"롤라가 누군데요?"

"그이 딸이오."

"어려요?"

"열아홉 살이에요. 자, 나를 만나서 반가운가요?"

"그래요 물론이오. 왜…… 나야 당신 전갈을 기다리고 있었잖소?"

우리는 바깥에 비가 얼마나 많이 오는지에 대한 이야기며, 1934년 새해 전날 밤처럼 비가 홍수로 변하지 않았으면 좋겠다는 이야기며, 내가 그녀를 어떻게 데려다 줄지에 대한 이야기를 나누었다. 그리고 나서 그녀는 한참 동안 난롯불을 응시했다.

"오늘 오후에는 좀 흥분했던 것 같아요."

"심하지는 않았소."
"약간은 그랬죠."
"후회하오?"
"⋯⋯조금요. 전에는 그래 본 적이 없거든요, 결혼한 이후로는. 그래서 여기 온 거예요."
"마치 진짜로 큰일이 벌어진 것처럼 구는군요."
"큰일이 벌어졌어요. 난 흥분했어요, 그게 큰일이 아닌가요?"
"글쎄요⋯⋯. 그래서 어쨌다는 거요?"
"그저 말하고 싶었어요⋯⋯."
"진심이 아니었다고."
"아뇨 진심이었어요. 진심이 아니었다면 여기까지 오지도 않았을거예요. 하지만 다시는 그럴 뜻이 없다는 말을 하고 싶어요."
"확실하오?"
"확실해요."
"노력해 봐야 할 거요."
"아――뇨, 제발⋯⋯ 당신도 아다시피 나는 남편을 사랑해요. 어느 때보다도 요즘엔 더욱 더."

나는 한동안 불꽃을 바라보았다. 끝낼 수 있을 때 끝내야 한다는것을 알고 있었다. 하지만 내 안에 있는 뭔가가 나를 가장자리 쪽으로 더 밀어 대고 있었다. 바로 그때 다시 느껴졌다. 그녀가 진정에서 우러나와 말하고 있지 않다는 것을. 처음 그녀를 만난 오후와 똑같이, 내게 말하고 있는 것 이외의 뭔가가 있었다. 그리고 나는 그것을 털어내버릴 수가 없었다. 그녀에게 그 일을 떠밀 수밖에 없었다.

"하필이면 왜 '요즘엔'이오?"
"저기⋯⋯ 걱정이 되어서요."
"어느 비내리는 밤, 유정 꼭대기에서 벽돌이 그에게 떨어질 거라는 뜻이오?"

"제발 그런 식으로 말하지 말아요."

"하지만 그런 의미잖소."

"그래요."

"이해할 수 있소. 특히 이렇게 뻔한 상황에서는."

"……당신이 무슨 뜻으로 그렇게 말하는지 모르겠군요. 뻔한 상황이라니오?"

"그래요…… 꼭대기 벽돌이 그렇게 될 거요."

"그렇게라니 어떻게요?"

"그에게 떨어진다고요."

"제발부탁이에요, 허프 씨. 그런 식으로 말하지 말라고 부탁했잖아요. 이건 농담 삼아 할 이야기가 아니에요. 정말로 걱정이 되어서 미칠 것 같다고요……. 그런데 어째서 그런 말을 하는 거죠?"

"'당신이' 그에게 벽돌을 떨어뜨릴 테니까."

"내가…… 어떻게 한다고요!"

"당신도 알 거요. 어쩌면 꼭대기 벽돌이 아닐 수도 있지. 하지만 뭔가 떨어질 거요. 뭔가 사고를 가장하려는 목적으로 그에게 떨어질거고, 그는 죽을 거요."

그 말에 그녀는 꼼짝도 하지 않고 눈만 깜빡였다. 1분쯤 지나서야 그녀가 입을 열었다. 그녀는 연극을 해야 했다. 그녀는 기습을 당해 어떻게 해야 할지 알 수가 없었다.

"지금…… 농담하는 건가요?"

"아니오."

"틀림없이 농담일 거예요. 아니면 당신은 분명히 미쳤을 거예요. 세상에…… 세상에 태어나서 그런 이야기는 처음 들었어요."

"나는 미치지 않았고 농담을 하는 것도 아니오. 그리고 세상에 태어나 그런 이야기를 들어보았소. 왜냐면 당신이 나를 만난 이후로 생각하는 게 온통 그 일이니까, 바로 그래서 오늘 밤에 여기까지 내려온거고."
"여기 이대로 있으면서 그 따위 얘기를 듣는 수모는 당하지 않겠어요."
"좋소."
"난 가겠어요."
"좋소."
"당장 떠나겠어요."
"좋소."

그래서 나는 경계에서 빠져나왔다, 안 그런가? 내 진의가 뭔지 그녀에게 알려주기 위해 그녀를 사정없이 밀어붙이고, 다시는 그런 생각은 하지 못하게 할 작정으로 그곳에서 빠져 나왔던가? 그러지 않았다. 그렇게 하려고 노력은 했다. 그녀가 떠날 때 나는 자리에서 일어나지도 않았고, 그녀가 물건을 챙기는 것을 돕지도 않았다. 또 그녀를 집까지 태워 주지도 않았다. 나는 그녀를 매춘부처럼 취급했다. 하지만 줄곧 나는 알고 있었다. 다음날 밤에도 여전히 비가 내리리라는 것을. 롱비치에 여전히 비가 쏟아 부으리라는 것을. 그리고 내가 장작불을 지피고 그 곁에 앉아 있으리라는 것을. 아홉 시가 되기 조금 전, 초인종이 울리리라는 것을. 그녀는 내게 말조차 걸지 않고 안으로 들어왔다. 우리는 최소한 5분은 아무 말 없이 불 가에 앉아 있다가 한사람이 입을 열었다. 그녀는 불꽃을 바라보았다.
"어젯밤, 내게 어떻게 그런 말을 할 수 있었나요?"
"왜냐면 진실이니까. 당신이 하려는 짓이 바로 그거니까."
"지금도요? 당신이 그렇게 말했는데도 그럴 거라는 거예요?"
"그렇소 내가 그렇게 말했는데도 그렇게 할 거요."

"하지만…… 월터, 오늘 밤 다시 온 이유는 그 때문이에요. 곰곰이 생각해 봤어요. 내가 당신이 인상을 완전히 잘못 받았을 만한 말을 한두 가지 했다는 점을 깨달았어요. 어떤 면으로는 당신이 경고를 해줘서 기뻐요. 왜냐하면 그런 말이 어떤 식으로 해석될지 모른 채, 다른 사람에게도 그런 말을 할 수도 있었을 테니까요. 하지만 이제 그렇게 받아들여질 수 있다는 사실을 알았으니, 당신에게 분명히 밝히겠어요…… 분명히, 그런 종류의 생각은 내 마음 속에 없어요 영원히."

그 말은 바로 내가 자기 남편에게 알리거나, 어떻게든 무슨 일인가 시작할까 봐 두려워하면서 그녀가 하루 종일 진땀을 흘려댔다는 뜻이었다. 나는 계속 밀어붙였다.

"당신은 나를 월터라고 부르는데, 당신 이름은 뭐요?"

"필리스."

"필리스, 당신은 내가 당신의 의향을 짐작할 수 있으니 당신이 그 일을 하지 않을 거라고 생각하려니, 하는 것 같소. 아니오, 당신은 그 일을 할 거고, 내가 당신을 도울 거요."

"당신이요!"

"내가."

내가 다시 급습했지만, 필리스는 이번에는 어떤 반응조차 보이려고 하지 않았다.

"세상에…… 나를 도울 사람을 구하지 못할 거예요! 그런 일은…… 불가능할 거예요."

"당신을 도와줄 사람을 구하지 못할 거라고요? 내 이야기를 들어 봐요. 누군가의 도움을 받는 편이 좋을 거요. 당신이 직접 일을 벌이면 좋기야 좋겠지. 혼자서라면 아무도 그 일에 대해 모르니까. 그 점은 확실해요. 한데 문제는 당신이 일을 제대로 할 수가 없다는 점이오. 보험회사를 딛고 올라서지 못한다면 성공을 거둘 수가 없소. 당신은 누군가의 도움을 받아야만 하오. 사정을 환히 아는 사람의 도움을 받는 편이 좋을 거요."
"당신은 뭐 때문에 이런 짓을 하려고 하죠?"
"한 가지 이유는 당신 때문에."
"또 다른 이유는?"
"돈 때문에."
"그러니까…… 당신 회사를 배반하고 내가 이 일을 벌이는 것을 돕겠다는 뜻인가요. 나와, 그 일로 우리가 빼낼 수 있는 돈을 위해서?"
"바로 그런 이유 때문이오. 그리고 당신도 어떤 의도로 이런 일을 저지르는지 밝히는 편이 좋을 거요. 일단 일을 시작하면, 나는 일을 마지막까지 제대로 해낼 테고, 실수 같은 것은 없을 테니까. 하지만 난 알아야겠소. 내가 어디 서 있는지를. 그렇게는…… 아무도 속일 수 없소."
그녀는 눈을 감더니, 한참 뒤에 울기 시작했다. 나는 그녀를 끌어안고 토닥여 주었다. 그런 이야기를 나눈 마당에, 동전 한 닢 잃어버린 어린아이 다루듯 그녀를 어르고 있자니 참 웃기는 일 같았다.
"제발 월터. 내가 이 일을 저지르게 내버려두지 말아요. 우린 그러면 안 돼요. 그건…… 미친 짓이에요."
"그렇소, 그건 미친 짓이오."
"우린 그 일을 하고야 말 거예요, 그런 느낌이 들어요."
"나도 마찬가지요."
"아무 이유도 없어요. 그이는 여느 남자가 여자를 대하는 것처럼 나를 대해요. 나는 그이를 사랑하지는 않지만, 그이는 내게 아무 짓도 하지 않았어요."

"하지만 당신은 일을 저지를 거요."

"그래요, 하느님 도와주소서. 나는 그 일을 할 거예요."

필리스는 울음을 멈추고 한동안 아무 말도 없이 내 품 안에 있었다. 그리고 나서 거의 속삭이듯이 말하기 시작했다.

"그이는 행복하지 않아요. 차라리……죽는 편이 좋을 거예요."

"그렇소?"

"그건 진실이 아니에요, 그렇죠?"

"그가 차지한 위치로 봐서는 그럴 것 같지가 않소."

"진실이 아님을 나도 알아요. 나 자신에게 그건 사실이 아니라고 타이르죠. 하지만 내 마음 속에는 뭔가 있어요. 그게 뭔지는 몰라요. 어쩌면 나는 미쳤어요. 하지만 내 안에는 죽음을 사랑하는 뭔가가 있어요. 가끔 내 자신이 '죽음'으로 여겨져요. 진홍색 수의를 입고 밤사이를 둥둥 떠다니는 거예요. 그럴 때면 나는 너무나 아름다워요. 그리고 슬프고요. 온 세상을 행복하게 만들어 주고 싶어서 안달이 나죠. 사람들을 온통 고민과 불행인 곳에서 내가 있는 곳으로 밤으로 데리고 나가 행복하게 만들어 주고 싶어서요……. 월터, 여기가 끔찍한 부분이에요. 이게 오싹 하다는 걸 알아요. 내 스스로에게 이건 끔찍한 일이라고 말하죠. 하지만 내게 이건 끔찍한 것 같아요. 마치 내가 뭔가 하는 것처럼 보여요……. 그이가 알기만 한다면, 그이를 죽여주는 것이 그이를 위하는 최선의 길이에요. 나를 이해하나요, 월터?"

"아니."

"아무도 이해하지 못해요."

"하지만 우린 그 일을 할 거요."

"그래요, 우린 그 일을 할 거예요."

"마지막까지 정확하게."

"마지막까지 정확하게."

하루, 이틀 밤 뒤 우리는 마치 가벼운 산행 이야기할 때처럼 아무렇지도 않게 그 일에 대해 대화했다. 그녀가 어떤 계획을 세우고 있었는지 알아내야 했다. 그리고 그녀가 어설프게 행동해서 일을 곤란하게 만든 부분이 있는지도.
"남편에게 이 일에 대해 무슨 말을 한 적이 있소, 필리스? 사고보험에 대해서?"
"아뇨."
"한 마디도 비치지 않았소?"
"한 마디도 말하지 않았어요."
"좋소. 일을 어떻게 벌일 작정이오?"
"먼저 보험에 가입할 작정이었어요……."
"남편 모르게?"
"그래요."
"맙소사, 그러면 저쪽에서 당신을 십자가에 못박았을 거요. 그들이 처음으로 찾는 게 그 부분이오. 자…… 어쨌거나 그건 안 되고 달리 계획이 있소?"
"그이가 수영장을 만들 거예요. 봄에. 베란다 앞쪽에요."
"그래서?"
"그이가 다이빙을 하거나 하다가 머리를 다친 것처럼 보이게 만들 수 있다고 생각했어요."
"그건 안 되오. 더 나쁜 경우요."
"어째서요? 사람들이 그렇게 죽지 않던가요?"
"좋은 방법이 아니오. 우선, 보험계의 어떤 멍청이가 5, 6년 전에 신문에다 대부분의 사고가 자기 집 목욕탕 욕조 안에서 일어난다는 내용의 글을 쓴 적이 있소. 그 뒤로 목욕탕 욕조, 수영장, 수조가 사람들이 떠올리는 첫 번째 방법이 되었소. 무슨 일인가 저지를 의도를 지닌 사람들에게 말이오. 지금 당장만 해도 여기 캘리포니아에도 그런 사건이 두 건 있소. 한 건도 성공을 거두지 못하고 있소. 보험업계의 시각에서 본다면 그 사람들은 교수대에서 인생을 끝내게 될 거요. 그리고 이건 한낮에 벌어지는 일이니, 저쪽 언덕에서 누가 당신을 쳐다보고 있을지 알 수가 없소. 그리고 수영장은 테니스코트 같아서, 집에 수영장이 생기면 곧바로 그 동네의 관심사가 되니 어느 때 누가 갑자기 들이닥칠지 모를 일이오. 그리고 그건 운에 맡겨야 하는 방법이오. 미리 계획을 세워서, 마지막 소수점까지 어디서 답이 나올지 알 수가 없소. 이 점을 염두에 둬요, 필리스. 성공적인 살인에는 세 가지 기본 요소가 있소."

미처 깨닫기도 전에 그 말이 입에서 튀어나왔다. 나는 그녀를 힐끔 쳐다보았다. 그녀가 그 말을 듣고 주춤댈 것이라고 생각했다. 그런데 그게 아니었다. 그녀는 몸을 앞으로 숙였다. 표범처럼 불빛이 그녀의 눈빛에 반사되었다.

"계속하세요, 듣고 있어요."

"맨 먼저, 도움이 필요하오. 어떤 사람도 도움을 받지 않고는 감쪽같이 해낼 수가 없소. 보험회사측에서 그 사건을 인정해서 불문율이니 뭐니 하는 것을 주장하고 나서지 않는다면 말이오. 그건 힘든 일이오. 두 번째는 시간, 장소, 방법 이 모든 것을…… 사전에 알아야 한다는 점이오. 우리는 미리 알지만, 당신 남편은 전혀 몰라야 하오. 세 번째는 대담성이오. 아마추어 살인범들이 잊어버리는 부분이 이 대목이오. 그들도 종종 처음 두 가지는 잘 아오. 하지만 세 번째 항목은 오직 전문가들만 아는 부분이오. 어떤 살인사건에서든지 성공을 이끌어낼 수 있는 요인이 오직 대담성뿐인 시점이

오기 마련이오. 하지만 이유는 말할 수 없소. 완벽한 살인사건에 대해 아시오? 당신은 수영장에서 일을 저지르면 완전 범죄가 되리라 생각하오? 아무도 짐작하지 못하게 재빨리 일을 처리해 버리면? 저쪽에서는 정확히 2초 만에 짐작할 거요. 그리고 정확히 3초 뒤에는 증거를 들이대고, 정확히 4초 뒤에는 자백을 받아 낼 거요. 아니, 그런 게 아니요. 완전한 살인이란 갱이 즉석에서 해치우는 그런 것이오. 그들이 어떤 짓을 벌이는지 아오? 우선 어떤 사람을 지적하오. 그리고 그 남자와 동거하는 여자를 설득하오. 6시쯤 그들은 여자의 전화를 받소. 여자는 립스틱 같은 걸 산다면서 잡화점에 나와서 전화를 거는 거요. 오늘 밤 우리는 영화를 보러 갈 작정이다, 이러저러한 극장이다. 그들은 9시쯤 거기 도착할 예정이오. 좋소, 바로 거기에 처음 두 가지 요소가 있소. 그들을 돕는 손길이 있고, 그들은 미리 시간과 장소를 맞춰 두었소. 좋소, 그럼 세 번째 요소를 봅시다. 그들은 자동차편으로 거기 가오. 맞은편 길에 주차하는 거요. 그리고 자동차는 계속 시동을 켜 놓은 상태요. 그들은 한 사람을 내보내 망을 보게 하오. 그는 골목에서 어슬렁대다가, 곧 손수건을 떨어뜨렸다가 집소. 바로 그가 오고 있다는 신호요. 그들은 차에서 내리오. 그리고 극장으로 몰려가오. 그들은 사내를 에워싸오. 그리고 바로 그 자리에서, 환하게 불이 밝은 곳에서, 2백 명쯤 되는 사람들이 지켜보는 곳에서 일을 벌이는 거요. 사내에겐 손을 쓸 기회가 없소. 네 다섯 대의 자동소총에서 쏟아지는 탄환 2백 발이 사정없이 몸에 박히오. 사내는 쓰러지고, 갱들은 자동차를 향해 달음박질해 떠나는 거요……. 그렇게 되면 이쪽에서는 그들의 유죄를 입증하기 위해 굉장히 애를 쓸 거요. 그들은 미리 확고부동한 알리바이를 만들어 놓았고, 순간적으로 모습을 드러냈다가 사라졌소. 그들을 본 사람들은 완전히 겁에 질려서 자기들이 뭘 보고 있는지도 모를 정도였소……. 그러니 그들을 유죄로 몰 만한 기회가 없소. 경찰은 물론 그들이 누구인지 알고 있소. 경찰에서는 갱단을 검거해서 물고문을 할 거요……. 그리고 그들은 출정영장을 받고 법정에 출두한 뒤 풀려 나게 되오. 그 녀석들은 유죄 판결을 받지 않소. 그들은 다른 갱단으로부터 목숨을 위협받소. 아, 그래요. 그들은 자기들이 해야 할 일에 대해 잘 알고 있소. 만일 우리가 아무 문제없이 일을 잘 처리하고자 한다면, 그들이 일을 저지르는 방식을 택해야 할 거요. 샌프란시스코 근처에서 어느 조무래기가 일을 벌인 방식으로는 되지 않소. 벌써 두 번의 공판이 있었는데 아직도 그는 석방되지 못하고 있소."
"대담하게?"
"대담하게. 그게 유일한 방법이오."
"우리가 그이에게 총을 쏜다면 그건 사고가 안 되는데요."
"맞는 말이오. 우리는 그에게 총을 쏘지 않소. 다만 당신이 머리 속에 기본적인 사항을 넣어 두기를 바라고 하는 말이오. 대담하게 하라. 문제없이 일을 잘 처리하는 유일한 기회가 바로 거기에 달려 있소."
"그런데 어떻게요?"
"그 점에 대해 말하겠소. 당신이 말하는 수영장 사건 계획의 문제점은 그래 봤자 돈이 나오지 않는다는 점이오."
"보험회사에서는 보험금을 지불해야 할 텐데요……."
"지불해야 하겠지만, 그들이 얼마나 돈을 내놓느냐의 문제가 있소. 사고보험에서는 철도 사고의 경우에 큰 액수를 받을 수 있소. 보험회사측에서는 사고보험을 취급하기 시작하면서 재빨리 알아차렸소. 사람들이 위험하다고 생각하는, 눈에 띄는 위험한 경우가 실제로 위험한 경우가 아니라는 사실을 보험회사에서는 금방 알아차린 거요. 그러니까, 사람들은 언제나 기차 여행이 꽤 위험하다고 생각 하오. 어쨌든 더 이상 기차를 신기하게 여기지 않게 되기 전에 사 람들은 그런 생각들을 했지만, 사실상 숫자상으로는 철도 사고로 죽거나 다친 사람이 많지 않소. 그래서 사고보험에서는 그 보험 상 품을 사는 사람에게 꽤 그럴 듯하게 들릴 만한 특징을 집어넣었소. 고객은 기차 여행에 대해 걱정을 하지만, 회사로서는 큰 돈이 들지 않으니까. 회사측에서는 고객이 안전하게 목적지에 도착하리라는 것을 확실히 아니까, 보험회사에서는 철도 사고에는 두 배의 보상 금을 지불하오. 우리가 돈벌이를 할 곳이 바로 그 지점이오. 당신 은 줄곧 서툰 짓거리에 대해 생각하고 있소. 그리고 당신의 계획은 성공 가능성이 희박하오. 나 같으면 이런 기회에 걸어 보겠소. 일 이 잘되면 우린 5만 달러를 벌어들일 수 있소. 제대로만 한다면 5 만 달러를 현금으로 손에 넣게 될 거고, 그 점에 대해서는 어떤 실 수도 없을 거요."
"5만 달러라고요?"
"괜찮소?"
"어쩌면!"
"내 생각을 말하자면 그 정도는 괜찮은 액수요. 오랜 세월 이쪽 업 계에서 아무 것도 안 하고 그냥 시간만 흘려 보낸 것은 아니오. 들 어봐요. 그는 이 보험에 대해 모든 걸 알지만, 사실은 아무 것도 모르게 하는 거요. 직접 서명을 해서 보험에 가입하지만 사실은 가 입하지 않는 거요. 직접, 쓴 수표로 내게 지불하기는 하지만 내게 지불하지 않는거요. 그에게 우연히 사고가 일어나지만 사실은 어떤 사고도 그에게 일어나지 않는 거요. 그는 기차에 올라타지만 사실 은 기차에 타지 않소."
"도대체 무슨 말을 하는 거예요?"

"알게 될 거요. 우선, 우리는 그에게 이 보험에 들게 해야 하오. 내가 그에게 보험을 파는 거요. 그건 알겠소? ……그런데 그에게 보험을 파는 게 아니오. 그렇지가 않소. 다칠 가능성이 있다고 설명해 준 것과 똑같은 방식으로 없애 버릴 거요. 그리고 증인이 있어야 하오. 그 점을 명심해요. 내가 그의 뒤를 쫓아다니며 사정하는 것을 누군가 들어야 하오. 그에게 보험이, 자동차에 해를 입힐 수 있는 모든 것은 보상이 되지만 그가 부상을 당할 때는 보상받을 수 없다는 점을 설명하겠소. 나는 그에게 사람이 자동차보다는 더 값어치 있는 존재가 아니냐고 설득하겠소. 나는……."
"그가 보험에 가입할까요?"
"글쎄…… 그가 사고보험에 가입할 것 같소? 아닐 거요. 나는 그가 마음을 정하기 직전 상태까지 끌어들여 거기서 머뭇거리게 만들겠소. 그렇게 하지 못할 것 같소? 나는 바로 세일즈맨이오. 하지만…… 목격자가 있어야 해요. 어쨌든 목격자가 한 사람 있어야 해요."
"내가 누구든 불러 두겠어요."
"당신은 사고보험에 반대하는 편이 좋을 거요."
"알겠어요."
"내가 자동차보험에 대해 이야기를 시작하면, 거기에 대해서는 모두 찬성하시오. 하지만 이 사고보험 이야기에는 몸을 떠는 거요."
"기억해 둘게요."
"빨리 날짜를 잡는 편이 좋아요. 내게 전화를 주시오."
"내일쯤?"
"확인해서 전화를 주시오. 기억해요. 목격자가 필요하오."
"한 사람 데려다 둘 게요."
"그럼 내일 만납시다. 꼭 전화해요."

"월터…… 너무 흥분돼요. 내게는 끔찍한 일이에요."
"나 역시 마찬가지요."
"키스해 줘요."

나를 정신병자라고 생각하는가? 그렇다, 어쩌면 나는 정신병자다. 하지만 내가 종사하는 업계에서 15년을 보내면, 누구든 제정신이 아닐 것이다. 보험업이 그저 당신이 종사하는 사업 같은 것으로 생각되지 않는가? 어쩌면 보험이 미망인과 고아, 곤경에 처해 도움이 필요한 사람들의 친구라는 이유로 당신이 하는 일보다 조금 낫다고 생각하지 않는가? 그렇지 않다. 보험은 이 세상에서 가장 큰 도박판이다. 겉으로는 그렇게 보이지 않지만, 그들이 이익을 어림잡는 방식에서부터 칩을 현금으로 바꿀 때의 얼굴 표정까지 볼 때 그것은 사실이다. 당신은 당신 집이 불타 주저앉으리라는 데 돈을 걸고, 그들은 불이 나지 않는 데 돈을 건다. 그뿐이다. 불이 나리라는 데 돈을 걸면서도 집에 불이 나지 않기를 바라고, 돈을 걸었다는 사실을 잊고 있으니 당신은 얼마나 멍청한가.

그들은 그런 것에 현혹되지 않는다. 그들에게 도박은 도박이고, 양다리 걸치기 내기는 다른 내기와 전혀 다르게 보이지 않는다. 하지만 어쩌면 당신도 당신 집이 불타 주저앉기를 바라는 때가 온다. 보상금이 집보다 더 큰 가치를 지니는 때가 온다. 그리고 바로 거기서 문제가 시작된다. 그들은 도박판에 속임수를 쓰러 나온 사람들이 너무도 많다는 사실을 안다. 그리고 그들이 모질어지는 때가 바로 이때이다. 그들은 감시원을 거기 세워 둔다. 그리고 거기서 벌어지는 모든 속임수 기법에 대해서도 잘 안다. 그러니 만일 당신이 그들에게 이기고 싶다면 일을 잘 해내는 편이 좋을 것이다. 당신이 떳떳하다면, 보험회사측에서는 미소를 띠며 당신에게 보험금을 지불할 것이고, 기분좋게 처리되었다는 생각까지 하며 집에 돌아갈 수도 있다. 그러나 무슨 수작인가 벌이려 하면 그들은 알아내고야 말 것이다. 그렇다, 나는 보험판매원이다. 나는 그 게임의 진행자이다. 나는 온갖 속임수를 알고, 속임수에 대해 생각하느라 몇 날 밤동안 잠을 이루지 못하고 꼴딱 지샌다. 그러니 누군가 그런 수작을 부린다면, 나는 대처할 준비가 단단히 되어 있을 것이다. 그러던 어느 날 밤 기술 한 가지를 생각해 내고, 내가 거기서 판돈을 써넣을 책략을 부릴 수만 있다면 내가 직접 룰렛에서 속임수를 쓸 수 있다는 생각을 하게 된다. 정황은 그렇다. 필리스를 만났을 때 나는 속임수를 벌일 싹을 만난 것이다. 그것이 당신에게는 우습게 보이겠지만, 내가 짚더미를 끌어 모으기 위해 사람을 죽이겠다는 것이 당신에게는 우습겠지만, 만일 당신이 룰렛 앞이 아니라 뒤에 있다면 그렇게 우습게 보이지 않을 것이다.

나는 사람들이 룰렛에서 속임수를 쓰기 위해 불태운 집과 부순 자동차와, 정수리에 파란 구멍이 뚫린 시체, 너무도 끔찍한 일들을 보았다. 그래서 그런 일들이 내게는 더 이상 현실적으로 보이지 않는다. 이런 말을 이해하지 못하겠다면 몬테카를로나 대형 도박장이 있는 곳에 가보도록. 가서 탁자에 앉아, 작은 상아빛 공을 돌리는 사람의 얼굴을 지켜보아라. 한참 그 표정을 지켜보던 당신이 그 자리를 벗어나 머리에 총을 쏴 자살한다고 해도 그가 얼마나 신경을 쓸지 스스로에게 물어 보도록. 총소리가 들리면 그는 눈을 내리깔지 모르지만, 그것은 당신이 살았을지 죽었을지 걱정해서가 아닐 것이다. 그가 고개를 숙이는 것은, 당신이 혹시 탁자 위에 판돈을 남겨 두지 않았는지 확인하기 위해서일 것이다. 혹시 당신의 재산을 현금으로 바꾸어야 하는 것은 아닐지 확인하기 위해서일 것이다. 아니, 그는 염려하지 않을 것이다. 신경 쓰지 않을 것이다.

3

"거들링거 씨, 작년에 저희는 추가 부담 없이 보석 보증서 보증 부분을 추가시켰다는 사실에 관심을 기울여 주시기 바랍니다. 저희는 카드를 발급해 드립니다. 만일 당신이 책임을 져야 하는 사고가 난 경우나 경찰에게 체포 당하는 어떤 종류의 교통 문제가 발생하든지, 그 카드를 꺼내 보이기만 하시면 됩니다. 보석금을 내면 되는 사건의 경우 자동적으로 석방됩니다. 경찰이 그 카드를 받아서 저희에게 보석금을 청구하고, 그러면 사건이 공판을 받게 될 때까지 너들링거 씨는 자유로운 몸이 됩니다. 오토모빌 클럽에서 회원들에게 그런 서비스를 해주고, 또 당신은 오토모빌 클럽 쪽으로 정할까 생각하시기 때문에……."
"그 생각은 깨끗이 접었소."
"그렇다면 지금 당장 이 일을 마무리짓지 그러십니까? 저희가 해 드릴 수 있는 일을 잘 설명해 드린 것 같은데요……."
"나도 우리가 계약을 할 수 있으리라 생각하오."
"그렇다면 여기 계약서에 서명해 주시면 새 보험증권이 발부될 때까지 저희 회사의 보호를 받으시게 됩니다. 보험증권은 1주일 뒤에나 발부되지만, 1주일분 추가 보험료를 지불하실 필요가 없습니다. 충돌, 화재, 도난으로 인한 손해가 보상됩니다. 그리고 공공 책임을 져야 하는 부분도 보상됩니다……. 여기 두 장에 이름을 써 주시면요. 이건 보험판매원 보관용인데, 제가 서류철에 보관해 두는 용도입니다."
"여기요?"
"점선이 찍힌 바로 거기입니다."
너들링거는 체구가 커다란 사내로 안경을 썼다. 내 몸집만했다. 나는 미리 준비한 그대로 그를 가지고 놀았다. 계약을 마치자마자, 나는 사고보험 쪽으로 화제를 바꾸었다. 그는 별로 관심이 없는 것 같았고, 그래서 나는 상당히 강경하게 이야기를 이끌어 나갔다. 필리스가 끼어들어 사고보험이란 생각만 해도 몸이 떨린다고 말했고, 나는 계속 이야기를 이어나갔다. 어떤 보험판매원이라도 생각해 낼 수 있는, 사고보험을 들어야 하는 이유를 조목조목 다 설명하고, 또 다른 보험판매원은 도저히 생각해 내지 못할 만한 이유도 두어 가지 곁들여 이야기한 뒤에야 이야기를 마무리지었다. 그는 그대로 앉아서 의자 팔걸이를 손가락으로 톡톡 쳤다. 내가 가 주기를 바라면서.

하지만 마음에 걸리는 것은 그게 아니었다. 필리스가 데려다 놓은 증인이 자꾸 마음에 걸렸다. 나는 필리스가 가족의 친구를 저녁 식사에 초대하리라고 생각했다. 아마도 여자 한 사람을. 그리고 내가 7시 반쯤 나타났을 때 그 친구를 응접실에 그대로 우리와 함께 있게 하리라고 생각했다. 그런데 그녀는 그렇게 하지 않았다. 필리스는 너들링거의 딸을 응접실에 있게 했다. 롤라라는 이름의 예쁘장한 소녀를. 롤라는 나가고 싶어했지만, 필리스는 지금 뜨개질하고 있는 스웨터에 쓸 실을 감아야 한다면서, 롤라를 붙들어 계속 실을 감게 했다. 나는 이따금씩 우스개 소리로 롤라를 대화에 끌어들여야 했다. 우리가 이야기하고 있는 내용을 그녀가 단단히 기억하게 해 두기 위해서. 하지만 롤라를 쳐다보면 쳐다볼수록, 그녀가 목격자라는 것이 마음에 들지 않았다. 우리가 그녀의 아버지에게 어떤 짓을 벌일지 아는 마당에 그녀를 거기 앉혀 두는 일은 나로서는 도저히 예상하지 못했던 일이었다.

그리고 다음으로 알게 된 일은, 내가 가려고 일어났을 때, 롤라가 영화를 보러 갈 수 있도록 큰길까지 태워다 줘야 하는 곤란한 지경에 빠졌다는 점이었다. 너들링거 씨는 그날 밤 다시 외출해야 했기 때문에 차를 써야 했다. 그것은 내가 롤라를 태워다 주지 않으면 그녀는 버스를 타고 시내로 나가야 한다는 의미였다. 나는 그녀를 차에 태워 주고 싶지 않았다. 그녀와 아무 관계도 맺고 싶지 않았다. 그렇지만 너들링거 씨가 내게 몸을 돌렸을 때, 태워 주겠다고 제의하지 않을 도리가 없었다. 그러자 롤라는 달려가서 모자와 코트를 가져왔고, 1, 2분 뒤 우리는 언덕을 내려가고 있었다.

"허프 씨?"

"음?"

"나는 영화를 보러 가는 게 아니에요."

"그래요?"

"누굴 만날 거예요, 잡화점에서요."

"아."

"우리 두 사람을 시내까지 태워 주시겠어요?"

"아…… 그러지."

"괜찮으시겠어요?"

"그럼, 괜찮아요."

"그리고 나에 대해 아무 말도 하지 않을 거죠? 그 분들이 알지 않았으면 하는 것을 바라지 않을 만한 이유가 있거든요. 집에서 말이에요."

"물론, 말하지 않을게요."

잡화점 앞에서 차가 멈추자, 롤라는 차에서 뛰어내렸다. 그리고 1분쯤 뒤 젊은 청년과 함께 돌아왔다. 이탈리아인처럼 생긴 준수한 용모의 청년이 잡화점 바깥에 서서 기다리고 있었다.

"허프 씨고 사세티 씨예요."

"안녕하시오, 사세티 씨. 타시오."

그들은 차에 탔고, 서로 씩 웃었다. 그리고 우리는 비치우드를 따라 큰길까지 내려갔다.

"어디서 내려 주면 좋겠어요?"

"아, 아무데서나요."

"'팔리우스&바인'이면 괜찮을까?"

"좋아요."

나는 그들을 거기에 내려 주었다. 롤라는 차에서 내린 뒤 손을 내밀어 내 손을 잡더니 감사하다고 했다. 눈이 별처럼 반짝였다.

"우리를 태워다 주시다니 정말로 좋으신 분이세요. 몸을 숙여 보세요, 비밀을 한 가지 말씀드릴게요."

"비밀?"

"우리를 태워 주시지 않았으면 우린 걸어왔어야 했을 거예요."

"어떻게 돌아갈 거요?"

"걸어서요."

"돈을 좀 줄까요?"

"아뇨, 아버지가 날 잡아먹으려고 할 걸요. 이번 주 용돈을 다 썼어요. 하지만 감사합니다. 그리고 기억해 두세요…… 나에 대해 말씀하시면 안 돼요."

"서둘러요, 신호등이 바뀌겠소."

차를 몰아 집으로 갔다. 반 시간쯤 뒤에 필리스가 집에 왔다. 그녀는 넬슨 에디 영화에 나오는 노래를 허밍으로 불렀다.

"내 스웨터가 마음에 들던가요?"

"그렇더군요."

"색깔이 아름답지 않아요? 전에는 회자색(灰紫色)은 입지 않았어요. 나한테 굉장히 잘 어울릴 거라는 생각이 들어요."

"멋지게 보일 거요."

"롤라를 어디에 내려 줬어요?"

"큰길에."

"어디로 가던가요?"

"모르겠소."

"그 애를 기다리는 사람이 있었어요?"

"나는 못 봤는데. 왜 그래요?"

"그냥 궁금해서요. 롤라는 사세티라는 남자 애랑 돌아 다니고 있어요. 아주 형편없는 사람이죠. 그애는 그를 만나는 걸 금지 당했어요."

"오늘 밤에는 그가 기다리고 있지 않았소. 어쨌거나 나는 그런 사람을 못 봤어요. 왜 나한테 미리 그녀에 대해 말하지 않았소?"

"네? 목격자가 필요하다고 말했잖아요."

"그렇긴 하지만, 그녀를 의미한 것은 아니었소."

"롤라가 다른 사람보다 목격자로서 못할 게 없잖아요?"

"그래요, 하지만 한계가 있소. 어떤 사람의 친딸인데, 우리는……우린 그 딸까지 끌어들여 이용하게 된 거요."

오싹한 표정이 그녀의 얼굴에 떠올랐고, 유리만큼이나 굳은 목소리가 나왔다.

"뭐가 어떻다고 그래요? 내뺄 생각을 하고 있는 건가요?"

"아니오, 하지만 당신은 다른 사람을 끌어들일 수도 있었소. 나는 그녀를 큰길까지 데려다 주면서 내내 주머니에 이걸 넣고 있었단 말이오."

나는 계약서를 꺼내 필리스에게 보여주었다. '보험판매원용 사본' 중 하나는 2만 5천 달러짜리 개인사고보험 계약서였다. 철도사고로 불구가 되거나 사망한 경우 두 배의 보상금을 주게 되어 있는.

내가 너들링거를 사무실로 두세 차례 방문해야 하는 것도 각본의 일부분이었다. 먼저 그에게 보석 보증서를 주고는 5분 가량 뭉그적대다가, 차에 보증서를 보관하라고 이르고는 사무실을 떠났다. 다음 번에는 그에게 작은 가죽 수첩을 주러 갔다. 그의 이름이 금박으로 찍힌 수첩이었는데, 회사에서 보험계약자들에게 선물하는 판촉물이었다. 세 번째는 자동차보험증권을 전달하고, 79.52달러짜리 개인 수표를 받으러 갔다. 그날 사무실에 돌아오자, 비서인 네티는 내 사무실에서 누가 기다리고 있다고 말했다.

"누군데?"

"롤라 너들링거 양과 사세티 씨라고 말하는 것 같았어요. 남자 분의 이름은 뭔지 모르겠는데요."

사무실에 들어가자 롤라가 웃음을 터뜨렸다. 그녀가 나를 좋아한다는 것을 알아차릴 수 있었다.

"다시 우리를 만나서 놀라셨죠?"

"아, 별로 많이는 아니고 내가 도와줄 일이라도 있어요?"

"부탁을 하려고 왔어요. 하지만 그건 당신 실수예요."

"아니, 어떻게 그렇지?"

"저번 날 밤에 아버지에게, 필요할 경우 차를 담보로 돈을 빌릴 수 있다는 말을 했잖아요. 우리는 그일 때문에 왔어요. 니노가 그 부탁을 하려고요."

나는 자동차를 담보로 대출을 해주는 오토모빌 클럽의 정책과 경쟁을 벌이고 있었다. 그래서 어떻게든 조치를 취해야 했다. 그쪽에서는 회원의 자동차를 담보로 대출을 해주었고, 계약을 따내고 싶으면 나 역시 그렇게 해줘야 한다는 점을 깨닫게 되었다. 그래서 나를 이사로 내세운, 소규모 자금 회사를 직접 설립해서 1주일에 하루씩 거기에 나갔다. 그 회사는 보험회사와는 아무 관계가 없었지만, 늘 부닥치는 질문, "자동차 담보 융자를 해줍니까?"에 대한 답을 제시할 수 있는 방법이었다. 나는 다만 보험상품을 파는 상술의 일부로 그 이야기를 너들링거에게 하면서도, 설마 롤라가 관심을 쏟고 있으리라는 것은 몰랐다. 나는 사세티를 바라보았다.
"당신 차를 담보로 돈을 빌리고 싶소?"
"그렇습니다."
"어떤 종류의 차요?"
그가 말했다.
"세단이오?"
"쿠페(세단보다 작고 문이 두 개인 2~5인승 자동차)입니다."
"당신 이름으로 되어 있소? 그리고 자동차 값은 다 지불된 상태요?"
"그렇습니다."
롤라가 키득거리는 것을 보면, 그들은 내 얼굴에 떠오르는 표정을 보았음이 분명했다.
"니노는 저번 날 밤에 그 차를 끌고 나오지 못했어요. 기름이 없었거든요."
"아."
그에게 차를 담보로 돈을 빌려주거나 다른 일을 해주고 싶지 않았다. 그나 롤라와 어떤 형태로든, 어떤 모양새로든, 어떤 상황에서든 관계를 맺고 싶지 않았다. 담배에 불을 붙이고, 1분쯤 그대로 앉아 있었다.
"이 차를 담보로 돈을 빌리고 싶은 게 확실하오? 왜냐면 지금 일을 하고 있지 않다면, 그러니까 돈을 상환할 확실한 방법이 없다면 차를 잃게 된다는 뜻으로 하는 말이오. 중고차 매매 시장 전체가, 적은 융자금을 갚을 수 있겠다고 생각했지만 갚지 못한 사람들에 의존해서 운영되고 있소."
롤라는 굉장히 진지하게 나를 바라보았다.

"니노는 그렇지 않아요. 지금 직장에 나가지는 않지만, 그냥 써 버리기 위해 대출을 받으려는 게 아니에요. 니노는 과학 박사 학위를 따기 위해 논문을 준비하고 있어요. 그래서……."
"어디서?"
"남가주 대학이오."
"무슨 과에서?"
"화학이오. 학위만 딸 수 있으면 일자리는 보장되어 있어요. 그런 약속을 받고 있어요. 그런데 학위를 따지 못했다는 이유만으로 그렇게 좋은 자리를 얻을 기회를 놓치는 것은 너무나 안쓰러운 일 같아요. 하지만 예를 들어 학위를 취득하려면 논문을 펴내야 하고, 학위를 따는 데 이런 저런 비용이 들어가야 하죠. 그런 이유 때문에 돈을 빌리고 싶어하는 거예요. 생활비로 써 버리지 않을 거예요. 생활비는 감당해 줄 친구들이 있거든요."

나는 돈을 내줘야 했다. 그걸 알고 있었다. 그녀가 근처에서 얼씬거리는 게 그다지 신경에 거슬리지 않았다면 돈을 빌려주지 않을 것이다. 하지만 지금 내가 생각해 낼 수 있는 거라곤 고작 알았다고 대답하고 그들을 사무실에서 내보내는 일뿐이었다.

"얼마나 원하오?"
"니노는 2백 50달러를 얻을 수 있을 거라고 생각하고 왔어요. 그 정도면 충분할 거예요."
"알겠소, 알았소."

나는 계산을 했다. 수수료를 더하면 2백 85달러에 달할 터였고, 그가 팔려고 내놓을 자동차를 담보로 한 융자로는 어마어마하게 큰 액수였다.

"글쎄…… 나한테 하루, 이틀 시간을 줘요. 그렇게 해줄 수 있는지 생각해 볼 테니까."

그들은 사무실에서 나갔다. 바로 그때 롤라가 다시 사무실로 들어와서 말했다.
"굉장히 친절하게 해주시는군요. 내가 왜 이런 저런 일로 계속 당신을 성가시게 하는지 모르겠어요."
"괜찮아요, 너들링거 양. 나도 반갑게······."
"원하시면 그냥 롤라라고 부르셔도 괜찮아요."
"고마워요, 나도 언제라도 아가씨에게 도움이 되어 줄 수 있다면 반갑겠소."
"이번 일 역시 비밀이에요."
"알겠소."
"정말로 감사해요, 허프 씨."
"고맙소······ 롤라."
사고보험증권은 이틀 뒤에 나왔다. 그건 내가 보험금으로 그의 수표를 받아야 한다는 뜻이었다. 날짜가 일치하도록 당장 수표를 받아내야 했다. 당신도 이해하리라, 내가 그에게 사고보험증권을 갖다 주지 않으리라는 것을, 그 보험증권은 필리스에게로 갈 테고, 그녀는 나중에 그의 금고 속에서 그걸 찾아낼 것이다. 그리고 나는 그에게 그 보험에 대해서는 아무 말도 하지 않을 테고, 그의 수표를 받아 내야 했다. 보험증권에 쓰인 액수와 정확히 같은 액수의 수표를. 그래야 나중에 저쪽에서 그의 수표장의 보관용 부분과 취소한 수표들을 조사할 때, 그가 직접 사고보험료를 지불했음을 알게 될 테니까. 그러면 우리 서류철에 있는 계약서와도 맞아떨어질 테고, 또한 그쪽에서 나를 의심할 경우, 내가 그의 사무실에 몇 차례 방문했던 것 역시 확인이 될 터였다.
나는 꽤 걱정스런 표정으로 그의 사무실에 들어가서, 비서가 이야기를 듣지 못하도록 문을 닫았다. 그리고 곧장 본론으로 들어갔다.

"너들링거 씨, 제가 곤경에 빠졌습니다. 그래서 당신께서 저를 좀 도와 주실까 해서 왔습니다.．"

"글쎄, 모르겠소. 모르겠지만 무슨 일이오?"

그는 돈을 꾸러 왔다고 짐작하고 있었고, 나는 그가 그렇게 생각하기를 바랐다.

"몹시 나쁜 일입니다."

"말해 보시오."

"저는 당신께 보험료를 너무 많이 청구했습니다. 그 자동차보험료 말입니다."

그는 껄껄 웃음을 터뜨렸다.

"그깟 일 가지고 그러시오? 나는 당신이 돈을 빌리러 온 걸로 생각했소."

"아, 아닙니다. 그런 일이 아닙니다. 그보다 더 나쁜 일이죠……제 입장에서 본다면 말입니다."

"내가 돈을 돌려 받게 되는 거요?"

"네, 그럼요."

"그렇다면 더 좋은 일이군…… 내 입장에서 본다면."

"그렇게 간단하지가 않습니다. 이건 큰 문제입니다, 너들링거 씨. 저희 업계에는 감사단이 있습니다. 치열한 보험 수주 경쟁을 막고, 모든 보험사가 보험계약자를 보호하기에 충분한 액수를 부과하는지 확인하기 위해 만든 단체지요. 저를 곤경에 빠뜨린 곳이 바로 거깁니다. 최근에, 감사단 쪽에서는 보험판매원이 의심스런 실수를 저지른 '모든' 경우를, 모든 경우라는 점이 중요합니다, 자기들이 조사한다는 규칙을 세웠습니다. 제가 어떤 꼴을 당하게 될지 아실 수 있을 겁니다. 그리고 어떤 면에서는 너들링거 씨도 당하게 될 겁니다. 감사단에서 저를 성격이 다른 열다섯 차례의 청문회에 상정하고 자기 이름을 기억 못하게 될 정도로 너들링거 씨를 성가시게 할 테니까요……. 이 모든 것이 제가 그날 밤 댁으로 가면서 자료집에서 틀린 보험률을 찾아봤고, 오늘 아침 이 달의 보험계약 건을 점검할 때까지 그 사실을 알아내지 못해서 일어난 일입니다."
"그러면 내가 어떻게 해주면 되겠소?"
"제가 일을 바로잡을 수 있는 방법이 한 가지 있습니다. 물론 너들링거 씨의 수표는 은행에 넣었습니다. 그러니 수표를 어떻게 할 도리는 없습니다. 하지만 너들링거 씨께서 제게 주셨던 수표의 금액을——79.52달러——제가 현찰로 드릴 테니 받아 주시고, 정정한 액수——58.60달러——수표를 새로 제게 끊어주십시오. 그러면 대차 대조가 맞아떨어질 거고, 감사단에서도 조사할 게 없을 겁니다."
"대차 대조라니 무슨 뜻이오?"
"글쎄요, 복식카드 부기에서 그런 말을 쓰는가 보더군요…… 굉장히 복잡한 말이라서 저 자신도 이해하고 있는지조차 모르겠습니다. 어쨌거나 저희 회계원이 그렇게 말하더군요. 그런 식으로 기재를 한답니다."
"알겠소."
그는 창 밖을 내다보았고, 나는 그의 눈에 재미있다는 표정이 떠오르는 것을 보았다.
"글쎄…… 좋소. 그렇게 하지 않을 이유가 없겠소."
나는 그에게 현금을 주고 수표를 받았다. 그것은 모두 쓸모 없는 말이었다. 우리 업계에 감사단이 있긴 하지만, 그곳에서는 보험판매원의 실수에 대해 신경을 쓰지 않는다. 감사단에서는 보험료만 관리한다. 그리고 복식카드 부기라는 게 있는지조차 모르겠다. 그리고 우리 회계원이랑 이야기하지도 않았고 다만 어떤 사람에게 가서 그가 생각하던 액수보다 20달러를 더 많이 받았다며 돌려주겠다고 하면, 그 사람은 왜 그런 제의를 하는지에 대해 꼬치꼬치 캐묻지 않으리라는 점은 알고 있었다. 나는 은행에 가서 수표를 집어 넣었다. 그가 수표장보관용 부본에 뭐라고 적었는지까지 알고 있었다. 그는 단순히 '보험'이라고만 적어 넣었다. 나는 원하는 것을 얻었다.

롤라와 사세티가 융자금을 받으러 온 것은 그 다음 날이었다. 그들에게 수표를 건네주자, 롤라는 사무실 바닥 한가운데서 빙빙 돌며 가볍게 춤을 췄다.
"니노의 학위 논문을 한 부 드릴까요?"
"그럼, ······그래 주면 좋겠지."
"'하급 금광의 변형에 있어서 교상체의 문제'라는 제목이에요."
"기대가 되는데."
"거짓말······ 아마 읽지도 않으실 걸요."
"내가 이해할 수 있는 만큼은 읽을 거요."
"어쨌거나 증정본을 받게 되실 거예요."
"고마워요."
"안녕히 계세요. 한동안 저희를 못 보실 거예요."
"그렇겠지."

4

내가 지금 이야기하는 이 모든 일은 늦겨울, 그러니까 2월 중순에 일어났다. 물론 캘리포니아의 2월은 다른 달과 크게 달라 보이지 않지만, 어쨌거나 다른 곳에서 그때쯤은 겨울이었을 것이다. 그때부터 시작해서 봄 내내 나는 잠을 충분히 자지 못했다. 이런 일을 시작하고나서, 혹시 내가 깜빡 잊어버린 부분을 저쪽에서 알아내는 꿈을 꾸느라 한밤중에도 잠들지 못하고 깨어 있는 때가 여러 번 있지 않다면, 아마 그 사람은 나보다 신경이 훨씬 강한 사람이다. 그리고 어떻게 기차에 타느냐 하는 문제 같은, 우리가 해결하지 못한 일이 몇 가지 있었다. 그건 힘든 일이었다. 만일 운이 따르지 않았다면 절대로 훌륭하게 해내지 못했을 것이다. 이곳은 기차를 타고 어디 가는 것은 고사하고 기차에 올라타 보지도 않은 사람들이 많이 있는 고장이다. 사람들은 어딜 가나 자동차를 이용한다. 너들링거도 여행할 때면 늘 자동차를 이용했다. 그래서 딱 한 번, 어떻게 그에게 기차를 이용하게 하느냐 하는 문제가 왜 오랫동안 우리에겐 골칫거리였다. 내가 땀을 꽤 흘리기는 했지만, 우리에겐 한 가지 위안 거리가 있었다. 그것은 내게 수표를 주었을 때 그의 얼굴에 떠오른 재미있다는 표정이었다. 그 배후에 뭔가 있다는 사실을 알았다. 그리고 만일 그의 비서라도 들어왔거나, 특히 내가 사무실을 떠난 뒤 그가 밖에 나가서, 생각지도 못했던 돈 20달러를 돌려받은 일에 대해 자랑을 하거나 했다면 나중에 좋지 못하리라는 점을 나는 알고 있었다. 내가 어떤 종류의 이야기를 꾸며대더라도 모양새가 나쁠 터였다. 하지만 일은 그렇게 돌아가지 않았다. 필리스가 내막을 알았고, 일이 얼마나 우리에게 잘 된 쪽으로 풀렸던지 깜짝 놀랄 정도였다. 너들링거는 자동차보험료를 자기 회사에 물렸다. 회사 경비로 그리고 내가 그런 제안을 했을 때 그의 비서는 이미 그 액수를 청구한 뒤였다. 비서가 비용을 청구했을 뿐만 아니라, 만일 그가 내가 원하는 대로 해준다면 그는 취소한 수표를, 그러니까 처음 수표를 비용 지불한 증표로 그대로 가지고 있을 수 있었다. 그가 해야 할 일은 그저 비서에게 입을 꾹 다물고 있으면 그뿐이었고, 그렇게 되면 그는 20달러의 이익을 주머니에 챙길 수 있었다. 누구도 그보다 더 머리가 잘 돌아가지 않으리라. 너들링거는 입을 꽉 다물었다. 그는 롤라에게조차 말하지 않았다. 하지만 누군가에게 자기가 얼마나 영리한 사람인지 뽐내야 했고, 그래서 필리스에게 말했다.

또 하나 걱정이 되는 것은 바로 나 자신이었다. 실적이 줄어들어, 사무실 사람들이 나에 대해 쑤군대며 실적이 떨어지기 시작한 이유를 의아해 하기 시작할까 봐 걱정스러웠다. 그렇게 되면 내게 아무 도움이 되지 못할 터였다. 그러니까 나중에 저쪽에서 그 점에 대해 생각하기 시작했을 때 말이다. 이 일이 무르익는 사이에도 나는 보험을 팔아야 했다. 전에는 팔지 못했다 할지라도, 물불 가리지 않고 일을 했다. 보험을 팔 최소한의 가능성이라도 있는 모든 경우를 살폈다. 내가 고객에게 얼마나 심하게 강매했는지 창피할 정도였다. 믿든 믿지 않든, 내 실적은 3월에 12퍼센트의 신장률을 보였고, 4월에는 2퍼센트 더 신장했다. 그리고 5월, 자동차 업계가 활기를 띠었을 때는 그보나 7퍼센트 더 신장했다. 내 금융회사는 대형 중고차거래상 조합과 제휴를 맺기까지 했고, 그 일이 도움이 되었다. 회계장부에서는 나에 대해 말할 꼬투리도 잡히지 않았다. 그해 봄 나는 양쪽 사무실에서 기가 막힌 일꾼이었다. 모두들 내 성공을 인정했다.

"그이는 동창회에 참석할 예정이에요. 팔로 알토에서 동창회가 열린대요."

"언제?"

"6월에요. 약 6주 뒤에."

"됐소. 바로 우리가 기다렸던 기회요."

"하지만 그이는 운전하길 원해요. 자동차를 가지고 가고 싶어하고, 내가 동행해 주기를 원하고 있어요. 만일 내가 가지 않으면 야단법석을 피울 거예요."

"그럴까요? 내 말을 들어봐요. 들뜨지 말고 동창회에 가든 그저 잡화점에 가든 나랑은 상관없지만, 어떤 남자라도 아내를 동반하기

보다는 혼자 가고 싶어할 거요. 그는 그저 괜히 해보는 말일 거요. 당신이 그의 동창회에 관심이 없다는 식으로 말하면 그는 부인과 함께 가는 걸 포기할거요. 아마 너무 쉽게 포기해서 당신이 놀랄 거요."

"그렇다면 좋겠는데요."

"좋아하는 기색을 비치면 안 되오. 하지만 당신도 알게 될 거요."

바로 일이 그렇게 돌아갔다. 필리스는 1주일 내내 그에게 수작을 부렸지만, 자동차 문제에 관한 한 그의 마음을 바꾸지 못했다.

"그이는 차를 꼭 가져가야 한다고 말해요. 가보고 싶은 곳이 많다더군요. 피크닉이나 뭐 그런 걸 하고 싶다나요. 차를 가져가지 않으면 한 대 빌려야 할 거예요. 게다가 그이는 기차를 아주 싫어해요. 기차멀미가 있어서요."

"당신이 연기를 할 수 있겠소?"

"해봤어요. 감히 해볼 수 있는 연기는 다 해봤지만, 그이는 여전히 꿈쩍도 하지 않으려 해요. 내가 너무 심하게 야단을 피우자 롤라는 이제 내게 말도 걸지 않아요. 내가 너무 이기적이라고 생각하죠. 다시 시도는 해보겠지만……."

"제발 그러지 말아요."

"이렇게 할 수는 있어요. 그이가 출발하기 전 날, 차를 부술 수는 있어요. 엔진이나 그런 걸 망가뜨리는 거죠. 그러면 차는 정비소에 갖다 줘야 할 거예요. 그렇게 되면 그이는 기차편으로 가야 할 테죠."

"그런 일은 절대 안 되오. 그 비슷한 일조차 일어나서는 안 되오. 우선 당신이 이미 연기를 했다면, 저쪽에서는 냄새를 맡을 거요. 그리고 나중에 롤라를 말로 어르기가 어려워질 테니 두고봐요. 두 번째로 우리에겐 차가 필요하오."

"'우리'에게 차가 필요하다뇨?"
"그건 필수요."
"아직도 모르겠는데요…… 우리가 무슨 일을 벌이려는 건지."
"알게 될 거요. 시간이 많이 지나면 알게 될 거요. 하지만 우리에겐 그 차가 필요하오. 우리에겐 당신 차와 내 차, 이렇게 두 대가 필요하오. 무슨 일을 하든지 간에 그 차를 가지고 바보 같은 짓을 벌이지 마시오. 그 차는 제대로 달릴 수 있어야 하오. 완벽한 모양새를 유지해야 하오."
"차라리 기차 쪽은 포기하는 편이 좋지 않을까요?"
"들어보시오, 기차가 아니라면 나는 이 일을 하지 않겠소."
"맙소사, 나한테 그렇게 딱딱거릴 필요가 없다고요."
"나는 섣부른 짓에는 흥미 없소. 하지만 이것, 그러니까 한계점을 향해 달려가는 일이야말로 내가 열중할 수 있는 거요. 내가 맹렬히 노리는 것은 바로 그 뿐이오."
"그냥 궁금해서 그랬어요."
"그냥 생각만 해요."

이틀이나 사흘 뒤, 우리에게 행운이 날아들었다. 필리스는 오후 4시경 사무실로 전화를 했다.
"월터?"
"나요."
"혼자 있나요?"
"중요한 일이오?"
"그래요, 굉장히 중요해요. 일이 벌어졌어요."
"나는 퇴근할 거요. 집으로 반 시간 뒤에 전화해 줘요."
혼자 있었지만, 나는 교환대를 통해 연결되는 전화에 공연히 모험

이중보상 211

을 걸지 않는 사람이다. 나는 퇴근했고 집에 도착하고 2분쯤 뒤 전화벨이 울렸다.

"팔로 알토 여행건은 끝났어요. 그이 다리가 부러졌어요."

"뭐라고요!"

"어쩌다 다리를 부러뜨렸는지조차 아직 몰라요. 개인지 뭔지 잡으려다가 미끄러져서 넘어졌나 봐요. 이웃집 개가 산토끼를 쫓고 있었대요. 지금 그이는 병원에 있어요. 롤라가 함께 있어요. 아마 몇 분 뒤에 사람들이 그이를 집에 데리고 올 거예요."

"희망이 사그러든 것 같소."

"내 생각에도 그래요."

저녁 식사를 하면서야 이번 일은 희망이 사그러든 것이 아니라 완벽하게 꾸며졌다는 생각이 들었다. 나는 거실 안을 3마일은 족히 되게 걸어다녔다. 필리스가 그날 밤 집에 올지 궁금해하면서. 그때 초인종이 울렸다.

"시간이 몇 분밖에 없어요. 큰길에 나가서 그이가 읽을 거리를 사가지고 오기로 했거든요. 난 울 수 있었어요. 하지만 누가 그 소리를 들었겠어요?"

"잘 들어봐요, 필리스. 그런 것은 마음에 두지 마시오. 어떻게 다리를 다쳤소? 내 말은 부상이 심하냐는 뜻이오."

"발목 언저리를 다쳤어요. 아뇨, 그다지 심하지 않아요."

"도르래에 매달려 있소?"

"아뇨. 다리에 추를 달고 있긴 하지만, 1주일쯤 지나면 추는 떼 낼 거예요. 하지만 걷지는 못할 거예요. 아마 깁스를 해야 할 거예요. 오랫동안 그렇게 지내야 할 걸요."

"걸을 수는 있겠지."

"그렇게 생각해요?"

"당신이 부축해 주면."
"그게 무슨 뜻이죠, 월터?"
"당신이 부축해 주면, 목발에 의지해 일어날 수 있소. 발에 깁스를 하고 있기 때문에 '그는 운전을 하지 못할 거요'. 기차로 가야 할 거요, 필리스, 바로 우리가 희망하던 그대로요."
"그렇게 생각해요?"
"그리고 한 가지 더 있소. 내가 말했다시피, 그는 그 기차에 타지만 타지 않소. 그렇다면 좋소. 우리에겐 그의 용모 상의 특징이라는 문제가 있소, 안 그렇소? 그 목발, 깁스 한 발…… 그거야말로 누군가 가질 수 있는 가장 완벽한 용모 상의 특징이오. 아, 그래요, 내가 이야기해 주리다. 만일 당신이 그를 침대에서 일어나게 한다면, 그리고 어쨌든 그런 일도 겪었고 하니 휴가를 얻는다 생각하고 여행길에 올라야한다고 생각하게 만들면…… 승산이 있소. 나는 그걸 느낄 수 있소. 우리에겐 승산이 있소."
"하지만 위험해요."
"뭐가 위험하단 말이오?"
"다리가 부러져 깁스를 했는데 자리에서 너무 빨리 일어나야 한다는 뜻이에요. 나는 간호사였어요. 당신도 알 거예요. 그렇게 되면 다리 길이에 영향을 미치죠. 한쪽 다리가 다른 쪽 다리보다 길어진다 이런 뜻이에요."
"신경에 걸리는 게 그것뿐이오?"
1분 뒤에야 그녀는 이해했다. 한쪽 다리가 다른 쪽보다 길든 짧든, 그건 그가 걱정해야 할 일이 아니라는 사실을.

현충일에는 우편물 배달을 하지 않지만, 그날은 수위가 '제너럴 피델러티' 사서함에 가서 우편물을 수취한다. '친전'이라고 찍혀 내 앞으로 온 커다란 봉투가 있었다. 봉투를 열어 보니 작은 책자가 한 권 들어 있었다. 〈금광의 교상체 문제를 다루는 조사 방법〉이라는 제목의 책자였다. 안에는 이렇게 적혀 있었다. '월터 허프 씨에게. 과거에 베풀어주신 호의에 감사드리며. 베니아미노 사셰티."

5

그는 밤 9시 45분에 출발하는 기차를 탈 예정이었다. 4시쯤 나는 차를 몰아 산페드로 거리로 가서, 포도주 회사의 지배인과 종업원의 책임 보험에 대해 이야기했다. 포도가 들어와서 공장이 문을 여는 8월이 되기까지는 그와 계약을 할 승산이 없었지만, 그를 만난 데는 이유가 있었다. 지배인은 왜 아직 계약을 할 준비가 되지 않았는지 이유를 설명했지만 나는 연극을 한판 벌이고 다시 사무실로 들어왔다. 비서에게는 전망이 괜찮다는 생각이 들어 포도주 회사 지배인에게 보일 목록을 작성해야겠다고 말했다. 목록에는 자동적으로 처음 방문한 날짜가 기록되었고, 내가 원하는 것은 바로 그 부분이었다. 편지 두어 통에 서명을 하고 5시 30분경 사무실에서 나왔다.

6시쯤 집에 도착해 보니, 필리핀 청년은 이미 저녁을 차릴 준비를 다 해 놓고 있었다. 내가 사전에 준비해 놓은 일이었다. 이날은 6월 3일이었고 그에게 1일에 봉급을 주었어야 했지만, 은행에 들르는 걸 잊어버린 체하고 봉급을 주는 걸 미뤄뒀다. 하지만 오늘 낮에 집에들러 점심 식사를 하면서 봉급을 주었다. 그것은 그가 밤이 되면 외출해서 그 돈을 쓰고 싶어 안달을 하리라는 짐작에서였다. 나는 좋다고 저녁상을 차리라고 말했고, 그는 내가 씻기도 전에 벌써 식탁 위에 수프를 내놓았다. 나는 먹을 수 있는 만큼 먹었다. 그는 스테이크와 으깬 감자, 콩, 당근을 내왔고, 후식으로 과일을 냈다. 나는 너무 신경이 곤두서서 거의 씹을 수조차 없었지만, 어떻게 해서든 음식을 다

먹었다. 내가 커피를 채 다 마시기도 전에, 그는 설거지를 마치고, 크림색 바지와 흰 구두와 흰 양말, 갈색 코트와 목을 풀어헤친 흰 셔츠를 차려 입고는 아가씨와 데이트를 하러 나갈 준비를 끝내고 있었다. 예전에야 어느 할리우드 배우가 월요일에 하고 나온 차림새를 화요일이면 필리핀 인 심부름꾼 소년이 그대로 흉내내곤 했지만, 혹시 내 의견을 묻는다면 요즘은 그 반대가 되어서 마닐라 출신의 소년이 클라크 게이블의 차림을 앞지르는 것 같다.

7시 15분 전, 그는 떠났다. 그가 내게 와서 혹시 더 할 일이 있느냐고 물었을 때, 나는 옷을 벗고 잠자리에 들 준비를 하고 있었다. 그에게, 침대에 누워서 일을 좀 해야겠다고 말했다. 나는 종이와 연필을 준비해서 빽빽이 기록을 했다. 마치 오후에 면담을 한 사내에게 보여줄 공공 책임 보험에 대한 사항을 정리하고 있는 것처럼. 그것은 보관했다가 예상 고객의 서류철에 끼워 둘 만한 종류의 쪽지였다. 나는 용의주도하게 오늘 날짜로 두어 가지 사항을 기록해 놓았다. 그리고 나서 아래층으로 내려가 사무실에 전화를 걸었다. 야간 당직 경비원 조 피트가 전화를 받았다.

"조 피트, 월터 허프예요. 부탁 좀 들어주겠소? 내 사무실에 올라가면 책상 바로 위에서 보험료 자료집을 찾을 수 있을 거요. 책등이 부드러운 가죽으로 된 루스 리프(loose leaf, 낱장을 마음대로 뺐다 끼웠다하게 되어 있음)식 자료집인데, 앞면에 내 이름이 금박으로 박혀 있소. 그리고 이름 밑에는 '보험료'라고 되어 있소. 집에 가져오는 것을 잊었는데 지금 그게 필요하오. 곧 그걸 찾아서 심부름꾼 편에 내게 보내 주겠소?"

"알겠습니다, 허프 씨. 곧 그렇게 하죠."

15분 뒤, 그는 집으로 전화를 걸어 자료집을 찾을 수가 없다고 말했다.

"책상 위를 다 뒤져 봤습니다, 허프 씨. 뿐만 아니라 사무실 안을 다 뒤졌지만 그런 책은 없습니다."
"네티가 어디 넣고 잠가 버렸나 보군."
"원하신다면 제가 네티와 통화를 해서 어디에 뒀는지 물어 보죠."
"아니오, 그렇게까지 절실히 필요하지는 않소."
"죄송합니다, 허프 씨."
"그 자료집 없이 어떻게 해보겠소."

나는 그가 절대로 찾지 못할 장소에 보험료 자료집을 넣어 뒀었다. 그렇지만 그는 그날 밤, 집에 있는 내게 전화를 건 사람이 한 사람이 있었고, 나는 열심히 일하면서 집에 있었다. 또 다른 사람들도 있었다. 그가 날짜를 기억하게 할 만한 말을 할 필요조차 없었다. 조 피트는 근무일지를 작성하면서 그가 한 모든 일을 기록해야 했다. 날짜뿐만 아니라 시간까지도 나는 손목 시계를 보았다. 7시 38분이었다.

8시 15분 전 다시 전화벨이 울렸다. 필리스였다.
"파란색이에요."
"파란색이라고."

그것은 너들링거가 어떤 양복을 입었느냐를 확인하는 것이었다. 우리는 그가 파란 양복을 입으리라고 확신하고 있었지만, 나로서는 확인해야 했다. 그래서 그녀가 그에게 여분의 칫솔을 사준다며 잡화점에 들어가서 살그머니 전화를 했다. 추적 당할 위험성은 없었다. 다이얼식 전화는 기록되지 않으니까. 그녀가 전화를 끊자 곧 나는 옷을 입었다. 나 역시 파란 양복을 입었다. 하지만 그 전에 발을 싸맸다. 두툼한 거즈 붕대를 발에 두르고, 그 위에 반창고를 붙였다. 반창고가 발목을 감싸고 있는 것처럼 보였다. 부러진 다리에 깁스를 한 것처럼 보였지만 그렇지가 않았다. 준비가 되면 10초 만에 붕대를 잘라 내버릴 수 있었다. 나는 구두를 신었다. 구두끈을 맬 수가 없었지만, 바로 내가 바라던 바였다. 그가 쓴 것 같은 뿔테 안경을 점검했다. 주머니 안에 있었다. 그리고 조그맣게 돌돌 말린 58인치짜리 가벼운 면 로프도. 내가 만든 손잡이 역시 주머니에 있었다. 상점에서 포장을 들 때 거는 손잡이처럼 생겼지만 철사줄로 만들어 더 무거웠다. 코트가 불룩했지만 신경 쓰지 않았다.

9시 20분 전 네티에게 전화를 걸었다.
"내가 퇴근하기 전에 내 보험료 자료집을 봤나?"
"못 봤는데요, 허프 씨."
"그게 필요한데, 그걸 어쨌는지 모르겠군."
"잃어버리셨다는 뜻인가요?"
"모르겠어. 조 피트에게 전화를 했는데, 그가 찾지 못했어. 그런데 내가 그걸 어떻게 했는지 도무지 생각이 안 나는군."
"원하신다면 제가 잠깐 사무실에 들러서 어디 있는지 찾아볼 수 있겠는데요······."
"아니, 그렇게까지 중요한 일은 아니야."
"저는 못 봤습니다, 허프 씨."

네티는 버뱅크에 살기 때문에 이건 시외통화였다. 기록은 내가 집에서 8시 40분에 전화를 걸었음을 보여줄 것이다. 그녀와 통화를 마치자마자 나는 전화벨 통을 열고, 종의 추에 명함 반 장을 비스듬히 기울여 놓았다. 전화벨이 울리면 명함이 바닥에 떨어지도록. 그리고 나서 부엌에 있는 초인종 추도 마찬가지로 해 놓았다. 한 시간 반쯤 집을 비우게 될 터였다. 그러니 혹시 초인종이 울렸는지, 전화벨이 울렸는지 알아야 했다. 만일 그랬다면 목욕탕에서 목욕을 했는데, 문을 닫아 놓았고 물소리가 나서 소리를 듣지 못했다고 둘러댈 작정이었다. 하지만 전화가 왔었는지, 누가 왔었는지는 알아야 했다.
 명함을 끼우자마자, 자동차에 올라 할리우드 랜드로 달렸다. 내 집에서 몇 분 떨어진 곳이었다. 그 집에서 2분쯤 떨어진 중앙로에 차를 세웠다. 자동차가 남의 시선을 끌지 않을 만한 곳에 있어야 했지만, 동시에 너무 많이 걸을 만큼 너무 멀리 있을 수도 없었다. 그런 발로는 제대로 걸을 수가 없었다.
 그 집에서 한 굽이 돈 곳에 커다란 나무가 있다. 눈에 띄는 주택은 없고 나무 뒤로 살그머니 들어가서 기다렸다. 정확히 2분간 기다렸지만, 꼭 한 시간은 기다린 것 같았다. 그 자동차가 모퉁이를 돌아왔다. 필리스가 운전대를 잡고 있었고, 너들링거는 차창 쪽으로 겨드랑이 밑에 목발을 끼고 조수석에 앉아 있었다. 자동차가 나무에 다다르자 차가 멈췄다. 정확히 각본에 따른 행동이었다. 다음이 까다로운 부분이었다. 한 1분 동안 그를 어떻게 차에서 내려 있게 하느냐 하는 대목이 바로 여기였다. 가방은 뒷좌석에 둔 채로, 모든 것이 다 준비된 상태로 그가 차에서 내려야 했다. 그래야 내가 차에 탈 수 있으니까. 만일 너들링거의 발이 괜찮다면 아무 문제도 없었을 테지만, 발 다친 사람을 일단 차에 탄 뒤에 다시 내리게 하는 것은, 특히 몸이 성한 사람이 바로 옆 자리에 앉아 있는 터라 아픈 사람을 차에서 내리게 하는 것은 하마를 차에서 내리게 하는 것과 다름없는 일이었다. 필리스는 내가 코치한 그대로 말했다.
 "지갑이 없는데요."
 "안 가져왔나?"
 "그런 것 같아요. 뒷좌석을 살펴보세요."
 "없는데…… 뒷좌석에는 내 소지품밖에 없어."
 "지갑을 어떻게 했는지 생각이 나지 않아요."
 "아, 이봐. 늦겠어. 자, 여기 1달러요. 집에 돌아갈 때까지 이 돈이면 충분할 거야."

"틀림없이 소파에 놓고 왔을 거예요. 거실에요."

"알았어, 알았다고. 당신은 거실 소파에 지갑을 두고 왔어. 이제 역으로 갑시다."

내가 필리스에게 마흔 번도 더 교육시킨 대목에 이르렀다. 그녀는 남편에게 차에서 내려서 지갑을 가져오라고 부탁하려고 했다. 결국 그렇게 할 경우, 너들링거는 자기가 목발을 짚고 갈 필요 없이 왜 그녀가 차에서 내려 지갑을 가져오면 안 되는지 묻는 상황이 되리라는 점을 그녀의 머리 속에 심어 주었다. 나는 그녀에게, 아둔하게 말을 하면서 차를 출발시키지 말고 그가 차에서 내리기를 기다리는 것이 유일한 희망이라는 점을 가르쳐 주었다. 결국 너들링거는 굉장히 화가 나서, 또 기차 시간 때문에 걱정이 되어서 자기가 희생해서 지갑을 가져오게 될 거라고, 필리스는 내가 코치해 준 그대로 계속 밀고 나갔다.

"그래도 지갑이 있어야 해요."

"뭐하려고? 1달러면 충분하지 않단 말이야?"

"지갑 안에 립스틱이 들어 있거든요."

"이봐, 우리가 기차를 타려고 한다는 점을 염두에 두지 못하겠어? 이건 준비가 되면 출발하는 자동차 여행이 아니라고. 기차 여행이란 말이야. 출발 시간이 9시 45분이라고 기차는 출발 시간이 되면 떠난단 말이야. 여보, 출발합시다."

"당신이 그런 식으로 말하겠다면, 글쎄요."

"어떤 식으로 말했다고 그래?"

"내가 말한 것이라곤 그저 내 지갑을 가져가고 싶다는 것뿐이었다고요……."

그는 욕지거리를 퍼부어 댔다. 마침내 자동차 옆에 목발이 닿는 소리가 났다. 그가 모퉁이를 돌아 짝발로 뛰어 집 쪽으로 가자마자 나는 차에 올라탔다. 앞문으로 들어가서, 좌석을 넘어 타고 뒷좌석으로 갔다. 뒷문이 닫히는 소리를 그가 듣지 않도록. 언제나 그 소리는 사람의 귀에 들리기 마련이다. 차 문 닫히는 소리는. 나는 어둠 속에서 뒷좌석에 웅크리고 앉아 있었다. 뒷좌석에 그의 옷가방과 서류가방이 있었다.

"내가 잘 했나요, 월터?"
"지금까진 좋소. 어떻게 롤라를 내보냈소?"
"그럴 필요도 없었어요. 그애는 UCLA에 초대를 받아 갔어요. 7시에 내가 버스 정류장까지 데려다 줬죠."
"좋아요. 이제 차를 천천히 움직이도록 해요. 그래야 그가 많이 걷지 않을 테니까. 그의 마음을 달래 주도록 애써 봐요."
"알았어요."

필리스는 집 문에 차를 댔고 그가 다시 차에 탔다. 그녀는 출발했다. 부부 사이에 끼여서 그들이 나누는 대화를 듣는 것은 정말이지 끔찍한 일이다. 필리스가 마음을 조금 달래 주자, 너들링거는 벨이 저녁식사 시간에 음식을 건네주는 태도에 대해 불평을 늘어놓기 시작했다. 필리스는 벨이 접시를 너무 많이 깬다며 험담을 했다. 그리고 나서 그들은 호비라는 남자와 아마도 그의 아내인 듯한 에델이라는 여자의 이야기로 화제를 바꾸었다. 너들링거는 호비와 관계가 끝났고 호비도 그런 사실을 알았으면 좋겠다고 말했다. 그러자 필리스는 자기는 에델을 좋아했지만 최근에 그녀가 거드름을 피우는 일이 너무 많아졌다고 응수했다. 그들은 호비와 에델에게 저녁 식사를 한 번쯤 신세지고 있는지, 혹은 그 반대로 대접을 받아야 하는지 따졌다. 결국 자기들이 한 번 대접해야 한다는 사실을 알자, 한 차례 식사를 내고 그 뒤에는 관계가 끝장이라는 걸로 결론을 맺었다. 이런 모든 이야기가 정리되자, 그들은 돈이 조금 들더라도 너들링거가 팔로 알토에서 어디에 가든 택시를 타야 한다고 결정을 보았다. 가는 곳마다 목발에 의지해서 힘겹게 다녀야 한다면 즐거운 시간을 보내지 못할 테고, 게다가 다리에 부담을 주게 될 테니까. 필리스는 마치 자기가 팔로 알토에 가기라도 할 듯이 이야기했다. 마음 속으로는 그런 생각을 하지 않으면서. 여자란 정말로 웃기는 동물이다.

내가 있는 뒷좌석에서는 우리가 어디를 지나는지 분간할 수가 없었다. 나는 너들링거가 들을까 봐 숨을 쉬는 것조차 두려웠다. 필리스는 차가 갑자기 정차하거나, 차량들 속에 끼여드는 바람에 그가 고개를 돌려 뒤를 보는 일이 없도록 조심해서 운전해야 했다. 그는 뒤를 돌아보지 않았다. 너들링거는 입에 시가를 물고 등받이에 등을 기대고 앉아 시가를 피웠다. 한참 뒤, 그녀는 경적을 세게 두 차례 눌렀다. 우리가 미리 정한 어두운 지점에 도착했다는 우리끼리의 신호였다. 역에서 반 마일이 채 떨어지지 않은 지점이었다.

나는 몸을 일으켜 그의 입을 손으로 막고 머리를 뒤로 끌어 당겼다. 너들링거는 양손으로 내 손을 움켜쥐었다. 그의 손가락에 아직도 시가가 끼워져 있었다. 나는 노는 손으로 시가를 잡아 필리스에게 넘겨주었다. 그녀가 시가를 받았다. 나는 그의 목발 한짝을 들어 그의 턱밑에 끼웠다. 그리고 나서 어떻게 했는지는 말하지 않겠다. 하지만 2초 뒤, 그는 목이 부러진 채로 조수석에 몸을 웅크리고 있었다. 목발의 가로대 때문에 코 바로 위에 찰과상을 입은 것을 제외하고는 아무 흔적도 없었다.

6

그 순간이 다가왔다. 어떤 성공적인 살해 사건에서든 꼭 있어야 하는 요소인 대담성을 발휘할 순간이. 다음 20분 동안 우리는 죽음의 땅에 있었다. 지금 벌어질 일 때문이 아니라 앞으로 어떻게 일이 잘 어우러져야 하는가 때문에, 필리스가 막 시가를 내던지려 할 때 내가 말렸다. 너들링거는 집에서 그 시가에 불을 붙였으니 나는 그 시가를 그대로 물고 있어야 했다. 필리스가 나를 위해 시가를 들고 있다가, 최선을 다해 담배 끝을 닦아 주었다. 그 사이 나는 로프를 매는 작업을 했다. 그의 어깨를 가로질러 목 바로 아래 부분에, 그리고 양쪽 팔 밑으로 해서 등을 가로질러 로프를 맸다. 아주 단단히 맨 뒤, 로프의 양쪽 부분이 다 집히도록 손잡이를 끼워 힘껏 잡아 당겼다. 다루기 가장 힘든 게 죽은 사람이지만, 나는 이런 장비로 제대로 해낼 수 있으리라고, 빨리 처리할 수 있으리라고 짐작했다.

"다 왔어요, 월터. 지금 주차할까요, 아니면 역 부근까지 차를 몰까요?"

"지금 주차시켜요. 준비가 됐소."

필리스는 차를 세웠다. 역에서 한 블록쯤 떨어진 옆골목이었다. 어디에 주차시키느냐가 한동안 우리를 난처하게 만들었다. 만약 역의 정규 주차장으로 들어가면, 열에 하나는 짐꾼이 자동차 문을 홱 열고 짐을 꺼내리라는 것을 나는 미리 짐작했다. 그렇게 되면 큰일이었다. 그렇지만 여기에 주차시키면 괜찮을 터였다. 만일 기회가 있으면, 우리는 나중에 다른 사람 앞에서 실랑이를 벌여야 했다. 조금 우습게 보일지도 모르는 것을 무마하느라, 그녀가 너무 멀리까지 걷게 한 데 대해 내가 불평을 늘어놓아야 했다.

필리스는 차에서 내려서 옷가방과 서류가방을 들었다. 너들링거는 기차 안에서 쓰기 위해 세면 도구를 서류가방에 넣어 두는 유형이었다. 이 점이 나중에 내게는 행운을 안겨 주었다. 나는 창문을 다 올리고, 목발을 짚고 차에서 내렸다. 필리스가 차 문을 잠갔다. 우리는 그자리에 너들링거를 그대로 두었다. 그는 꽁꽁 묶인 채로 좌석 위에 웅크리고 누워 있었다.

필리스는 옷가방과 서류가방을 들고 앞장서서 걸었고, 나는 뒤에서 따라갔다. 붕대를 맨 다리를 반쯤 올린 채 목발에 의지해서 걸었다. 누가 보더라도, 여자가 몸이 불편한 남자를 도와주고 있는 장면으로 보일 터였다. 사실 그것은 짐꾼이 가방을 받으면서 나를 똑바로 쳐다보지 못하게 만드는 방법이기도 했다. 곧 우리는 모퉁이를 돌았고, 역이 보이는 곳에 이르자, 짐꾼 한 명이 이쪽으로 뛰어왔다. 그는 우리가 미리 짐작한 그대로 행동했다. 그는 필리스에게 가방을 건네받고는 곧장 앞서 걸었다.

"샌프란시스코행 9시 45분발이에요. C칸의 8번이에요."
"C칸의 8번이라고요. 열차 안에서 뵙겠습니다."

우리는 역으로 들어갔다. 나는 무슨 일이 일어나면 그녀에게 알려줄 수 있도록 그녀가 앞장서서 걷게 했다. 안경을 쓰고 모자를 눌러썼다. 너무 깊숙이는 아니고 마치 목발짚는 곳을 계속 쳐다보고 있는 것처럼 고개를 푹 숙였다. 그리고 입에는 시가를 물고 있었다. 시가에 얼굴의 일부분이 가렸다. 그 덕분에, 눈에 연기가 들어가지 않도록 애쓰는 것처럼 얼굴 모양이 찌그러지게 약간 찌푸리고 있을 수 있었다.

기차는 역의 뒤켠 대피선에 있었다. 재빨리 차량 수를 헤아렸다.
"맙소사, 세 번째 칸이잖아."

내가 탈 칸의 정면에는 차장 두 명이 서 있었다. 그들뿐만이 아니라, 식당칸 급사도 있었고, 아까 그 짐꾼도 팁을 받으려고 기다리고 있었다. 재빨리 행동하지 않으면, 내가 기차에 타기 전에 나를 똑똑히 쳐다볼 사람이 네 사람이 될 터였다. 그렇게 되면 우리는 교수대로 직행하게 될 테고 필리스는 앞장서서 달음질쳤다. 그녀가 짐꾼에게 팁을 주는 것이 보였다. 그는 고개 숙여 인사하고 뛰어갔다. 그는 내 옆을 지나치지 않고, 주차장이 있는 역의 저쪽 끝으로 향했다. 바로 그때 식당칸 급사가 나를 보더니 내 쪽으로 다가왔다. 필리스는 그의 팔을 잡았다.

"저이는 도움 받는 걸 좋아하지 않아요."

식당칸 급사는 그 말을 알아듣지 못했다. 그런데 풀먼식 차량(침대 설비가 있는 호화스러운 특별 차량)의 차장이 그 말을 알아들었다.

"이보게!"

식당칸 급사는 걸음을 멈추었다. 그리고 필리스의 말뜻을 알아차렸다. 나는 쿵쾅거리며 기차 칸의 층계를 올랐다. 꼭대기까지 올라갔다. 이제 그녀가 대사를 읊을 차례였다. 필리스는 아직 차장들과 바닥에 있었다.

"여보."

나는 걸음을 멈추고 몸을 반쯤 돌렸다.

"다시 전망용 플랫폼으로 와요. 거기서 작별 인사를 하고 싶어요. 그러면 기차가 떠날 염려를 할 필요가 없을 거예요. 아직 몇 분 시간이 있어요. 이야기를 나눌 수 있을 거예요."

"그러지."

나는 기차 칸을 쭉 지나 뒤쪽으로 움직이기 시작했다. 그녀도 바깥에서 뒤쪽으로 움직이기 시작했다.

기차 칸 세 곳에는 잠자리에 들 준비를 하는 승객들로 북적거렸다. 대부분의 침대가 정리되었고 가방은 모두 통로에 나와 있었다. 짐꾼들은 기차 안에는 없었고, 바깥쪽 짐꾼석에 있었다. 나는 시가를 꽉 문 채 눈을 계속 내리깔고, 얼굴을 찌푸리고 있었다. 사실 아무도 나를 쳐다보지 않았지만, 또 모두 나를 쳐다보았다. 왜냐면 내 목발을 보자마자, 모두들 통로에서 가방을 치우고 지나갈 공간을 만들어주기 시작했으니까. 나는 그저 고개만 까딱하면서 '고맙소'라고 중얼거렸다.

그녀의 얼굴을 보았을 때, 뭔가 잘못 되었음을 알았다. 전망용 플랫폼에서 사정을 알게 되었다. 거기 남자 한 명이 있었다. 그는 어둠 속에서 뒤쪽 구석에 박혀 담배를 피우고 있었다. 나는 맞은편에 앉았다. 필리스는 손을 내밀었다. 나는 그 손을 잡았다. 필리스는 내가 지시를 내리기를 기다리느라 계속 나를 바라보고 있었다. 나는 줄곧 '주차……주차……주차……'라는 입모양을 만들어 보였다. 잠시 뒤 그녀는 알아들었다.
"여보"
"응?"
"지금까지 저한테 화나지 않았죠? 제가 거기에 수차한 데 대해 아직까지 화내고 있는 것은 아니겠죠?"
"그 일은 잊어버려."
"사실 역 주차장으로 가고 있는 걸로 생각했어요. 한데 이쪽 부근에만 오면 뒤죽박죽이 되어 버린다고요. 내가 당신을 그렇게 멀리 걷게 하리라고는 전혀 몰랐어요."
"내 말했잖아, 잊어버리라고."
"정말로 죄송해요"
"키스해 줘."
나는 손목 시계를 본 뒤, 그녀에게 시계를 들어 보였다. 기차가 떠나려면 아직 7분이 남아 있었다. 그녀가 해야 할 일을 시작하는 데 6분이 필요했다.
"이봐, 필리스 당신까지 이 근처에서 기다릴 필요가 없어. 그냥 가지 그래?"
"글쎄요…… 그래도 당신, 괜찮겠어요?"
"그럼, 시간을 질질 끌어 봤자 별볼일 없다고."
"그럼 잘 다녀오세요."
"잘 지내."
"재미있는 시간을 보내요. 릴랜드 스탠포드 만세!"
"최선을 다할게."
"다시 키스해 주세요."
"잘 있어."

내가 해야 할 일을 하려면 이 사내부터 치워 버려야 했다. 재빨리 치워 버려야 했다. 누가 거기 있으리라고는 예상하지 못했었다. 기차가 역에서 나갈 때는 보통은 비어 있기 마련인데. 나는 앉아서 뭔가 생각해 내려고 애썼다. 사내가 담배를 마저 피우고 자리를 뜰 거라고 생각을 했지만, 일어나지 않았다. 그는 한쪽에 꽁초를 던지더니 말을 하기 시작했다.

"여자들은 웃기지요."
"웃기는 것 이상이죠."
"선생이 방금 부인이랑 나눈 가벼운 대화를 듣지 않을 수가 없었어요. 부인이 주차를 한 곳에 대해서 말입니다. 아내와 내가 센디에고에서 집에 오면서 겪은 일이 생각나더군요."

그는 아내와의 경험을 이야기했다. 나는 그를 바라보았다. 그의 얼굴을 쳐다 볼 수가 없었다. 그가 내 얼굴을 제대로 볼 수 없다는 것을 나는 알고 있었다. 그가 이야기를 그쳤다. 나는 무슨 말인가 해야 했다.

"여자란 하나같이 다 그래요."

기차가 움직이기 시작했다. 기차가 천천히 로스앤젤레스 변두리를 떠나가는데도 그는 계속 이야기를 늘어놓았다. 바로 그때 한 가지 생각이 떠올랐다. 내가 다친 사람처럼 굴어야 한다는 점을 깨닫고, 곧 주머니를 뒤지기 시작했다.

"뭘 잊어버렸습니까?"

"기차표요. 어디 있는지 찾을 수가 없군요."

"세상에, 나도 표를 가지고 탔는지 모르겠군요. 아, 여기 있는데요."

"집사람이 어떻게 했는지 아시겠소? 기차표를 내 서류가방에 넣었을 거요. 그러지 말라고 내가 그렇게 일렀는데도 여기 양복 주머니에 넣어 두라고 했는데……."

"아, 어디 있겠지요."

"두 손 바짝 들 일이 아니오? 이런 몸으로 몇 칸이나 지나가야 하다니. 단지 기차표 한 장 찾으려고……."

"그런 말도 안 되는 소리 마십시오. 그냥 그대로 있어요."

"아니오, 선생에게 신세를 질 수는 없소……."

"그렇게 해 드리고 싶군요. 그대로 자리에 있으시면 대신 기차표를 가져 오겠습니다. 어느 객차입니까?"

"그래 주시겠소? C칸의 8번이오."

"곧 가져오겠습니다."

이제 기차는 약간 속력이 붙고 있었다. 내 목표 지점은 목장 간판이었다. 철길에서 4분의 1마일쯤 떨어진 곳이었다. 그곳이 보이는 지점에 다다르자 나는 시가에 불을 붙였다. 그리고 한쪽 겨드랑이에 목발 두 짝을 끼고, 다리를 철로 위로 내렸다. 그리고 몸을 내렸다. 목발 한 짝이 침목에 닿으면서 몸이 휙 돌아가 하마터면 아래로 떨어질 뻔했다. 나는 매달렸다. 기차가 간판과 나란히 달릴 때 뛰어내렸다.

7

 한밤중의 철도 선로처럼 어두운 곳은 없다. 기차가 휙 달려가자 나는 그대로 웅크리고 앉아서, 다리가 욱신거리는 게 가시기를 기다렸다. 기차의 왼편으로 뛰어내려 철로 가운데 보도에 떨어졌기 때문에, 고속도로에서는 내 모습이 보이지 않을 것이다. 고속도로까지는 2백 피트 가량 떨어져 있었다. 나는 손과 무릎을 땅에 대고 엎드려서, 철로 저쪽에 뭐가 있는지 보려고 안간힘을 썼다. 흙길이 있었다. 더 뒤쪽에 있는 소규모 공장 두어 곳으로 진입하는 도로였다. 그 주변은 사방이 공터였고 불이 밝혀져 있지 않았다. 필리스는 지금쯤 거기 있어야 했다. 그녀는 7분 전에 출발했고, 기차가 이 지점을 지나는 데 6분이 걸렸다. 그리고 기차역에서 이 흙길까지 자동차로는 11분이 걸렸다. 나는 시간이 얼마나 걸리는지 스무 번도 더 점검해 보았다. 그대로 있으면서 앞을 내다보았다. 자동차를 찾으려고 애쓰면서. 그렇지만 자동차는 눈에 띄지 않았다.
 얼마나 오랫 동안 쭈그리고 있었는지 모르겠다. 어쩌면 필리스가 다른 차의 범퍼를 받았거나, 경찰이 그녀의 차를 세웠거나 하는 일이 일어났다는 생각이 떠올랐다. 계획이 실패로 돌아간 것 같았다. 바로 그때 무슨 소린지 들렸다. 숨을 헐떡이는 소리가 났다. 그러더니 그 소리와 함께 발걸음 소리가 들렸다. 1, 2초쯤 빨리 걷다가 멈춰 서곤 했다. 꼭 악몽을 꾸고 있는 것 같았다. 뭔가 오싹한 것이 나를 쫓고 있는 듯한 느낌, 그게 뭔지는 모르지만 무시무시했다. 그 물체를 보았다. 그녀였다. 너들링거는 몸무게가 2백 파운드쯤 나갔지만, 필리스는 그를 등에 둘러메고 손잡이를 끌며 그와 함께 비틀거리며 철로로 걸어왔다. 그의 머리가 필리스의 머리 바로 옆에 축 처져 있었다. 그들의 모습은 괴기 영화에 나오는 장면 같았다. 나는 달려가서, 무게를 덜어 주기 위해 그의 양다리를 잡았다. 우리는 그를 몇 걸음 끌고 갔다. 필리스가 그를 내려놓으려 했다.

"이 철로가 아니오! 저쪽 철로요!"

우리는 기차가 지나간 철길 위로 그를 끌고 가서 내려놓았다. 나는 그를 묶었던 로프를 잘라 주머니에 넣었다. 그리고 그가 쓰러진 곳에서 한두 발짝 떨어진 곳에 불붙은 시가를 던졌다. 목발도 한 짝은 그의 위쪽에, 나머지 한 짝은 철길 옆에 놓았다.

"차는 어디 있소?"

"저기요, 차를 보지 못했어요?"

나는 그쪽을 바라보았다. 차는 있기로 한 바로 그 지점에 있었다. 비포장 도로에.

"다 마쳤소, 갑시다."

우리는 뛰어가서 차에 올라탔다. 필리스는 시동을 걸고 기어를 넣었다.

"어머…… 그이 모자!"

나는 모자를 집어 창 밖으로 철로 위에다 날렸다.

"됐소. 모자는 구를 수 있으니까. 갑시다!"

필리스는 출발했다. 우리는 공장들을 지나쳤다. 거리에 다다랐다. 선셋 불러바드에서 그녀는 신호등을 그냥 지나쳤다.

"신호를 조심하지 못하겠소, 필리스? 내가 차에 타고 있는데, 경찰이 차를 세우는 날이면 우린 끝장이오."

"그걸 켜 놓고 있으니 운전을 할 수 있겠어요?"

라디오를 켠 걸 두고 하는 말이었다. 나는 라디오를 켰었다. 라디오는, 집을 떠나 있는 동안의 알리바이의 일부가 되어 줄 터였다. 그러니까 잠시 일을 쉬고 라디오를 들었노라고 둘러댈 심산이었다. 그러니 그날 밤 무슨 방송이 나오는지 알아야 했다. 신문에 나온 프로그램을 읽어서 아는 것보다 더 잘 알아야 했다.

"라디오를 들어야 하오, 당신도 알잖소……."
"나 좀 내버려둬요, 운전 좀 하게 그냥 놔두라고요!"
차는 제한 속도를 넘어섰다. 틀림없이 70마일 정도로 달리고 있었을 것이다. 나는 이를 꽉 물고 조용히 있었다. 빈터에 다다르자, 나는 로프를 던졌다. 1마일쯤 더 갔을 때 손잡이를 던져 버렸다. 하수구 옆을 지나면서 안경을 그 안에 던져 버렸다. 그리고 나서 우연히 고개를 숙였을 때 그녀의 구두가 눈에 들어왔다. 철로의 자갈에 긁힌 자국들이 있었다.
"왜 당신이 그를 끌고 왔소? 내가 하게 그냥 두지 않고 왜 당신이……."
"당신이 어디 있었는데요? 당신은 어디 있었냐고요?"
"난 거기 있었소. 기다리고 있었소……."
"내가 그걸 알았겠어요? 차에 '그걸' 둔 채 어떻게 그냥 앉아 있을 수 있었겠어요?"
"당신이 어디 있는지 알아내려고 애쓰던 참이었소. 보이지가 않아서……."
"날 내버려둬요. 운전하게 내버려둬 줘요!"
"당신 구두가……."
꾹 참았다. 1, 2초쯤 지난 뒤 그녀는 다시 차를 몰았다. 필리스는 미친 여자처럼 지껄여댔다. 지껄이고 또 지껄였다. 그에 대해서, 나에 대해서, 뭐든 머리에 떠오르는 대로 지껄여 댔다. 가끔씩 내가 달려들곤 했다. 일을 마친 뒤, 우리는 한 쌍의 동물처럼 그렇게 서로에게 으르렁댔다. 그리고 우리 둘 중 누구도 멈추지 못했다. 누군가 우리에게 마약 같은 것을 잔뜩 주사하기라도 한 것 같았다.
"필리스, 그만하시오. 우린 대화를 해야 하오. 마지막 기회일 수도 있소."

"그러면 말해 봐요! 누가 당신을 말리겠어요?"
"그럼 먼저, 당신은 이 보험계약 건에 대해 전혀 모르고 있는 거요. 당신은……."
"도대체 몇 번이나 내게 그 말을 해야겠어요?"
"나는 그저 당신에게……."
"벌써 하도 들어서 당신 말을 듣기만 해도 구역질이 날 정도라고요."
"다음, 검시 건이오. 당신은……."
"목사를 데리고 가야 한다는 걸 알아요. 시체를 수습하기 위해 목사를 데려가야 한다. 몇 번이나 그 말을 들어야 하는 거예요…… 제발 운전 좀 하게 해줄래요?"
"그렇다면 알았소. 운전해요."
내가 말했다.
"벨이 집에 있을까?"
"그걸 내가 어떻게 알아요? 없을 거예요!"
"그리고 롤라도 외출했고?"
"당신한테 말하지 않았던가요?"
"그렇다면 잡화점에 들러야 할 거요. 가서 아이스크림 한 통을 사시오. 당신이 역에서 곧장 집으로 온 것을 본 목격자를 만들기 위해서. 시간과 날짜를 기억해 둘 만한 말을 해야 하오. 당신은……."
"내려요! 내리라고요! 내가 미치는 꼴을 보고 싶어서 이래요!"
"난 내릴 수가 없소. 내 차가 있는 데까지 가야 하오! 내가 걷느라 시간을 쓰면 어떻게 되는 줄 알고 이러는 거요? 나는 알리바이를 완성시키지 못한단 말이오! 나는……."
"내리라고 했잖아요!"

"운전해요, 안 그러면 한 대 후려갈길 테니까."

내 차가 세워진 곳에 다다르자, 필리스는 차를 세웠고 나는 내렸다. 우리는 키스를 하지 않았다. 작별 인사조차 나누지 않았다. 나는 그녀의 차에서 내려 내 차에 올라타고 출발해 집으로 달려갔다.
   집에 도착하자 시계를 봤다. 10시 25분이었다. 전화기의 벨 통을 열어 보았다. 명함이 그대로 있었다. 통을 닫고, 주머니에 명함을 넣었다. 그리고 부엌으로 가서 초인종을 봤다. 명함이 그대로 그 자리에 놓여 있었다. 그 명함도 주머니에 넣었다. 위층으로 가서 옷을 벗고 파자마로 갈아 입었다. 그리고 슬리퍼도 신었다. 발의 붕대를 풀고, 아래층으로 내려가서 붕대와 명함들을 난로에 쑤셔 넣고, 신문 한 장을 넣어 불을 당겼다. 그것이 타는 것을 지켜 보았다. 그리고 나서 전화기로 가서 다이얼을 돌리기 시작했다. 알리바이의 마지막 부분을 완성시키기 위해서는, 아직 받아야 할 전화가 한 통 있었다. 목 속에서 끈같은 것이 당기는 기분이 들었다. 흐느낌이 넘어왔다. 나는 수화기를 내려놓았다. 궁지에 빠진 기분이었다. 마음을 가라앉혀야 한다는 걸 알고 있었다. 두어 번 침을 꿀꺽 삼켰다. 목소리를 확인하고 싶었다. 괜찮게 소리가 나오는지, 노래라도 부르면 그런 기분에서 빠져 나오리라는 멍청한 생각이 떠올랐다. 그래서 〈카프리 섬〉을 부르기 시작했다. 두어 곡조 가량 불렀을 때 노래 소리는 흐느낌이 되어 버렸다. 식당으로 가서 술을 한 잔 마셨다. 한 잔 더 마셨다. 이야기를 할 수 있게 애쓰느라, 혼잣말을 중얼거리기 시작했다. 뭔가 중얼거릴 거리가 있어야 했다. 주기도문을 떠올렸다. 기도문을 두어 차례 중얼거렸다. 한 번 더 외우려 했지만 기억이 나질 않았다.

   말을 할 수 있겠다는 생각이 들자, 다시 다이얼을 돌렸다. 10시 48

분이었다. 아이크 슈워츠네 집에 전화를 걸었다. 아이크는 제너럴 사에 함께 근무하는 보험판매원이었다.

"아이크, 부탁 하나 들어주겠나? 내일 아침에 어느 포도주 회사에 공공책임보험에 대한 내역을 가지고 가려고 계산을 해보려고 하는데, 미칠 것 같아. 보험료 자료집을 두고 퇴근했거든. 조 피트가 못 찾겠다고 하는군. 그래서 자네가 자료집에서 내가 찾고 싶은 것을 조사해줄 수 있을까 해서 말이야, 자료집을 가지고 있나?"

"그럼, 그렇게 해주겠네."

나는 그에게 정보를 주었다. 아이크는 15분만 시간을 달라며 전화를 해주겠다고 말했다.

마음을 다잡으려고 애쓰느라, 방 안을 빙빙 돌아다녔다. 손에 손톱 자국이 박혔다. 다시 목 속에서 줄 같은 것이 홱 잡아당겨지기 시작했다. 나는 다시 중얼대기 시작했다. 아이크에게 방금 말한 내용을 몇번이고 되풀이했다. 전화가 울렸다. 전화를 받았다. 아이크는 내가 이야기한 내역을 산출해 전달해 주기 시작했다. 세 가지 방식으로 계산한 내용을 말했다. 그러니 완전한 자료가 마련된 셈이었다. 그 내용을 다 전하는 데 20분이 걸렸다. 나는 그가 말하는 내용을 받아 적었다. 땀이 이마에서 솟아서 코를 타고 줄줄 흐르는 것을 느낄 수 있었다. 한참 뒤 그는 이야기를 마쳤다.

"됐네, 아이크 바로 내가 알고 싶었던 것일세, 내가 알고 싶었던 그대로야, 정말로 고맙네."

그가 전화를 끊자, 곧 모든 것이 무너졌다. 나는 화장실로 달려갔다. 평생 이렇게 메스꺼웠던 적이 없었다. 메스꺼움이 가라앉자 나는 침대에 쓰러졌다. 전등을 끄기까지 시간이 오래 걸렸다. 거기 그렇게 누워서 어둠을 뚫어져라 바라보았다. 이따금씩 한기 같은 것이 들다가 몸이 덜덜 떨리기 시작했다. 그 기운이 지나가자, 나는 그대로 바보처럼 누워 있었다. 그리고 나서 생각하기 시작했다. 그러지 않으려고 애썼지만, 생각이 스물스물 올라오곤 했다. 그때서야 내가 무슨짓을 했는지 알았다. 나는 사람을 죽였다. 여자를 얻으려고 사람을 죽인 것이었다. 나 자신을 그녀의 손아귀 속에 밀어 넣었다. 그러니 나를 지목할 수 있는 사람은 이 세상에서 단 한 사람이었고, 나는 아마도 죽게 되리라. 그 모든 일을 그녀를 위해 했는데, 살아 있는 동안 그녀를 다시 만나고 싶지 않았다.

사랑을 증오로 굳히는 데 필요한 것은 그저 단 한 방울의 두려움뿐인 것을.

8

오렌지 주스와 커피를 벌컥벌컥 마시고 나서, 신문을 들고 침실로 올라갔다. 필리핀 청년 앞에서 신문을 펴 들기가 겁이 났다. 당연히 그 기사는 1면에 나왔다.

> 석유업계 인사, 6월 동창회에 가던 중 기차에서 추락사
> 석유 업계의 개척자인 H.S. 너들링거가
> 릴랜드 스탠포드에서 열리는 동창회에 가던 중,
> 플런지에서 특급열차에서 떨어져 사망했다

이 지역의 석유업계와 오랜 세월에 걸쳐 제휴를 해 온 '웨스턴 송유회사'의 로스앤젤레스 지사장인 H.S. 너들링거의 시체가, 지난 밤 자정이 조금 안 된 시간에 이 도시에서 북쪽으로 2마일쯤 떨어진 철로에서 머리와 목에 부상을 입은 채로 발견되었다. 너들링거 씨는 릴랜드 스탠포드 대학의 동창회에 참석하기 위해 이날 저녁 북행 기차를 타고 출발했었다. 그는 기차에서 떨어진 것으로 추정된다. 경찰은

몇 주일 전에 그의 다리가 부러진 것을 지적하면서, 그가 목발에 익숙하지 않기 때문에 전망용 플랫폼에서 균형을 잃었으리라고 추정했다. 그가 생존시 마지막으로 목격된 곳이 바로 이 플랫폼이었다.

너들링거 씨는 44살이다. 프레즈로에서 태어났고, 릴랜드 스탠포드 대학에 다녔으며 졸업한 뒤에는 석유 업계에 입문해서, 롱비치의 유전을 여는 개척자의 한 사람이 되었다. 뒤에 그는 '시그널 힐'에서 활동했고, 지난 3년 동안 '웨스린 송유회사'의 지사를 맡아 운영했다.

유족으로는, 마너하임 출신의 필리스 벨든과 딸 롤라 너들링거가 있다. 너들링거 부인은 결혼 전에는 이곳의 '버듀고 건강센터'의 수간호사였다.

9시 20분 전, 네티가 전화로 정리가 되는 대로 곧 노튼 씨가 나를 만나고 싶어한다고 말했다. 그러니까 보험회사측에서 벌써 모든 것을 알았다는 뜻이었다. 그러니 나는 신문을 들고 들어가서 이 사람이 바로 지난 겨울, 내가 사고보험을 팔았던 그 사람이라고 말하는 연극을 할 필요가 없다는 의미였다. 나는 무슨 일인지 안다고, 곧 가겠다고 말했다.

어떻게든 그날은 잘 넘겼다. 노들과 케이즈에 대해서는 말했던 것으로 기억한다. 노들은 회사의 사장이다. 키가 작고 땅딸한 체구로 35살 가량. 그는 아버지가 죽자 회사를 물려받았고, 그래서 자기 아버지처럼 행동하려고 애쓰느라 하도 바빠서, 다른 일을 할 시간이 별로 없는 것처럼 보인다. 케이즈는 보험심사과의 팀장으로, 옛날 사장 시절부터 회사에서 근무해 왔다. 그는 젊은 노튼 사장이 제대로 하는 일이 전혀 없다고 말한다. 체구가 크고 뚱뚱하고 까다로운 사내로 이론가이다. 그래서 그의 주위에 있기만 해도 머리가 아프지만, 이쪽 서부지방에서 보험심사 부문에서는 가장 뛰어난 사람이다. 내가 겁을

먹은 사람이 바로 케이즈였다.

먼저 노튼을 만나서, 내가 아는 것 혹은 내가 알고 있어야 할 것에 대해 말해야 했다. 어떻게 너들링거에게 보험 가입을 권유했는지, 어떻게 그의 아내와 딸이 반대했는지, 그리고 내가 어떻게 그날 밤에는 그 이야기를 접고 이틀 뒤쯤 회사로 찾아가서 다시 보험 가입을 권유했는지 말했다. 그 이야기는 너들링거의 비서가 목격한 것과 맞아떨어질 터였다. 나는 사장에게 어떻게 보험을 팔았는지 말했다. 그리고 나서 그의 아내와 딸에게 그가 사고보험에 가입한 데 대해 입도 뻥끗하지 않겠노라고 약속했다고 말했다. 그의 보험계약서를 어떻게 받았으며, 뒤에 보험증권이 나오자 그의 사무실로 갖다 주고 수표를 받은 일에 대해서도 말했다. 그리고 나서 우리는 케이즈의 사무실로 갔고, 다시 한번 그 모든 이야기를 늘어놓았다. 그러느라 아침 시간이 다 지나갔다. 우리가 이야기를 나누는 내내, 케이즈가 기차에 탄 사람들을 만나 보도록 샌프란시스코로 파견한 우리 쪽 조사관들과 경찰, 비서가 거는 전화와 전보들이 계속 밀려들었다. 회사에서 롤라를 연결해서 그녀가 알고 있는 것을 알아낸 뒤, 그녀 역시 전화를 걸어 왔다. 회사측에서는 필리스와 연결해 보려 했지만, 그녀는 통화하지 말라는 내 엄격한 지시에 따르느라 전화를 받지 않았다. 회사에서는 검시관을 정하고, 시체 부검을 준비했다. 일반적으로 보험회사와 검시관 사이에는 협력 관계가 있기 때문에, 회사측에서는 원하면 부검을 실시할 수 있다. 보험계약시에 명시된 조항이 있어서 부검을 요구할 수도 있지만, 그렇게 되면 사건을 법정으로 끌고 간다는 의미가 되고, 또 사망자가 보험에 가입했다는 정보가 공개되기도 한다. 그래서 보험회사측에서는 조용히 부검을 진행한다. 이런 경우라면 마땅히 부검을 해야 했다. 왜냐면 너들링거가 뇌졸중이나 심장 이상으로 죽은 뒤에 기차에서 떨어졌다면, 그것은 사고사가 아니라 자연사가 되고,

그렇게되면 회사에서는 보험금을 지불하지 않게 되니까, 한낮쯤 그들은 의료 보고서를 받았다. 사망 원인은 부러진 목이었다. 이 소식을 듣자, 그들은 시체 부검을 이틀 연기시켰다.

　4시쯤 케이즈의 책상 위에는 쪽지와 전보가 가득 쌓여서, 그는 종이가 떨어지지 않도록 묵직한 것을 위에 올려놓아야 했다. 그가 눈썹을 잔뜩 찌푸리고 까다롭게 굴자 아무도 말을 걸지 못했다. 하지만 시간이 지날수록 노튼 사장은 더 신나 했다. 샌프란시스코에서 잭슨이라는 사람에게 전화를 받았다. 사장이 말하는 것으로 미루어, 내가 기차에서 뛰어내리기 전에 전망용 플랫폼에서 쫓아 버린 사내임을 알 수 있었다. 사장은 전화를 끊자, 쪽지 뭉치 위에 뭐라고 적고는 케이즈에게 고개를 돌렸다.

　"틀림없는 자살 사건이오."

　만일 자살이라면 회사에서는 보험금을 지불하지 않아도 된다. 오직 사고만 보장하는 보험이었으니까.

　"뭐라고요?"

　"좋소, 내가 하나하나 짚어 갈 테니 잘 들으시오. 먼저, 그는 이 보험에 가입했소. 비밀에 부치고 보험에 들었소. 아내에게 말하지 않고 딸에게도 말하지 않았소. 비서에게도 말하지 않았고 그 누구에게도 말하지 않았소. 만일 여기 있는 허프가 빈틈없이 경계했다면 아마 사전에 알았을 거요······."

　"뭘 안단 말입니까?"

　"그렇게 움찔할 필요가 없소, 허프. 하지만 우습게 보이는 상황이었다는 점은 당신도 인정해야 할 거요."

　"전혀 우습게 보이지 않았습니다. 늘 있는 일인데요, 만일 '그'가 모르게 '그'의 보험을 들게 하려고 노력했다면 그것은 우습게 보였겠지요."

"맞는 말이오. 허프에 관한 이야기는 빼고 넘어갑시다."
"케이즈, 단지 내가 말하려는 것은……."
"허프가 일하는 방식으로 보아, 만일 웃긴 점이 있었다면 그런 사항을 기록했을 테고, 그랬다면 우리가 그런 점을 알았을 거요. 차라리 사장님이 고용한 사람들에 대해서나 알아내는 편이 더 나을 거요."
"좋아요, 넘어갑시다. 그는 완전히 비밀에 부친 가운데 보험계약을 했어요. 왜? 만일 가족이 그가 저지른 짓을 알면 앞으로 그가 무슨 일을 벌일지 알게 되리라는 것을 그는 알고 있으니까. 가족들은 그가 마음 속으로 무슨 생각을 하고 있는지 알고 있었어요. 그 점은 믿을 수 있어요. 그리고 그의 장부며 내력을 조사해 보면, 무슨 고민이 있었는지도 밝혀지게 될 거예요. 좋아요, 다음 요점은, 다리가 부러졌는데도 그는 보험금을 청구하지 않았다는 점이지요. 왜 그랬을까요? 그게 우습지 않아요? 사고보험에 가입해 놓고서도 다리가 부러졌는데 보험금을 청구하지 않았다? 왜냐면 그는 이런 일을 벌일 것을 알았고, 보험금을 청구하게 되면 온 가족이 사고보험에 대해 알고서 말릴까 봐 두려웠을 테니까."
"어떻게?"
"그의 가족이 우리 회사로 전화를 걸면 우리는 그의 보험계약을 해제할 거예요, 안 그래요? 케이즈도 아다시피 우린 해약해 줄 거예요. 남은 기간 동안의 보험료를 되돌려 줄 거구요. 어찌나 재빨리 처리하던지 아무도 무슨 일이 일어나는지조차 모르리라는 것을 그는 알고 있었던 거예요. 아, 그러니 그 작자는 우리 회사의 의사가 가서 다리를 검사하는 바람에 모든 사실이 탄로 날 모험을 감수하지 않았던 거예요. 그게 중요한 점이죠."
"계속해 보시오."

"그래요. 그 자는 기차를 탈 구실을 만든 거라고요. 그는 아내와 함께 역에 가서 기차에 올랐어요. 그리고 아내를 내쫓았죠. 그의 부인은 가 버렸어요. 그는 일을 벌일 준비를 마쳤죠. 한데 난관에 부닥치게 된 거예요. 거기, 전망용 플랫폼에 한 사내가 있었지요. 일을 벌이려면 누구도 있으면 안 되는데. 당연히 그럴 테죠. 그러니 이젠 어떻게한다? 그는 사내를 쫓아 버렸어요. 기차표를 선류가방에 넣어 둔 통에 수중에 없다는 이야기를 꾸며댔소. 그리고 이 사내가 사라지자마자 뛰어내린 거예요. 내가 방금 통화한 사람이 바로 그 사내예요. 잭슨이라는 사람인데, 출장차 프리스코에 올라갔다가 내일 돌아올 예정이죠. 그의 말로는, 자살이라는 데 의심의 여지가 없다고 해요. 대신 서류가방을 갖다 주겠다는 제의를 하면서도 너들링거가 자기를 내쫓으려고 애쓰고 있다는 느낌을 받았다고 해요. 하지만 몸이 불편한 사람에게 '싫다'는 말을 해서 마음을 상하게 할 수가 없었다는 거예요. 내 생각에는 결론이 내려진 셋 같아요. 이건 명백한 자살 사건이에요. 당신들도 다른 견해를 내세울 수는 없을 거예요."

"그래서 어쨌다는 거요?"

"우리가 다음으로 취할 조치는 검시예요. 물론 그 자리에 우린 모습을 드러낼 수는 없어요. 배심원 한 사람이라도 죽은 사람이 보험에 들었다는 사실을 아는 날에는, 우리 목을 조르려 들 테니까. 우린 조사관을 한두 명 부검 현장에 보내 앉아 있게 할 수는 있죠. 하지만 그 이상은 안 되죠. 하지만 잭슨은 자기가 와서 아는 바를 말해 주겠다고 말하고 있어요. 가능성이 있어요. 단지 가능성에 불과하지만 그래도 가능성은 가능성이죠. 어쨌건 자살 판정을 받을 수도 있어요. 그렇게되면 우린 이긴 거죠. 그렇지 않다면 어떤 조치를 취해야 할지 연구해야 할 거고 하지만 한 번에 한 가지씩 처리하자고요. 먼저 부검부터 합시다. 경찰에서 뭘 알아내게 될지 모르니까, 첫 라운드에서 우리가 승리하게 될 거요."

케이즈는 얼굴을 더 찌푸렸다. 몸이 어찌나 뚱뚱한지 더위 속에서 진짜로 시달리고 있었다. 그가 담배에 불을 붙였다. 그리고 몸을 굽히고, 노튼에게서 시선을 옮겼다. 마치 학생 같은 사장에게 못마땅한 표정조차 보이고 싶지 않다는 듯이, 그가 입을 열었다.

"이건 자살이 아니었소."

"지금 무슨 말을 하는 거예요. 명백한 사건인데."

"자살이 아니오."

케이즈는 책장을 열고, 두툼한 책들을 꺼내 탁자 위에 놓았다.

"노튼 사장, 이게 보험계리인들이 자살에 대해 밝힌 자료들이오. 사장도 이걸 연구해야 하오. 그러면 보험업계에 대해 뭔가 알아낼 수 있을 거요."

"나는 보험업계에서 성장했어요, 케이즈."

"그게 아니라 사립 학교에서 성장했지, 그로튼. 그리고 하버드에서. 사장이 거기서 노젓기를 배우고 있을 때 나는 이런 도표들을 연구하고 있었지. 이것들을 자세히 보라고. 이건 인종, 피부색, 직업, 성별, 지역, 계절, 자살이 일어난 시간대별로 분석한 자살에 관한 정보요. 이건 자살에 성공한 방법에 의해 분석한 내용이고, 이건 독극물, 총기, 가스흡입, 익사, 투신으로 세분되는 자살 성공 방법론 분석이고, 이건 독극물 중에서도 시아닌, 수은, 스트리키니네, 다른 서른여덟 가지의 독극물에 의한 자살 분석이오. 이제 서른여덟 가지 독극물 가운데 열여섯 가지는 처방전을 다루는 약국에서 구할 수 없소. 그리고 여기 이것은…… 노튼 사장, 이건…… 투신자살한 것 중에서도 높은 곳에서 떨어졌는지, 움직이는 기차 바퀴 밑으로 떨어졌는지, 트럭 바퀴 밑인지 말의 다리 밑인지, 증기선에서 추락했는지에 관한 분석일세. 하지만 움직이는 기차의 뒤쪽 끝에서 뛰어내린 경우는 여기 나온 수백만 건 중에서 단 한 건도 없지. 그런 식으로는 자살하지 않거든."

"그렇게 시도할 수도 있죠."

"그럴까? 시체가 발견된 지점으로 미루어 기차는 최고 속력 시속 15마일로 달렸는데도? 정말로 자살하려는 사람이 그런 지점에서 뛰어내릴까?"

"다이빙했을지도 모르죠. 목이 부러진 걸 보면."

"나한테 그런 헛소리하지 말아요. 그는 곡예사가 아니었소."

"그렇다면 내게 무슨 말을 하려는 거지요? 속임수가 전혀 없었다는 뜻입니까?"

"들어봐요, 노튼 사장. 어떤 남자가 보험에 가입했는데, 철도 사고로 죽을 경우 5만 달러의 보상금을 받는 보험에 들고 석 달 뒤에 철도 사고로 죽는다면 거기엔 속임수가 없을 수가 없어요. 그럴 리가 없소. 만일 열차가 부서졌다면 그럴 수도 있지만, 그런 경우 굉장히 의심스러운 우연의 일치라고 할 수 있소. '굉장히' 의심스런 우연의 일치요. 아니, 속임수가 없는 것은 아니오. 하지만 자살은 아니오."

"그렇다면 그게 무슨 의미요?"

"무슨 의미인지 알잖소."

"……살인사건?"

"살인사건이라는 뜻이오."

"잠깐만 있어 봐요, 케이즈. 잠시 기다려요. 내가 당신 논리를 이해 할 때까지 기다려 봐요. 무슨 근거로 그렇게 생각하는 거죠?"

"근거는 없소."

"틀림없이 뭔가 알고 있을 텐데."

"나는 근거가 없다고 말했소. 누가 저지른 일인지 몰라도 기가 막히게 잘해 냈소. 근거는 없소. 하지만 이건 살인사건이오."
"의심 가는 사람이라도 있나요?"
"내 생각을 말하자면, 그 보험금의 수혜자가 자연히 의심을 받게 되어 있소."
"그의 아내 말인가요?"
"그의 아내 말이오."
"그녀는 기차에 타고 있지도 않았는데요."
"그렇다면 다른 사람이 했겠지."
"누구라고 생각하는데요?"
"전혀 모르오."
"그렇다면 당신이 주장하는 근거는 이게 전부란 말인가요?"
"말했잖소, 근거 같은 것은 없다고. 이런 도표들과 내 자신의 육감과 본능, 그리고 경험밖에 없소. 멋진 솜씨로 벌인 일이지만, 어쨌거나 사고는 아니오. 그리고 자살도 아니오."
"그렇다면 우리는 어떻게 하죠?"
"모르겠소. 1분만 생각할 시간을 주시오."

그는 반 시간이나 생각했다, 노튼과 나는 그냥 앉아서 담배만 피워 댔다. 한참 뒤, 케이즈는 손바닥으로 책상을 내리치기 시작했다. 그는 스스로 무슨 말을 할 것인지 알고 있음을 누구라도 보면 알 수 있었다.

"노튼 사장."
"네, 케이즈."
"사장이 할 일은 딱 한 가지 뿐이오. 관례에 어긋나는 일이고, 어떤 경우에는 나까지도 반대할 만한 일이오. 하지만 이번 사건은 경우가 다르오. 이 사건에는, 그들이 무엇보다도 관례에 단단히 의지해서, 이익을 취하리라 생각되는 점이 두어 가지 있소. 이런 사건에서는 기다리면서 그들이 다가오게 하는 게 관례요, 안 그렇소? 나는 그 관례에 거슬리는 충고를 하겠소. 당장 일에 뛰어드시오. 가능하다면 오늘밤이라도, 오늘 밤에 안 된다 하더라도 시체 부검 당일에는 그 여자를 고소하시오. 살인 혐의를 씌워 고소해서, 할 수 있는 한 힘껏, 그리고 빠르게 일격을 가하라고 충고하겠소. 그녀가 체포되어야 한다고 주장하라고 충고하는 바요. 그녀가 구류를 살아야 한다고도 주장해야 하오. 법이 이런 종류의 사건에서 허용하는 만 48시간 동안 외부와의 연락을 차단해야만 하오. 그리고 경찰이 가진 모든 수단을 동원해서 그녀에게 자백을 받아 내게 하라고 충고하겠소. 특히 그녀를 공범과 격리시키도록 충고해야 하오. 공범이 남자든 여자든 간에. 그러면 그들을 당황하게 만들어, 그들이 장차의 계획에 대해 의논하는 것을 막을 수 있소. 그렇게 하시오. 놀라운 점들을 알아내게 되리라는 내 말을 염두에 두시오."

"하지만…… 무슨 근거로 그런 말을 하는 겁니까?"

"아무 근거도 없소."

"하지만 케이즈, 그런 조치를 취할 수가 없어요. 만일 아무 것도 알아내지 못한다면? 그녀에게 자백을 강요하고도 아무 것도 얻어 내지 못한다면? 속임수라곤 없는 사건이라면? 그렇게 되면 어떤 꼴이 될지 생각해 보라고요. 맙소사, 그녀는 민사소송을 걸어 우리를 끝장낼 수도 있어요. 그렇게 되면 배심원은 그녀가 요구하는 마지막 한푼까지다 주게 만들 거예요. 그들이 우리에게 비방죄를 씌우지 않으리라고 장담할 수도 없죠. 그리고 다른 면을 보도록 해요. 우린 연간 예산 가운데 10만 달러를 광고비로 책정했어요. 우리 스스로 미망인과 고아의 친구라고 묘사하지요. 우린 선의로 그 비용을 쓰는 거예요. 그런데 어쩌자고요? 정당한 보험금을 지불하는 대신 그녀에게 살인죄까지 씌우기까지 하란 말이오?"
"정당한 보험금이 아니오."
"우리가 달리 증명하지 않으면 지불해야 될 거예요."
"좋소, 사장 말이 옳소. 그래서 관례에 어긋나는 일이라고 말했던 거요. 하지만 내 말을 들어보시오, 노튼 사장. 바로 이 자리에서 밝히겠소. 사건을 일으킨 자가 누구든지간에 조무래기는 아니오. 남자든 여자든, 어쩌면 양쪽일 수도 있고, 또 셋일 수도 있지만 어쨌거나 몇명이 벌인 일이든…… 자기들이 무슨 짓을 저지르는지 분명히 알고 저질렀소. 단서가 나오리라는 희망을 품으며 당신이 그저 가만히 앉아 있다고 해서 그들이 잡히지는 않을 거요. 그들은 단서에 대해 미리 생각했소. 그러니 단서 따위는 없소. 당신이 그들을 잡을 수 있는 단 한 가지 방법은 그들을 거슬리는 방향으로 움직이는 거요. 전쟁이든 살인사건이든, 혹은 그 어떤 사건이라고 해도 상관없소. 허를 찔러야만 먹혀들 수가 있소. 먹혀들 거라고는 말하지 않겠소. 하지만 제대로 먹혀들 수 있을 거라고 말할 수 있소. 그리고 그 밖의 다른 것은 먹혀들지 않으리라고 말할 수 있소."
"하지만 케이즈, 그런 조치는 취할 수 없어요."
"왜 안 된단 말이오?"
"케이즈, 우린 그런 일을 백만 번도 더 겪어 왔어요. 모든 보험회사가 하나같이 백만 번도 더 이런 일을 겪었죠. 우리에겐 우리 관례가 있고, 당신도 거기서 예외일 수는 없소. 이런 것들은 경찰이 처리할 문제요. 우리가 도움이 될 만한 것을 알고 있다면 경찰을 도울 수는 있소. 만일 우리가 어떤 정보를 알게 되면, 그 정보를 경찰에 넘겨줄 수는 있소. 혐의자를 알아냈다면, 경찰과 대화를 할 수 있소. 합법적이고 합당한 과정이라면 어떤 일이라도 행동에 옮길 수 있지만…… 이런 조치는……."

그는 말을 멈추었다. 케이즈는 기다릴 뿐, 말을 마무리짓지 않았다.

"이 조치의 어떤 점이 비합법적이오, 노튼 사장?"

"비합법적인 것은 없어요. 충분히 합법적이에요…… 하지만 이건 틀린 조치예요. 그렇게 되면 우리 존재가 공개적으로 드러나게 되죠. 방어할 방법이 전혀 없게 되는 거예요…… 만일 우리 판단이 빗나간 경우에 말입니다. 그런 말은 들어본 적이 없어요. 그건…… 전략적으로 잘못이란 말을 하고 싶은 겁니다."

"하지만 전략적으로 옳은 조치요."

"우리에겐 나름대로의 전략이 있어요. 오래 전부터 내려오는 전략이 있고, 당신이라 해도 그걸 넘어설 수는 없어요. 잘 들어봐요, 이번 사건은 자살일 수도 있어요. 자살이라는 우리의 믿음을 적당한 시기에 확인해 줄 수 있습니다. 그러면 우린 안전하게 되죠. 증거라는 짐은 그녀가 지고 있는 겁니다. 이게 바로 내가 말하려는 요점이죠. 나를 믿어요, 이런 다이너마이트 같은 사건에서 우리가 증거를 대야 하는 부담을 지는 그런 곤경에 빠지고 싶지 않다 이겁니다."

"그녀와 맞붙는 쪽으로 움직일 작정이오?"

"아직은 아니에요, 케이즈 아직은 아닙니다. 어쩌면 나중에는 그렇게 될지 모르죠. 하지만 신중하고 안전한 조치를 취할 수 있는 한 두서없이 다른 종류의 대처를 하지는 않을 겁니다."

"아버님 같았으면……."

"똑같이 처리하셨을 겁니다. 나도 아버님 생각을 하고 있어요."

"그 분은 그렇게 하시지 않았을 거요. 노튼 사장님이셨다면 모험을 해볼 수도 있었을 거요."

"나는 아버지가 아니에요!"
"다 당신 책임이오."

나는 검시 현장에 가지 않았다. 노튼도 케이즈도 가지 않았다. 검시배심이든 다른 종류의 배심이든 상관없이, 죽은 사람이 보험에 들었다는 사실이 배심원에게 알려지는 날에는 어떤 보험회사라도 맥을 쓸 수가 없는 법이다. 만일 그런 사실이 발각되면 보험회사는 여지없이 죽고 만다. 조사관 두 명만 그 자리에 파견되었다. 보통 사람과 다를 바 없이 생긴 그들은 신문 기자들과 함께 앉아 검시 현장을 관찰한다. 우리는 그들에게 검시 현장에서 어떤 일이 벌어졌는지 전해 들었다. 필리스, 기차 차장 두 명, 그 짐꾼. 식당칸 급사, 승객 두어 명, 경찰관, 그리고 특히나 갑자기 끼어드는 바람에 내가 쫓아 버리려고 애썼던 그 잭슨이라는 사나이가 시체를 확인했고, 각자 알고 있는 사항을 말했다. 배심원은 이런 답신을 했다. '당해 인물 허버트 S. 너들링거는 6월 3일, 오후 10시 혹은 그 즈음에, 본 배심원이 알 수 없는 방식으로 기차에서 떨어져서, 목이 부러져 사망하게 되었다. 이 결과에 노튼은 화들짝 놀랐다. 그는 진짜로 자살 판결이 나기를 희망하고 있었다. 나는 놀라지 않았다. 검시에서 가장 중요한 인물은 한마디도 하지 않았고, 나는 이미 오래 전에 필리스의 머리 속에 그가 그 자리에 반드시 있어야 한다는 점을 분명히 심어 주었다. 왜냐면 이렇게 자살이야기가 나올 수 있음을 사전에 알았고, 우리는 거기에 대비해야 했으니까. 그녀가 장의사와 장례 준비에 관해 협의를 할 수 있도록 함께 참석해 달라고 부탁한 사람은 바로 목사였다. 독약을 먹었거나 목을 잘랐거나, 선창 끝에서 뛰어내려 죽었을 가능성이 있을 경우 교회 묘지에 안장하는 데 문제가 있음을 검시 배심원이 알게 되면, '본 배심원으로서는 알 수 없는 방식으로'라는 표현을 쓰곤 하니까.

 조사관들이 보고를 마치자 우리는, 그러니까 노들과 케이즈와 나는 다시 둘러 앉았다. 이번에는 노튼 사장의 사무실에 모였다. 시간은 오후 5시쯤이었다. 케이즈는 비통했다. 노튼 사장은 실망했지만, 여전히 자기가 옳은 처신을 한 것처럼 보이게 하려고 노력하고 있었다.
 "자, 케이즈 더 나빠진 것도 없어요."
 "더 좋아진 것도 없소."
 "어쨌든 우리는 바보 같은 짓은 저지르지 않았잖아요."
 "이제 어떻게 할 거요?"
 "이제? 관례를 따르겠어요. 그녀가 조치를 취하기를 기다리겠어요. 사고임이 판명되지 않았다는 근거를 대며 우리에게 책임이 없다고 주장해서, 그녀가 소송을 걸게 하겠어요. 그리고 그쪽에서 소송을 걸어오면, 그때 가서 우리가 알아낸 바가 뭔지 한번 보겠어요."
 "사장은 이길 가망이 없소."
 "가망이 없다는 것은 알지만, 바로 그게 내가 해야 할 일이에요."
 "가망이 없다는 것을 알다니 무슨 뜻이오?"
 "저, 지금까지 이번 사건에 대해 경찰과 얘기를 해 왔어요. 나는 그들에게, 살인사건이라는 의심이 든다고 말했지요. 경찰은 처음에는 자기들 역시 그랬지만, 그럴 가능성은 없다고 생각했대요. 사람들이 어떻게 살인사건을 벌이는지, 어떤 식으로는 살인사건을 벌이지 않는지 알고 있지요. 이렇게 말하더군요. 느릿느릿 움직이는 기차 제일 뒤칸에서 사람을 밀어서 죽였거나, 아니 살인 기도를 했다는 이야기조차 한 번도 들어본 적이 없다고 말입니다. 경찰은 케이즈의 의견과 똑같은 말을 해요. 살인범이 살인 기도를 했다고 해도, 그 사람이 죽으리라고 어떻게 확신할 수 있었겠느냐 이거죠. 부상만 당하게 된다면? 그렇게 되면 어떻게 되겠어요? 아니, 경찰은 이번 사건이 순조롭게 해결될 거라 장담해요. 그저 좀 특이한 사건 가운데 하나라고."

"경찰이 그 기차에 탄 사람들을 모두 조사했소? 그의 부인과 아는 사람이 한두 사람이라도 있었는지 여부를 경찰이 알아냈소? 맙소사. 노튼 사장, 경찰이 그런 절차를 밟지 않고 그냥 물러났다고 말할 생각은 하지도 마시오. 내 분명히 말하는데, 그 기차에는 틀림없이 누군가 있었소!"

"경찰은 그보다 한수 더 떠서 조사했어요. 전망칸의 차장을 조사했지요. 그는 문 바로 옆좌석에 앉아서, 초기 운행 내용을 운행일지에 적고 있었어요. 그는 거기엔 틀림없이 너들링거밖에 없었다고 말하고 있어요. 왜냐면 누군가 그의 앞을 지나갔다면, 그가 움직여 비켜줘야만 했을 테니까. 그는 기차가 출발하기 10분 전에 잭슨이 전망칸으로 나간 것을 기억하고 있어요. 또 몸이 불편한 사람이 지나간 것도 기억하고 있어요. 그리고 잭슨이 전망칸에서 다시 나온 것도 기억하고 있어요. 잭슨이 서류가방을 들고 다시 그 앞을 지나 전망칸으로 나간 것도 기억하고, 잭슨이 다시 안으로 돌아온 것도 기억해요. 당시 잭슨은 사람이 없어졌다고 신고하지 않았어요. 너들링거가 화장실이나 어디 갔나 보다고 짐작한 거죠. 사실 자정이 되어서야 그는 차장에게 그 일에 대해 말했어요. 잠자리에 들고 싶은데, 너들링거의 기차표가 들어 있다는 그 서류가방을 자기가 가지고 있었기 때문이었지요. 그 뒤 5분이 지났을 때, 산타바바라에서 로스앤젤레스 조차장장(長)이 차장과 교신을 했어요. 그리고 차장은 너들링거의 가방을 입수하고, 그를 찾기 시작했어요. 아무도 내가 너들링거라고 나서지 않았어요. 이 사람은 추락한 거예요,

그뿐이에요. 우리가 졌어요. 이건 우발적인 사건이에요."
"아무 흑막이 없다면, 왜 사장은 그녀에게 보험금을 지불하지 않소?"
"잠깐만. 그건 내가 생각하는 바예요. 또 경찰에서 생각하는 바고. 하지만 여전히 자살이라는 그럴듯한 증거가 있을 수도 있어요……."
"그런 증거는 없소."
"충분해요, 케이즈. 그러니 나는 우리 주주들에게, 이 사건을 법정으로 끌고 가서 배심원이 판단을 내리게 만들어야 하는 빚을 지고 있어요. 내가 틀렸을지도 모르죠. 경찰이 틀렸을 수도 있어요. 재판을 받기 전까지, 우리는 충분히 조사할 수 있어요. 내가 하려는 일은 그뿐이에요. 판단은 배심원이 내리게 하는 것. 만일 우리에게 보상 책임이 있다고 결정되면 그때는 그녀에게 보험금을 지불할 거예요. 흔쾌히 지불할 거예요. 하지만 보험금을 선물처럼 내줄 수는 없어요."
"자살이라고 주장한다면 사장은 그렇게 대처해야겠지."
"두고 보면 알겠죠."
"그렇겠지, 두고 보면 알겠지."

나는 케이즈를 따라 그의 사무실로 다시 갔다. 그가 전등 스위치 올렸다.
"사장은 알게 될 거야. 나는 정말로 많은 사건을 다루어 봤네, 허프. 이런 저런 사건을 백만 건쯤 다루어 보면, 어떻게 아는지 자기도 모르는 채로 뭔가 알게 된다고. 이건 살인사건이야……. 그래, 경찰에선 짐꾼을 조사했지. 아무도 거기 전망칸으로 나간 사람이 없었다고. 그런데 밖에서 흔들리는 기차에 매달려 있는 사람이 없었다는 것을 경찰은 어떻게 알지? 어떻게 아느냐고……."
 케이즈는 말을 멈추고 나를 바라보았다. 그리고 나서 욕설을 내뱉고, 미친 사람처럼 마구 지껄여 대기 시작했다.
 "내가 사장에게 말하지 않았던가? 애초에 곧장 그녀를 밀어붙이라고 말하지 않았느냐고? 검시를 기다리지 말고, 그녀를 체포하게 하라고 말하지 않았냐고? 내가 그 말까지 하지 않았느냐고……."
 "'그 말'이라니 무슨 말 말입니까, 케이즈?"
 가슴이 쿵쾅거렸다. 심하게.
 "너들링거는 기차에 타지 않았어!"
 이제 케이즈는 소리를 지르며 책상을 두드려 댔다.
 "그 자는 기차에 타지도 않은 거라고! 누군가 그의 목발을 들고, 그인 체하며 기차에 탄 거라고! 물론 그 작자는 잭슨을 쫓아내야만 했지! 시체가 놓인 곳을 지나면, 살아서 목격되면 안 되는 처지니까! 그러니 지금 여러 목격자들이 그런 신분 확인을 해주는 것이 우리에게는 불리하기만 하다고……."
 "그런 신분 확인이라뇨?"
 나는 그의 말뜻을 알고 있었다. 검시를 할 때 그런 신분 확인 절차가 있으리라는 점을 나는 처음부터 염두에 두었다. 기차에서 누구도 내 모습을 똑똑히 보지 못하도록 극도로 조심한 것도 다 그런 이유 때문이었다. 사람들이 목발과 다리, 안경, 시가, 그리고 상상력만으로 충분히 너들링거였다고 말하리라는 것을 나는 알았다.
 "시체 검시 현장에서 말이야! 그 목격자들이 이 사람의 모습을 얼마나 똑똑히 봤겠어? 그저 어둠 속에서 몇 초 정도 그것도 사나흘 전에 봤다고. 그런데 검시관이 시체를 덮은 시트를 들추니 미망인이 '네 맞아요, 그이군요'라고 말하는 거야. 그러면 당연히 모두들 똑같은 말을 하겠지. 그런 마당이니 우리 꼴을 보라고! 노튼이 그녀를 애초에 옴쭉달싹 못하게 했다면, 신분 확인을 비롯해 다른 모든 것이 달라질수도 있었다고 경찰이 정신을 차렸을 테고 그러면 우리의 입장도 달려졌을 거라고. 하지만 지금 이 꼴은……! 그래 이제 그녀가 소송을 하게 하겠다! 그들이 신분 확인한 것을 사장이 무너뜨리도록 애쓰게 그냥 내버려두자고, 번복시키기는 불가능할 걸세. 증인들이 진술을 번복하면, 어떤 변호사라도 증인들을 반쯤 죽여 놓을 수 있다니까. 그래, 보수적인 태도를 유지하겠다고! 그러면 안전할 거라고! 옛날 사장이라면 그렇게 처신했었을 거라고! 맙소사. 허프, 돌아가신 노튼 사장같았으면 지금쯤 그 여자에게서 자백을 받아 냈을 거네. 그 양반은 여자에게 유죄 자백을 받아 내고, 벌써 그녀가 폴섬에서 종신 징역을 살도록 일을 처리했을 거라고 이제 우리 꼴을 보라니까. 우리 모습을 봐. 이번 사건의 핵심 부분은 이미 지나갔고, 우린 패배했어. 우린 졌네……. 내 말을 들어보려나? 만일 지금 사장이 계속 이 회사를 운영해 나가려고 한다면, 회사는 글렀어, 이런 식의 사건을 여러 건 당하고 나면 회사를 운영해 나가기란 불가능하지. 제기랄. 5만 달러라니. 멍청하게 군 덕에 앉아서 빼앗기다니. 그 어처구니 없고, 괴팍스럽고, 멍청한 꼴이라니!"

눈 앞의 불빛이 이상하게 보이기 시작했다. 케이즈는 너들링거가 어떻게 죽었는지 다시 검토하기 시작했다. 그는 누군지 몰라도 이 사내가 자동차를 버뱅크에 미리 놔두고, 자기서 기차에서 뛰어내렸을 거라고 말했다. 여자가 거기서 그를 만났고, 그들은 시체를 두 차 중 한 차에 싣고서, 각자 차를 몰아 시체를 던질 철로까지 갔을 거라고 사내는 여자가 버뱅크에 도착해, 10시 20분 잡화점에 나타나서 아이스크림 한 통을 살 만한 시간이 있으리라는 것을 염두에 두었다고 실제로 너들링거 부인은 그 시간 잡화점에 모습을 드러냈다. 케이즈는 그것까지 알고 있었다. 어떻게 일을 처리했는지는 틀렸지만, 그가 너무 확실하게 추정했기 때문에, 그의 말을 듣고 있는 것만으로도 입술이 얼어붙을 지경이었다.

"저, 케이즈 이제 어떻게 할 겁니까?"

"……그래, 사장은 기다리고 싶어하지. 그녀가 소송을 걸기를 바라지. 그는 죽은 사람에 대해 조사해서, 왜 자살했는지 이유를 알아내겠지. 내겐 잘된 일이야. 나는 여자를 조사할 거야. 여자의 움직임 하나 하나, 그 여자가 하는 일을 전부 관찰할 거라고. 조만간 사내가 나타나게 될 걸세. 허프 그들은 만나야 할 거야. 그리고 사내가 누군지 알게 되면, 내가 어떻게 하는지 지켜보라고 그래. 여자가 재판을 걸게 내버려두라고. 그리고 여자가 증인석에 섰을 때, 노튼은 탈진할 거야. 자기가 한 말 한 마디 한 마디가 지겨워질 거라고. 그리고 경찰들 역시 시들시들해질 테지. 하지만, 아니, 나는 아직 끝내지 않았어."

나는 그에게 졌다. 그리고 나는 그것을 알았다. 필리스가 소송을 걸고 증인석에서 흥분하게 되면 어떤 일이 벌어 질지는 하느님이나 아신다. 그녀가 소송을 걸지 않으면 그때는 일이 더 불리해진다. 그녀가 보험금을 타기 위해 애쓰지 않으면, 너무 이상해 보여서 결국 경찰을 불러들이게 될지 모른다. 나는 감히 그녀에게 전화를 걸지 못했다. 지금도 그녀의 전화가 도청되고 있으리라는 것을 아니까. 그날 밤 역시, 검시를 기다리던 지난 이틀 밤과 똑같이 보냈다. 술을 마셔서 취했다. 아니 취하려고 애썼다. 다리가 이상하게 후들거렸고 귀가 울렸지만, 눈은 어둠 속을 계속 노려보고 있었고 심장은 계속 뛰고 있었다. 그러니 어떻게 해야 하나, 알 수가 없었다. 잠을 이룰 수도 없었고 밥도 먹을 수가 없었다. 술에 취할 수조차 없었다.

필리스가 전화를 한 것은 다음 날 밤이었다. 저녁 식사를 마친 조금 뒤였다. 필리핀인 심부름꾼은 퇴근하고 없었다. 전화를 받는 일조차 겁이 났지만, 그렇다고 받지 않을 수도 없었다.

"월터?"
"그렇소 먼저 거기 어디요? 집이오?"
"잡화점에 나와 있어요."
"아, 다행이오, 그러면 계속 말해 봐요."
"롤라가 어찌나 해괴망측하게 구는지, 이젠 우리 집 전화도 쓰고 싶지 않을 지경이라니까요. 차를 몰고 불러바드로 나왔어요."
"롤라와 무슨 일이 생겼소?"
"아, 그저 히스테리인 것 같아요. 그 애에겐 충격이 심했겠죠"
"다른 일은 없소?"
"그런 것 같아요."
"좋소, 빨리 빨리 말해 봐요. 어서 말해 봐요. 무슨 일이 있었소?"
"굉장히 많았어요. 전화를 걸기가 겁났어요. 장례식까지는 집에 있어야 했어요. 그리고……."
"장례식은 오늘이었소?"
"네, 검시가 끝난 뒤에."
"계속해 봐요."
"다음으로 내일은 남편의 금고를 개봉한대요. 그 일은 국가와 관계가 있대요. 상속세 때문에."
"그렇소. 보험증권이 거기에 있소?"
"그래요. 1주일 전에 내가 그 금고에 넣어 뒀어요."
"그럼 잘 됐소. 당신이 할 일은 이렇소. 당신 변호사의 사무실에서

이중보상 253

금고를 열게 될 거요, 그렇소?"
"네."
"그럼 거기 가도록 해요. 당신 변호사가 배석한 가운데 정부 세무 담당 관리가 그 자리에 있게 될 거요. 그들이 보험증권을 찾아내면, 당신은 그걸 변호사에게 건네주는 거요. 보험금을 청구하라고 변호사에게 지시해요. 일을 그렇게 진행해야 하오."
"보험금을 청구하라고요?"
"그렇소. 잠깐만 기다려요, 필리스. 당신이 변호사에게 말해서는 안 되는 사항이 있소…… 아직까지는. 보험회사에서는 그 청구액을 지불하지 않을 거요."
"뭐라고요!"
"보험금을 지불하지 않을 거요."
"보험회사에서 보험금을 지불하지 않는다고요?"
"이쪽에서는 그 사건이…… 자살이라고 생각하오. 그리고 당신이 소송을 걸어 판단을 배심원의 손에 맡기게 하겠다고 생각하고 있소. 그 뒤에야 보험금을 지불하겠다고. 변호사에게 지금은 그런 이야기를 하지 말아요. 그가 나중에 직접 알아내게 하시오. 변호사는 소송을 하고 싶어할 거고, 그러면 당신은 그러라고 해요. 우린 변호사에게 수임료를 지불해야겠지만, 그게 우리로서는 유일한 기회요. 필리스, 한 가지 더 있소."
"네."
"나는 당신을 만날 수 없소."
"하지만 난 당신을 만나고 싶은데요."
"우린 서로 만날 수가 없소. 그들은 자살 쪽으로 판정이 나길 기대하고 있지만, 그 반대로도 강력한 의심을 품고 있소. 만일 당신과 내가 서로 만나기 시작하면, 그들은 진실을 알아내게 될 거요. 당신 피가 식어 버릴 정도로 빨리 알아낼 거요. 저들은 뭘 알아낼까 해서 당신 꽁무니를 쫓고 있소. 그러니 피할 수 없는 일만 아니라면 나와 연락을 해서는 안 되오. 긴요한 경우라고 해도 집으로 전화를 걸어요. 잡화점에서, 같은 잡화점에서 연속해서 두 번 전화하지 말아요. 내 말을 이해하겠소?"
"세상에, 당신은 겁먹고 있는 것 같군요."
"겁나오. 많이. 회사측에서는 당신이 생각하는 것보다 더 많이 알고 있소."
"그러면 정말로 심각한 상황인가요?"
"그렇지는 않을 테지만, 조심해야 하오."
"그렇다면 내가 소송을 걸지 않는 편이 낫겠군요."
"당신은 반드시 소송을 걸어야 하오. 만일 소송을 걸지 않으면 우린 가망이 없소."
"아, 그래요, 이해하겠어요."
"소송을 하시오. 하지만 변호사에게 조심해서 말하시오."
"알았어요. 당신, 아직 날 사랑하나요?"
"그렇다는 걸 당신도 알잖소."
"내 생각을 하나요? 언제나?"
"언제나 하오."
"달리 할 말이 있나요?"
"별로 없는 것 같은데. 당신도 할 말은 그뿐이오?"
"그런 것 같아요."
"전화를 끊는 편이 좋겠소. 누가 들어올지도 모르니까."
"마치 나를 쫓아 버리고 싶은 듯한 목소리군요."
"상식적으로 생각해요."
"알았어요. 시간이 얼마나 걸릴까요?"

"모르겠소. 어쩌면 꽤 오래 걸릴 거요."
"보고 싶어 죽겠어요."
"나도 그래요. 하지만 우린 조심해야 하오."
"그러면 안녕."
"안녕."

전화를 끊었다. 나는 토끼가 방울뱀을 사랑하는 것처럼 그녀를 사랑했다. 그날 밤, 몇 년 동안 하지 않은 일을 했다. 기도를.

9

그로부터 1주일 뒤였다. 네티는 내 사무실에 재빨리 들어와서는 문을 닫았다.
"너들링거 양이 또 뵙고 싶어하는데요, 허프 씨."
"잠깐만 붙들고 있도록 해요. 전화를 한 통 걸어야 하니까."
네티는 나갔다. 나는 전화를 걸었다. 마음을 가라앉히기 위해서는 무슨 일이라도 해야 했다. 집에 전화를 걸어, 필리핀 청년에게 혹시 전화가 오지 않았는지 물었다. 그는 없다고 대답했다. 부저를 누르고 네티에게 너들링거 양을 들여보내라고 말했다.
롤라는 지난 번에 봤을 때와는 달라 보였다. 그때는 아이처럼 보였다. 한데 이제는 여인처럼 보였다. 아마 검정색 옷을 입었기 때문일 수도 있지만, 누가 보든 그녀가 많은 고통을 겪었음을 알아볼 수 있었다. 나는 비열한 자식 같은 기분이 들었다. 이 아가씨에게서는 여전히 나를 좋아하는 뭔가가 풍겼다. 그녀와 악수를 하고 앉게 했다. 그리고 계모는 어떻게 지내느냐고 묻자, 롤라는 모든 상황을 고려하면 잘 지내는 편이라고 말했다. 그래서 나는 끔찍한 일이라고, 그 소식을 듣고 굉장히 충격을 받았노라고 말했다.

"그리고 사세터 씨도 잘 있나요?"
"사세티에 대해서는 말하고 싶지 않은데요."
"두 사람이 친구 사이인 줄 알았는데."
"그에 대해서는 말하고 싶지 않아요."
"미안해요."
그녀는 일어나서 창 밖을 내다보았다. 그러더니 다시 자리에 앉았다.
"허프 씨, 전에 저를 위해 일을 해주셨잖아요. 아니, 그렇게 해주신 것은 저 때문이었다는 느낌이 드는데요……."
"그랬지."
"그 이후로 언제나 허프 씨를 친구로 생각해 왔어요. 그래서 지금 여기 온 거예요. 허프 씨에게 이야기를 하고 싶어요…… 친구로서."
"물론이오."
"하지만 친구로서예요, 허프 씨. 달리…… 보험업계에 있는 분으로서가 아니라. 내가 내 마음을 안다고 느낄 때까지는 철저한 비밀이 보장되어야 해요. 제 말을 이해하시겠어요, 허프 씨?"
"알겠소."
"깜빡 잊고 있었네요. 허프 씨가 아니라 월터라고 부르기로 해놓구선."
"그리고 나는 너들링거 양을 롤라로 부르고."
"당신이랑 있으면 얼마나 마음이 편해지는지, 정말 이상해요."
"계속 말해 봐요."
"아버지에 대한 이야기예요."
"그런데?"
"아버지의 죽음에 대해서요. 배후에 뭔가 있다는 생각을 지울 수가 없어요."

"무슨 말인지 이해가 전혀 안되는데, 롤라. 배후라니 그게 무슨 의미지?"

"나도 무슨 의미인지 모르겠어요."

"롤라도 부검에 참석했나?"

"네."

"거기 있던 증인 한두 명이, 그리고 나중에는 몇 사람이 우리에게 롤라의 아버지가 어쩌면…… 스스로 목숨을 끊었을지도 모른다고 넌지시 알려 왔는데. 지금 롤라가 말하려는 게 그런 의미인가?"

"아녜요, 월터. 그게 아니에요."

"그럼 무슨 뜻이지?"

"말할 수가 없어요. 내 스스로 말하게 놔둘 수가 없다고요. 너무나 끔찍한 일이에요. 왜냐면 그런 생각을 한 게 처음이 아니니까요. 다른 사람들이 모두 생각하는 것 이상의 무언가가 있을지도 모른다는, 좀 괴롭지만 의심을 품게 된 것이 이번이 처음이 아니거든요."

"아직도 무슨 뜻인지 도저히 모르겠군."

"우리 어머니 말이에요."

"그래서."

"어머니가 돌아가셨을 때 말이에요. 그런 기분이었어요."

나는 기다렸다. 롤라는 두세 차례 침을 꿀꺽 삼켰다. 그녀는 아무 말도 하지 않기로 작정한 듯 보였지만, 다시 마음을 바꾸어 이야기를 하기 시작했다.

"월터, 우리 어머니는 폐병이 있었어요. 우리가 애로우헤드 호숫가에 작은 통나무집을 마련했던 것도 그런 이유 때문이었죠. 한겨울의 어느 주말, 어머니는 가장 절친한 친구와 그 오두막으로 올라갔어요. 겨울 스포츠가 한창일 때였죠. 그곳은 모든 것이 생기가 있어요. 그래서 어머니는 아버지에게 전보를 보냈어요. 이 여자와 함께 1주일 동안 더 머물겠다고요. 아버지는 별달리 생각하지 않고, 어머니에게 돈을 조금 부쳐 주었죠. 그리고 원하는 만큼 지내다 오라고 했어요. 아버지는 그러는 편이 어머니에게 좋을 거라고 생각했지요. 그 주의 수요일, 어머니는 폐렴에 걸렸어요. 금요일, 병세가 심해졌어요. 어머니 친구는 의사를 부르러 눈발을 뚫고 12마일이나 눈속을 헤치고 걸어갔죠. 오두막집은 호텔 근처가 아니거든요. 호수의 맞은편에 있어서 먼 길을 돌아가야 해요. 어머니 친구가 큰 호텔에 들어갔을 때는 너무 지쳐서, 그녀도 병원으로 옮겨져야 했어요. 의사가 오두막집으로 출발했고, 그가 거기 도착했을 때 어머니는 죽어 가고 있었어요. 반시간 뒤 숨을 거뒀죠."

"그래요?"

"가장 친한 친구가 누군지 아세요?"

나는 알았다. 등줄기와 머리카락 속에 도는 소름으로 그게 누군지 알고 있었다.

"아니."

"필리스예요."

"……그래?"

"무시무시한 겨울 내내 두 여자가 오두막집에서 뭘 하며 지냈을까요? 왜 그들은 다른 사람들처럼 호텔에 가지 않았을까요? 왜 어머니는 전보를 보내는 대신 전화를 걸지 않았을까요?"

"그러니까 전보를 친 사람이 어머니가 아니었다는 뜻인가?"

"나도 내 말이 무슨 뜻인지 모르겠어요. 상황이 굉장히 웃기게 보인다는 점만 알죠. 필리스는 왜 의사를 부르러 그렇게 먼 거리를 터벅터벅 걸었을까요? 왜 다른 집에 들러서 전화를 걸지 않았을까요? 혹은 왜 스케이트를 신고 호수를 건너지 않았을까요? 그랬으면 반 시간이면 저쪽 편에 닿았을 텐데요. 필리스는 스케이트를 아주 잘 타요. 어째서 그녀는 세 시간이나 걸리는 길을 택했을까요? 왜 그녀는 더 빨리 의사를 부르지 않았을까요?"
"잠깐만. 의사가 도착하자 롤라의 어머니는 무슨 말씀을 하지 않으셨나……?"
"아무 말도 안했어요. 심한 의식불명 상태였거든요. 게다가 의사는 도착한 뒤 5분이 지나서야 산소 마스크를 씌웠어요."
"잠깐만 롤라. 그래도 의사는 의사인 법이오. 그리고 만일 어머니가 폐렴에 걸렸다면……"
"그래요. 그래도 의사는 의사인 법이지만, 당신은 필리스가 어떤 사람인지 몰라요. 내가 하는 말을 들어 보세요. 우선 그녀는 간호사예요. 로스앤젤레스에서 가장 뛰어난 간호사 중 한 사람이죠. 바로 그녀와 우리 어머니가 만난 것도 그 때문이었어요. 어머니가 살기 위해 심한 몸부림을 겪고 있을 때였죠. 그녀는 간호사이고, 특히 폐질환 전문이에요. 의사 못지 않게 재앙이 닥칠 때를, 거의 분 단위까지도 알 거예요. 그리고 어떻게 하면 폐렴을 유발할 수 있는지도 알고 있을 거구요."
"그건 무슨 뜻이지?"
"필리스가 우리 어머니를 밤에, 그런 추위 속에 내놓지 않았을 거라고 생각해요? 반쯤 얼어죽게 될 때까지 밖에 내놓고 문을 걸어 잠그고 있지 않았을 것 같아요? 그녀가 겉보기처럼 그저 다정하고 친절하고 점잖은 사람이라고 생각하세요? 우리 아버지는 그렇게 생각했어요. 그녀가 생명을 구하려고 그렇게 먼 거리를 터벅터벅 걸었던 것이 굉장한 일이라고 생각했죠. 그리고 1년이 채 지나지 않아 아버지는 그녀와 결혼했어요. 하지만 나는 그렇게 생각하지 않아요. 나는 그녀를 알아요. 그 이야기를 듣자마자 내가 생각한

바는 그랬어요. 그리고 지금…… 이렇고요."
"내가 어떻게 해주면 좋겠소?"
"아무 것도 없어요…… 아직은. 그저 내 이야기를 들어주기만 해 주세요."
"이건 꽤 심각한 일인데, 롤라가 말하고 있는 내용은. 아니면 어쨌든 암시적이기도 하고, 나는 롤라가 무슨 뜻으로 이런 말을 하는지 알아요."
"그런 뜻으로 말하는 거예요. 바로 그런 뜻이에요."
"하지만 내가 이해한 바에 의하면, 롤라의 어머니는 그때 아버지와 함께 계시진 않았는데……."
"그녀가 우리 어머니와 함께 있지도 않았죠, 그 당시에는. 하지만 그 전에는 함께 있었어요."
"내가 이 문제를 놓고 생각해 봐도 괜찮겠어요?"
"그러세요."
"오늘 롤라는 조금 흥분했군."
"그런데 이야기를 다 털어놓은 게 아니에요."
"또 무슨 이야기가 있는데?"
"……말할 수가 없어요. 나 스스로도 믿지 못하겠거든요, 아직은 …… 신경 쓰지 마세요. 월터, 이렇게 불쑥 찾아온 것을 용서해 주세요. 하지만 굉장히 비참한 기분이어서요."
"다른 사람에게 이런 이야기를 한 적이 있어요?"
"아뇨, 없어요."
"그러니까…… 롤라의 어머니에 대해서? 이번 전에 혹시 누구에게든?"
"누구에게도 한 마디도 하지 않았어요."
"내가 롤라라면 하지 않을 거예요. 그리고 특히…… 계모에게는."

"지금은 그 여자랑 함께 살지도 않는데요 뭐."
"그래요?"
"작은 아파트를 얻었어요. 할리우드에요. 수입이 조금 있거든요. 어머니의 부동산에서 돈이 아주 조금 나와요. 이사 나왔어요. 더 이상 필리스와 살 수가 없었어요."
"저런."
"다시 와도 될까요?"
"언제 올지 내가 알려주도록 하지. 내게 전화 번호를 알려줘요."

 이 이야기를 케이즈에게 해야 할지 말아야 할지 마음을 결정을 하려고 애쓰느라 이날 오후 반나절을 보냈다. 나 자신을 보호하기 위해서 그에게 말해야 한다는 사실을 알고 있었다. 그것은 법정에서 증거로 채택될 값어치가 서푼 어치도 없었다. 또 그 문제라면, 어떤 법정도 증거로 인정하지 않을 터였다. 왜냐면 법정에서는 한 번에 한 건에 대해서만 심리하지, 누군가 이런 일이 벌어지기 2, 3년 전에 일어났다고 생각하는 일에 대해서까지 심리하지는 않으니까. 그렇지만 내가 그런 사실을 알고도 보고하지 않았다는 사실을 케이즈가 알면, 대단히 나쁘게 보일 만한 일이기도 했다. 나 자신을 그렇게 몰아갈 수가 없었다. 그리고 전에 이 소녀가 다른 사람에게 말하지 말라고 부탁했고, 내가 그러겠다고 약속했었던 것보다 더 대단한 이유가 생각나지도 않았다.
 4시쯤 케이즈는 내 사무실에 와서 문을 닫았다.
"저, 허프 그 자가 나타났네."
"누구 말씀입니까?"
"너들링거 사건의 사내 말이야."
"뭐라고요?"

"꾸준히 방문하고 있지. 1주일에 닷새 밤을 그 집에 갔으니"
"……그가 누굽니까?"
"신경 쓸 것 없어. 하지만 그 자가 바로 그 작자야. 이제 내가 어떻게 하는지 두고보라고."

그날 밤, 나는 일을 하려고 다시 사무실로 나왔다. 조 피트가 내 사무실 층을 8시에 순시하자마자, 나는 케이즈의 사무실로 갔다. 그의 책상을 열려고 했다. 잠겨 있었다. 그의 철제 서류함들을 열어 봤다. 잠겨 있었다. 내 열쇠를 다 꽂아 보았다. 열리지 않았다. 막 포기하려는 찰나, 구술용(口述用) 녹음기가 눈에 들어왔다. 케이즈는 이런 기계를 사용했다. 뚜껑을 열어 보았다. 기록이 여전히 남아 있었다. 4분의 3쯤 기록된 상태였다. 나는 존 피트가 아래층에 있는지 확인한 뒤 다시 돌아와서 이어폰을 끼고 기록 내용을 듣기 시작했다. 처음에는 여러 가지 시시한 이야기가 나왔다. 청구에 관한 편지들, 방화 사건에 관해 조사관들에게 내리는 지시 사항이며, 해고당한 어느 점원이 보낸 통지서 내용이 들어 있었다. 그리고 나서 갑자기 이런 내용이 나왔다.

> 알린 노튼 사장에게
> 판매원 월터 허프에 관해
> 극비―너들링거 사건

판매원 허프가 너들링거 사건과 관계가 있는지 감시하라는 사장님의 제안에 대해서 나는 전적으로 반대하는 바입니다. 당연히 이런 종류의 사건의 경우 다 자동적으로 판매원은 의심을 받습니다. 그리고 나도 허프에 관해 필요한 조치를 취하는 일을 태만히 하지 않았습니다. 사망인에 관한 기록뿐만 아니라 여러 가지 사실과 우리 기록들을 가지고 모든 그의 진술 내용을 점검해 봤습니다. 그가 모르게, 사건 당일 밤 그가 어디 있었는지까지 확인했습니다. 그날 밤 내내 그는 집에 있었습니다. 제 의견을 말하자면, 그런 이유 때문에 그는 사건과 무관합니다. 우리가 그의 행동을 감시하면 허프같은 경험이 많은 사람은 그 사실을 어렵지 않게 알아낼 겁니다. 그러면 이번 사건에 있어서 그의 적극적인 도움을 받을 수 없게 될 가능성이 있습니다. 지금까지 그의 협조는 값졌고, 또 반드시 필요하게 되었습니다. 사장님께 몇 가지를 더 알려 드리면, 피보험자가 부정하게 보험금을 챙기려고하는 경우, 허프는 비상하게 그 사실을 적발해 낸 적이 많았습니다. 따라서 이런 모든 의도는 취소되어야 한다고 강하게 권고하는 바입니다.

감사합니다.

나는 바늘을 올리고 되풀이해 들었다. 이 기록은 내게 영향을 미쳤다. 마음을 놓았다는 뜻이 아니다. 가슴에 이상하게 느껴지게 했다.
한데, 몇 가지 더 판에 박힌 내용들이 지나간 뒤 이런 내용이 나왔다.

극비-너들링거 사건
요약-조사자들이 6월 17일로 끝나는 한 주 동안 구술 보고한 내용:
딸 롤라 너들링거는 6월 8일 이사 나가, 유카 거리의 방 두 칸짜리 아파트 리세 암즈로 주거지를 정함. 감시가 필요하지 않음. 미망인은 6월 8일까지 집에 머무르다가, 그날 자동차를 몰고나가 잡화점에 가서 전화를 함. 연이어 이틀 동안 차를 몰고 나가, 시장과 여성용 가운을 파는 상점에 들름.

  6월 11일 밤, 남자 방문자가 8시 35분 집에 도착, 11시 48분에 떠남.

  세부 사항 : 키가 크고 피부가 검은 편임. 나이는 26~27살. 6월 12, 13, 14, 16일에도 방문 계속함. 사내는 처음 방문한 날 미행 당해 신분 밝혀짐. 베니아미노 사세티. 노스 라브레아 애버뉴의 라일락 코트 아파트에 거주.

롤라를 사무실로 오게 하는 것이 겁났다. 하지만 회사측에서 그녀에게 감시원을 붙이지 않았다는 것은, 내가 그녀를 데리고 어디에든 갈 수 있다는 의미였다. 나는 롤라에게 전화를 걸어서, 함께 저녁 식사를 하고 싶으냐고 물었다. 롤라는 그보다 더 좋은 일은 없을 것 같다고 대답했다. 그래서 그녀를 샌타모니카의 '미라마'로 데려갔다. 바다를 볼 수 있으니 식사를 하기에 아주 멋진 곳이라고 둘러대기는 했지만, 진짜 이유는 그녀를 시내의 어느 장소로 데려가고 싶지 않았기 때문이었다. 시내에서야 우연히 아는 사람이랑 부딪힐 수도 있으니까. 우리는 식사를 하는 내내 이야기를 나누었다. 롤라가 어디에서 학교에 다녔는지, 왜 대학에 진학하지 않았는지. 그리고 다른 이야기도 모두 나누었다. 두 사람 다 긴장한 상태였기 때문에 좀 열에 들뜨기는 했지만, 우리는 잘 어울렸다. 그녀가 말한 그대로였다. 우리 두 사람다 어쩐지 상대방과 있는 것이 편안하게 느껴졌다. 마침내 식사를 마치고 드라이브 삼아 해변을 달리려고 차에 오를 때까지, 나는 그녀가 지난 번에 했던 이야기에 대해서는 아무 말도 하지 않았다. 차에 탄뒤, 그 이야기를 먼저 꺼낸 사람은 나였다.

  "롤라가 내게 한 이야기에 대해 생각해 봤지."

  "내가 얘기해도 괜찮을까요?"

"어서 해봐요."
"저도 그 일에 대해 생각해 봤어요. 몇 번이고 생각하다가 내가 틀렸다는 결론을 내리게 됐어요. 누군가를 끔찍이 사랑하는데, 갑자기 그들이 곁을 떠날 경우, 그게 다른 사람의 잘못이라고 생각하기 쉬워요. 특히 그 사람이 자기가 싫어하는 사람일 경우에는 더욱더. 난 필리스를 좋아하지 않아요. 아마 질투 때문인 면도 있을 거예요. 나는 어머니를 끔찍이 사랑했어요. 아버지도 그만큼 사랑했죠. 그런데 아버지가 필리스와 결혼했을 때…… 모르겠어요, 일어나서는 안 될 일이 일어난 것 같았어요. 그리고 바로 그때…… 이런 생각을 한 거예요. 어머니가 돌아가셨을 때 본능적으로 느꼈던 것이, 아버지가 필리스와 결혼을 하자 완전히 확실한 것으로 되어버린 거죠. 하지만 내게는 계속 밀고 나갈 근거가 없잖아요? 스스로 그 점을 깨닫게 하기가 몸서리치게 힘겨웠지만 그렇게 했어요. 그런 생각은 다 접었어요. 그리고 당신도 내가 한 말을 다 잊으면 좋겠어요."
"어떤 면에서는 반가운 말이오."
"절 끔찍한 아이라고 생각하실 거예요."
"나는 그 문제에 대해 생각해 봤어. 신중하게 생각했지. 만일 회사 측에서 알게 되면 말할 수 없이 중요한 이야기가 되기 때문에 굉장히 신중하게 생각한 거지. 하지만 그렇게 생각할 근거가 없어요. 그저 의혹에 불과할 뿐이지. 그게 롤라가 구분해야 할 점이지."
"말했잖아요. 더 이상 그런 생각은 가지고 있지조차 않아요."
"만일 경찰에 무슨 말을 한다면, 당신이 경찰에 하는 말은 금방 널리 알려지게 되요. 그러니 당신 어머니의 죽음, 아버지의 죽음에 대해…… 경찰이 알고 있는 내용에 덧붙여 이야기할 게 없는 거예요. 왜 그들에게 이야기를 하겠소?"

"네, 알아요."
"내가 롤라라면 그런 일은 하지 않을 거요."
"그러면 내 의견에 찬성하세요? 계속 그런 의심을 품을 근거가 없다는 것에 찬성하냐고요?"
"찬성하오."

그 이야기는 그렇게 끝났다. 하지만 이 사세티라는 사람에 대해 알아내야 했다. 내가 알아내려고 애쓴다는 것을 그녀가 눈치채지 못하게 하면서 알아내야 했다.

"말해 봐요. 롤라와 사세티 사이에 무슨 일이 있었는지?"
"말했잖아요. 그에 대해서는 이야기하고 싶지 않아요."
"그 사람과 어떻게 만나게 되었소?"
"필리스를 통해서요."
"필리스를 통해서……?"
"그이 아버지가 의사였어요. 그 여자가 전에 간호사였다는 이야기는 한 것 같은데요. 그이가 필리스를 만나러 왔어요. 어떤 협회가 만들어지는데, 가입하라고요. 한데 그이는 내게 흥미를 갖게 되자 집에 오려 하지 않았죠. 그리고 나서 필리스는 내가 그를 만나는 것을 알고, 아버지에게 사세티에 대해 말할 수 없이 끔찍한 이야기들을 늘어놓았어요. 그이와 만나는 걸 금지 당했지만, 나는 만났죠. 그 배후에 뭔가 있었다는 사실을 나는 알게 되었어요. 하지만 그게 뭔지는 알아내지 못하다가 마침내……."
"계속해요. 마침내 언제 알게 되었는지?"
"마침내 아버지가 돌아가시게 되었을 때 알게 됐어요. 아버지가 돌아가시자 갑자기 그는 내게 더 이상 흥미가 없는 것 같더군요. 그이는
"음?"

"필리스와 만나고 있어요."

"그래서……?"

"내가 무슨 생각을 했는지 모르겠어요? 꼭 내 입으로 말해야겠어요? ……어쩌면 그들이 그런 짓을 했다는 생각이 들었어요. 그가 나와 데이트를 했던 것은 단지…… 나로서는 뭔지 몰라도 뭔가 다른 일에 대한 눈가림이었다는 생각이 들었죠. 아마 그 여자를 만나기 위한 눈가림이었을 거예요. 혹시 발각되는 경우에 대비해서."

"나는 그가…… 그날 밤…… 롤라랑 있었다고 생각했는데."

"그럴 예정이었죠. 대학에서 댄스 파티가 있어서 나는 거기 갔어요. 거기서 그와 만나기로 되어 있었죠. 하지만 그이가 병이 났어요. 올 수가 없다고 전갈을 보냈더라고요. 나는 버스를 타고 영화를 보러 갔어요. 누구에게도 그 이야기는 하지 않았죠."

"병이 나다니 무슨 뜻인가?"

"감기에 걸렸다고 알고 있어요. 심한 감기였대요. 하지만…… 제발 그 일에 대해서는 더 이야기하게 만들지 마세요. 마음 속에서 그 일을 지워버리려고 애쓰며 지냈어요. 그래서 그게 사실이 아니라고 스스로 믿으려고 애쓰고 있어요. 만일 그가 필리스와 만난다면 그건 내가 상관할 바가 아니죠. 마음에 걸려요. 만일 마음에 걸리지 않는다고 말한다면 그건 진실을 말하는 게 아닐 거예요. 하지만…… 그건 그의 권리예요. 그이가 그런다는 이유만으로 내가 그를 이렇게 생각할 이유는 없죠. 그건 옳지 않을 거예요."

"더 이상 그 이야기는 하지 맙시다."

그날 밤, 어둠 속을 오랫동안 바라보았다. 나는 사람을 죽였다. 돈과 여자 때문에. 그런데 돈을 얻지도, 여자를 얻지도 못했다. 그 여자는 살인마였다. 철두철미한 살인마였다. 그리고 날 철저히 바보로 만들었다. 다른 사내를 얻으려고 나를 앞잡이로 이용했다. 그리고 나를 연보다도 더 높이 목매달 수 있는 여자이다. 만일 그 작자가 이 일에 끼였다면 나를 목매달 수 있는 사람은 두 사람이었다. 나는 웃었다. 어둠 속에서 멍하니 앉아 신경질적인 웃음을 터뜨렸다. 롤라에 대해 생각했다. 얼마나 좋은 여자인지. 내가 그녀에게 얼마나 끔찍한 일을 저질렀는지. 내 나이에서 롤라의 나이를 빼기 시작했다. 그녀는 열 아홉 살이었고, 나는 서른 네 살이다. 그러니 15년이란 차이가 나왔다. 바로 그때 이런 생각이 들기 시작했다. 그녀가 거의 스무 살이 되었다면 겨우 14년 차이밖에 안 된다고 불쑥 일어나서 전등을 켰다. 그게 무슨 의미인지 나는 알았다.

내가 그녀를 사랑하게 된 것이었다.

10

그런 상황에서 필리스는 보험금을 신청했다. 케이즈는 사고라고 판명되지 않았다는 것을 근거로 보험금 지급을 거부했다. 그러자 그녀는 소송을 걸었다. 늘 남편의 사업을 도왔던 변호사를 통해서. 필리스는 내게 대여섯 차례 전화를 걸어왔다. 언제나 잡화점에서. 그러면 나는 그녀에게 어떻게 해야 할지 말해 주었다. 그녀의 목소리를 듣는 순간 메스꺼움이 확 올라왔지만, 모험을 할 수가 없었다. 그녀에게 준비하고 있으라고 말했다. 회사측에서 자살 이외의 어떤 것을 증명하려 애쓸 거라고 그녀에게 이쪽 이야기를 다 전하지는 않았다. 그들이 어떤 생각을 하고 있는지, 무슨 일을 하고 있는지는 알리지 않았지만, 어쨌든 그들이 조사하려는 여러 측면 가운데 하나가 살인이라는 점은 알렸다. 그러니 증인석에 섰을 때, 그쪽 부분을 질문할 것에 대비하는 편이 좋겠다고 그런 정보를 듣고도 그녀는 조금도 겁먹지 않았다. 살인이 벌어졌다는 사실을 까맣게 잊은 것처럼, 회사가 자기에게 더러운 속임수 같은 짓거리를 벌여 제대로 보험금을 지급해 주지 않는 것처럼 굴었다. 그런 처신은 내 마음에 들었다. 그것은 인간 본성의 우스운 단면이었다. 특히 여자의 본성의 그렇지만 회사측 변호사들을 여럿 대면할 경우, 내가 그녀에게 바라는 마음의 틀 그대로를 그녀가 보여주고 있었다. 케이즈가 그녀에 관해 온갖 사실을 다 캐낼 수 있다고 할지라도, 그녀가 자기 주장을 꿋꿋이 견지한다면 패소할 리가 없음을 나는 알고 있었다.

 모든 과정은 거의 한 달이 걸렸고, 초가을에 재판을 받게 되었다. 그 한 달 내내, 1주일에 사나흘 밤을 롤라와 만났다. 내가 그녀가 사는 작은 아파트로 데리러 가서, 우리는 저녁 식사를 하러 가곤 했다. 그 다음에는 드라이브를 하고 롤라도 소형차를 가지고 있었지만 보통 내 차로 다녔다. 나는 그녀에게 완전히 빠져 정신을 차리지 못했다. 언제나 내가 그녀에게 저지른 일이 뭔지, 만일 그녀가 사실을 알게 되면 얼마나 끔찍해질지 그런 생각에 짓눌려 지냈고, 그것이 이 일과 관계가 있긴 했지만 그게 전부가 아니었다. 롤라에게는 정말로 사랑스런 구석이 있었고 우리는 말할 수 없이 잘 지냈다. 함께 있을 때는 정말로 행복했다는 뜻이다. 하지만 그러던 어느 날 밤, 일이 벌어졌다. 우린 차를 샌타모니카 위쪽으로 3마일쯤 떨어진 해안 도로에 차를 주차시켰다. 그곳에는 차를 주차시키고 앉아서 바다를 구경할 만한 곳이 여러 군데 있다. 우리는 거기 앉아서 바다 위로 달이 떠오르는 광경을 지켜보았다. 우스운 소리가 아닌가. 태평양 위로 달이 떠오르는 광경을 지켜볼 수 있다니? 그런데 볼 수 있었다. 이곳 해안은 거의 정동(正東)과 정서(正西) 방향으로 흐르기 때문에, 달이 사람의 왼쪽으로 떠오르면 그림처럼 아름다운 광경이 된다. 바다에서 달이 쏙 올라오자마자, 롤라는 손을 내 손 속으로 밀어 넣었다. 그녀는 손을 잡았다가 이내 뺐다.

"이러면 안 돼요."

"왜 안 되지?"

"이유는 많아요. 우선 당신에게 떳떳하지 않아요."

"내가 큰소리로 불평하는 걸 들었나?"

"당신은 나를 좋아하시죠, 안 그런가요?"

"당신에게 완전히 반했지."

"나 역시 당신에게 완전히 반했어요, 월터. 최근 몇 주일 동안 당신이 없었다면 어떻게 지냈을지 모르겠어요. 다만……."

"다만 뭐?"

"정말로 듣고 싶으세요? 마음의 상처를 받을 수도 있는데요."

"짐작만 하는 것보다는 듣는 편이 더 낫지."

"니노에 대해서예요."

"그런데?"

"그이가 아직도 내게 의미 있는 존재인 것 같아요."

"계속 그를 만났나?"

"아뇨."

"극복하게 될 거야. 내가 당신의 의사가 되어 주지. 틀림없이 치료해 주겠다고 장담하겠어. 내게 시간만 조금 달라고. 그러면 당신이 아무렇지도 않게 되게 만들어 주겠다고 약속하지."

"당신은 멋진 의사예요. 다만……."

"또 '다만'인가?"

"그이를 만났어요."

"아."

"아뇨, 나는 사실을 말하는 거예요. 그이와 이야기를 해본 적은 없어요. 그는 내가 자기를 봤다는 것도 몰라요. 다만……."

"정말로 '다만'이란 말을 많이 하는군."

"월터……."

롤라는 점점 더 흥분하고 있었고, 내게 그것을 들키지 않으려고 애쓰고 있었다.

"……그이가 저지른 일이 아니었어요!"

"그래?"

"이 이야기는 당신 마음을 심하게 아프게 할 거예요, 월터. 어쩔 수가 없어요. 당신도 진실을 아는 편이 나을 거예요. 어젯밤 그들을 미행했어요. 아, 지금까지 그들을 여러 차례 미행했어요. 제정신이 아니었죠. 한데 어젯밤에는 처음으로 그들이 무슨 말을 하는지 들을 기회가 있었어요. 두 사람은 조망대로 올라가서 주차했어요. 그래서 나는 아래쪽에 차를 세우고, 그들 뒤쪽으로 기어올라갔죠. 아, 정말로 무시무시했어요. 그이는 처음부터 그 여자를 사랑했지만, 그것이 무력하게 느껴졌다고 말했어요. 이번 일이 벌어질 때까지는요. 하지만 그게 전부가 아니었어요. 그들은 돈 이야기를 했어요. 니노는 당신이 대부해 준 돈을 다 써 버렸지만, 여전히 학위를 따지 못하고 있거든요. 학위논문을 만드는 데 대출금의 일부를 썼지만, 나머지는 몽땅 그 여자에게 썼죠. 그이는 어디서 돈을 더 구할지에 대해 말하고 있었어요. 들어보세요, 월터……."

"그래서?"

"만일 두 사람이 일을 함께 저질렀다면, 그 여자는 그이에게 돈을 줘야 할 거예요, 안 그런가요?"

"그럴 것 같군."

"그녀가 그이에게 돈을 주는 이야기는 나오지 않았어요. 그게 어떤 의미를 지니는지 깨닫자, 내 가슴은 뛰기 시작했어요. 그런데 바로 그때 그들은 다른 이야기를 했어요. 그들은 거기서 한 시간쯤 머물렀어요. 여러 가지 이야기를 하더군요. 그리고 두 사람의 이야기로 미루어 알아차릴 수 있었던 것은, 니노가 그 일에 연루되지 않았고 또 그 일에 대해서는 전혀 모르고 있다는 점이었어요. 분명히 알 수 있었어요! 월터, 그게 무슨 의미인지 깨달을 수 있어요? 그이가 일을 저지르지 않았다는 얘기라고요!"

롤라가 어찌나 흥분했는지, 내 팔을 움켜잡고 있는 그녀의 손가락이 강철처럼 느껴졌다. 나는 그녀의 말을 이해할 수가 없었다. 그녀가 뭔가 의미하고 있다는 것은 알 수 있었다. 사세티가 결백하다는 것보다 훨씬 더 중요한 뭔가를.

"나는 완전히 이해가 안 되는데, 롤라. 누군가 그 일에 연루되었다'는 생각은 완전히 포기한 걸로 알았는데."

"절대로 포기하지 않을 거예요……. 그래요, 포기했었죠. 아니 그럴려고 노력했죠. 하지만 그때는 혹시 그런 일이 있으면 틀림없이 그이가 연루되었을 거라는 생각을 했기 때문이었어요. 그렇게 되면 일이 너무 끔찍해지게 될 테니까, 혹시 그이가 무슨 관계가 있더라도, 살인을 저질렀을 리는 없다고 생각해야 했어요. 그렇게 알아야 했어요, 그렇게 믿어야 했다고요. 하지만 이제는……. 아, 안 돼요, 월터. 나는 그 생각을 포기하지 않았어요. 어쨌든 그 여자가 일을 저질렀어요. 난 알아요. 그리고 이제 그 여자가 바짝 손들게 만들겠어요. 내가 마지막으로 할 일이 그것이라면, 그 여자를 손들게 해주겠어요."

"어떻게?"

"그 여자는 당신 회사를 상대로 소송을 걸었어요, 그렇지요? 그런 일을 할 정도로 대담하다고요. 좋아요. 당신은 회사에 걱정하지 말라고 전해요. 내가 가서 당신들 바로 옆에 앉아 있을 거예요, 월터. 그녀에게 무슨 질문을 해야 할지 내가 가르쳐 주겠어요? 내가 회사 사람들에게 말하겠어요……."

"잠깐만, 롤라. 잠깐만 기다려 봐요······."
"당신들이 알아야 할 모든 걸 말해 주겠어요. 내가 당신에게 말한 것보다 할 이야기가 훨씬 더 많다고 했지요. 그 여자 침실로 들어가보니, 그 여자는 보자기처럼 생긴 이상한 빨간 실크를 몸에 두르고, 얼굴에는 흰 분을 칠하고 빨간 립스틱을 칠하고 손에 단검을 들고, 거울 앞에 서서 얼굴을 찡그리고 있었어요. 그녀에게 그때 일을 물어 보라고 하겠어요. 그래요, 보험회사 사람들에게 그 일에 대해 추궁하라고 말하겠어요. 왜 아버지가 죽기 1주일 전, 불러바드의 상점에서 검은 드레스 값을 물었는지 물어 보라고 하겠어요. 내가 안다는 사실을 그 여자는 모르고 있죠. 그 여자가 상점에서 나간 뒤 5분쯤 뒤에 나는 그 상점에 들어갔어요. 판매원이 막 드레스들을 치우고 있더군요. 점원은 내게 정말로 멋진 드레스들이라고 말했어요. 다만 너들링거 부인이 어째서 그런 옷을 살 생각을 하는지 이해할 수가 없다더군요. 왜냐면 모두 진짜 상복들이었으니까. 내가 아버지가 그 여행을 떠나기 바랐던 이유도 그 때문이었어요. 아버지를 집에서 내보내고, 그 여자가 무슨 짓을 하려는지 알아내려고요. 나는 보험회사 사람들에게 말하겠어요······."
"하지만 잠깐만, 롤라. 그렇게 하면 안 돼, 어떻게······ 회사측에서 그런 것에 대해 질문할 수 있겠소······."
"그들이 할 수 없다고 해도 내가 할 수 있어요! 법정에 똑바로 서서 그 여자에게 소리치겠어요. 내 말을 모두 듣겠죠! 판사나 경찰, 혹은 누구라도 나를 막지 못할 거예요. 거기 나가서 그 여자를 짓눌러 토해내게 해야 한다면, 반드시 그렇게 해내고야 말겠어요. 그 여자가 말하게 만들고야 말겠어요! 아무도 나를 막지 못해요!"

11

내가 필리스를 죽일 결심을 한 게 언제인지 모르겠다. 그날 밤 이후, 머릿속으로는 그녀를 죽여야 하리라는 것을 알았던 것 같다. 그녀가 나에 대해 알고 있으니까, 그런 일을 함께 저지른 두 사람이 살기에 이 세상은 그다지 넓지가 않으니까. 하지만 언제 그녀를 죽일지, 어디에서 죽일지, 어떻게 죽일지 결정한 시점은 알고 있다. 롤라와 함께 달이 바다 위로 떠오르는 광경을 지켜 보았던 그날 밤 직후였다. 롤라가 법정에서 소란을 피울 테고, 그렇게 되면 필리스가 마구 퍼부으면서 진실을 말하리라는 생각이야말로, 나로서는 떠올릴 수도 없을 만큼 진저리쳐지는 것이었다. 어쩌면 나는 아직도 제대로 설명하지 못하고 있다. 이 아가씨 롤라에 대한 감정이 어떤지에 대해서. 그것은 필리스에게 느꼈던 것과는 달랐다. 그때는 필리스를 보자마자 불건전한 흥분 같은 것이 밀려왔었다. 한데 이번 감정은 전혀 달랐다. 롤라와 자리를 함께 하자마자 달콤한 평화 같은 것이 밀려오는 그런 종류의 감정이었다. 한 시간쯤 한 마디도 말하지 않고 드라이브를 하다가, 그녀가 나를 쳐다보고 그러면서도 우린 여전히 말을 할 필요가 없는 그런 느낌, 내가 저지른 일이 끔찍했다. 그녀가 사실을 끝까지 모르도록 확실히 할 수 있는 방법만 있다면, 그때는 그녀와 결혼할 수 있을 테고, 온갖 것을 잊고 여생을 그녀와 행복하게 지낼 수 있다는 생각이 계속 내 머릿속을 뒤덮고 있었다. 확실히 할 수 있는 방법은 딱 한 가지였다. 내가 저지른 짓을 아는 사람을 없애는 방법. 롤라가 사세티에 대해 한 말로 미루어, 없애야 할 사람은 오직 한 사람, 필리스뿐이었다. 그리고 그녀가 어떻게 처신할지에 대해 내게 한 말은 곧, 내가 빨리 움직여야 한다는 의미였다. 재판이 시작되기 전에.

하지만 사세티가 다시 돌아와서 롤라를 빼앗아 가도록 일을 어물쩍 처리하지 않을 작정이었다. 그가 매우 곤란한 상황에 처하도록 일을 벌일 계획이었다. 경찰을 속이기야 힘들지만, 롤라는 그가 아버지를 죽이지 않았다고 확신하지 못할 터였다. 물론 그녀의 생각에는, 그가 한 가지 범행을 저질렀다면 또 다른 범행도 저지른 게 되리라.

다음날은 융자회사에 나가서, 늘 하는 여러 가지 일을 그럭저럭 처리했다. 그런 뒤 서류 담당 사원을 심부름 보내고, 사셰티의 서류철을 꺼냈다. 내 책상 위에 서류철을 놓았다. 그 안에는 그의 자동차 열쇠가 있었다. 우리 융자 회사에서는, 자동차를 인수하는 경우 문제가 생기는 것을 피하기 위해, 대출 받은 사람들에게 대출에 관한 서류와 함께 자동차 열쇠 한 개씩을 맡기도록 하고 있다. 그래서 당연히 사셰티도 열쇠를 맡겨야 했다. 그는 자동차를 담보로 대출을 받았던 겨울에 열쇠를 맡겼다. 나는 봉투에서 열쇠를 꺼냈다. 그리고 점심 식사를 하러 밖에 나갔을 때 열쇠를 복사했다. 다시 사무실에 들어와서 서류 관리 사원에게 다른 심부름을 시키고, 열쇠 원본을 봉투에 넣고 그의 서류를 서류함에 되돌려 두었다. 내가 바라던 대로 되었다. 내겐 그의 자동차 열쇠가 있었고, 내가 서류함에 서류를 꺼냈던 사실조차 아는 사람이 없었다.

다음 차례는 필리스를 붙잡는 일이었지만, 감히 그녀에게 전화를 걸지 못했다. 그래서 그녀가 전화를 걸어올 때까지 기다릴 수밖에 없었다. 나는 사흘 밤을 집에 처박혀 있었고, 나흘째 되는 밤에 전화가 걸려 왔다.
"필리스, 당신을 만나야겠소."
"때가 되었군요."
"내가 당신을 못 만난 이유를 알잖소. 자, 잘 들어요. 우린 만나야 하오. 만나서 이번 소송과 관련된 문제들을 의논해야 하오…… 그리고 그 일만 끝나면, 두려워할 게 아무 것도 없을 것 같소."
"우리가 만날 수 있겠어요? 내가 알리기 전에는……."
"맞는 말이오. 회사측에서는 지금까지 계속 당신을 감시하고 있소. 하지만 오늘 뭔가 알아냈소. 회사측에서는 당신의 감시 업무를 맡은 조사원을 1교대 근무로 줄였소. 그는 11시에 퇴근하오."
"그게 뭔데요?"
"회사에서는 세 사람을 당신에게 붙였소. 교대해서 감시하게 했어요. 한데 별로 알아내는 게 많지 않자, 비용을 줄여야겠다고 생각해서 이젠 한 명만 감시원으로 두고 있소. 그는 오후에 일을 시작해서, 특별히 걸리는 일이 없으면 11시에 퇴근하오. 그러니 우린 그 뒤에 만나야 해요."
"좋아요. 그러면 집으로 오세요……."
"아, 아니오. 그런 모험은 할 수가 없소. 하지만 만날 수는 있소. 내일 밤, 자정 즈음에 살그머니 빠져나와요. 차를 가지고 빠져 나오도록 해요. 저녁에 누가 들르면 11시가 되기 훨씬 전에 보내도록 해요. 손님들을 쫓아 버리고, 조사원이 퇴근하기 훨씬 전에 집안의 전등을 다꺼서 잠자리에 든 것처럼 보여요. 그러면 그는 아무 의심도 하지 않을거요."

그렇게 한 이유는, 다음 날 밤에 혹시 사셰티가 그녀와 함께 있게 될 경우에 대비해서였다. 나와 그녀가 만나기 한참 전에, 그가 그곳에서 나와 자기 집의 침대 속에 있었으면 하는 게 나의 바람이었다. 나는 그의 차를 손에 넣어야 했다. 그러니 그가 집에 가는 시간과 약속시간이 너무 딱 붙어서 내가 기다려야 하는 처지가 되지 않기를 바랐다. 나머지는 다 쓸데없는 말이었다. 1교대 근무니 하는 말은, 그녀가 나를 안전하게 만날 수 있다고 생각하기를 바라며 한 말이었다.

이중보상

회사측에서 그녀에게 1교대로 감시원을 붙였는지, 3교대인지 6교대인지 나는 전혀 몰랐고, 또 신경 쓰지도 않았다. 만일 누군가 그녀를 미행한다면, 내가 해야 하는 일로 봐서 차라리 더 잘된 일이었다. 감시원들은 나를 잡으려면 굉장히 빨리 움직여야 할 테고, 또 만일 그녀가 천천히 죽는 것을 그들이 목격한다고 해도 상관 없었다. 그들이 사셰티를 잡았을 때, 그가 뭔가 설명해야 할 상황이 될 테니까.
"11시까지는 불을 끄라고요?"
"불을 끄고 고양이를 내보내고, 문을 잠가요."
"알았어요. 어디서 만나죠?"
"그리피스 공원에서 만납시다. 로스펠리즈에서 리버사이드를 따라 2백 야드쯤 올라간 지점에서. 내가 거기에 차를 세우고 있겠소. 함께 차에 탄 채로 의논합시다. 로스펠리즈에 주차하지 말아요. 나무들 사이에 주차해요. 다리 근처의 작은 숲속의 빈터에. 내가 볼 수 있는 곳에 차를 세우고 걸어 나와요."
"양쪽 거리 사이에요?"
"그렇소. 12시 30분 정각에 만납시다. 내가 그 시간보다 1, 2분 먼저 가 있겠소. 그러면 당신은 곧장 뛰어나와도 될 거요. 기다릴 필요가 없을 거요."
"12시 30분, 리버사이드 상류 2백 야드 지점이오?"
"그렇소. 밖에 나올 때는 차고 문을 닫아요. 그래야 지나가는 사람이 차가 나가고 없는 것을 알아차리지 못할 거요."
"그럼 거기로 나갈게요, 월터."
"참, 그리고 한 가지 더 있소. 당신과 만난 뒤에 차를 바꾸었소. 지금은 다른 차를 타고 있소."
나는 그녀에게 어느 회사 차인지 말해 주었다.
"진한 청색 소형 쿠페요. 보면 금방 알아볼 거요."

"파란 쿠페요?"

"그렇소."

"그거 재미있군요."

왜 재미있다는 건지 나는 알고 있었다. 그녀는 지난 한 달 동안 파란색 쿠페를 타고 계속 돌아다녔다. 그녀가 사실을 안다면 금방 누구 차인지 알아볼 바로 그 차였지만, 나는 머뭇거리지 않았다.

"그렇소, 좀 웃긴 일일 거요. 내가 그런 기름 깡통 같은 걸 몰고 다니다니. 하지만 큰 차는 비용이 너무 많이 들었소. 이 차를 싸게 살 기회가 있어서 사 버렸소."

"지금까지 그렇게 웃긴 이야기는 처음 들어봤어요."

"왜요?"

"아…… 아니에요. 내일 밤 12시 반이에요."

"12시 반이오."

"당신이 보고 싶어 죽을 지경이에요."

"나도 마찬가지요."

"저…… 당신에게 할 이야기가 있었는데, 기다렸다가 내일 하기로 하죠. 안녕."

"안녕."

그녀가 전화를 끊자 나는 신문을 찾아서, 시내에서 상영하는 영화를 검토했다. 자정 상영을 하는 극장이 한 곳 있었고, 광고에는 1주일 내내 심야 상영을 한다고 나와 있었다. 바로 내가 원하던 바였다. 차를 몰아 극장으로 갔다. 내가 극장에 들어갔을 때는 10시 30분이었다. 그리고 아래층의 안내원들의 눈에 띄지 않도록 발코니 석에 앉았다. 영화를 세밀하게 감상하면서, 우스개 소리에 주목했다. 왜냐면 다음날 밤 거기 있었다는 것이 내 알리바이의 일부분이니까. 영화의 마지막 장면에서 내가 아는 배우가 나왔다. 웨이터 역을 맡은 배우인데, 전에 그에게 노후 보험으로 7천 달러짜리나 되는 큰 생명보험을 판매한 적이 있었다. 그는 보험계약을 하면서 불입금 전액을 지불했다. 그의 이름은 잭 크리스톨프였다. 이 일이 내게 도움을 주었다. 나는 영화가 완전히 끝날 때까지 자리에 앉아서 시계를 보았다. 12시 48분이었다.

*

 다음 날 점심 시간쯤, 잭 크리스톨프에게 전화를 걸었다. 그쪽에서 그가 스튜디오에 있다고 해서, 거기로 연락했다.
 "당신이 새 영화 〈총싸움〉에서 세상을 깜짝 놀라게 했다는 소문을 들었습니다."
 "형편없지는 않았소. 영화를 봤소?"
 "아니오, 한 번 보고 싶습니다. 어디서 상영되고 있지요?"
 그는 다섯 군데 극장을 말했다. 영화가 어느 극장에서 상영되고 있는지 모두 외우고 있었다.
 "짬이 나는 대로 곧 극장에 한번 들를 작정입니다. 자, 말해 보세요. 생명보험을 작은 걸로 하나 더 들면 어떻겠습니까? 지금 버는 돈과 관계가 있는 상품으로."
 "모르겠소. 잘 모르겠소. 사실대로 말하자면 흥미는 있는 것 같소. 그래요, 관심은 있을 듯하오."
 "언제 뵐 수 있을까요?"
 "글쎄, 이번 주에는 바쁜데. 금요일까지는 여기 일이 마무리되지 않을 거요. 주말에는 휴가차 어디 좀 가려고 생각했는데. 하지만 다음주에는 어느 때든 괜찮소."
 "밤 시간은 어떻습니까?"

"글쎄, 괜찮을 것 같은데."

"내일 밤은 어떻겠습니까?"

"내가 알려주겠소. 내일 밤 집으로 전화를 걸어 줘요. 저녁 식사 시간쯤 한 7시쯤 해서. 그러면 내가 말해 주겠소. 시간을 낼 수 있으면, 나도 당신을 만나면 반갑겠소."

오늘 밤 이 특별한 영화를 보러 간 이유도 그 때문이었다. 내일 밤 이 배우와 대화를 나누어야 했기 때문에. 나는 그의 영화를 보고 싶었다. 그래야 영화에 대해 이야기할 수 있을 테고, 그의 기분을 흐뭇하게 만들어 줄 수 있을 테니까.

*

4시쯤, 차를 몰아 그리피스 공원을 통과하면서, 어떻게 할 것인지 세밀히 검토했다. 내 차를 세울 공간을 골랐고, 샤셰티의 차를 세울 공간도 골랐다. 두 곳은 멀리 떨어지지는 않았지만, 내 차를 세울 곳은 사람들이 낮에 말을 타는 승마로의 한쪽 끝에서 가까웠다. 승마로는 언덕을 휘감아 굽이굽이 나 있지만, 이 지점 바로 위에는 승마로가 위쪽의 자동차 도로로 나와 있다. 그러니까 언덕 아주 높은 곳에 있다는 뜻이다. 사람들은 이곳을 '공원'이라고 부르지만, 사실은 전망 좋은 드라이브 코스이다. 할리우드와 산페르난도 밸리 위쪽으로 난 이길은 사람들이 차를 차고 달리거나, 말을 타고 가파른 길을 달리는 지역이다. 보통 걷는 사람들은 그곳에 많이 가지 않는다. 내가 하려는 일은, 필리스를 차에 태운 뒤 차를 출발시켜 언덕 위를 올라가는 것이었다. 사람들이 차를 세우고 계곡을 내려다볼 수 있도록, 도로가 완만해지면서 조그만 평지를 이룬 전망대 한 곳으로 가서, 차를 대고 그곳에 차를 세우는 것에 대해 무슨 말인가 할 작정이었다. 차를 세우고 대화를 나누자고 하지만 나는 차를 세우지 않을 심산이었다. 차

는 우연을 가장해 고의적으로 가장자리를 지나 밑으로 떨어져 구를
터였고 나는 뛰어내릴 작정이었다. 뛰어내리자마자, 승마로로 뛰어들
어 내 차가 세워진 곳으로 냅다 달려가서 집으로 차를 몰 계획이었
다. 내가 사셰티의 차를 주차시킬 곳에서 그녀를 난간 바깥으로 떨어
지게 할 지점까지는 자동차 도로로 약 2마일쯤 되었다. 하지만 승마
로로는 겨우 백 야드밖에 되지 않았다. 경사를 완만하게 하려고 도로
는 언덕을 휘감아 나 있지만, 승마로는 거의 직선으로 오르락내리락
하니까. 자동차가 부서지고 채 1분도 지나지 않아서, 구경꾼들이 모
여들기도 전에 나는 그곳에서 사라지고 없으리라.

  차를 몰고 언덕 위로 올라가 장소를 물색했다. 널찍한 전망대가 아
니라, 딱 자동차 한두 대를 세울 만한 공간이 있는 작은 전망대였다.
보통 큰 전망대에는 주위에 돌로 된 난간이 있다. 이 전망대에는 난
간 따위는 없었다. 차에서 내려 아래를 내려다 보았다. 적어도 직선
거리 2백 피트는 되는 낙차가 있었고, 차가 부딪친 뒤에 구를 거리가
다시 백 피트 정도 되었다. 내가 할 일을 연습했다. 전망대의 가장자
리로 달려가서 기어를 중립에 놓고 힘껏 문을 열었다. 나중에 문을
재빨리 열려면, 그녀가 차에 탈 때 내쪽 차 문을 반만 닫아야 한다는
점을 기억해 두었다. 차가 멈추지 않으면 필리스는 비상 브레이크를
움켜잡아 목숨을 구할 가능성도 있었다. 또 내가 확실하게 뛰어내리
지 못해서, 그녀와 함께 사선을 넘게 될 위험성도 있었다. 그건 괜찮
았다. 이런 일을 할 때는 모험을 해야 하는 법이니까. 시내에 있는
대형 해산물 식당에서 혼자 저녁 식사를 했다. 웨이터와 아는 사이였
다. 그와 우스개 소리를 나누면서 이날이 금요일임을 그의 마음 속에
심어 주었다. 식사를 마치고 다시 사무실로 들어와서, 조 피트에게
일을 해야한다고 말했다. 10시까지 사무실에 머물렀다. 아래층으로
내려가니, 그는 책상에 앉아서 탐정 소설 잡지를 읽고 있었다.

"늦게까지 일하시는군요, 허프 씨."
"그렇소. 그런데도 아직 끝내지 못했소."
"집에서 일하시려구요?"
"아니오, 영화를 보러 가야 하오. 내일 밤에 잭 크리스톨프라는 삼류 배우와 만나야 되기 때문에 그가 나온 영화를 봐 둬야 해요. 영화를 보지 않았다고 하면 그가 좋아하지 않을 수도 있으니까. 내일은 그럴 시간이 없거든. 오늘 밤에 영화를 봐 둬야겠소."
"배우란 자들은 자기가 제일 잘난 줄 알죠."

극장 근처에 주차하고, 11시경까지 주위를 배회하다가 극장으로 들어갔다. 이번에는 아래층 좌석을 샀다. 프로그램을 얻어 주머니에 넣었다. 혹시 프로그램에 날짜가 찍혀 있는지 살펴보았다. 안내인 한 명과 대화를 나누면서, 그녀의 마음 속에 오늘 날짜를 인식시켜 줘야 했다. 그리고 그녀가 나를 기억할 만한 이야기 거리도 만들어 내야 했다. 극장 안 통로 담당 안내원이 아닌 문간에 있는 안내원을 택했다. 불빛이 충분히 밝아야 그녀가 내 얼굴을 똑똑히 볼 수 있을 테니까.
"영화가 계속되고 있소?"
"아닙니다, 손님. 방금 끝났어요. 11시 20분에 다시 시작됩니다."
나는 그런 사실을 알고 있었다. 더 일찍 극장에 들어오지 않고 11시가 되어서 들어온 것도 바로 그런 이유 때문이었다.
"맙소사, 오래 기다려야겠군……. 크리스톨프가 영화 전반에 다 나오나요?"
"아마 마지막 부분에만 나오는 것 같은데요."
"그러면 그 싸구려 배우를 보려면 새벽 1시까지 기다려야 된단 뜻인가?"

"내일 밤에도 이 영화가 상영될 겁니다. 오늘 밤 오래 기다리는 게 싫으시면 내일 보시죠. 창구에서 표를 환불해 드릴 텐데요."
"내일 밤이라? 어디 보자, 내일은 토요일이잖소?"
"그렇습니다."
"안 돼, 내일은 올 수가 없소. 오늘 밤에 봐야겠군."

그만하면 충분했다. 다음으로는 그녀가 나를 기억할 수 있을 만한 일을 벌여야 했다. 무더운 밤이어서, 안내원 아가씨는 유니폼의 제일 윗단추를 열어 놓고 있었다. 나는 손을 뻗어 재빨리 단추를 끼워 주었다. 그 바람에 그녀가 깜짝 놀랐다.

"좀 조심해야 할 거요."
"이봐요, 아저씨, 내 코끝에서 땀방울이 뚝뚝 떨어지는 걸 봐야 직성이 풀리겠어요?"

그녀는 다시 단추를 풀었다. 그녀가 이 일을 기억하리라 짐작되었다. 그래서 안으로 들어갔다.

통로 안내원이 좌석을 안내해 주자마자, 나는 한번 더 움직여 극장의 저쪽 끝으로 갔다. 그리고 거기 1분 가량 앉아 있다가 옆쪽 비상구를 통해 슬며시 빠져나갔다. 나중에, 영화가 끝날 때까지 극장 안에 있었다고 말할 작정이었다. 늦게 극장에 간 구실을 대기 위해 크리스톨프와 통화를 한 것이었다. 또 조 피트와 대화를 했고, 그의 근무일지가 그날이 며칠인지 증명해 줄 터였다. 영화가 끝난 시간까지 극장에 있었다는 증거가 확실하지 않지만, 어떤 알리바이도 완벽할 수는 없으니까. 어떤 배심원도 이만한 알리바이를 들어보지 못했으리라. 내가 제대로 해낼 수만 있다면, 틀림없이 살인범이 하는 말 같이 들리지않을 터였다.

차에 올라타고 곧장 그리피스 공원으로 달려갔다. 그런 밤 시간에는 시간을 맞출 수 있었다. 거기 닿았을 때 손목 시계를 보았다. 11시24분. 차를 세우고 엔진을 껐다. 그리고 열쇠를 빼고 전등도 껐다. 로스펠리즈로 걸어나가, 그곳에서 할리우드 불러바드로 내려갔다. 거의 반마일 가량 되는 거리였다. 길을 따라 곧장 걸어 불러바드에 닿은 시간이 11시 35분. 전차에 올라타서 앞자리에 앉았다. 그리고 라브레아에 도착했을 때는 12시 5분 전이었다. 지금까지는 타이밍이 완벽했다.

전차에서 내려 라일락 아파트까지 걸어 내려갔다. 사세티는 그 아파트에 살았다. 가운데 통로를 두고 양쪽으로 방이 칸칸이 쭉 늘어서 있는 아파트였다. 1주일에 3달러만 내면 임대할 수 있는 방 한 칸짜리 싸구려 셋집이었다. 현관으로 들어갔다. 바깥에서 주차장으로 들어가고 싶지 않았다. 그곳에서 누가 나를 보면, 기웃대며 염탐하고 다니는 사람처럼 보일 테니까. 현관으로 곧장 걸어 들어가서, 사세티의 집앞을 지나쳤다. 몇 호인지 알고 있었다. 11호였다. 안에 불이 켜져 있었다. 잘된 일이었다. 내가 원하던 그대로였다.

나는 곧장 걸어나와서, 건물 뒤편 주차장으로 나갔다. 거기 사는 사람들이 차를 놓아두는 곳이다. 주민 전부가 다 차를 가지고 있진 않을 테지만, 주차장은 주인이 두 번 바뀐 차, 세 번, 네 번 바뀐 차, 아홉번은 바뀌었을 딸딸이들을 모아 놓은 것 같았다. 그리고 당연히 그 한가운데 그의 차가 있었다. 나는 차에 올라, 점화장치에 열쇠를 꽂아 시동을 걸었다. 헤드라이트를 켜고 차를 후진시켰다. 바깥에서 차 한대가 들어왔다. 헤드라이트 불빛에 내 모습이 보이지 않도록 얼른 고개를 숙였다간 다시 차를 뒤로 뺐다. 연료를 점검해 보았다. 기름은 충분히 들어 있었다.

천천히 달렸지만, 그리피스 공원에 다시 왔을 때는 고작 12시 18분이었나. 차를 몰고 글레데일로 올라갔다. 약속 시간보다 2, 3분 이상 빨리 가고 싶지는 않았으니까. 사셰티에 대해서 생각했다. 그는 알리바이를 어떻게 증명할까. 집에 있었다라는 것은, 혹시 전화가 걸려 왔다거나 하는 증명할 방법이 달리 없으면 정말로 세상에서 가장 형편없는 알리바이니까. 그에게는 증명할 방법이 없었다. 집에 전화 한 대 없는 위인이었으니.

기차 철길을 막 지나서 차를 돌렸다. 다시 뒤로 돌아 잠시 리버사이드를 거슬러 올라갔다. 그리고 로스펠리즈와 마주보도록 차를 돌려 주차시켰다. 시동을 끄고 헤드라이트도 껐다. 정확히 12시 27분이었다. 몸을 돌려 주변을 둘러보았다. 백 야드쯤 뒤쪽에 주차된 내 차가 보였다. 작은 빈터를 바라보았다. 주차된 차가 없었다. 필리스는 아직 오지 않은 것이었다.

시계를 손에 잡고 보았다. 바늘이 12시 30분 부근으로 기어가고 있었다. 여전히 그녀는 나타나지 않았다. 나는 시계를 다시 주머니에 넣었다. 나뭇가지 하나가 부스럭거렸다…… 숲 속에서. 몸을 일으켰다. 뭔지 보려고, 조수석 창문을 내리고 그쪽으로 옮겨 앉아서 숲을 내다보았다. 적어도 1분 동안은 그렇게 밖을 내다보고 있었을 것이다. 또 나뭇가지가 바스락했다. 이번에는 더 가까운 곳에서. 그러더니 불빛이 번쩍했고, 내 가슴에 주먹이 날아들었다. 잭 뎀시(Jack Dempsey, 1895~1983. 미국의 전 헤비급 권투 챔피언. 일명 마난싸의 해머)가 팔을 잔뜩 뒤로 빼고 있는 힘을 다해 나를 친 것 같았다. 총알이었다. 그때서야 나한테 무슨 일이 벌어졌는지 알았다. 어떤 일이 있었는지 서로 잘 아는 경우 이 세상은 그런 두 사람이 함께 살 만큼 넓지 않다는 것을 아는 사람은 나 혼자가 아니었다. 나는 거기에 그녀를 죽이러 갔지만, 그녀가 먼저 선수를 친 것이었다.

좌석에 몸을 기대고, 사라지는 발걸음 소리를 들었다. 가슴에 총을 맞은 내가 거기 있었다. 훔친 차 속에서, 그리고 그 차의 임자는, 케이즈가 지난 한 달 반 동안 뒤 꽁무니를 쫓았던 바로 그 사내였다. 나는 운전대에 기대어 몸을 세웠다. 손을 뻗어 열쇠를 찾다가, 차를 거기그대로 놔둬야 한다는 사실을 떠올렸다. 차 문을 열었다. 머리에서 땀이 흘러내리기 시작하는 것이 느껴졌다. 핸들을 돌리는 데 힘을 썼기 때문이다. 어찌 어찌해서 차 밖으로 나왔다. 나는 비틀거리며 내 차가 세워진 곳으로 걷기 시작했다. 똑바로 걸을 수가 없었다. 주저앉고 싶었다. 앉아서 가슴에 얹힌 끔찍한 무게를 덜고 싶었지만, 그랬다간 차가 있는 곳에 닿지 못하리라는 것을 알고 있었다. 차 열쇠를 준비해야 한다는 것을 기억해 내고, 주머니에서 열쇠를 꺼냈다. 차로 가서 올라탔다. 열쇠를 꽂고 시동을 걸었다. 그날 밤 내가 기억하는 것은 그게 마지막이었다.

12

혹시 마취제를 맞았는지 모르겠다. 보통 마취제를 투여 받은 경우 서서히 조금씩 의식을 회복한다. 처음에는 마음 속의 어느 부분에 회색 빗줄기 같은 것이 비쳐 든다. 그냥 우울한 회색빛이. 그러다가 빗줄기가 점점 더 커진다. 천천히. 빗줄기가 계속 커지면서 그것을 폐에서 뱉어 내려고 발버둥치게 된다. 끔찍한 신음 소리가 날 것 같지만, 통증 같은 것이 일어날 것 같지만 그렇지가 않다. 하지만 그것은 머릿속 어디선가 계속 움직이고 있다. 우리는 지금 어디에 있는지 안다. 심지어는 온갖 바보 같은 생각이 그 잿빛 빗줄기 사이를 헤엄치고 다닌다. 우리의 중요한 부분은 거기에 있고, 우리는 생각할 수 있다. 제대로 생각하지는 못하지만 조금쯤은 할 수 있다.

의식이 막 회복되려고 하기 전까지도 계속 생각하고 있었던 것 같았나. 틀림없이 그곳에 나와 함께 누군가 있음을 알고 있었지만, 누구인지는 몰랐다. 사람들의 말소리를 들을 수 있었지만, 무슨 말을 하고 있는지 알아듣지는 못했다. 그러다가 말의 내용을 알아듣게 되었다. 여자였다. 여자가 내게 입을 벌려 조그만 얼음 덩어리를 물라고 말하고 있었다. 그러면 한결 더 나아질 거라고 나는 입을 벌렸다. 그리고 얼음을 받았다. 간호사일 거라고 짐작했다. 하지만 그 외에 누가 거기 있는지는 몰랐다. 오랫 동안 생각에 잠겨 있던 중, 눈을 조금 떴다. 이내 감으면 누가 방에 있는지 알아낼 수 있으리라는 생각이 났다. 그래서 그렇게 했다. 처음에는 아무 것도 볼 수가 없다. 병실이었고, 침대 가까이에 탁자가 놓여 있고 그 위에는 여러 가지 기구가 놓여 있었다. 빛이 환했다. 가슴 위로 두툼하게 뭔가 감겨져 있었다. 붕대를 둘둘 감고 있다는 뜻이었다. 눈을 조금 더 뜨고 주위를 살폈다. 간호사가 탁자 곁에서 앉아서 나를 지켜보고 있었다. 그런데 그녀의 등 뒤에 누군가 있었다. 간호사가 움직여야만 그게 누군지 알 수 있었지만, 나는 보지 않고도 그게 누군지 알았다.

케이즈.

눈을 뜨지 않고 그렇게 누워 있은 지 한 시간쯤 지났을 것이다. 머릿 속에서만 생각이 맴돌았다. 생각을 하려고 애썼다. 하지만 생각할 수가 없었다. 더 많은 양의 마취제를 뱉어 내려고 애쓸 때마다, 가슴에 찌르는 듯한 통증이 일어나곤 했다. 총알 때문에 오는 통증이었다. 마취 기운을 뱉어 내려고 애쓰기를 멈추는데, 간호사가 말을 걸기 시작했다. 그녀는 알고 있었다. 곧 나는 그녀의 말에 대답해야 했다. 케이즈가 다가왔다.

"극장 프로그램이 자넬 구해 줬네."

"네?"

"그 종이 다발 두어 개가 별로 대단한 것은 아니었지만, 그 정도면 충분했네. 총알이 폐를 가볍게 스치고 지나간 자리에 한동안 출혈이 있을 테지만, 총알이 심장을 뚫지 않았으니 자넨 운이 좋은 편이지. 총알이 8분의 1인치만 더 뚫고 들어갔으면 자넨 죽은 목숨이었을 걸세"

"총알을 빼냈습니까?"

"그렇네."

"그 여자도 잡았나요?"

"그렇네."

나는 아무 말도 하지 않았다. 내가 죽었다고 생각하면서도 그대로 누워 있었다.

"경찰이 그녀를 잡았지. 자네에게 해줄 이야기가 많아. 아주 멋진 일이야. 하지만 반 시간만 여유를 주게. 나가서 아침 식사라도 하고 와야겠어. 그때쯤이면 자네도 기분이 한결 좋아질 거야."

그는 나갔다. 그는 내가 문제를 떠 안고 있는 것처럼 행동하지 않았다. 아니면 내게 화가 나 있거나 그런 상태였다. 가늠을 할 수가 없었다. 2분쯤 뒤에 병원에서 일하는 잡역부 한 사람이 들어왔다.

"병원에 신문이 있소?"

"있습니다. 한 부 갖다 드릴 수 있을 겁니다."

그가 신문을 가지고 와서 내가 볼 수 있도록 신문을 펴 주었다. 그는 내가 원하는 기사가 뭔지 알고 있었다. 그 기사는 1면이 아니라 2면 구석에 나와 있었다. 1면에 실을 만큼 대단하지 않은 기사를 싣는 지방 뉴스란이었다. 기사의 내용은 이랬다.

> 의혹의 납골당 그리피스 공원의 총성
> 보험회사원 월터 허프가 자정 넘어
> 리버사이드 드라이브에서 부상당한 채
> 자동차 안 건서에서 발견된 이후 두 사람이 잡혀

경찰은 로스펠리즈 힐즈에 사는 보험회사원 월터 허프가 총을 맞은 사건의 배경을 조사하고 있다. 그는 지난 밤 자정이 조금 넘은 시간, 그리피스 공원에 세워진 그의 자동차 운전석에서, 가슴에 총상을 입은 채 의식을 잃은 상태로 발견되었다. 오늘 두 사람이 잡혀서 허프의 주변 상황에 대해 조사 받고 있다. 두 사람은 롤라 너들링거(19살)와 베니아미노 사세티(26살)이다. 너들링거 양의 주소지는 유카가의 리세 암즈 아파트로 되어 있으며, 사세티의 주소는 라브레아 애버뉴의 라일락 코트 아파트로 되어 있다.

허프는 버뱅크 방향에서 리버사이드 드라이브를 따라 차를 몰다가 총을 맞았음이 분명하다. 경찰이 도착했을 때, 너들링거 양과 사세티는 자동차에서 그를 빼내려고 애쓰고 있었다. 가까운 곳에 약실 하나가 발사된 권총이 놓여 있었다, 두 사람은 총알을 발사한 책임을 부인하면서도, 더 이상의 진술은 거부했다.

병원측에서 오렌지 주스를 가져다 주었다. 나는 누운 채로 어떻게 된 사정인지 가늠하려 애썼다. 당신은 내가 속았다고 생각하리라. 당신은 내가 롤라에게 총을 맞았거나, 질투심에 불탄 사세티에게 총을 맞았다고 생각하리라고 짐작하는가? 그렇지 않았다. 나는 누가 총을 쐈는지 알고 있었다. 누가 나와 데이트를 하기로 되어 있었는지, 내가 거기 가리라는 것을 아는 사람이 누구였는지, 거치적대지 않게 나를 없애 버리고 싶은 사람이 누구였는지 알고 있었다. 그 점에 대해서는 무엇도 내 마음을 바꾸지 못하리라. 하지만 이 두 사람은 거기서 뭘하고 있었을까? 한동안 그 생각을 해봤지만, 납득이 되질 않았다. 아주 작은 부분만 제외하면. 물론 롤라는 그날 밤 다시 사세티를 미행하고 있었거나, 미행하고 있다고 생각했으리라. 그녀가 거기 있었던 것은 그렇게 설명이 되었다. 하지만 사세티는 웬일로 거기 나타났을까? 그 부분이 전혀 납득이 되지 않았다. 그리고 내내 실패했다는 이 멍한 기분, 이렇게 되어서 실패가 아니라 롤라가 사실을 알게 되리라는 것 때문에 실패한 기분이 계속되었다. 이번 일에서 가장 끔찍한 부분은 그 점이었다.

케이즈가 돌아온 것은 거의 정오가 다 되어서였다. 그는 신문을 힐끗 보고는 침대 가까이로 의자를 끌어 당겼다.
"사무실에 들어갔었지."
"그렇습니까?"
"정신없는 오전이었어. 정신없는 밤에 정신없는 오전이었지."
"어떻게 되고 있습니까?"
"이제 자네가 모르는 것을 말해 주겠네, 허프, 이 사셰티란 사람 말일세. 어젯밤 자네에게 한 방 먹인 사셰티란 친구는 뭘 좀 알고 있을까 해서 우리가 계속 추적하던 바로 그 사람일세. 너들링거 사건에 대해서 말이야."
"설마 진담이 아니겠죠."
"진담일세. 기억하나? 자네에게 귀띔하려고 했는데, 노튼은 보험 판매원들에게는 이런 사실들을 비밀로 하자는 방침을 세우고 있었기 때문에 나는 입을 다물어 버렸지. 그뿐일세. 사셰티가 바로 그 자일세, 허프 내가 자네에게 말했지? 내가 노튼에게도 말했지? 이 사건에 뭔가 흑막이 있다고 말했지?"
"다른 일이 더 있었습니까?"
"자네의 융자 회사를 조사했네."
"그렇습니까?"
"처음부터 우리끼리 비밀로 했던 일에 자네를 끼워줬더라면 우리가, 그러니까 나와 노튼이 애초에 알았을 만한 일이 튀어나오더구면, 만일 자네가 이 사셰티란 사람에 대해서 알았다면, 우리가 바로 오늘 알게 된 내용을 자네에게 들을 수도 있었을 거야, 바로 오늘 알게 된 사항이 전체 사건의 열쇠라고."
"그 사람은 융자를 받았는데요."
"바로 그렇지. 그는 융자를 받았네. 하지만 그게 열쇠는 아니야. 그건 중요한 사항이 아닐세. 자네가 너들링거에게 그 보험 약관을 가져다준 바로 그날 그자가 자네 사무실에 갔다는 점이 중요해."
"확실히 모르겠는데요."
"우린 확실히 알지. 다 확인해 봤네. 네티랑, 융자회사 기록이랑, 보험증권부의 기록이랑 다 맞춰 봤지. 그는 사무실에 왔어. 그 아가씨도 왔지. 바로 우리가 기다리던 사실일세. 그 사실이, 전에 우리가 잇지못한 연결 고리를 밝혀 주었어."
"연결 고리라니 그게 무슨 뜻입니까?"
"들어보게, 우리는 너들링거가 자기 가족에게 이 보험 가입에 대해 함구했다는 사실을 알지. 비서에게 확인해 본 결과, 그가 아무에게도 말하지 않았다는 사실을 알았어. 한데 그와 마찬가지로 가족도 그 사실을 알고 있었어, 그렇지 않은가?"
"글쎄요……. 모르겠는데요."
"가족들은 알았어, 그들이 아무 이득도 바라지 않고 그를 암살하려 했을 것 같은가? 그들은 알고 있었어. 그리고 이제는 그들이 어떻게 그 사실을 알았는지 밝혀졌네. 이 부분이 연결된 거야."
"어느 판사라도 그들이 알았으리라고 짐작하겠죠."
"나는 판사가 아닐세. 내 스스로의 만족을 위해서, 내가 옳다는 것을 확인하기 위해서 이 말을 하고 있는 걸세. 왜냐면 보라고, 허프 나는 본능을 기초로 해서 조사를 요구할 수 있겠지. 그렇지만 사실을 모르고 법정에 들어가서, 그 일 때문에 구류 판결을 받을 위인이 아니라고 그런데 이제 알게 되었네. 더욱이 이 부분이 그 아가씨를 끌어들여 연관지어 주지."

"그…… 누구라고요?"

"그 아가씨. 그 집 딸. 그녀 역시 거기 있었네. 자네 사무실에 말이야. 아, 그래, 자네야 웃기다고 생각할 수 있겠지. 아가씨가 자기 아버지에게 그런 일을 저지르다니 말도 안 된다고 하지만 그런 일이 있었어. 아주 여러 번 일어났었지. 5만 달러라는 액수가 걸려 있다면, 앞으로도 여러 번 일어날 거야."

"나는…… 믿을 수가 없는데요."

"내가 설명을 마치기 전에 믿게 될 거라고. 이제 잘 듣게, 허프 여전히 어떤 부분이 조심스럽네. 연결 고리 하나가 조심스럽단 말이야. 그들은 이번 공판이 열리게 되면 자네가 증언할 수 있는 어떤 내용 때문에 자네에게 총을 쏜 거야. 나도 그 점은 알겠어. 한데 그게 어떤 내용이지?"

"어떤 내용이라니 무슨 뜻입니까?"

"자네가 알고 있기 때문에 그들이 자네를 해치우려 하는 내용이 뭐냐고? 그들이 자네 사무실에 왔던 것, 그 일만으로는 불충분해. 뭔가 다른 게 있다고. 그게 뭐냐 이거지?"

"나는…… 나는 모르겠어요. 생각이 나질 않는데요."

"뭔가 있어. 자네가 잊고 있는 뭔가가 있다고, 자네에겐 별다른 의미가 없지만 그들에겐 중요한 뭔가가 있다니까. 그런데 그게 뭘까?"

"그런 일은 없습니다. 있을 리가 없어요."

"뭔가 있어. 틀림없이 뭔가 있을 거야."

그는 이제 병실 안을 걸어다녔다. 그의 몸무게 때문에 침대가 흔들리는 것을 느낄 수 있었다.

"계속 생각해 보라고, 허프. 우리에겐 며칠 여유가 있어. 그게 무슨 일인지 생각해 보려고 애쓰라고."
그는 담배에 불을 붙이고, 잠시 더 성큼성큼 걸어다녔다.
"우리에게 며칠 간의 여유가 있다는 점이 기가 막힌 부분이라고. 자네는 다음 주까지는 청문회의 초반 부분에 나타날 수가 없어. 그 점이 우리에게 필요한 부분이야. 경찰에게 약간의 도움을 받고, 고무 호스 같은 걸로 몇 가지 조치를 당하면 조만간 이 커플은 다 밝혀질 거라고. 특히 그 아가씨는. 오래지 않아 주저앉겠지……. 바로 그게 우리가 기다리고 있는 점이라니까. 자네에겐 힘겹겠지만, 지금 우린 그들을 마음껏 요리할 수 있는 위치에 두고 있다니까. 아, 그래. 이건 기가막힌 행운이야. 이제 이번 사건은 깨끗이 해결될 거야. 운이 좋다면 밤이 오기도 전에 말이지."
나는 눈을 감았다. 롤라 외에는 무엇도 생각할 수가 없었다. 그녀 주위에 경찰관이 꽉 들어차서 그녀를 때리고, 그녀가 모르는 것을 실토하라고 온갖 짓을 저지르는 광경이 떠올랐다. 롤라가 아는 것이라곤 달빛 속의 사내밖에 없는 것을. 그녀의 얼굴이 내 앞에서 떠다니다가, 갑자기 입가를 한 대 맞고는 피를 흘리기 시작했다.
"케이즈."
"음?"
"뭔가 있었어요. 지금 케이즈가 말한 일 말입니다."
"듣고 있네."
"내가 너들링거를 죽였습니다."

13

그는 나를 빤히 쳐다보며 그대로 앉아 있었다. 나는 케이즈가 알아야 할 필요가 있다고 생각한 것을 다 털어놓았다. 롤라에 대해서까지. 그 이야기를 다 말하는 데 겨우 10분밖에 걸리지 않은 것이 참 우습게 느껴졌다. 사정 설명이 끝나자, 케이즈는 일어났다. 나는 그의 손을 움켜잡았다.
"케이즈."
"난 가 봐야겠네, 허프."
"경찰이 그녀를 때리지 않는지 확인해 주십시오."
"이제 가 봐야겠네. 한참 뒤에 다시 올 거야."
"케이즈, 만일 경찰이 그녀에게 손대는 것을 당신이 묵과한다면 당신은 내 손에…… 내 손에 죽을 겁니다. 이제 당신은 모든 사정을 다 알았습니다. 나는 당신에게 다 털어놓았습니다. 한 가지 이유 때문에, 단 한 가지 이유 때문에 말한 겁니다. 그들이 그녀에게 손을 대지 못하게 하기 위해서입니다. 당신이 그 점을 내게 약속해 줘야 합니다. 당신은 내게 그만한 빚은 있습니다. 케이즈……."
그는 내 손을 뿌리치고 떠났다.
그에게 이야기를 하면서, 다 털어놓으면 평화 같은 것을 얻게 되리라 기대했다. 오랫동안 마음 속에 그런 기대가 감추어져 있었다. 나는 그런 감정을 지닌 채 잠을 잤고, 그런 꿈을 꾸었으며, 그런 기대를 지닌 채 숨을 쉬었다. 그런데 아무 평화도 얻지 못했다. 생각할 수 있는 것은 오직 롤라뿐이었다. 그녀가 사실을 어떻게 알게 될지, 그리고 나를 어떤 인간으로 생각할지.

3시쯤 병원에서 일하는 잡역부가 석간 신문을 들고 들어왔다. 신문에 내가 케이즈에게 털어놓은 내용은 나오지 않았다. 그렇지만 신문사측에서는 조간 기사가 나간 이후 더 철저히 조사해서 기사를 작성했다. 그들은 너들링거 첫 부인의 죽음에 대해서, 그리고 너들링거의 죽음에 대해서, 그리고 이제는 내가 총에 맞은 사건에 대해서 다루었다. 특별 기사를 담당하는 여기자가 그 집에 들어가서 필리스와 대화를 나누었다. 그 집을 '죽음의 집'으로 부른 것도, 기사 중간에 핏빛 커튼에 대한 이야기를 삽입한 것도 바로 그 여기자였다. 기사를 보면서, 나는 오래 가지 않으리라는 것을 알았다. 멍청한 얼간이 여기자가 그 집에 뭔가 석연찮은 구석이 있음을 알아차릴 수 있었으니 말이다.

그날 밤 8시 반쯤 케이즈가 다시 왔다. 그는 병실에 들어오자마자 간호사를 휘휘 내쫓더니, 다시 밖에 나갔다가 1분쯤 뒤에 되돌아왔다. 이번에는 노튼이 동행했다. 그리고 큰 사건이 있을 때면 부르는 회사변호사인 케스윅이라는 사내와 회사 법제부의 샤피로 부장도 함께 왔다. 모두들 둘러서자, 먼저 입을 연 사람은 바로 노튼 사장이었다.
"허프."
"네, 사장님."
"이 일에 대해 누구에게 이야기한 적이 있나?"
"케이즈 외에는 없습니다."
"아무도 없나?"
"한 사람에게도…… 아무에게도 말하지 않았습니다."
"여기 경찰이 다녀가지 않았나?"
"다녀갔습니다. 바깥 복도에 서 있는 것을 봤습니다. 그들은 저에 대해 수근거리고 있었던 것 같습니다. 그들이 병실에 들어오려는 것을 간호사가 막았습니다."
모두들 서로의 얼굴을 바라보았다.
"그렇다면 이야기를 시작할 수 있을 것 같군. 케이즈가 설명하는게 좋겠군요."

케이즈가 입을 열어 무슨 말을 하려는데, 케스윅이 말을 막고는 노튼을 한켠 구석으로 데려갔다. 그러더니 그들은 케이즈를 거기로 불렀다. 그리고 나서 샤피로를 불렀다. 이따금씩 한 마디씩 알아들을 수 있었다. 그들이 내게 할 제의에 대한 이야기였다. 그러니까 그들 모두 증인이 될 것이냐 아니냐에 대한 문제를 이야기했다. 케스윅은 그 제안에는 찬성했지만, 누군가 그 일에 연루되었다고 말하는 것은 원하지 않았다. 마침내 케이즈가 개인 책임으로 일을 떠맡고, 나머지 사람들은 그 자리에 없는 것으로 결정이 났다. 그리고 나서 모두들 살그머니 나갔다. 작별 인사조차 하지 않고 우스웠다. 그들은 아주 더러운 짓거리로 내가 자기들이나 회사를 속이려 하지 않은 듯이 굴었다. 마치 내가 비통한 표정을 짓고 있는 동물이나 되는 듯, 쳐다보고 싶지도 않은 것처럼 굴었다.

그들이 떠나자, 케이즈는 의자에 앉았다.

"자네는 끔찍한 짓을 저질렀네, 허프."

"알고 있습니다."

"그 부분에 대해서는 더 말할 필요가 없을 듯하군."

"그렇습니다, 말씀하시지 않아도 압니다."

"유감스럽군. 나는…… 자네를 좋아했는데, 허프."

"압니다. 저도 마찬가지입니다."

"나는 누굴 좋아하는 경우가 별로 없는 사람이지. 나 같은 일을 하면 그러기가 힘들게 되지. 온 인류가 다…… 약간은 사기꾼처럼 보이거든."

"압니다. 믿어 주셨는데 실망만 안겨 드렸습니다."

"글쎄……. 그런 이야기는 하지 말자고."

"드릴 말씀이 없습니다……. 그녀를 만나셨습니까?"

"그랬지. 모두 만났네. 그자, 그녀. 그리고 부인도."

이중보상 297

"그녀가 뭐라고 하던가요?"

"아무 말도……. 자네도 알겠지만, 나는 그녀에게 말을 걸지 않았어. 그녀가 말하게 내버려뒀지. 그녀는 사셰티가 자네를 쐈다고 생각하고 있지."

"뭐 때문에요?"

"질투심 때문에."

"아."

"자네 걱정을 많이 하더군. 하지만 자네가 심한 부상을 입지 않았음을 알자…… 글쎄, 뭐랄까……."

"……다행스럽게 여겼군요."

"어떤 면에서는. 그녀는 그런 내색을 하지 않으려고 애쓰더군. 하지만 그 일이 사셰티가 자기를 사랑하는 것을 증명했다고 느끼더군. 그 아가씨로서도 어쩔 도리가 없지."

"알 만합니다."

"하지만 자네 걱정을 했어. 그녀는 자네를 좋아하지."

"네, 압니다. 그녀는…… 나를 좋아하죠."

"그녀는 쭉 자네를 뒤쫓았지. 자네를 사셰티로 생각했네. 그래서 그 자리에 있었던 거야."

"그러리라 짐작했습니다."

"그와도 이야기해 봤지."

"아, 그랬군요. 그렇다고 말씀하셨지요. 그는 거기 뭘 하러 왔던 겁니까?"

그러자 케이즈는 쿵쾅거리며 좀 더 서성댔다. 그의 머리 위로 보이는 머리맡의 작은 전등이 방 안의 유일한 빛이었다. 그의 몸을 반만 볼 수 있었지만, 그가 성큼성큼 걷는 것은 침대의 흔들림으로 느낄 수 있었다.

"허프, 어떤 이야기가 있네."
"그래요? 무슨 뜻입니까?"
"자네는 이라와디 강의 코브라와 뒤얽힌 걸세, 그뿐이야. 그 여자는…… 그 여자 생각만 해도 피가 얼어붙는군. 그 여자는 병적인 경우야, 그뿐이라고 내가 지금껏 들어본 이야기 가운데 최악이야."
"병적이라뇨?"
"그쪽 분야에선 그런 명칭으로 부르더군. 자네도 이 현대 심리학에 대해 좀 더 읽어봐야 하네, 허프 나도 그렇고 노튼에게는 말하지 않으려 작정했지. 내가 잘난 체한다고 생각할 테니까. 하지만 심리학이 도움이 되는 걸 알았네. 내 분야에서는 사람들의 행위가 오직 심리학적인 측면으로만 설명이 되는 경우가 많아. 우울한 일이긴 해도, 그렇게 해야 일이 선명하게 설명이 된다고."
"그래도 이해가 되지 않는데요."
"이해하게 될 거야……. 사셰티는 그녀를 사랑하지 않았네."
"그렇습니까?"
"그녀를 오래 전부터 알았지. 5, 6년쯤 됐지. 그의 아버지가 의사였거든. 그는 여기서 4분의 1마일쯤 떨어진 버듀고 힐즈에 요양소를 가지고 있었는데, 그녀가 수간호사였다네."
"아, 그렇군요 그 점에 대해서는 기억합니다."
"사셰티는 그곳에서 그녀와 만났지. 그러다가 이 노인이 불운한 일을 당했지. 어린이 환자 세 명이 그의 치료를 받다가 죽은 거야."
또 그 소름끼치는 느낌이 등을 타고 스물스물 올라오기 시작했다. 그는 말을 이었다.
"아이들의 사인은……."
"……페렴이었구요."
"그런 이야기를 들어봤나?"

"아닙니다. 계속하시지요."
"아, 자네도 애로우헤드 일에 대해서는 들었겠군."
"네."
"그들은 그의 치료를 받다가 죽었지. 끔찍한 사고였고, 이 노인은 그 일로 인해 시련을 겪었지. 경찰에게 호되게 당한 게 아니었네, 경찰에서는 환자들과 관련해서 아무 것도 알아내지 못했지. 그에게 시련을 준 것은 보건부와 그의 환자들이었지. 그 일로 그는 망했네. 요양원을 팔아야 했지. 그 뒤 얼마 지나지 않아 그는 죽었네."
"폐렴으로요?"
"아니, 꽤 늙었으니까 자연사했지. 하지만 사셰티는 그 일에 뭔가 이상한 기미가 있다고 생각했고, 마음 속에서 이 여자를 떨쳐 버릴 수가 없었지. 그녀는 그곳에 너무 오래 있었고, 그곳에 있는 아이들에게 지나치게 깊은 관심을 가진 것 같았거든. 사셰티로서는 일종의 직감 같은 것을 빼고는 어떤 근거가 없었지. 내 말을 이해하겠나?"
"계속 말씀하시지요."
"첫 번째 너들링거 부인이 죽었을 때까진 그도 그 일에 대해 어쩌지 못했지. 그런데 우연하게도 죽은 아이 가운데 한 명이 그 너들링거부인과 관계가 있었지. 그래서 그 아이가 죽은 뒤 너들링거 부인은 아이가 상속받게 되어 있던 꽤 넓은 부동산의 지정 유언 집행인이 된거야. 사실 법률적인 절차가 명료하게 처리되자, 너들링거 부인은 그 부동산을 차지하게 되었지. 그 점을 알아두라고, 허프 거기가 끔찍한 부분이니까. 죽은 아이 가운데 딱 한 명이 재산과 관계가 있었지."
"나머지 두 아이는 어떻습니까?"
"전혀 무관해. 그 어린애들은 단지 이 사건의 초점을 흐리기 위해서 죽은 거라고. 그 점을 생각하게, 허프. 이 여자는 죽이고 싶은 한 아이를 처치하기 위해 다른 두 애를 죽이기까지 했다고. 그런 병원에서 이따금씩 일어나는 환자 방치에서 비롯된 사건으로 보이도록 여러가지 상황을 뒤엉켜 놓은 거지. 내 단언하는데 그 여자는 병적인 경우야."

"계속 말씀해 보세요."

"너들링거의 첫 번째 부인이 죽자 사셰티는 이 모든 경위를 알아내기 위해서 스스로 일인 탐정 사무소를 세웠지. 우선 아버지가 어떤 일을 당했는지 확실히 알고 싶었고, 또 하나는 그 여자가 그에게 완전히 매료되었지, 그가 그녀에게 홀딱 반했다는 뜻은 아니라고. 내 말은 사셰티는 그녀에 관한 진실을 알아야 했다는 뜻일세."

"그렇군요, 알 것 같습니다."

"그는 가능한 한 대학에서 연구를 계속했지. 그러면서 그곳에 들어가서 그녀와 이야기를 나눌 기회를 만들었지. 이미 그녀에 대해 알았기 때문에, 창설 중이던 '의사—간호사 협회'에 가입하라는 제의를 가지고 그 집에 가면서도 그녀가 그런 단체에 가입할 생각을 하지 않으리라고 미리 짐작했지. 그런데 일이 벌어졌네, 그가 이 아가씨를 만났고, 첫눈에 반해 버린 거지. 그러면서 진실을 알아내고자 했던 그의 멋진 계획은 난관에 부딪쳤네. 사셰티는 이 아가씨를 불행하게 만들고 싶지 않았고, 또 계속 조사를 진행시킬 만한 근거도 없고 해서 취소해 버렸지. 그 부인에 대해 의심을 품은 뒤고 해서 그 집에 가고 싶지 않았기 때문에, 이 아가씨를 밖에서 만나기 시작했지. 한데 그의 생각이 옳았었다는 생각이 들게 하는 가벼운 일이 벌어졌지. 그 부인은 일이 어떻게 돌아가고 있는지 알게 되자마지, 롤라에게 사셰티에 대해 온갖 이야기를 늘어놓기 시작했고, 아버지에게 말해서 롤라가 그를 만나는 것을 금지시켰지. 그럴 만

한 이유가 없었지. 그런 일이 있은 뒤, 이 여자가 사셰티라는 이름
조차 듣기 싫어했다는 이유만 빼면 여기까지는 이해가 되나?"
"이해됩니다."
"그런데 너들링거가 그렇게 된 거야. 그러자 갑자기 사셰티는 이
여자를 추적해야 한다는 것을 알게 되었지. 그는 롤라와 만나는 것
을 그만뒀지. 그녀에겐 이유조차 말하지 않았네. 그는 이 여자에게
다가가서 사랑을 나누기 시작했지. 그가 아는 모든 방법을 동원해
서. 그러니까 전심전력을 다해 사랑을 나누었다는 뜻일세. 자기가
만나러 가면, 그 여자가 막지 않으리라고 짐작했지. 자네도 알겠지
만, 그 여자는 롤라의 후견인이었지. 하지만 롤라가 결혼을 하게
되면, 그 남편이 후견인이 되는 거고, 그렇게 되면 재산에 대해 모
든 것이 엉망진창으로 뒤엉키게 되지. 자네도 알겠지만……."
"롤라가 다음이었군요."
"바로 그렇네, 자네가 그녀에 대해 알고 있으니까 자네를 처치한
뒤, 롤라가 그 다음 희생자였지, 물론 이번에 사셰티는 자네에 대
해서는 아무 것도 몰랐네. 다만 롤라에 대해서는 알았지. 혹은 알
고 있다고 확신했지."
"계속하시지요."
"그래서 어젯밤의 일이 벌어지게 된 거지, 롤라는 그를 뒤쫓았지.
즉, 그녀는 자네가 그의 차에 올라탔을 때 그의 차를 따라간 거야.
자네가 차를 뺄 때 그녀가 주차장으로 들어왔지."
"그 차를 봤습니다."
"사셰티는 일찍 집에 왔지. 너들링거 부인이 그를 쫓아냈지. 그는
자기 방으로 가서 잠자리에 들려고 했지만, 그날 밤 무슨 일인가
벌어지리라는 생각을 마음 속에서 밀어낼 수가 없었지. 우선 그렇
게 내쫓김을 당한 게 우습게 보였거든. 또, 그 부인이 낮에 그에게

그리피스공원에 대해 두어 가지 물어 봤기도 했고, 밤에 언제 공원의 도로가 폐쇄되는지, 그리고 어느 어느 도로가 폐쇄되는지…… 그것은 그녀가 밤늦을 때 언젠가 그 공원에서 무슨 일인가 꾸민다는 뜻이 될 수밖에. 그래서 잠자리에 드는 대신 그는 그녀의 집으로 몰래 가서 그녀를 감시하기로 결정했지. 차를 몰고 가려고 자기 차를 세워 둔 곳으로 갔지. 한데 차가 없어진 것을 발견하자, 하마터면 기절할 뻔했지, 롤라가 자동차 열쇠를 가지고 있었으니까. 잊지 말게, 그는 롤라가 다음번 희생자라는 사실을 알고 있었다는 점을."

"계속하세요."

"그는 택시를 불러 타고 그리피스 공원으로 달려갔지. 아무 것도 보이지 않는 곳을 걷기 시작했지…… 무슨 일이 일어나는지, 혹은 어디를 쳐다봐야 할지조차 모른 채로, 사셰티는 다른 곳으로 걸어가기 시작했네…… 작은 공터의 다른 쪽 끝으로 그러다가 총소리를 들었네. 그는 달려갔지. 그와 롤라는 거의 동시에 자네가 있는 곳에 도착했네. 롤라는 거기 있는 사람이 누구인지 알자, 사셰티가 총을 쐈다고 생각했고, 경찰이 도착하자 연기를 한 거야."

"이제야 알겠군요."

"그 여자는, 너들링거 부인은 철저한 정신병자라고, 사셰티는 내게 자기가 발견한 것만도 다섯 건이라고 말하더군. 모두 다 세 명의 어린이 이전에 벌어진 일로, 그녀가 간호사일 때 그녀의 간호를 받다가 죽은 환자들인데, 그 가운데 두 명에게서 재산을 받았지."

"모두 폐렴으로 죽었습니까?"

"세 명이 그랬지. 나이가 더 많은 두 명은 수술 건이었지."

"그녀가 어떻게 죽였습니까?"

"사셰티는 알아내지 못했네. 그녀가 힐청으로 손을 쓰는 방법을 발견했다는 게 사셰티의 생각이지. 다른 약품과 함께 사용했다고 그는 그 여자에게서 그걸 알아낼 수 있기를 바라고 있지. 그 부분이 중요하다고 생각하거든."

"그래요?"

"자네는 졌네, 허프."

"알고 있습니다."

"오늘 오후 모든 것을 정리했네. 회사에서. 내가 진두에서 지휘했지. 두 가지 길은 없었네. 오래 전, 노튼이 아직도 자살 운운할 때도 나는 이런 결과를 예상했지."

"그때 제대로 맞추셨습니다."

"나는 이번 사건을 법정으로 가져가서는 안 된다고 그들을 설득했네."

"당신이라고 해도 사건을 진정시키지는 못할 겁니다."

"우리가 상황을 진정시키지는 못하겠지. 알고 있네. 하지만 이 회사의 보험판매원이 살인을 저질렀다는 사실이 발표되는 것과, 살인 사건심리가 계속되는 2주일 내내 전국의 모든 신문에 그 이야기가 잔뜩실리는 것은 다른 일이라고."

"압니다."

"자네는 내게 진술서를 줘야 하네. 자네가 저지른 일을 상세하게 기술한 진술서를 내게 보내야 하네. 공증인의 공증까지 받도록 해. 그리고 그것을 내게 우편으로 보내라고, 등기로 다음 주 목요일에 그렇게 해주게, 내가 금요일에 받을 수 있도록."

"내주 목요일에요."

"그렇네. 우린 그 사이 어젯밤의 저격 사건에 대해서 큰 모든 처리를 보류하겠네. 왜냐면 자네가 청문회에서 증언할 상태가 아니니까. 이제 이 말을 잘 명심하라고 가명으로 자네가 탈 증기선의 선실을 예약해 두었네. 목요일 밤 산페드로를 떠나는 발보아행 증기선이지. 남쪽으로 가는 배일세. 자네는 그 증기선에 타게. 금요일에 나는 진술서를 받고 곧장 경찰에 그것을 제출하겠네. 내가 이일에 대해 아는 것은 그때가 처음일세. 노튼과 그의 친구들이 방금 떠난 것도 그런 이유때문이지. 이번 일에는 증인이 없네. 자네와 나 사이에 이루어진 거래지. 만일 자네가 내게 책임을 떠밀려 한다면 나는 부인할 걸세. 그런 거래 따위는 없었다는 걸 증명할 거야. 다 그렇게 처리해 놓았다고."
"그런 짓은 하지 않을 겁니다."
"우리는 경찰에 신고하자마자, 자네 체포에 현상금을 걸 거야. 잘 듣게, 허프 만일 자네가 잡힌다면 그 현상금은 지불될 거야. 그리고 우리가 도울 수 있는 방법이 있다고 해도 자네는 교수형을 면치 못할거야. 우리는 그 사건이 법정으로 가는 것을 원하지 않지만, 만일 재판이 열린다면 철저히 계획대로 실행할 걸세. 알았나?"
"알고 있습니다."
"배에 오르기 전에, 자네는 그 진술서를 부친 등기 영수증을 내게 건네줘야 하네. 자네가 진술서를 부쳤다는 것을 내가 알아야 하니까."
"그 여자는 어떻게 합니까?"
"누구?"
"필리스."
"우리가 알아서 처리하지."
"딱 한 가지 더 있습니다, 케이즈."
"그게 뭔데?"
"저는 아직도 그녀에 대해 모릅니다, 롤라 말입니다. 당신은 모든 것을 처리한다고 말합니다. 그 말은 청문회 기간 동안 당신이 그녀와 사셰티를 보호한다는 뜻으로 짐작됩니다. 그녀가 아무 해도 입지 않으리라는 점을 확인해야겠습니다. 케이즈 당신이 그 부분을 진지하게 명확히 해줘야겠습니다. 그렇지 않으면 진술서를 쓰지 않을 거고, 그렇게 되면 이 사건은 법정으로 가겠지요. 그리고 나머지 일이 벌어질거구요. 내가 일을 엉망진창으로 만들어 버릴 겁니다. 알아듣겠습니까, 케이즈? 그녀는 어떻게 되는 겁니까?"
"우린 사셰티를 보호하고 있네. 그가 동의했지."
"내 말을 못 들었습니까? 그녀가 어떻게 되냐니까요?"
"그녀는 나왔네."
"그녀가…… 어떻다고요?"
"우리가 보석금을 지불하고 빼냈다고. 그건 보석금으로 해결될 만한 죄지. 자네가 죽지 않았으니까."
"롤라가 나에 대해 압니까?"
"아니, 그녀에게 아무 말도 하지 않았다고 했잖아."
케이즈가 일어나서 손목 시계를 보았다. 그리고 살그머니 복도로 나갔다. 나는 눈을 감았다. 바로 그때 누군가 가까이에 있는 느낌이 들었다. 다시 눈을 떴다. 롤라였다.
"월터."
"그래. 잘 있었어, 롤라?"
"정말로 미안해요."
"나는 괜찮아."
"니노가 우리에 대해 아는 줄은 몰랐어요. 그이는 틀림없이 알아냈을 거예요. 그이가 나쁜 의도로 그런 것은 아니었어요. 다만…… 성질이 불같아서요."
"그를 사랑하나?"
"…네."

"그냥 알고 싶어서."
"그런 기분을 느끼게 해 드려서 죄송해요."
"괜찮아."
"부탁을 드려도 괜찮을까요? 제겐 그런 부탁을 드릴 권리가 없지만요."
"뭔데?"
"기소하지 마세요. 그에게 불리한 증언을 하지 마세요. 그러실 필요가 없을 거예요, 안 그래요?"
"그러지 않을게."
"……이따금씩 당신에게 사랑 비슷한 감정을 느끼는 때가 있어요, 월터."

롤라는 나를 바라보았다. 그러다가 갑자기 몸을 가까이 숙였다. 나는 머리를 돌려버렸다. 재빨리. 그녀는 상심한 표정으로 오랫동안 그대로 앉아 있었다. 롤라를 쳐다보지 않았다. 마침내 평화로움 같은 것이 밀려들었다. 나는 그녀를 가질 수 없음을, 그리고 그녀를 가질 수 없었음을 알았다. 내가 죽인 사람의 딸과는 키스할 수 없었다. 그녀가 문 쪽으로 가자 나는 작별 인사를 했다. 그리고 행운을 빌어 주었다. 그때 케이즈가 다시 병실로 들어왔다.

"진술서에 대해서는 그렇게 하겠습니다, 케이즈."
"그게 최선의 방법일세."
"모든 게 다 좋습니다. 고맙습니다."
"내게 고마워하지 말게."
"그런 기분인 걸요."
"내게 고마워할 이유가 없네."

그의 눈에 이상한 표정이 떠올랐다.
"경찰에서 자네를 잡을 거라는 생각은 들지 않네, 허프 내 생각에는…… 글쎄, 그 점에 대해서는 내가 자네에게 호의를 베풀고 있는 것 같군. 아마 자네도 그런 식으로 생각하는 게 좋을 거야."

14

당신이 이 글을 읽었다면, 그 내용이 바로 진술서이다. 그걸 쓰는 데 닷새가 걸렸다. 목요일 오후에야 나는 진술서 작성을 마쳤다. 그게 어제였다. 병원 잡역부를 시켜서 등기우편으로 부쳤고, 5시쯤 케이즈는 영수증을 가지러 들렀다. 그가 협상 조건으로 내건 것 이상이었으리라. 하지만 나는 모든 것을 다 적고 싶었다. 롤라가 언젠가 그걸 볼테고, 어떻게 된 사정인지 이해하면 나를 너무 나쁘게 생각하지 않을 테니까. 7시쯤 옷을 입었다. 힘이 없었지만 걸을 수는 있었다. 가볍게 요기를 한 뒤에 택시를 불러서 부두로 갔다. 곧장 잠자리에 들었고, 오늘 오후 이른 시간까지 그대로 선실에 있었다. 그런데 홀로 전용실에 있는 것이 더 이상 견딜 수가 없어서, 갑판으로 올라갔다. 의자를 찾아서 거기 앉아 멕시코 해안을 바라보았다. 우리는 앞으로 그곳을 지나치리라. 그런데 어디 가고 있는 게 아니라는 묘한 기분이 들었다. 줄곧 케이즈에 대해 생각했다. 그날 그의 눈빛에 대해. 그리고 그가 무슨 의미로 그런 말을 했는지에 대해. 문득 나는 깨달았다. 곁에서 가볍게 숨을 헐떡이는 소리가 났다. 고개를 들기도 전에 벌써 누구인지 알았다. 나는 옆 의자로 몸을 돌렸다. 필리스였다.

"안녕하시오, 필리스."
"당신 상관 케이즈 말이에요…… 기가 막힌 중매장이군요."
"아, 그렇소. 낭만적인 사람이오."
나는 그녀를 바라보았다. 마지막으로 본 이후 얼굴이 수척해졌다. 그리고 눈가에는 작은 주름살이 잡혔고. 그녀가 내게 뭔가 건네주었다.
"이걸 봤어요?"
"이게 뭐요?"
"배에서 발행하는 신문이오."
"아니, 안 봤소. 흥미가 없소."
"여기에 났어요."
"여기 나다니 뭐가?"
"결혼에 대해서. 롤라와 니노 말이에요. 정오 조금 지나서 무전으로 송신되었대요."
"아, 두 사람이 결혼했소?"
"네. 상당히 흥분되는 일이었죠. 케이즈 씨가 신부를 데리고 들어갔어요. 샌프란시스코로 신혼 여행을 떠났어요. 당신 회사에서 니노에게 보너스를 줬지요."
"아. 그렇다면 틀림없이 거기 이 이야기도 났겠군. 우리에 대해서."
"네. 모두 다 나왔어요. 우리가 가명으로 배에 타길 잘했어요. 점심시간에 승객들이 모두 그 기사를 읽는 걸 봤어요. 굉장한 뉴스죠."
"당신은 걱정스런 표정이 아니군."
"다른 생각을 하는 중이거든요."
그리고 나서 필리스는 미소 지었다. 내가 본 미소 가운데 가장 달콤하고 가장 슬픈 미소였다. 나는 다섯 명의 환자에 대해, 세 명의 어린이와 너들링거 부부에 대해, 그리고 나 자신에 대해 생각했다. 필리스처럼 원하기만 하면 말할 수 없이 상냥해지는 사람이, 그런 일을 저지를 수 있다니 도저히 불가능한 일 같았다.
"무슨 생각을 하고 있었소?"

"우리가 결혼할 수 있다는 생각이오, 월터."
"그럴 수 있겠지. 그런데 그리고 나서 어쩌자는 거지?"

*

그 뒤 얼마 동안이나 그렇게 바다를 바라보며 앉아 있었는지 모르겠다. 그녀가 다시 입을 열었다.
"우리 앞에는 아무 것도 놓여 있지 않아요. 안 그런가요, 월터?"
"그렇소. 아무 것도 없소."
"우리가 어디로 가는지조차 모르겠어요. 당신은 아나요?"
"모르오."
"……월터, 때가 왔어요."
"그게 무슨 뜻이오, 필리스?"
"내가 신랑을 맞아들일 때가 왔다구요. 내가 사랑한 단 한 사람. 어느 날 밤 나는 배의 이 물 너머로 떨어질 거예요. 그러면 조금 조금씩 그이의 얼음장 같은 손가락이 내 심장 속으로 파고드는 걸 느끼게 되겠죠."
"……내가 당신을 데리고 들어가겠소."
"뭐라고요?"
"당신과 동행하겠다는 뜻이오."
케이즈가 옳았다. 나는 그에게 고마워할 게 없었다. 그는 나를 바쳐 상황을 구한 것뿐이었다.

우리는 배 안을 거닐었다. 선원 한 명이 난간 바깥쪽 홈통을 걸레질하고 있었다. 그는 신경이 곤두서 있었다. 그는 내가 바라보고 있는 것을 알아차렸다.
"상어가 있습니다. 배를 쫓아오고 있어요."

보지 않으려 애썼지만 도저히 그럴 수가 없었다. 얼룩진 흰색이 초록색 사이로 언뜻 보였다. 우리는 갑판의 의자로 되돌아갔다.

"월터, 기다려야 해요. 달이 떠오를 때까지요."

"달이 있는 편이 더 좋을 것 같소."

"상어 지느러미를 보고 싶어요. 검은 지느러미를. 달빛을 받으며 물을 가르는 광경을 보고 싶어요."

선장은 우리를 안다. 조금 전 무전실에서 나오는 그의 얼굴을 보고 나는 알아차릴 수 있었다. 오늘 밤이어야 하리라. 마자틀란에 배가 들어가기 전에 그는 틀림없이 우리에게 감시원을 붙일 것이다.

다시 출혈이 시작되었다. 총알이 스치고 지나간 폐 안에서 피가 흐른다는 뜻이다. 많이는 아니지만 나는 피를 토한다. 계속 그 상어에 대해 생각하고 있다.

나는 전용실에서 이 글을 쓰고 있다. 지금은 9시 반. 그녀는 자기 전용실에서 준비를 하고 있다. 얼굴은 분필처럼 하얗게 칠하고 눈가에는 검은 칠을 했다. 그리고 입술과 뺨은 붉게 칠했고 그녀는 그 빨간 천을 걸쳤다. 무시무시해 보인다. 그녀가 몸에 두르고 있는 것은 커다란 사각형의 빨간 실크인데, 팔이 들어가는 구멍이 없다. 그래서 그녀가 손을 움직일 때면 손이 뭉툭 잘리고 남은 부분처럼 보인다. 필리스는 〈늙은 수부의 노래〉(18세기 영국 시인 콜리지의 시)에 나오는, 영혼을 위해 주사위를 던지려 배에 탄 자처럼 보인다.

전용실 문이 열리는 소리를 듣지 못했지만, 내가 글을 쓰는 동안 그녀는 내 곁에 있다. 나는 그녀를 느낄 수 있다.

케인의 유산

 소설가, 저널리스트, 갱 및 범죄 주변 인물을 다룬 소설로 잘 알려져 있다. 《우편배달부는 벨을 두번 울린다》는 분방한 젊은 여자와 애인인 젊고 방탕한 사내가 그녀의 남편을 살해할 계획을 헤밍웨이 스타일을 통속화한 문장으로 그려간 터프한 이야기이다.

 정평 있는 《미국문학 편람》이라고나 해야 할 《The Oxford Companion of American Literature(제4판, 1965년 간행)》에서 제임스 M. 케인 항목에 기술된 내용이다.

 J.D. 하트의 이 책은 나도 자주 애용하는 편이지만 다소 편견이 담긴 이런 기술에는 나도 모르게 그만 부아가 치민다. 이 항목의 집필자가 하트 자신인지 어떤지는 잘 모르겠지만 아마도 그 인물은 케인의 작품이라곤 단 한권도 읽지 않았을 게 틀림없다. 적어도 케인의 작품에 애착을 가지고 있는 인물은 분명 아닐 것이다.
 1934년 데뷔했을 때부터 케인은 대다수 비평가들이 쏟아내는 악평을 한 몸에 받아야 했고, 손가락으로 헤아릴 만한 숫자의 비평가 및 작가들에게서는 절찬을 받았지만 그런 것들과는 아무 상관없이 대중의 폭넓은 사랑을 받으며 애독되었다. 나 또한 '평가'니 '꼬리표' 따위에 개의치 않고 그저 작품으로만 그와 교류해온 꽤 충실한 독자라 스스로 자부한다. 따라서 케인의 처녀작이자 대표작인 이 책을 내가 번역할 기회를 얻게 된 것은 참으로 자랑이자 기쁨이 아닐 수 없다.

얼마 전 노먼 메일러가 쓴 대중소설의 서평을 썼을 무렵, 나는 위세 좋은 신진작가 톰 울프에게 마음을 편안히 하고 앉아서 제임스 M. 케인이라도 읽으면서 소설쓰는 법을 배우는 게 어떠냐고 말했다.

그 케인이 1977년 10월 27일 85살의 나이로 세상을 떠났다. 자택이 있던 메릴랜드 주 유니버스티 파크에서였다.

당시 미국에서 다룬 케인의 사망기사를 보면 〈뉴스위크〉에서는 겨우 7줄로만 다루면서 작가에 대해서는 'mystery and crime novelist' 정도로만 소개하고 있다. 작품내용 설명에서도 의미 있는 말이라곤 고작해야 '간결하고 힘찬 산문'이라는 세 마디뿐이었다.

〈타임스〉에서는 16줄을 사용했다.

'폭력과 성적인 배신행위를 간결하게 그려낸 작가. 그는 H.L. 맨켄의 American Mercury를 위해 평론을 쓴 다음, 야심을 갖고 할리우드로 향했다. 비록 시나리오작가로서는 실패했지만 그의 범죄소설은 스스로가 '대단히 사악한 신에 대한 모독'이라 불렀던 독창적인 묘사로 널리 평가받았다. 묵상을 계속하면서도 아드레날린을 분비하고 있는 듯한 그의 문체는 까뮈를 포함하여 다음 세대에 영향을 끼쳤다.'

1892년 7월 1일에 태어난 케인은 42살이 될 때까지 장편소설을 쓰지 못했다. 1933년 3월부터 반년쯤 걸려 완성한 《우편배달부는 벨을 두번 울린다》의 탄생에 대해서는 케인이 쓴 긴 수필을 참고로 하면 잘 이해할 수 있을 것이다(1942년에 쓴 것으로 옴니버스 형식의

케인의 유산 313

《Three of a Kind》의 서문에 붙어 있다). 크놉프는 처음에 이 소설의 출판을 거부했는데 월터 립맨의 강한 요청에 못 이겨 겨우 햇빛을 보게 되었다는 일화가 있다.

저널리스트 지망생이었던 케인은 볼티모어의 신문사에서 6, 7년 기자로 일하다(〈볼티모어 아메리칸〉지) 1917~1918년, 〈볼티모어 선〉지 1919~1923년), 고향 아나폴리스의 센트 존 대학 저널리스트과에서 1년 정도 교단에 섰다. 그 뒤 바로 뉴욕으로 가서 월터 립맨의 〈와일드〉지에서 논설을 담당하게 되었으며(1924~1931년), 동시에 H.L. 맨켄의 눈에 띄어 〈아메리칸 머큐리〉에도 기고하게 된다. 해롤드 로스 밑에서 〈뉴요커〉 편집자로 단기간 일한 적도 있다.

그 뒤 케인은 인기 시나리오작가 빈센트 로렌스와 할리우드로 향한다. 마흔 고개가 케인에게는 꽤 중요한 인생의 전환기였다. 할리우드 작가로서는 성공하지 못했지만 처녀장편소설 《우편배달부는 벨을 두 번 울린다》 이후 30, 40년대의 제임스 M. 케인은 아무도 못 말리는 '악명 높은' 유행작가로 자신만만한 절정기를 맞이했다.

운명처럼 떠도는 부랑아 프랭크가 잠시 눌러 있게 된 도로변 식당. 배가 불룩 튀어나온 그리스인 식당주인에게는 미모의 아내가 있었다. 얼마 안 가 프랭크는 식당주인의 아내인 콜라와 깊은 관계를 맺게 되고, 두 사람은 남편을 죽인 뒤 함께 달아날 생각을 하게 된다. 첫 번째 계획은 실패했지만 두 번째는 완벽했다. 가게를 팔아치운 뒤 식당주인이 남긴 큰 돈을 들고 새로운 방랑을 꿈꾸는 프랭크와, 이대로 자리잡고 견실한 생활을 시작하려는 콜라······.

프랭크의 회상으로 전개되는 《우편배달부는 벨을 두 번 울린다》는 사형직전의 고백으로 끝맺음을 하는 이색 범죄소설인데, 케인이 가장 중요시하던 것은 소설의 문체였다. 〈타임스〉의 기사는 그런 중요한 점을 'adenal, brooding style'이라고 하는 표현으로 조롱하듯 비웃고 달아났지만, 장문의 사망기사를 실어준 〈퍼블리셔즈 위클리〉의 1977년 1월 7일호에서는, 주제의 선택과 아울러 상당히 자세한 작품 분석을 참으로 성실하게 다루고 있다. 케인에 대해서는 '성과 돈, 폭력이라고 하는 미국의 집요한 망상을 해부한 작가'라고 소개한 뒤 '성과 돈에 대한 굶주림을 채우기 위해 주인공들은 살인도 서슴치 않지만, 케인은 범죄소설을 쓰고 있는 것이 아니라고 끝없이 주장했다. 욕망을 만족시키는 '사랑의 시렁'에 몸을 올린 애인들의 러브스토리를 그리고 있다'고 하는 케인의 말로 논지를 전개시키고 있다.

레이몬드 챈들러는 한 편지에서 '그(케인)가 만지는 것은 하나같이 숫 산양처럼 냄새가 아주 지독합니다. 그는 내가 싫어하는 작가의 모든 점을 갖추고 있지요. 얼렁뚱땅 넘어가버리는 순진성, 기름 냄새나는 작업복을 입은 플루트 연주자…… 그런 인간은 한마디로 문학의 비곗덩어리입니다. 더러운 것을 쓰기 때문이 아니라, 더러운 것을 아주 더럽게 쓰기 때문이죠'라고 아주 지독한 험담을 늘어놓았다.

하지만 17년 동안 할리우드 생활을 하면서도 직접 쓴 시나리오는 한번도 다루지 않았던 케인의 《이중보상》을, 포크너와 함께 각색했던 것은 바로 이 챈들러였다. 한편 저주받고 비평받는 것에 아주 익숙해 있었던 케인은 1946년에 쓴 긴 에세이(《버터플라이》의 서문)에서도 챈들러에 대해서는 한마디도 하지 않았다 (해미트에 대해서는 아주 조금밖에 읽어보지 않았다고 적고 있다). 그대신 표적을 헤밍웨이로 압축하여, 그렇다고 있는 대로 혐오감을 마냥 드러내는 것도 아닌 '하드보일드 파'라고 하면서 업신여기는 듯한 꼬리표를 붙이는 것에 대해 강하게 반발을 표시하였다.

그러나 결국 케인은 위대한 미국소설의 본무대에는 오르지 못하였다. '예술성'과는 도무지 인연이 없었던 위대한 마이너로 '사랑의 시렁'은 막을 내려야 했던 것이다.

그러나 제임스 M. 케인은, 적어도 나에게는 미국영어의 매력을 처음으로 가르쳐준 훌륭한 문장가였다.

케인이 이 소설을 쓴 것은 1934년이었으니 어느덧 반세기가 넘는 세월이 훌쩍 지나가 버린 셈이다. 신 고전이라 불러도 전혀 무리가 없을, 낡은 시대에 쓰여진 소설인데, 영화에서는 청춘의 아련한 향수 어린 환영의 하나를 케인을 대신하여 잘 표현해주었다고 생각한다. 한때 이 소설은 로맨틱하게도 작품과 나를 동일시하는 꿈을 꾸게 한 청춘순애소설이었다. 표층을 흐르는 줄거리가 아무리 황폐하고 가혹하며 절망적일지라도 그 바닥에서는 뜨겁게 흐르는 우울한 청춘의 고독이 느껴졌기 때문이다. 제아무리 냉혹한 살인자건 고독한 이방인이었건 간에 프랭크와 콜라는 내 마음 속의 친근한 영웅이며 주인공들이었다. 청춘의 환영이 아직도 내 마음에 살아 있음을 확인하는 것은 스스로 정서적인 진보가 없음을 고백하는 것과 다를 바 없겠지만, 그런 치졸함이 아직도 내 속에 남아 있다는 것이 어쩐지 위안이 된다.

나와 콜라를 위해 기도해 줘. 설령 그곳이 어디든, 우리가 늘 함께 하기를······.

프랭크가 마지막으로 남긴 이 대사 속에 그 '어디'가 분명히 '지옥'을 가리키고 있음은 너무도 뻔한 일이지만, 그렇더라도 나는 그 두 사람을 위해 진심으로 기도하고 싶다.